Best Time

白马时光

丁墨

著

待我有罪时

WHEN I'M GUILTY

天津出版传媒集团

百花文艺出版社

图书在版编目（CIP）数据

待我有罪时 / 丁墨著 . -- 天津 : 百花文艺出版社，2019.11（2020.12 重印）
ISBN 978-7-5306-7777-3

Ⅰ . ①待… Ⅱ . ①丁… Ⅲ . ①推理小说－中国－当代
Ⅳ . ① I247.5

中国版本图书馆 CIP 数据核字（2019）第 227729 号

待我有罪时

DAI WO YOUZUI SHI

丁墨 著

特约策划： 何亚娟　　**封面设计：** 小茜

责任编辑： 魏青

出版发行： 百花文艺出版社

地址： 天津市和平区西康路 35 号　**邮编：** 300051

电话传真： +86-22-23332651（发行部）
+86-22-23332656（总编室）
+86-22-23332478（邮购部）

主页： http://www.baihuawenyi.com

印刷： 三河市兴博印务有限公司

开本： 710 毫米 ×980 毫米　1/16

字数： 346 千字

印张： 20

版次： 2019 年 11 月第 1 版

印次： 2020 年 12 月第 4 次印刷

定价： 39.80 元

如有印装质量问题，请与三河市兴博印务有限公司联系调换
地址：河北省廊坊市三河市杨庄镇大窝头村西
电话：0316-5166530
邮编：065000

目　录

contents

目　　录

contents

第一章

藏地之遇

天空灰白，云层浓厚杂乱，望不见一丝蔚蓝的天。这样的天空下头，是墨绿色的连绵高山。高山之下，是一片深绿色的树林。再往近处，就是夹杂着深黄、浅黄、草绿等各色花朵的大片草原。

一条灰白的公路，就在眼前。

天空飘着一点小雨，风开始大了。路旁有几只绵羊，不顾风雨地嚼着草，抬头望向尤明许。

尤明许没想到六月的藏地还会这么冷，她只穿了条防水裤，T 恤外是件冲锋衣。长发束成马尾罩在头盔里。尽管身上冷，她的越野自行车还是保持着均匀稳定的速度。

前后左右一个人都没有。

她又抬头看了看天色，再低头看表，今天就这样吧，也许该找个地方休息了。

但这片地区本就偏僻，居民稀少，只有一些驴友会走。她又骑了一阵，已是下午四点多，天更暗了，山边阴沉沉一片。雨滴在变大。

尤明许累了，也有些饿，就把自行车停在路边，从背包里拿出巧克力和香肠，慢慢吃着。

她停了十几分钟，只有一辆车经过。本地牌照，很旧。开车的是位中年大叔。尤明许朝他挥手想要搭车，他跟没看到似的飞驰而去。

尤明许也不在意，靠在路旁树下，继续吃着冷冰冰的香肠。

又过了一会儿，远远驶来一辆摩托，摩托上坐着个长发年轻人。尤明许一动不动地看着他，那年轻人皮肤黝黑，穿着牛仔夹克，面相看着就有点鸡贼，那双眼更是绕着尤明许打转。

他在她车旁停下，盯了她两眼，问："去哪里啊？"

尤明许这时听到汽车的声音，往后瞟了眼，又有辆汽车驶了过来。雨蒙蒙的，车灯亮着，一时间她看不清驾驶座上的人。

她往前方扬了扬下巴，示意摩托青年自己要去的方向。

摩托青年又问："一个人啊？"

尤明许笑笑，答："不，还有几个同伴，他们在后面，我骑得快。"

青年目光有点深，不吭声了，手按在摩托把手上，也不动。这时那辆后面来的车，从他们身旁经过，速度平稳不快。尤明许越过摩托青年，隔着坠着水滴的车窗，看到一个年轻男人。皮肤挺白，轮廓也不像本地人，寸头，五官分明。他也穿着冲锋衣，黑色的，微微竖起的衣领里，露出一小片脖子和喉结。挺帅，而且是那种带着坚硬男人味的帅。

摩托青年也回头，打量了开车的男子几眼，脸上没什么表情。

尤明许把自行车把一抓，飞快跳上去就想走。哪知道摩托青年大概是放羊、打猎之类的出身，又或者类似的事干过很多，反应也很快，身体偏过来，一把抓住她的车把，另一只手抓向她背后的包。

竟是个打劫的。

尤明许狠狠瞪他一眼，咬牙想要挣脱。两人立刻撕扯在一起，而前头那辆车已开出百余米远，只怕难以注意到身后的状况。尤明许把心一横，抱着背包，大喊道："放手！你放手！救命啊……抢劫！救命……"

摩托青年凶相毕露，一拳朝尤明许的脸打过来，恶狠狠地骂道："想死！闭嘴！别喊了！"

尤明许反应比较快，极为狼狈地躲开这一拳。青年顺势擒住了她的手腕，倒是愣了一下，触手只觉得柔软滑腻异常，再仔细看她的相貌，心尖便颤了一下。

脑子里有点气血上涌，青年想再干点别的了。他索性丢开摩托车，也不抢包了，双手抓着她的肩膀，就往那几棵树后推，脸上似笑非笑地说："你躲什么躲？我不抢了，不抢了，这种天气，一个女孩子走这条路多不安全，我带你去安全的地方好不好？"

他的语气突然变得轻浮，又开始动手动脚，尤明许哪有什么不明白，心中厌恶鄙夷无比。可当下的情形确实危急得很，她一面拼命挣扎抵抗，一面用尽全力再次大喊："车牌号'川A×××××'的大哥，救命！求你救救我！有人抢劫强奸！救命啊——"

摩托青年有点恼火，忍不住转头看了看，这才发现那辆车居然真的没走，停在前面了。他犹豫了一下，尤明许趁机挣脱就跑。青年低低骂了句，刚想追上去，却见那辆车居然掉了个头，"叭——"尖锐的汽车喇叭声突然响起，车笔直地朝他们开来。

尤明许踉跄跑了几步，一抬头，就看到黑色轿车离自己只有十几米远了。驾驶座上那人紧盯着她，目光警觉而坚定。而他的手一直压在方向盘上，汽车喇叭声始终在持续，穿过雨帘贯穿公路，几乎响彻整片原野。

尤明许的心头就这么一热，莫名的安全感涌了上来。她似乎看到那人朝她点了点头，一个加速，车转眼就要到眼前。

尤明许回头，只见青年跳上摩托，一踩油门跑了。

尤明许像根木头似的，抱着背包，呆呆站着。

雨不知何时下得更大了，噼里啪啦落在地上和他的车上。他一个急刹车，人从车里出来。尽管天色灰暗、雨水重叠，两人的周围乃至远方，蔓延成一片灰蒙蒙的模糊世界。尤明许还是看得清，他约莫一米八高，一身冲锋衣裤，身材结实，面容温和干净。

他看了一眼尤明许，又往摩托车远去的方向望了几眼，露出几分凶狠神色，但立刻收敛了，转头又望向她，问："你没事吧？有没有……受伤？"

尤明许摇摇头："我没事。谢谢你……谢谢你掉头回来。要不是你，我真的就完了。"

他很温和地笑笑。

他也没有想到，自己偶然出手搭救的女孩，会长得这么明艳动人。在这么糟糕的背景里，那张脸也会叫人眼前一亮。他的目光在她脸上停了停，即刻移走，问："你有没有其他同伴，要不要联系他们？"

尤明许答："我现在就一个人。本来有个朋友一块儿，昨天她家里临时有事，先回去了。我想把剩下的路走完。"

男人没说话，手搭在车门上，随意地敲了敲。尤明许看到有水滴沿着他瘦削分明的手背，无声滑落。

他问："那接下来，你一个人能继续骑吗？需不需要打电话叫警察过来？"

尤明许微微低下头，看着他的靴子。冲锋裤腿扎进靴子里，线条帅气利落。

她答："我能不能搭你的车，到前面找个安全的地方待着？我实在骑不动，也不想骑了。"

男人沉默了一会儿。

尤明许抬头，看到他微微皱了一下眉，那神色居然是有点勉强的，但他的眉头很快舒展开，说："好。"

尤明许对他一笑："谢谢！今天真的太感谢你了！"

雨水纷纷从天而落，混成一片迷蒙的颜色，而纤瘦的女人身处其中。他看着她，两颗眼珠清澈动人，鼻子很秀气，一笑，那饱满的红唇，竟有几分天生的性感味道。他已经很久没有碰过女人了，看了两眼，心里竟有一丝莫名的焦躁。当她望过来时，他已移开属于男人的无礼目光。

他开的是辆普通轿车，说完"后备厢装满了行李"，就帮尤明许把自行车系在了车顶上。

狂风骤雨来临了。

黑压压的云，压向山顶。天地间阴沉沉一片，车外只有轰隆的雨声，之前颜色丰美的藏地景色，仿佛转眼间褪去色泽。只余一团好像能吞噬掉一切的阴暗，能见度变得很低。

他的车开得不快，所以偶尔会有别的车从后面超车。车里有暖气，尤明许脱掉外套，只穿紧身长袖，坐了一会儿，就感觉身体回暖。

她偷偷望去，他似乎很专注在开车。刚才淋了雨，他把外套也脱了，里头是件深灰色长袖，很称他。

过了一会儿，他问："介意我抽根烟吗？有点累。"

尤明许答："不介意。能不能给我一根？"

他这才有些讶异地看了她一眼，眸中带了点笑。他伸手在中控台上抓了抓，摸出半包烟。尤明许向来识趣，直接拿起来，抽出一根先递给他。

他接过，说："谢谢。"

尤明许自己含了根，他又摸出打火机，给自己点上，然后递给她。尤明许动作熟练地夹着烟，慢慢抽着。明明两个人依然话不多，感觉却比之前刚上车时要亲近熟悉了些。

他说："顾天成，我叫顾天成。"

"尤明许。"她又扫了眼车外的雨，"要不是遇上你，我现在不知道淋成什么鬼样子了。"

他嘴角一弯："小事。"

尤明许问："你是干什么的？"

顾天成答："IT，你呢？"

尤明许："服装，我做服装设计。"

顾天成笑了笑，轻声说："难怪这么好看。"

尤明许听清了，不说话，也不知他说的是什么好看。他也安静着，就跟自己刚才什么都没说似的。两人各自抽完烟，雨已小了些，她看了眼黑下来的天色，问："还有多久能找到休息的地方？"

他说："我也不知道。不过我记得前年来，再开个把小时，应该能看到藏民的家。"

尤明许说："好。"

她抱紧双臂，靠在车椅里，过了一会儿，伸手擦了一下脸，然后按着额头。

顾天成察觉了，问："怎么了？没事吧？"

然后就听到她把脸埋在胳膊里，闷闷的声音传来："没事，就是想起刚才的事，还是有点怕。"

她的嗓音很平静，平静中带着一点自嘲的笑意，还有半点难以掩饰的委屈。之前顾天成就觉得这个女人非常胆大镇定，上车后也没有任何哭闹失态，神色如常地和他一起抽烟聊天。没想到过去这么一会儿了，她才后知后觉，终于露出了几分属于女人的柔弱无助。

侧眸望去，女人的长发已经散开，微微带着波浪卷，乌黑浓密。小脸躲在手臂后，下面是纤细的腰身和修长的双腿，胸口的线条更是玲珑饱满。她从手臂后露出眼睛，那里头清亮流光，倔强生动。

顾天成的心口就像被什么轻轻扎了一下。他抬头望着前方，这里是川藏交界处的荒原，天为被，地为席。没有别人，远离城市。远离一切平凡、拥挤、勾心斗角和伪装。他却和这个女人，如浮萍般相遇，在同一辆车里，躲避风雨，温暖前行。

尤明许和他目光交汇，他的神色还是淡淡的，嗓音却柔和了几分："别怕，我一定把你送到安全的地方。"

天不知何时黑了，雨也渐渐停了。原本广阔美丽的风景，此时变成了一个黑沉沉的、无边无际的世界。这一片天空是晴的，还有残云，几颗星子零散地挂在天际。循着车灯，尤明许才分辨出，这是一片昏黄的土地，遍布着起起伏伏的岩石和土丘，有点雅丹地貌的意思。还有些湖泊错落其中，湖面在夜色中泛着点点幽蓝静谧的光。

开了这么久的车，顾天成依旧专注而平静。尤明许想，这样一个夜晚，和这样一个男人，开车旅行在望不到尽头的荒原公路上，原来并不是一件感觉糟糕的事。

“冷吗？”顾天成问。

天一黑，温度降得更快。尤明许抱紧双臂。他单手握着方向盘，转身从后座拿了件外套放在她怀里。那是件深灰色男式冲锋衣，干净、微凉。尤明许懒得解安全带了，把两个胳膊伸进去，衣服盖在身上，下摆都到膝盖了，只露出一个脑袋在外头。

顾天成笑了，说：“像个小孩子。”

尤明许说：“我都二十五了。”

他说：“那比我小两岁。”

尤明许不说话，脸随意一动，就擦到了外套衣领上，有点硬的面料，带着股她没想到的男士香水味。尤明许微微抬眸，扫了眼顾天成。

“还有多久能到藏民家？”她问。

顾天成答：“我也不确定，两年前这附近就有。我们继续开，试试运气。”

见她不说话，顾天成略一沉思，问：“要不要听歌？”

尤明许说：“好啊。”

以为他要打开广播，或者连接手机蓝牙，却没料到他清了清嗓子，一只手放在大腿上，开始打拍子，然后开始哼歌。男人并不唱歌词，只是用低沉清亮的嗓音抑扬顿挫地哼着。那是首很出名的民谣，唱的是走出城市，走向远方。

听他一本正经哼了好一会儿，尤明许忍不住笑了。顾天成斜眸看她，略带懒散的表情，那眼睛里却是神采飞扬、碎碎流光，显出几分孩子气。

“怎么？不好听？”他质问。

尤明许挑衅地摇摇头：“你怎么不说你是歌唱冠军啊？”

顾天成也笑了，嗓音低低的：“那你来。”

尤明许答：“我不。我从来都不会唱歌，所以才不献丑。”

他嘴角笑意更深，手指在方向盘上敲着，整个人也更放松散漫。尤明许不由得注意到他在夜色里暗暗的侧脸，从额头到鼻梁，再到下巴的线条，非常清晰明确。

她想起曾在书上看过，这样长相的人，意志大多坚韧，也固执吧。

他说："既然你不肯唱，又看不上我唱的，那就只能听广播了。"他调了几个按钮，短暂微弱的电流声后，就到了音乐电台，正在播放一段悠扬悦耳的音乐。

两人都静静听着。

周遭的夜色似乎更深了，路两旁的景色已完全看不清，车仿佛一头扎进了更深更远的世界。

"累就睡会儿。"顾天成说。

尤明许答："不想睡。"

"有我在，放心。"他轻声说。

尤明许沉默片刻，嘴角泛起一丝微苦的笑，说："顾天成，我认识你才两个小时。"

他说："所以呢？"

尤明许说："你是好人吗？我可以信赖你吗？"

顾天成神色静默，说："自己判断。"

过了一会儿，听到她轻声说："你是好人。"

不过，被风雨耽搁在这个夜晚、这条路上的，不止他们两个。

远远地，看到路旁有个骑车的人，在朝他们拼命挥手。从身形看，是个高个男人。不仅挥手，还蹦了几下。

顾天成的车缓缓减速。

尤明许注意到他神色平静，微微蹙眉盯着那人，似在观察打量。尤明许说："你其实不想搭人对不对？"

顾天成眉头舒展，看她一眼。

尤明许嘴唇微翘："之前我想搭车，你也有点为难的样子，差点见死不救了吧？"

顾天成笑了，说："不是见死不救。这一路要让人搭车，实在搭不过来。我这趟出来，本来就是想休假放松，只想一个人慢慢开，开到哪儿算哪儿，睡车上或者帐篷里都行。"

尤明许很理解，又说了一遍："谢谢啊。"

顾天成目视前方："我乐意让你搭车。"

尤明许差点脱口而出"为什么"，生生忍住了。潜意识里，不想问。

车已停在那人身边。

那人摘下头盔，是个很年轻的男孩，二十出头的样子。头发有点长，几乎遮住眼睛。皮肤白皙，鼻梁挺拔，唇厚。他往车窗上一趴，露出个兀自灿烂的笑："哥们儿，搭个车行吗？这大晚上的，我实在骑不动了，又累又饿，带我一段路，行不？"说完看了一眼尤明许。

尤明许也看到长刘海后那双带着些氤氲的眼睛，似笑非笑的样子。

顾天成问："你要去哪里？"

男孩说了个地名，尤明许还没在脑子里想清楚那地名在哪条线路上，顾天成已经摇头："我们不同路，前面不远应该就有藏民的家，你骑一会儿自己就能到。"

男孩说："别啊，我真的一点也骑不动了。放心，我不是坏人，我是 ×× 大学的学生。而且我保证不会打扰你们的二人世界！把我随便带到一个藏民家投宿就好！再骑下去，我的腿真的要断了。算我求你们了，别把我丢在这儿，万一我被路上流窜的连环杀手干掉了，多可怜啊……"

顾天成微微蹙眉："什么乱七八糟的？"

忽然间感觉有人握住了自己的胳膊，是尤明许，她望着他，居然被车外的小子逗笑了，轻声说："让他搭车吧。"

顾天成还没说话，车外的小子已听到了，说："哇，听到你女朋友说的没？真男人当然得听女人的话啦。"

这下连顾天成眼里都泛起了笑。

尤明许说："我不是他女朋友。"又对顾天成轻轻点了点头。

顾天成忽然就觉得，车外的小子也没有那么聒噪碍眼了。他想，她刚才说得没错，两人才认识两个多小时，但在彼此的相处里，似乎已有了某种细微的默契。

"行了，别拽我了，听你的。"他低声对她说，转头又对着车外说："上车。"

"噢耶！"男孩连走几步路，身子都有点晃，带着点张狂的流气。顾天成下了车，帮他把自行车折叠好，也放在车顶上。

男孩一屁股坐进后座，舒服地长叹一口气。

车继续往黑暗的前方开。

刚开始一会儿，男孩时而"啪啪啪"在手机上打着字，时而发语音。尤明许听到他跟好几个人说，自己终于搭上车了，还是帅哥美女云云，完全不避讳本尊们就坐在前面。

过了一会儿，男孩往前面一趴，自报家门："我叫明韬，今年大四，马上毕业。

所以来西藏走一趟，算是完成我的圆梦之旅。我已经走了三天了。”

“尤明许。”

“顾天成。”

明韬看着他俩，笑了，说：“果然不是男女朋友，从你俩的相处来看，不像哦。”

没想到顾天成这回答话了，问：“男女朋友……看起来应该是怎么样？”

明韬答：“亲密一点呀，我和我女朋友出来，她几乎都挂我身上的，很黏。不过这位姐姐看起来，性格可能要酷一点。但也不该是这样，你看她虽然坐在你边上，但身体是微微往外侧偏的，和你保持着距离。你们俩这一阵的眼神交流也不太多，讲过几句话彼此也很客气，有问有答，一板一眼。所以，你们肯定不是男女朋友。不会是炮友吧？”

顾天成：“……”

尤明许：“……”

明韬似乎觉得自己说了个很好笑的笑话，哈哈大笑起来，并且笑得颇为夸张。然后突然刹住，恢复吊儿郎当的表情。

尤明许想：这个人，还真喜欢演。

她说：“这么看来，你的观察力还挺强的？”

明韬“嘿嘿”一笑说：“岂止是强，实话告诉你们，我在心理学和行为分析上也是小有建树的。行为分析你们懂不懂？就是犯罪心理中的一种方法，美剧《犯罪心理》看过没？就是通过你们的行为，去推导出结论。我研究过好几部剧，还看过好多起国外的连环杀手案例。我经常分析身边的人，还有路上遇到的人，我觉得很有意思。”

尤明许微笑不语。

顾天成却淡淡地说：“你说的那个什么犯罪心理，我确实不懂，美剧我也不爱看。不过我看，也没你说的那么神。你一开始猜我们是男女朋友，后来又猜……”他顿了顿，“我们是那种关系，还分析了一大堆。其实你刚才只要看到车顶上有一辆自行车，再看自行车的底座高度，就知道那是女生骑的。如果我们是男女朋友，或提前约好一块儿出游的朋友，又怎么会只带一辆自行车？”

明韬瞪大眼。

尤明许也看了一眼顾天成，轻声说：“可以啊……跟福尔摩斯似的。”

顾天成淡笑：“有那么夸张吗？正常推断而已。”

明韬的身子却往前一挤，双手作揖：“大神，受我一拜！”

这下连顾天成都被他逗笑了，从后视镜里看了这活泼搞笑的男生一眼。

明韬又对尤明许说："原来你也是搭车的，同是天涯沦落人，握个手。"

他伸出手，尤明许不想和他握手，一转头，就看到他刘海后的那双眼睛似笑非笑地闪着光。她把他的手一拍，说："不必客套，好好坐着。"

明韬笑，又打量了几眼她的样貌、身材，往后靠着，双腿也轻轻抖着，很惬意的样子。

前方，还是没有看到人烟。有那么一两座小房子，但是黑灯瞎火、老旧破败，应当是废弃的民居。

车一直向前。

三人都静了一会儿，于是广播电台的音乐声，就格外有存在感。

明韬忽然说："听这个干什么？听听新闻啊，最近有个连环杀手，一直在公路上流窜，见一个杀一个，你们听说没有？"

车厢内静了一会儿。

尤明许的语气有点紧张："什么连环杀手，我没听说过，怎么回事？"

顾天成也说："没听说，说说看。"

明韬居然有点得意地笑了，说："这你们都不知道？幸好你们遇到了我。也是，新闻里只报道过一点消息，很低调，但情况我是一清二楚——"他的语气骤然低沉几分，慢慢地在他们耳边说，"那个杀手，在湖南湘城杀了两个人，警方没有抓到，连他是男是女是老是少都不知道，厉害吧？他又逃到了西藏，沿着公路连杀两个。你们可能要问，怎么知道都是他杀的呢？因为这种连环杀手，都是有标记行为的。警方也一定是通过他的某些相同行为，判断是同一人所为，并案调查了。他杀的都是年轻漂亮的女孩，像尤小姐这样的。"

尤明许没有露出什么害怕的神色，倒是顾天成说："别吓她。"

明韬扫一眼他俩，嘀咕道："还挺暧昧的啊？不过，你们想想，是不是挺带感的？我们在这条路上旅行，那个连环杀手说不定也在同一个方向，搞不好你们路上还遇到过。喂，尤小姐，怕不怕？"

这下连尤明许都觉得这人有点讨嫌了，她不答反问："你怕不怕？"

明韬淡淡一笑："我当然不怕，我还盼着能遇到连环杀手呢，反正他杀的是年轻女孩，不会杀我。可惜这一路走来，一个像他的人都没有遇到过。"

顾天成问："你知道他长什么样？"

明韬答："我当然不知道，但是我了解连环杀手。我遇上了，一定能认出来，我会用行为进行分析。"

顾天成笑了，转头说："那你看我像不像？"

明韬一愣，还没答话，尤明许也转过来，嘴角的笑淡淡的："不是说不知是男是女吗？明韬，还有我，像不像？"

两张好看的脸，同样似笑非笑地看着明韬，眼神都有点看不透。明韬呆了好一会儿，忽然击掌大笑起来，说："有趣！有趣！一辆车，三个陌生人，既不知道会不会遇到连环杀手，也不知道连环杀手是不是在我们当中。喂，我也一样哦。我说了那么多连环杀手的消息，你们看我，像不像他呢？"

明韬说这话时，嗓音有点低、有点冷，刘海后的双眼，当真露出几分诡异的光。

车厢里陷入一片寂静。

片刻后，顾天成先笑了，那笑意挡都挡不住，转头继续开车。尤明许也笑了，是和他有点心有灵犀的笑，顺带还跷起了二郎腿。

顾天成轻声说："Give me five."

尤明许犹豫了一下，不知怎的，不太想和他更亲近，没有伸出手，只低声含笑说："别闹。"

顾天成看了她一眼，眼里还是藏着笑，不说话。

倒是明韬，知道被他俩耍了，脸上原本夸张的笑，无人欣赏地慢慢收起。不过他坐了一会儿，又不安分了，指挥尤明许："换个频道，听听新闻啊，说不定真的有关于连环杀手的报道。"

尤明许依言调了台，本地新闻台却正在播今日下大雨部分公路塌方和泥石流的消息，大批警力被抽调去抗洪救灾。

明韬咂咂嘴："这样一来，杀手更难抓了。不过这种天气，他也不好杀人了，唉……"

尤明许轻轻"呵"了一声，顾天成也没理他。

"那边有房子！"明韬忽然惊喜地喊道。

尤明许抬起头，果然看到前方很远的山脚下，影影绰绰有几间房，还有橘色灯光。只是离公路有点远，但这不重要了。

尤明许说："过去看看？"

顾天成说："好。"

车开到近处，在车灯的照射下，那几间房也看得清楚了，是很低的黄土泥房，旧得不能再旧了，有间屋只有半边。有两个人，从两个房间的窗户望出去，是两个女孩。

顾天成三人下车。

那两个女孩并没有出来，都穿着冲锋衣，看样子是驴友。看到他们三个的样貌打扮，女孩们的神色倒是放松了些。

尤明许看了看周围，房子边上停着两辆自行车，这两人也是骑行过来的。忽然间有人碰了碰她的胳膊，是顾天成在她身边说："去打个招呼。"约莫是觉得她们都是女孩子，她开口比较容易。

"知道。"尤明许轻声说，有点嗔怪的味道。

顾天成笑了，双手插裤兜，站在她身后等。明韬则左晃晃、右晃晃，一副一切尽在老子掌控中的洒脱模样。最后晃了一会儿，大概感觉也没什么可掌控的，就和顾天成并肩站在一起。

两人一起看着尤明许站在小屋子外，微笑着和那两个女孩说话。即使穿着宽大的冲锋衣和运动裤，也显得腰肢娉婷、腿很长。

顾天成望了一会儿，靠在车上，低头点烟。

明韬感叹道："三个年轻女孩，要是连环杀手在这儿，就是一顿大餐了吧。"

顾天成冷冷地说："再胡说八道，我把你丢出去。"

明韬轻哼一声，却也不说话了。

两个女孩都跟尤明许差不多年龄，是都市白领，玩户外好几年了，西藏线走过两次，所以并不怵两个女孩结伴出行。一个叫宋兰，一个叫邹芙瑢。宋兰长得高高的，面目清瘦中带着倔强，单眼皮，很清秀。一看就是很干练，很有想法的那种人。邹芙瑢人如其名，长了张鹅蛋脸，甜甜的，在这样的夜晚、这样的破房子里，冲锋衣下居然还穿了条红裙子，化着淡妆。她趴在一个窗台上，一边和尤明许聊着，一边打量着她身后的两个男人。颇有一种我美我的，不管是否有人欣赏的态度。

既然彼此认识了，两个女孩很快走出房间，两个男人也走过去，大家互相认识了一下。

宋兰说："来这条路上的人很少，我们是想明天一早去山后面的一个湖看日出，所以今晚歇在这里。你们怎么来了？"

明韬率先举手："我迷路了，也骑不动了，就搭了他们的车过来。"

尤明许说："我也是想看这边的风景。"

顾天成说："我随意开过来的，没有什么目的地。"

他生得高大俊朗，讲话又低沉温和，宋兰"哦"了一声，笑了。

邹芙瑢轻轻柔柔地说："所以你们三个也是刚认识的？"

顾天成答："是的。"

宋兰说："这里曾经应该是某个小营地，现在废弃了，我们也是偶然发现的。就是房间非常小，并且没有卧具，我们在房间里搭帐篷睡，你们看看。"

三人跟着宋兰到两个房间门口都看了眼，空间确实非常逼仄，宋兰的帐篷撑开，几乎就把地方占满了。邹芙瑢睡的那间房也是一样。

宋兰看着尤明许："你要和我一起睡吗？就是会比较挤。"

尤明许说："不用了，我们都带了帐篷，睡外面，大家今晚做个伴就好。"

明韬这个人身上，总算出现了一个闪光点。他整理帐篷又快又好，反倒是尤明许和顾天成，显得笨手笨脚一些，基本就是给他打下手。

很快，三顶单人帐篷立了起来。明韬拍拍手，无比讥讽地说："你们俩是玩户外的吗？搭个最简易的帐篷都慢得要死。"

尤明许沉默了一会儿，对顾天成说："我是从来都干不好这些事，心不灵手不巧。你怎么不行？"

顾天成答："我带着帐篷只是备用，基本都是住酒店或者民宿。以后再认真学学。"

说完两个人都笑了。

明韬嘲讽完，一回头，却看到幽幽的光线里，一对俊男美女站在帐篷间相视而笑。不知怎的，明韬忽然觉得自己有点无趣和落寞了，静了一会儿，自言自语道："虚情假意，真没意思，难怪他喜欢杀人。"

这个黑暗的世界，广阔无边。天是黑的，山是黑的，大地也是黑的。有风不断吹过，猎猎作响，用那空洞的声音，提醒你身处一个离现代社会多么遥远的无人知晓的角落。

不过，因为有了五个陌生人的相聚，这一片小小的废弃营地，瞬间变得热闹温暖起来。

明韬坐在帐篷里和屋里的两个女孩相距两米吹着牛。听得宋兰笑而不语，邹芙瑢似笑非笑。

尤明许把睡袋整理好，又从包里拿出些巧克力和零食，去与女孩们分享。她们都收下了，回赠她一些零食和水。女孩们相处得客气而愉快。

邹芙瑢还说："喂，你那个朋友好酷啊，他是干什么的？"完全是一副女孩对于陌生帅哥的八卦姿态。

宋兰说："够了啊你，收敛点。"

邹芙璐哈哈笑，尤明许答："他说是干 IT 的。"

邹芙璐："他哪儿人啊？"

尤明许："没问。"

邹芙璐说："那我回头问问。"

宋兰白她一眼，邹芙璐说："怎么，欣赏一下帅哥不行吗？真以为我想干吗啊？旅途无聊，这就叫艳遇，懂不懂？至少他养眼啊！"

这下连尤明许都笑了，脑海中浮现出顾天成这一路沉默开车的样子，他的侧脸、他的肩膀、他的手。尤明许心想：的确是挺养眼的。那个男人，浑身上下都有点勾人的气质。

旁边的明韬插嘴道："你们对陌生男人怎么一点防备心理都没有？小心遇到连环杀手。"

刚才他就跟两位女士聊过那位"公路连环杀手"，不过她俩也只是小小地惊讶了一下，并不太在意。

邹芙璐说："就算有连环杀手，西藏这么大，哪有那么巧会遇到。"

宋兰也说："是啊，我们其实戒备心很强的，你们有三个人，看起来也都不像坏人啊。"

所以此刻听到明韬又在鼓吹杀手危险论，两人只是一笑，继续和尤明许聊别的。明韬得不到女士的关注，发了一会儿呆，低头折腾手机仅剩的那点电量去了。

尤明许刚打算回自己帐篷，就看到那个得到两个女孩青睐的身影从房子背后走出来。此刻毕竟在户外，尤明许不难猜出，他刚才干什么去了。

他走近了，望着她，也笑了："看着我干什么？"

尤明许答："在想……你从哪里来，要到哪里去。"

顾天成一怔，在自己帐篷里坐下。两人的帐篷本就相邻，尤明许看着他把冲锋衣半披在肩头，露出好看的肩线。他低头点了支烟，脸在光影里忽明忽暗，答："我从来处来，要到去处去。"说完自己先笑了，又说，"不开玩笑，我从江城过来的，还得回江城去。你呢？从哪里来？"

这大抵是极为静好温柔的一个瞬间吧。天空已大晴，墨蓝通透，星光纷纷冒头。高山草地间，风从夜色里吹过。灯火隐约，两个人盘腿坐在帐篷里的地上，随意聊着天。

尤明许避开他的直视，答：“我是湘城的，和明韬的连环杀手偶像，来自同一个地方。”说完她就笑了。

顾天成也笑，说：“很近。”

“是啊，一江之隔。”

他问：“来一支吗？”

“好。”她接过烟和打火机，是“和天下”牌香烟，还剩下不到半包。

“湖南的这个烟不错。”他说。

她笑了，含一根在嘴里，说：“我平时都抽不起，谢了。”

顾天成低低笑了，说：“以后你要是来江城，我管够。”说完顿了顿，尤明许也没接话，手指夹着烟，微微笑着。

她的长发披落着，冲锋衣也是披在身上的，露出里头黑色紧身T恤。那张脸乍一看，凤眼朱唇，神色淡漠，天生就带着几分媚色。可仔细一看，她的眼睛十分清澈明亮，眉宇间有股坚定的气息，人因此显得沉稳干净。

顾天成很少对女人上心，此时和这么个人儿相对而坐，竟有了几分意动的感觉。这一路走来，孤单又寂寞，都叫他有点想念城市的繁华和商场上的厮杀了。却不期然地遇到了这么个女人，美丽、倔强、神秘、聪颖，让人捉摸不定。

“你的工作有趣吗？”尤明许问。

顾天成淡淡地答：“还好吧。平时太忙了，总是到处飞，应酬也多。我还是比较喜欢一个人待着。”

尤明许薄唇轻启，吐了个漂亮的烟圈，说：“你不是做IT技术的吗？怎么还要出差应酬？”

顾天成笑了笑，说：“我管技术。”

尤明许：“哦。”心想：搞了半天原来还是个总裁之类的人物。

她又问：“那你来西藏是为了什么？寻梦？避世？心灵解脱？”

顾天成静了静，目光盯着空气，然后笑了，说：“你相信人来西藏一趟，就能得到心灵解脱吗？”

尤明许直接摇头：“我当然是不信的，我只信人要自救。”

顾天成看着她，点头：“你说得对。所以我来西藏，纯玩而已。那些不切实际的期待，我从来不热衷。你呢？来西藏是为了什么？”

尤明许抽完最后一口烟，将烟头轻轻在泥土上戳熄，头也不抬地答：“一段完全未知的旅程，不是挺有意思的吗？你完全不知道明天会发生什么。譬如说，我今天遇到了抢劫的，可也遇到了你。现在和四个陌生人在荒原上搭帐篷过夜，还抽到了平时买不起的‘和天下’。”

顾天成双臂撑在身侧，那张脸微微仰起，眼里泛起浓浓笑意，轻声说了两个字：“知己。”

这大概是在车上哼歌之后，这个外表刚硬内敛的男人第二次流露出神采飞扬的模样。然而尤明许既不十分高兴，也不紧张脸红，她只是学他的样子，双臂舒展撑在地上，干脆把双腿也伸直，那双漂亮的长腿动了几下，又问：“你有女朋友吗？或者说结婚没有？别告诉我你这么个男人，还是单身啊。”

顾天成原本轻松的脸色淡下来几分，又抽出一支烟，低头用手拢着火点燃了，慢慢抽了两口，然后脸上露出挺温柔、挺平静的笑容，答：“有过。”

尤明许探询地望着他。

他说：“那时候工作实在太忙太苦了，陪她的时间又太少。她等不到我有所成就，就离开了。”

尤明许静默。很普通的话语，很常见的故事，可从他这样一个男人嘴里说出来，实在有几分动人的味道。

她说：“人要朝前看。”

“嗯。”他说，“我早就忘了她。不值得。人生还有很多事，值得我去追求。”

尤明许微笑赞同，又问：“那现在呢？”

顾天成凝望着她，嗓音里也含了笑：“什么？”

“一直没交女朋友吗？”

他的眼中飞快闪过一丝玩味，可瞳仁清清亮亮：“没有，我一直等着某个人的出现。问我半天了，那你呢？别告诉我你这么个女人，没有男朋友。”

他把她的话原番奉还，尤明许噙着笑说：“谢谢啊，我……”

她抬头看了看天，仿佛要从浩瀚深空中看到什么，顾天成听到她轻声地说：“我也一直在等着某个人的出现。”

顾天成随着她一起望向天空，那里的颜色深得像一个永远醒不来的迷梦，星光却在其上温柔闪烁。顾天成想：原来真的是这样，有的人相处了几年、爱了几年，你却依然不知道她是谁。有的人只相处了几个小时，却真的会让你感觉到，人生中会有白色闪电在某个瞬间无声炸裂，而你恍恍惚惚就要看到什么。

第二章

神秘男子

“我也一直在等着某个人的出现。”

当尤明许说完这句话后，顾天成盯着她粉嫩脸上那瓣嫣红的唇，忽然间心生某种略带恶劣的冲动——想要亲她的唇。不，不是亲，是狠狠地吻，还有抚摸，夹杂着男人欲望的那种。在这样一个夜晚，在无人的荒原上，对一个陌生女人，不管不顾。这念头令顾天成越发焦躁，又吸了口烟，觉得喉咙更干。

他也学她，把烟戳熄在脚下泥土里，就像把什么给埋了起来似的。他的手往两个帐篷中间窄小的空地上一撑，身体便到了她面前，问：“你刚才说在等谁？”

他的嗓音变得很低，有点心不在焉的味道，眼皮也微微垂着，盯着她脸上某处。这样的他，居然有了点轻佻的侵略感。

尤明许的脸就在离他不到二十厘米的位置。阴暗光线中，他比她高，略带俯视。她却像是想要看到他眼睛深处去，盯着那漆黑晶亮的瞳仁，看了好一会儿。

“我说……”她的嘴角翘起很小的一个弧度，眼睛里也闪过一丝坏笑，“该睡觉了。”

顾天成反应过来，伸手想留人，却没赶上。尤明许一把扯下帐篷的帘子，“唰”的一声拉上了拉链。

帐篷整个是暗的，顾天成只看到她在里头动了几下，约莫是在脱衣躺下。他性子向来野，有过冲动，想要隔着帐篷的皮，去抓着她的胳膊或者腰身。彼此都是成熟通透的男女，一切才刚刚起了个头，她怎么就跑了。到底忍住了，不愿让她觉得自己太冒失。

顾天成也躺下，又看了一眼另一顶帐篷，还有两间屋子，此刻都已经静下来，应当是都睡了。顾天成又看了一眼自己的车，无声无息停在不远处，稳稳当当的。这里人迹罕至，应当安全无虞。他的面色沉静下来，也关上帐篷的门，合眼睡了。

没多久，这一片营地上空，响起明韬响亮悠长的呼噜声。宋兰原本是有些警醒的，毕竟几乎相当于睡在野地里。无奈白天骑行实在让人体力透支，没多久她就双眼打架，彻底睡沉了。

邹芙瑢从来都娇憨耿直，她觉得今天遇到的几个人都很顺眼、很可靠。而且自己还睡在屋子里，安全得不能再安全，所以很快也睡去了。

顾天成和尤明许的帐篷，也始终静悄悄的。

原本留在地上的一盏营地灯，顾天成也关掉了。夜色越来越深，原野里一丁点儿声音都没有了。这一小片营地，仿佛也完全融进了黑暗世界里。

尤明许始终提着颗心，只是浅浅眯着，几乎没多久，就会睁眼看一下帐篷顶，耳朵听着周遭动静，安静无事，她这才合眼睡一会儿。

如此断断续续，在某个瞬间，她突然睁开眼，整个人刹那间清醒无比。说不清是被什么给惊醒的，她慢慢平复了心跳，听着风轻轻吹动帐篷的声音。四周依然漆黑一片。

然后她听到了一个缓慢的、踩在草地上的脚步声，“嚓——嚓——嚓——”然后，又出现了很细碎的、在翻动什么的声音，还有咀嚼声，有人在吃东西。

她以手撑地，很慢地从地上坐起来，脱掉睡袋，刚要拉开帐篷门的拉链。可夜色实在太静，这一丁点声响，依然清晰可闻。那个人吃东西的声音一下子停住了。

说时迟那时快，尤明许一把掀开帐篷门，就爬了出去。却只看到一道黑影，飞快地蹿进了小屋后的林子里，瞬间不见踪迹。

尤明许大喝一声：“谁？！”

几乎是同一时间，顾天成也从帐篷里跳出来，目光警觉地看了她一眼，又扫视一圈，急问：“怎么了？”

这动静让明韬还有屋里的宋兰、邹芙瑢，都开了灯跑出来，大家神色都有些惊疑紧张。

尤明许抿唇望着林子深处，把所见所闻都说了，众人面面相觑。

明韬最先出声：“不会是野人吧？”不等众人反应，他又自己推翻，声音竟有些兴奋，“不，不，西藏倒从没听说过有野人，不会是那个连环杀手走投无路，跑来我们这里了吧？”他立刻跑到帐篷周围查看。

宋兰和邹芙瑢紧挨在一起。

顾天成与尤明许对视一眼，说：“检查一下，什么东西被动过。”

尤明许点头。

“我的鞋和衣服没了！”明韬大喊着，那语调说不清是激动还是震惊。众人朝他指的方向望去，果然见他原来放在帐篷外的靴子不见了。

“还有外套。”明韬比画着，“有点湿了，我本来挂在帐篷外面吹风，现在没影了，好冷……”他抱着双臂，愤愤地说。

尤明许眼尖，看到自己帐篷外的地上，有撕破的香肠包装和一些饼干碎屑。她也感觉到头皮发麻，跑过去一看，果然看到自己原本靠放在帐篷外的背包被人打开了，翻得乱七八糟。

顾天成走过来，问：“怎么了？”

她把包拎起来给他看。明韬三人也闻声走过来。

顾天成的眉头皱着，思索片刻，忽然脸色一变，转身朝自己的车跑去。尤明许的眼睛也睁大，跟着他跑过去。众人不明所以，纷纷跟着。

后备厢是开着的，顾天成率先冲过去，眉头紧锁，弯腰在后备厢里一阵翻找。尤明许跑到时，他抬头看向她，嗓音倒还是镇定的：“我的两个箱子被提走了。”

尤明许匆匆一看，果然后备厢里只剩一个小箱子，还有几个袋子被胡乱扔在里头。此外角落里还有一些杂物，脏鞋、帽子、半截绳头之类的。

还没等尤明许细看，顾天成已沉着脸，一把关上后备厢，沿着车体继续检查。

“糟了。”他踢了一脚左后轮，又蹲下仔细查看，脸色难看。尤明许心里“咯噔”一下，立刻跑到右后轮处，果然，轮胎也被人扎破了，瘪了一圈。她缓缓站起来，两人隔着车，对视一眼，都看到彼此眼里的凝重。

明韬三人见了，也大吃一惊。

邹芙瑢说：“怎……怎么会这样？被人扎破了？”

宋兰抬眸看向尤明许，不知为什么，她俩的气场还挺合的。宋兰问：“是不是……被刚才那个黑影扎的？”话一出口，自己心中都感觉一抖。

尤明许缓缓点了点头。

几个人一时间都没说话。此时是凌晨一点左右，高原上的温度降到了最低，哪怕穿着外套，也能感觉到浸骨的寒意在往身体里钻。除了他们手里的营地灯和手电在散发着光，整个世界都漆黑安静。不远处，那人逃窜的那片林子寂静一片，听不到半点动静。

明韬猛地往后退了一步，也不知是想躲避众人、躲避那车，还是躲避黑暗，他的表情分明在笑，嗓音却颤抖着："孤岛啊，这几乎就是个孤岛好嘛！大半夜，没有车会来，与外界隔绝。刚刚一到这里，我就发现手机没信号，电话也打不出去。现在轮胎也被扎了，走也走不了，那个公路连环杀手来了，他真的来了！"

话音未落，他的领子被人一把提起，然后整个人被扣在车上。顾天成冷冷地看着他，低吼道："我说过你再提连环杀手吓她们，我就把你丢出去！"

明韬瞪大眼看着他，抬拳就想反抗，无奈顾天成比他强韧有力得多，稳稳地把他扣在那儿，吼道："还不闭嘴！"

明韬脸色涨红，忽然间眼珠子一鼓，喊道："我……我……我知道了！你，顾天成，你就是那个连环杀手！故意把我们引到这里来，这条路是你开来的！现在我一说，你就恼羞成怒了，我戳破了你的孤岛封闭杀人计划对不对？我们会一个个被杀死，对不对？"

尤明许简直听不下去了，吼道："闭嘴！"

宋兰也说："明韬，你冷静一下！别再胡说八道吓人了！东西是那个黑影偷的，尤明许都看到了，轮胎肯定也是被他扎破的，跟顾天成有什么关系？他的箱子不是也被偷了？轮胎被扎还是他发现的。否则我们现在都还没注意到呢。"

邹芙璐虽然心惊胆战，也附和道："是啊，你就知道吓人，一点帮助都没有。顾天成怎么可能是那个杀手？说不定……说不定我们只是遇到小偷了，你不要再说那些话吓人了。"

尤明许说："她们说得没错。不管那是个小偷还是个什么，我们有五个人，他只有一个人。等到天亮，就会有车经过。只有几个小时了，我们不需要那么害怕。"

这话很有说服力，众人神色都稍缓。顾天成和明韬又对视了片刻，顾天成撤了手。明韬轻轻哼了声，紧绷的身体一松，连喘几口气。

顾天成说："车暂时没法用了。我们先回营地去，再试试打求助电话，等天亮。"

众人没有异议。

明韬嘟囔道："就算打通了，最近的州县开车过来救我们也得几个小时。"顾天成冷冷看他一眼，他扭头不说话了。

众人各怀心事地走回营地。原本在他们眼中，空旷、静谧、很酷的夜晚，如今却透着阴冷、寂静。

到了帐篷边，顾天成低声说："你困就睡一会儿，我会值夜，不会再睡。"

尤明许说："我没事。"

"如果害怕，想要聊天，就叫我。"他又说。

尤明许背对着他，动作一顿，问："喂，你对刚认识的女孩，都这么体贴吗？"

他静了一下，答："不是。"

尤明许耳根忽然有些发热，一弯腰进了帐篷，嗓音悠悠传来："我不用你守夜，你照顾好自己就好了。"

然后，隔着帐篷，听到他含笑"嗯"了一声。

尤明许脑子里还想着刚才发生的种种，心里也莫名有点烦乱不安，心不在焉地拉开睡袋，腿刚伸进去，突然全身一僵。

然后，汗毛从脖子后面开始竖立，整个身体如坠冰窖。

她因睡相不好，所以买的睡袋挺大、挺舒适。刚才出去的时候，睡袋凌乱，她也没太在意。此时猛地低下头，才瞧见睡袋里鼓起了一个大包。而她的脚碰到的……冰凉的、柔软的，甚至感触到一点毛发、一点热气的东西，是什么……

哪怕尤明许从小胆大包天，此时脑子里也一片爆炸般的空白，每一根骨头、每一寸肌肤都僵硬如铁。她听到自己爆发出一声凄厉的尖叫，全身仿佛猛地回血了，她立刻往睡袋外拔腿，可躲在睡袋里的那玩意儿比她更快，一把抱住了她的两只小腿。

是人！是人的双手，冰凉，很大，还微微有点湿，可是很有力、很固执地抱着。她的脚一下子就踩到了一个胸膛里。

尤明许猛地抬腿想踢，可那人竟然比她更快，几乎是用身体压住了她想要踹人的腿，尤明许甚至还听到"他"轻哼了一声，很闷的声音。紧接着那人的手飞快往上一摸，沿着她的臀滑到了腰间，一把按住。今天的情形实在太惊悚，尤明许措手不及，又被那人按在了地上。

而她也惊呆了。

因为一个人，从睡袋里钻了出来，露出了头。

一个男人紧紧环抱着她的腰，压着她的腿。他身上还有一点香味，在尤明许的鼻间一飘而过，一时没细想在哪里闻到过。他的头发蓬乱，脸上还有泥。

可尤明许看到了一双非常明亮、非常清澈的眼睛，因为隔得近，她甚至能看清他的睫毛是黑茸茸的。可为什么，尤明许在这双陌生的眼睛里，在这个突然出现的可怕的人眼里，看到了满满的委屈和恐惧？

不等她伸手推开这个人，这个看起来二十好几的男人，忽然眨了眨眼，嘴巴一瘪，抽泣了一声，眼泪就掉了下来。

尤明许整个人都蒙掉了。

当顾天成等人闻声赶来时，看到的就是这么荒诞且香艳的一幕——

一个不知从哪里冒出来的男人，和尤明许一起缠在睡袋里。两人的身体几乎是紧紧交叠着，男人乍一看虽然脏兮兮的，可是难掩样貌俊秀，身材修长结实。睡袋缠在两人腰间，完全可以看到两人下半身被紧紧勾勒出的轮廓，而男人的双手则牢牢搂着尤明许的腰身，脸还埋在她的胸口。那白皙的、棱角分明的脸，哪怕在尤明许的艳色之下，也毫不逊色。

而尤明许居然没有或者没能把他推开，只是愣愣地望着男人的脸。

于是宋兰等人也注意到了这强烈视觉冲击画面中的唯一不和谐之处了……

男人在哭，很小声、很哽咽地哭着。整齐的牙齿咬在下唇上，眼睛里全是泪在打转。仿佛受了极大的委屈，可神色又很倔强，嘴瘪得很厉害。怎么看，都透着一种不太正常的感觉。

尤明许这时反应过来，吼道："起开！"她一把推向男人的胸膛，可他很高大，力气也大，刚推开又扑过来抱住她，那双大手就跟黏在尤明许的细腰上似的，不肯动了。

"别赶我走……"很低，但很悦耳磁性的声音传来，"我听话……"

尤明许："……"

她看着那双眼睛，那双眼实在太干净清澈，这样对她一个陌生女人撒娇，居然天经地义、满腹委屈。他抱着她的手，带着几分固执和任性，却没让她感觉到半点属于成熟男人的情欲。

尤明许有点头大，也有点明白过来这只怕不是个正常人……但也不知道他是不是装出来的。

她还没来得及做别的反应，顾天成已冷着脸，大踏步走过来，一把揪起那人的衣领，一拳就要朝他的头招呼过去。

尤明许："等一下！"

那男子尽管言语神态迟钝幼稚，身体动作却快得很，头一偏，居然精准避过那一拳，双手一撑就从睡袋里跳出来，拔腿就要往外跑。

帐篷里本就狭窄，顾天成是伸手进来捉人的，见状就要抓他。尤明许一个翻身从地上起来，伸手就抓住了那男子的后襟。只是人已到了帐篷外，身子被迫一顿，顾天成已逼到他面前。

尤明许也钻了出来，明韬他们三人看得目瞪口呆。

那男子看了一眼顾天成，竟吓得浑身一抖，低头就往尤明许身后钻，反手抓住她的手，脸死死地贴着她的后背，身体也拼命缩着，仿佛这样大家就看不到至少一米八几的他，躲在了比他矮大半个头而且纤细很多的尤明许身后。

众人又是："……"

尤明许很难得地感觉到茫然。

起初，这个人躲在她的睡袋里，几乎把她吓个半死。可此后他的种种神态、行为，分明神智不全，一点都不会让她感到害怕。甚至他此刻躲在她身后，紧紧握着她的手，手心里全是热汗，似乎真的非常害怕。他还把头贴在她的背上，这得弯多大的腰才能贴上来，还轻轻地一下下蹭着，跟只小动物似的，蹭得她有点痒。仿佛这样就不会被顾天成抓住，被大家看到，完全地掩耳盗铃。

然后他嘴里还极其快速地念着什么，非常快，完全听不清，只听到一段段含糊慌乱的哼哼。

如果这人真是装的，那就装得太像了。

明韬失声喊道："他穿着我的衣服和鞋子！"尤明许不得不承认，刚才在他嘴里，也闻到一点残留的香肠味。

刚才的失窃案，似乎已经水落石出了。

邹芙瑢谨慎地站得离这人最远，宋兰则说："所以刚才的事，都是因为我们遇到了这个疯子？全都是他做的？"

大家都盯着那人，他却似乎更加紧张了，缩得更厉害，本来人高马大，却佝偻得跟个小老头似的。

尤明许慢慢回过头去，那人察觉了，也抬起头，怯生生地回望她。

于是尤明许心里又"咯噔"了一下。

因为他又哭了！只是这一次，没有哽咽，眼泪无声地流着，嘴巴咬得很紧，脸色因为恐惧而发白，可眼神还透着浓浓的倔强。

这人小时候，一定是个很好看、很别扭的小孩——尤明许脑海里忽然滑过这不着调的念头。

不知怎的，她忽然就释然了、放松了。也不去想这人是不是伪装，只是平静地盯着他。而他愣愣地望了她一会儿，似乎感觉到了她眼神里的安抚，那张苍白的、粘着泥迹的脸上，慢慢地、慢慢地绽开了一个很浅的笑。

他皮肤生得白，嘴唇上方还有一点刮干净胡子后的淡青色，眉目乌黑明亮，鼻梁高挺，头发也是漆黑的。这一笑，便显得很单纯、干净、好看。

尤明许愣了愣，心中疑惑更深。这到底是个什么人，为什么会出现在这个时间、这个地点，难道真的是……

她忽然察觉到旁边有一道极其锐利的视线盯着自己，转头望去，就撞上顾天成那黑漆漆的眼睛。他的目光有点沉，和之前的深邃不同。暗暗的瞳仁，嘴紧抿着，竟是有点不高兴的样子，目光就落在她被那个人紧抓的手上。

两人视线一对上，尤明许竟感觉到心脏滚烫地跳了跳。转念又一想：这人一举一动都带着股劲儿，能把女人撩得心猿意马。

她避开顾天成灼灼的目光，却已听到他冷冷地喝道："你，过来，别缩在女人后面。"

尤明许其实并没有就此轻信这个来历不明的傻子的意思，只不过想要再仔细观察观察，一探究竟。听到顾天成发话了，她便挣脱那男子的手，往后退了两步。男子的反应似乎有些茫然，原地踟蹰了一阵，抬头看着尤明许，有点想再次上前依赖的样子，可是又不敢。

其他人见状也往后退开，男子身边空出大片地方。几个人手里的营地灯、手电都开着，映得每个人的脸都幽幽的，气氛好像突然又紧张起来。

"我跟你们说……"明韬的嗓音压得低低的，但在场的每个人都听得见，"别觉得这个怪人好像是个低能儿，没有危险。食物是他吃的，衣服也是他偷的。就在我们眼皮子底下神不知鬼不觉地拿走了，他还知道破坏轮胎。你们知不知道，有种连环杀手叫作无组织能力杀手，就是他这种脑子不太好的精神病，一冲动就随便杀人……我们不能就这么放他走。"

"不让他走？"邹芙瑢难以置信地说，"难道还把他抓起来吗？"

"对，把他抓起来。"这次回答的是顾天成，他的嗓音淡淡的，"不管他是从哪儿冒出来的，我们只管把他交给警察，万无一失。"

他讲话有分量，大家都不吭声了。

尤明许心里也赞同，又看了一眼那个年轻男人，他此时大概也察觉出众人没有善意，嘴紧抿着，双手紧握成拳，垂在身侧。背依然缩着，整个人很尿、很窝囊的样子。

突然间，他不知想到了什么，还是对刚才大家的话起了反应。他慢慢站直了，刹那间看起来又有点像个正常人了，然后他伸手摸了一下鼻子，说："杀人……呵……杀人……杀了很多……杀了七个……"

所有人都感觉到心头仿佛有一阵寒风吹过，四周极其安静，眼前脑子有病的俊俏男人，忽然就令人感到细思极恐。

尤明许脑子里想起什么：之前明韬明明说四个，他说七个？

"当心！"顾天成吼道。只见那人竟突然发了狠，脸色极为执拗，转身朝邹芙瑢扑去。刚才尤明许和他身体贴近过，知道这人八成练过散打之类的功夫，而且经常健身，虽算不上一流高手，但是敏捷又有力。这一扑只吓得邹芙瑢魂飞魄散，"啊"的一声尖叫，尤明许和顾天成已一左一右冲过去。

那人的手刚抓住邹芙瑢的胳膊，要把她往怀里抱，顾天成已揪住他的后背。顾天成也是个狠角色，一拳就重重打在他腰上。那人吃痛，闷哼一声，手松开了。尤明许连忙将邹芙瑢拉过去，护在身后。宋兰跑过来，拉着惊慌失措的邹芙瑢又往后退了几步。

"去你的！"明韬大喊一声，只听"哐"的一声巨响，他手里的一块石头，已重重砸在那人后颈。尤明许眼皮一跳，下意识想要阻止，已经来不及。

那人的身子晃了晃，倒地前恰好与尤明许的眼睛对上。他的眼神变得茫然，伸手捂住自己的头，很痛的样子，紧蹙着眉。

"为什么……打我？"他低喃道，然后倒地，昏迷过去。尤明许注意到，他脑后乌黑的发间，已经有血渗了出来。

剩下的众人，气喘吁吁，面面相觑。

尤明许盯着地上的人，只感觉到心怦怦跳，指尖还有些发凉。

"没事吧？"

她循声望去，是顾天成在问邹芙瑢。邹芙瑢的脸都是白的，紧紧抱着宋兰，勉强对他笑了笑："没事。刚才多亏了你，要不然我……就落到这个连环杀手手里了！"

顾天成说："说什么话，难道我眼看着你们有人遭毒手？"邹芙瑢和宋兰全都是一脸信任感激地望着他，他却已不再多说什么，转身朝尤明许走来。

两人目光一对，似乎透着几分旁人察觉不到的含义。

他走到她身旁，两人一起看着地上那人。明韬正在狂拍照、录视频，嘴里还不停地念叨着：“这是我打晕的……我抓住的！他刚刚好像说，不止杀了四个，而是杀了七个，是不是？他要不是杀手，怎么会知道人数？比警察知道的还多？”

没人搭理明韬。

顾天成问：“怕不怕？”

尤明许摇摇头。

顾天成脸上带了丝笑意，说：“你是很勇敢，刚才还保护别人。”

尤明许慢悠悠地答：“说什么话，难道我眼看着有人遭毒手？”

这态度不知为何逗乐了顾天成，他眼里泛起浓浓的笑意，嘴上却在教训她：“知道不能亲信人了吧？这人身上处处有问题，没想到真让我们撞见了连环杀手。你刚才还……敢和他靠那么近。”

尤明许叹了口气说：“下回我会长记性，一开始他真的表现得很无害。”

“真的会长记性？”他又问，有点轻懒的语气。

尤明许“嗤”了一声，却不理他的逗弄了。

这时明韬蹲在地上，抬起头，表情还有些不可置信：“我们真的……抓住了那个公路连环杀手？他真的是个无组织能力的狂暴杀手？居然能一路逃脱湘城警方和川藏警方的疯狂追捕，也是厉害了！”

顾天成说：“是不是杀手，明天天一亮交给警察就知道了。”

尤明许也点头。

明韬望着身旁的昏迷者，说：“那现在怎么办？”

顾天成答：“趁他没醒，我车上有备用绳，把他捆起来。”

明韬打了个响指：“太棒了！”

顾天成车上有捆户外绳索，刚才绑尤明许和明韬的自行车，并没有用完。他拿了过来，和明韬一起利落地把那人绑得结结实实。

“接下来怎么办？”明韬问。

顾天成看了看周围，说：“找个地方关起来，免得他醒了再闹。”

又问：“谁有胶带？”

明韬举手：“我有。”他飞快从包里拿来，顾天成把那人的嘴也给封住了。

尤明许在边上看着，问：“明韬，你随身带着强力胶带干什么？”

明韬满不在意地答：“以备不时之需啊，你看现在不是用上了？现在把他关在哪儿？”

尤明许也抬头望去，只见邹芙瑢已经躲回自己的小屋里去了，宋兰在边上陪着她，两人还关切地望着这边的进展。

尤明许说：“关进另一间屋子？”

顾天成摇头：“不行，我之前看过，两间屋子的锁都坏了。他跑了怎么办？”

明韬：“给他绑树上？”

顾天成说：“那只怕还会闹腾。”

尤明许也说：“万一他醒了，就得时时刻刻看他挣扎，我不想看。”

她和顾天成对视一眼，他的视线又落到不远处的车上，犹豫了一下说：“要不……锁后备厢里？反正我的车现在是废了的，也用不了。”

尤明许和明韬都沉默着，没有出言反对。

顾天成便和明韬抬着那人，把他丢进了后备厢里。尤明许在后面跟着。

后备厢里除了点杂物，几乎是空的。那人虽然人高腿长，但也刚好塞下。

看着顾天成把后车盖合上，又锁上车。尤明许想起了什么，说：“也不知道他把你的两个大箱子偷了扔哪儿去了。”

顾天成答：“是啊，不过都是衣物这种不值钱的东西，回头再说。”

荒野里重新寂静下来，尤明许低头看了看表，接近半夜三点，距离天亮至少还有三个小时，她问：“要不要先想办法通知警方？”

顾天成想了想，说：“这样吧，我待会儿试试打 110，看能不能打通，把情况跟他们说下。不过，说到底，他只是偷了我们的东西，还是个疯子，并没有什么证据证明他一定是杀手。所以，警方会不会引起重视，我也不知道。再说这里这样偏僻，就算警方肯出警，到这里也天亮了。不管警察来不来，我们都还是好好休息一下，养好精神，明天一早再寻求救援，把这个祸害给交出去。”

明韬也说：“是啊，反正我们已经抓到人了，怕什么啊？明天一早，我们亲自把他押到派出所去。我再录个视频，上传到抖音，哇，那得多高的点击量啊，肯定爆！”

顾天成嘴角一勾，明显讽刺地笑笑。尤明许则懒得理这小子。

三人走回帐篷，宋兰对他们说：“我们晚上不睡了，我陪着芙瑢等天亮。”邹芙瑢神色已镇定许多，对他们点点头，又望向顾天成，双眼盈盈。

顾天成却似乎没看到，只是说："没关系，我守夜，不睡了。你们再休息一会儿。"

明韬呵呵笑笑，说："行，你继续当英雄。我反正是要睡会儿，明天养足精神。"说着钻进帐篷。

尤明许望向顾天成："那我也去睡一小会儿，有事叫我。"

顾天成在自己帐篷里坐下来，说："不会再有事了，放心睡。"他讲这话时，神色有些疲惫，也有些温柔。棱角分明的脸上，目光深深。

尤明许看了他一眼，弯腰进了帐篷。

看到自己帐篷里乱糟糟的一团，尤明许倒是一愣。立刻想起刚才那个人不知怎么独独钻进了自己的帐篷，还跟只大型幼龄动物似的抱着她不放手。其实有关那人的一切，尤明许的思路也很乱，但毫无疑问，他跟连环凶案一定有关系，当时才会有那么诡异的反应。

尤明许的脑海里再次浮现了那双眼睛，很清亮，黑白分明。他就像一个没长大的孩子，那么傻乎乎地望着她，眼睛里含着一丝讨好、一丝委屈，还有哀伤和倔强。

他真的是无组织能力、精神分裂的……连环杀手吗？

旷野里，响起低低的吟唱声。

尤明许望着帐篷顶，听着这寂寞孤独的声音。这一次，顾天成哼的是一首英文歌，并且吐字清晰。不得不说，这样低沉的男声，本身就很动人，在深夜听到，更能让人的心随之沉静下来。

一曲终了，他终于沉默。周遭一切声音，仿佛也随着黑暗沉没了。

尤明许脑子里忽然冒出个念头：天亮后，也许真的可以跟他好好聊一聊，问他喜欢什么、讨厌什么、期待什么、烦恼什么。也许，路途上遇到的这个男人，真的可以期待。

尤明许不知道自己是什么时候开始打盹的，事实是，在这之前，她已经风餐露宿了三天，又困又累。她深知自己今天必须紧绷着，撑到天亮，但之前折腾了半夜，她确实有点强弩之末。她发誓自己只眯着了一小会儿，在那昏黑的天色里，在顾天成的歌声里。

帐篷的门猛地被人撩开，光照进来。尤明许抬手挡住眼睛，眼前是顾天成紧绷的容颜，他的大手一把捏住她的肩膀："快起来！出事了！"

尤明许心头一沉，从地上弹起："怎么回事？"

顾天成的脸色有些不可思议："我刚刚去林子里方便了一下，回来就发现两个女孩都不见了！"

尤明许脸色骤变，跟着他跑出帐篷，明韬也被惊醒，从帐篷里爬出来："怎么了怎么了？别跟我说又出什么幺蛾子了。"

两人没理他，尤明许一个箭步跑到小屋门口，只见门虚掩着，屋内的东西都在，没有打斗痕迹，但是两个女孩的鞋和外套都不在了。

尤明许身子一顿，脱口而出："是不是她们自己出去了？"话一出口又觉得不可能，邹芙璐已经吓成那样，就算两人有什么事要离开小屋，也绝对会通知其他人。

她抬起头，望见顾天成同样疑惑而凝重的脸。尤明许心里"咯噔"一下，转身望向打着哈欠慢吞吞跟过来的明韬。只见他头发乱糟糟的，衣服也凌乱，一脸茫然和不耐烦，直至看到空空的小屋，才愣住了。

顾天成忽然脸色一变，喃喃道："车！"

三人同时回头望去，停在不远处的车隐在黑暗里，影影绰绰的看不清晰。顾天成掏出手电，直射过去，三人清楚看到，后备厢的盖子高高开着。

他们跑过去，果然看到里头空空如也。

明韬大骂了一声脏话，说："这家伙是个什么鬼？都绑成那样了，还能跑掉？顾天成，车钥匙呢？你的车钥匙呢？他怎么跑出来的，是不是你放的？"

顾天成厉喝道："我放他干什么？！"从口袋里掏出车钥匙，摊在掌心。

"他有万能钥匙。"尤明许说道，"刚才我们已经锁了车，或者他想办法挣脱了绳索，从后备厢爬到前座，想办法打开了车门。那不是办不到。"

顾天成转身就走："我去找她们。答应过要保证她们安全，是我疏忽了。你们留在这里别动，等我回来。"

"等一下。"尤明许喊道。

明韬也说："不行！你走了，万一那个杀手再回来怎么办？我和尤明许两个，怎么会是他的对手？他发起疯来，我们怎么抵挡得了？"

"那怎么办？！"顾天成猛地转身吼道，脸上已是阴沉一片，"难道我们就坐在这里，谁知道那两个女孩会不会遭罪。如果他真的是连环杀手，那可是两条人命！"

"我们一起去！"尤明许说，"三个人有个照应，也避免落单。"

顾天成没有反对，一时间大家都静了下来，气氛却依然无形地焦灼着。

明韬低下头，那刘海又挡住了眼睛，嘴角却勾起了笑，慢慢地说："对不起，我不去。刚才我们五个人都制不住这个连环杀手，我不玩了，保命要紧。我现在就走，不待在这个鬼地方了。你们爱咋的咋的，跟我都没关系。”说完就提起背包，转身走向自己停在帐篷外的自行车。

尤明许和顾天成对视一眼，顾天成低骂了一句：“孬种。我们走。”

尤明许却站着没动，望着明韬的背影。顾天成察觉了，转头望着她。

尤明许说：“其实我们并不确定，宋兰和邹芙璐一定是那个人带走的，也可能是他。从他上了你的车开始，他就一直很可疑，现在他又要一个人走。”

顾天成猛地抬眉，静默片刻，却不得不承认：“你说得对，我们不能让他就这么走了。”

明韬刚踏上自行车，正要铆足劲往公路的方向骑，一脚踏下去，身体却没动。后背一股坚定的力量传来，他的心情坏透了，转头刚想骂人，顾天成已经一把将他从车上扯了下来。

“干什么？你们干什么？”明韬拼命阻挡，而顾天成和尤明许一句废话都没有，在明韬的挣扎下，硬是将他摁在地上，用绳子捆了个结实。

明韬简直要崩溃了：“你们疯了！捆我干什么？”忽然间心头一抖，喊道，“你们……是你们俩，你们俩是连环杀手？雌雄大盗？”

尤明许低骂了一句：“白痴。”

顾天成则把他从地上提起来，说：“别挣扎，好好在这儿待着。只要那两个女孩能够平安回来，我们就放开你。”

尤明许抬头看了顾天成一眼，只见他神色坚毅冷酷，仿佛已认定了营救的目的，义无反顾。尤明许心里忽然生起一丝夹杂着茫然的烦躁，心里也有些冲动，一把拉住他的胳膊。

他转头看着她：“怎么了？”

她松开手：“没事。我们……要注意安全。”

他点点头，也许是到了如今这个境地，他的心中也不平静，那双眼深深地望着她，竟然破天荒地伸手按住她的后脑勺，按向自己。然后他的脸贴上去，与她的脸轻轻一碰。

尤明许一动不动，任由他靠近，任由他离去。

“我说过，别怕。”顾天成说，“不管其他人会怎么样，能不能把她们救回来，我一定会带你到安全的地方。”

尤明许说："好，我信你。"

他浅浅一笑，依然是英俊、高大、沉默、压抑的男子模样。

两人把明韬关在了车里，只是没有放在后备厢。既不让他离开，锁了车，也能保证他的安全。

隔着车窗，在明韬愤怒狰狞的面孔和隐约不断的叫骂声中，两人简单带了点东西：手电、指南针、顾天成的匕首、尤明许的登山杖——后两样权当作防身用，就往林子里出发了。

这时是凌晨四点多，距离天亮还有两三个小时。整座荒原、整片树林依然黑得像个大布袋子，他们迎着冷风往里钻。

"打通了吗？"尤明许问。

顾天成放下手机，从林子边缘走进来，面露喜色："通了！他们说派车过来，附近有巡警，一个小时就能到！"

尤明许也神色一松："太好了！只不过……一个小时，也可能发生很多事。"

顾天成的手臂垂落，握了握她的几根指尖，说："事在人为。"他的手温热有汗，仿佛总带着不变的力量和温度。

尤明许点头："嗯，我听你的。"

顾天成愣了愣，他发觉自从两个女孩失踪后，这个倔强坚强的妹子，似乎也柔软了很多，或许是真的被吓到了。于幽暗的树林里，他望着身边人低垂的美丽面孔，一切都太静了，其他人仿佛都没存在过，只有窸窣的风声，还有脚踩在树叶上，发出的清脆微弱的声响。那道温和的因她而起的白光，仿佛又在他的脑子里，安静照耀。

在这样濒临危急的时刻，在这恍惚似天荒地老的孤独时分，他有种冲动，想把这个不经意间邂逅的女孩，紧紧拥在怀里，吻她，抚摸她，让她喜悦，让她痛。这样，仿佛才能发泄孤身在旅途中的男人，此刻心中也会有的紧张、焦急、空洞、无助与深深的怜惜。

但是他什么也没做，只是自嘲地笑笑，笑容没有让她瞧见。他们算是一见如故吧，虽然只有短短几个小时的相处，却似乎已有了无形的默契。这是个很好的开始。他不想吓着她，让她察觉自己其实也是个心中藏着野性和不羁的男人，现在远远还没到让她感受自己不羁的时候。

也许会有那一天的，如果他们真的走近彼此，如果她真的是他一直等待的那个人。

距离两个女孩失踪已经有二十多分钟，两人又在林子里走了十多分钟，然而四处都是黑茫茫一片，远远地都能望见黑暗的山脚了，却一点收获都没有。

尤明许低低喘着气，顾天成始终在她身侧，离她不到一米远，细心保护，举止果断。

“要休息吗？”顾天成问，脚步却未停。

尤明许摇摇头。

他说：“我不放心把你丢下，否则我一个人去找就行了。”

尤明许说：“我知道。”

“要不我们聊聊天，聊天就不累了。”他说。

尤明许抿嘴一笑：“行啊。”

他大步不停，神色自若地问：“你有过男朋友没有？”

尤明许看他一眼，又走了几步，才答：“有过。”

“几个？”

“一个。”

“刻骨铭心？”

“谈不上。”她的语气很随意，“大学时看对眼了，毕业时又不顺眼了，就分了。觉得他虽然高大威猛，但还是少了点担当，少了点意思。”

顾天成笑了，说：“那你看我有担当吗？会不会是个好男朋友？”

尤明许看着前方，无数笔直的树木挺立着，微微有星光映进来，林子里似有似无的薄雾，仿佛牵引着她和他，走向更加未知的前方。

“我不知道。”她语气平和，“相处久了才知道，我认识你才刚刚半天。”

他静了一会儿，说：“哦。”

一时间两人无话，尤明许又大喊了几句宋兰和邹芙瑢的名字，顾天成也加入进来，用力大喊。他的嗓音比她洪亮很多，两人连喊了一阵后，周围又只剩下一片死一般的寂静。

顾天成望着她，说：“我们没听到汽车的声音，她们走不远。她们肯定听得到我们的声音，只怕那两个女孩现在发不出声音。”

尤明许捏紧登山杖，说：“恐怕是。”

“这边都找过了，往那边去看看。”他指了个方向，尤明许跟着他。

又走了一小段，顾天成说：“其实我挺爱以前的女朋友。”

尤明许沉默不语，听他继续说道：“她和你一样，性格也很要强，有想法，一点也不俗气。和邹芙瑢那种女孩不一样，她也喜欢有担当的男人。”

尤明许笑笑：“所以她就跟着你了？”

顾天成也笑了，淡淡的，温和而平静：“是啊，跟了我五年，把最好的年龄都给了我。后来，人没了。”

尤明许轻声说：“节哀，人死不能复生。”

他沉默了一会儿，说：“我知道，我早就知道了。我抽支烟提提神。”他停下，以手掌挡风，低头点烟，嘴角含了丝笑意，“不来一支？”

尤明许想了想，说：“来吧，今天最后一支了。”

他说：“是啊，最后一支。”

她从他掌心的烟盒里抽出一支，含在嘴里，他的头已微微偏过来，跳跃的火光中，映着男人英俊深沉的面容。尤明许脑子里忽然想起他最初驱车经过时的样子，隔着车窗上的水雾，年轻的男人转头望向她，目光幽幽如同这藏地永远飘浮的云。

她把脸凑过去，就着他的手，把烟点燃。他的双眸，在很近的地方盯着她，那里头有温柔的情绪和深藏的过去。尤明许吸了口烟，笑了，假装什么也没看到。

两人在原地只停了半分钟不到。

顾天成突然将烟丢在地上，一脚踩熄，吼道：“站住！”人已经冲了出去。尤明许霍然抬头，真的看到前方林子里，一道黑影一闪而过。隐约只见黑影身形高大，酷似那个男人。

顾天成此刻肯定是顾不上她了，尤明许拔腿就追。眼见顾天成如同一头黑豹般奔了出去，而她的长腿踩踏在落叶之上，四周寂静无声，只有两人一前一后激烈奔跑的声音。

“啊……”突然间，尤明许听到一丝极其隐约的呼救声，隔得很远，方向在身后。与那人逃离的方向刚好相反。尤明许一愣，急忙刹住，再仔细听，却只有细碎的风声。

可直觉告诉她，没有听错。

她抬起头，喊道：“顾天成！顾天成！”无奈就耽误了这一会儿的工夫，顾天成已经跑远了，也不知是听到了顾不上，还是没听见，只见他身形一闪，已没入前方的黑暗里。

尤明许原地站定，只思考了几秒钟，毅然转身，朝隐约传来女人呼救声的方向跑去。

四周黑茫茫一片，只有她手里一支手电射出一道细细的光柱。由于被浓黑包围着，她也不知道自己跑到了哪里，只觉得周围越发空旷。她能听到的，唯有自己急促的呼吸声。

“宋兰！宋兰——邹芙瑢——”她大声喊道。

“呜呜……”她真的再次听到声音了，是女人的呜咽声，像是喉咙被什么堵住拼命发出的。尤明许只觉得整个身体里的血都热了，头皮上激起一层细细麻麻的战栗感。她提起登山杖，横在身前，另一只手架着手电，紧咬牙关，一步一步，往前探去。

手电的光柱横向掠过前方的视野，照亮一排树木、草丛、人脸……尤明许脑子里忽然“嗡”的一声，掌心渗出冷汗，急速将手电转回来，回到刚才照亮的那块地方。

那里有个人。

不，是两个。

竟然真的是他。

那个眼神懵懂、纯洁如孩童的年轻男人出现了，他就站在一棵大树旁，宋兰双目紧闭，一头血污，趴在他背上，不知死活，也不知是否遭受过什么折磨。

尤明许不知道他在这里站了多久，也不知道他看了自己多久。四目相对，他那原本清澈的眼睛，却像蒙上了一层灰雾。你根本看不透里面到底有什么，而他盯着自己，嘴角慢慢地、慢慢地勾起一个很小的弧度。尤明许这才发觉，原来那么俊秀的一张脸，转眼间，也可以变得如此邪恶冷酷。

第三章

身受桎梏

四周极静，静得尤明许只能听到自己的心跳声。

片刻的凝滞后，他直接松开双手，令昏迷的宋兰跌倒在地，然后再次一笑，很傻、很纯净的样子冲了过来！

尤明许转身就跑，听到他粗重的呼吸声逼近，恨恨地想：难道在他看来，自己是更好的猎物？所以弃宋兰朝她来了？

“别跑！”男人的嗓音传来，出乎意料地悦耳好听，只是此刻只会让尤明许觉得又傻又坏。

她根本不理他，全力飞奔，同时飞快观察周围环境，寻求逃脱甚至反击的机会。

他追得很近，根本甩不掉，跑这么快，气息居然匀称有力，毫不急乱。

以前经常跑步是吧？

“姐姐……漂亮姐姐……跟我走，背你……”

尤明许简直听得头皮发麻，姐你妹！他看起来明明比她还大几岁！气急吼道：“做梦！”一扭头，正看到他有些受伤的表情，眼睛瞪得大大的，嘴唇轻咬着。尤明许在心里骂了声娘，然后就见到他忽然偷偷一笑。尤明许心底一沉，暗叫不好，果不其然一脚踏空，踩到了地面的一个小坑里。

她站立不稳，眼看就要跌倒，一只有力的手从背后伸过来，将她拦腰抱住。

她落入那个宽阔、温热，却有点臭，还散发着血腥味的怀抱里。尤明许简直要疯了，抬腿就往后踢。但她身体到底失去了平衡，他虽然傻，身体反应却很快，一闪避开，在她耳边再次低低碎碎地说着：“姐姐……不乖……打我……要打屁屁……”

说完，长臂一翻，竟然就地抱着她坐下，将她面朝下压在了大腿上。尤明许何曾受过这样的耻辱，“啊”的一声大叫，手肘一抬，就朝他胸口击去。这下他被打了个正着，吃痛地“哼”了一声，然后也跟负气似的，大掌一下子拍下，重重地落在尤明许的臀部上。

“还……凶不凶了？”他涩涩地问。

尤明许强迫自己冷静，深吸了好几口气，放软语气：“不凶了，你放开我。”

他却想了想，说：“不行。姐姐打我，那个坏人也打我。姐姐不听话，绑起来，就听话了。”

尤明许闻言就往外一翻，动作不可谓不敏捷。可他竟像早料到了，也不知道他从哪儿翻出了一根束口带，一把捉住她的手就系起来。尤明许双手被束在背后，目瞪口呆。他做这事儿熟练极了，抬手将她两只脚踝一扣，她连挣几下，没挣脱，他又给她两只脚踝系上一根。

只是在触摸到她的脚踝时，他愣了愣，因为女人的脚踝很细，也很白，一点毛都没有，和他不一样。

“姐姐好香……”他垂下头，“我也想香香的……我现在……太臭了！”

他的眼睛睁得大大的，里面水汪汪的，看起来马上就会又哭了！

尤明许突然说不出话来。

人绑好了，他好像也心满意足了，任由她狼狈地坐起来，只是双手双脚都动不了。而他单手托着下巴，望着她，眼睛里都是笑。

尤明许瞟了一眼他身后，平静了一下情绪，说：“行了，现在姐姐打不了你，放心了吧？”

他很用力地点头。

尤明许又问：“你是谁？为什么会在这里？”这是她最想知道的问题。

然而这个问题却让男人愣住了，那红红的、饱满的唇微微张着，眼睛里闪现出刹那的茫然。他慢慢地低语道：“我是谁……为什么会在这里……”

过了几秒钟，他抬头看着她：“我也想知道。”

尤明许盯了他一眼，转而又问：“还有个姐姐在哪里？”

他的嘴立马嘟起来，牙齿还咬着下唇，一板一眼地答：“第三个姐姐，在树林里，我最不喜欢她。刚才的姐姐，第二不喜欢。”飞快地看了一眼尤明许，小声说，“你，第三不喜欢。”

尤明许：“哦？第三不喜欢，那就是最喜欢了。跟姐姐说，是不是你打伤了她们？”

他点点头，又摇摇头，说：“她们……她们醒了，说是我打的，可我……可我不记得打了……”他的表情变得困惑而焦急，乌黑的睫毛颤巍巍的，尤明许眼角余光注意着他身后慢慢靠近的那道影子，依然盯着他的脸，终于，他又掉泪了。

尤明许静默瞬间，说：“我口袋里有纸巾，你来拿，擦擦眼泪。”

他嗫嚅了声，怯生生地抬头看她，目光中有些依赖、有些希冀。尤明许只当什么都没看到，身子一侧，把裤子口袋朝向他。他伸出手，慢慢摸过来。两人隔得有点近，近得尤明许可以看清他的眼睛，清澈得什么都没有。

她愣了愣。

就在这时，埋伏已久的顾天成扑过来，手肘从背后狠狠勒住那人的脖子。尤明许得以清晰地看到这傻子瞬间苍白凝固的神色，嗓子里憋出几个字：“姐姐……跑！”

尤明许只看着他们，似乎完全没听进去。

顾天成在他身后忍了这么久，求的就是一击即中。好在尤明许聪颖，令那人放松警惕，给他提供了一个绝好的偷袭机会。在他呼吸艰难、挣扎时，顾天成掏出匕首，直接插进他的身体。

尤明许猛地瞪大眼，眼见顾天成抽出染血的刀又要捅他第二下，尤明许失声道：“不要！顾天成不要犯罪！”

顾天成动作一顿，扭头看了她一眼。那平素沉敛的眼眸里，此时染着血性的光。他到底没再继续，咬了一下牙，把那人推倒在地，说道：“看看他都对你做了什么！”

尤明许喊道：“他还没有伤害我！够了，顾天成！你冷静一下。”

顾天成看了她一眼，丢掉匕首，抬头望了望天，深呼吸几下，然后蹲下。那人被插了一刀，此时躺在地上，痛苦地蜷缩着，也不反抗，低低呻吟着。顾天成冷哼一声，从那人口袋里掏出两根束口带，依葫芦画瓢地把他的双手双脚束起来。

然后顾天成转过身，神色已平静。深深的夜色在他背后蔓延成同样沉默无边的背景。尤明许忽然意识到一件事，他已成为这个夜晚唯一自由的、没有任何束缚的、最后剩下的一个人。

她望着他，也没有说话。

顾天成走过来，在她跟前蹲下，伸手就把她抱进怀里。尤明许心里忽然有些难受，也有些自嘲，一动不动，只是感觉后颈僵硬一片。她闻着他身上的气息，那和傻子如出一辙的血腥味，还有淡淡的香水味、汗味。而他整个人似乎也在这一刻倦怠下来，伸手轻轻摸着她的头发，问她："怕吗？"

尤明许说："不怕。你不是承诺过，会把我送到安全的地方？"

他沉默了一下，答："是的，我记得呢。"他慢慢松开了她，起身。

尤明许缓缓抬头，一眨不眨地望着他的容颜。那是一种非常微妙的感觉，仅仅只是简单的起身，拍了拍双手，在旁边地上横着的一根断木上坐下的动作，却让你觉得，他身上有哪里改变了。气质改变了，抑或是他的神态。

顾天成坐下来，双臂搭在大腿上，十指交握，望着她。那目光氤氲，仿佛隔着一层烟雾，不再像之前清亮直接。然后他慢慢笑了，说："明许，你看，终于都清静了，我们可以好好说话了。"

尤明许的脑子里，仿佛也有一团白白的烟雾在缓缓蔓延。她定了定神，语气平和不变，像是什么都没察觉，问："顾天成，你怎么不放开我？先替我解开手脚。"

顾天成坐着不动，动作很随意地从口袋里掏出烟，再次点上一支。烟雾中，微弱的红光里，他微微眯着眼看她。只这一瞬间，他已像另一个人，轻蔑的、恶意的、高高在上的。

"不用了。"他说，"我喜欢你这个样子。你不是个多听话的女人，可是我喜欢。你是我这一路最好的收获，是老天爷的赏赐。我不会放你，直至我死。"

夜色深沉，就像是永远化不开的黑色深潭。这一路相遇的六个人，有的倒在林子里，有的被锁在车上，还有的倒在尤明许脚下。在顾天成的身前身后，通通失去了行动能力，只能任人宰割。

尤明许又望了他一眼，依旧是那么英俊的脸，宽肩窄腰，浑身上下冷硬的男人味。可是她明白，他再也不是她以为的那个人了。

"你不怕我？"顾天成突然问。

尤明许不想再看他那双已不再清澈幽深的眼睛，看向另一侧，笑了笑说："你不是喜欢我吗？还舍不得再放走我，我为什么要害怕？"

他倏地笑了，又吸了口烟，说："你其实让我有点看不透。"

尤明许淡道："这世上看不透的人和事有很多，太执着就不好了，伤人伤己。"她似乎意有所指，顾天成抽着烟，盯着她，不搭腔。

“你是明韬说的那个连环杀手吗？湖南的两个人，西藏公路沿线的两个人，都是你杀的？”尤明许问。

他低头笑了笑，说：“是六个。”瞥一眼躺在地上还在哼哼唧唧流着血的傻子，说，“警察只把其中四个联系在了一起，傻子还说多了一个。”

尤明许也看向傻子，问：“他是什么人？”

顾天成答：“我还真不清楚。昨天我想得换辆车，不然逃不过搜索网，正好遇到这傻子停车在路边休息。我就趁他不注意开车撞了他，抢了他的车。”

尤明许心头一震，立刻有了猜测。这人所说的受害者人数，与顾天成承认的只差一个，他显然知道些内情。难道他也是警方内部的人？他之前还能独立开车，莫非那时候还是正常的，只是被撞成了这样？

尤明许心口有点堵，竟然是警察，好好一个警察被害成这样。她又看向地上那人，他醒着，眼睛瞪得大大的，那张脸因为痛苦而皱着，发出低低的呻吟。即使这么扭曲的表情，他依然不难看，只是委委屈屈的显得可怜。

“怎么，心疼了？”察觉到她的视线，顾天成戏谑地问。

尤明许知道傻子没有伤到要害，一时半会儿不会有事，就飞快递给傻子一个安抚的眼神，也不知道他能不能看懂，而后问：“所以，他被撞之后，就一直被你关在后备厢里，而那两个大箱子也并不存在。你这样一个男人出来旅行，不可能带那么多行李。他第一次逃出来，在你意料之外？”

顾天成抬眉，黑眸盯着她，嘴角扯起笑：“你很聪明。”

尤明许接着说：“轮胎是你扎破的，为了让大家困在这里，发现他跑了之后，顺水推舟推在他身上。我猜是你扎轮胎时开过车锁，又忘了关，他才爬出来的吧？”

顾天成抬起手掌，轻击两下：“我也是这么猜测的。”

甚至连地上的傻子都一直抬着头，好像特别认真地听着，脸都不皱了，恢复了英俊的样子。他用力地朝尤明许点点头，露出开心的笑，然后飞快地看了一眼顾天成，嘀咕道：“坏人……把我关起来的坏人……”

尤明许心想：他倒没有傻到底。

于是接下来的事，也都顺理成章了。

尤明许问：“你用什么方法把宋兰和邹芙瑢骗出房间带走的？”

顾天成很冷淡地笑笑，又点了支烟，轻呷一口，说：“邹芙瑢本来就是个不安分的女人，你没瞧见她看我的眼神，多淫荡。宋兰虽然难搞一点，但是不像你，她没什么脑子。大家睡下没多久，邹芙瑢就说要去洗手间，我陪她去了林子里。处理好她后，我再折返回来，跟宋兰说邹芙瑢有点不舒服，让她过去看看，我不方便。不过，就算她们当时自己不出来，我也有办法让她们出来。”

尤明许静默片刻，说：“这样把人玩弄于掌心，有意思吗？”

顾天成想了想，答：“还好。一开始很有意思，渐渐地，也就只是那么回事了。”

“那他第二次逃跑呢？”尤明许看了眼地上的人，“是你故意放出来嫁祸的，还是他又自己跑出来了？”

顾天成眼睛里的笑意加深了：“我放的，不然你怎么肯跟我单独到林子里来。他们其实都不重要，只是辅助道具。和你摊牌，才是我最期待的。我挺兴奋的。”

说这话时，他的眸光变得有些深沉，甚至肆无忌惮地沿着尤明许的身体轮廓打量，很平静，仿佛在打量自己已经到手的猎物。

尤明许咬了咬牙，脑子里骤然闪过不久前，他坐在帐篷外守着，自己闭上眼小憩时许愿的画面，隐隐有一丝痛恨闪过。她定了定神，告诉自己要是被他影响了情绪，那可就是傻 × 了。

她又说：“你抢了他的车，穿了他的衣服，因为你们身上有相同的男士香水味，那是他外套上的。你还没来得及处理他，就遇到了我。只不过没想到，他三番两次坏你的事。你应该把他和邹芙瑢她们丢在了一起，结果他却逃脱了，背着宋兰跑了出来，被我遇到。他其实是想救人，却差点让我误以为，他真的是那个连环杀手。”

顾天成有些鄙夷地说：“这小子已经是个傻子了，你把他当成我，那是抬举他了。”

“我……我不是！”地上的男人突然吼了句，嗓音发颤，满是委屈。

顾天成“扑哧”一声笑了。

尤明许静默不语，只是再次向地上的傻子投去坚定温柔的眼神。他这回大概是看懂了，愣了愣，努力扁着嘴，不叫了。

“别在我面前眉来眼去！”顾天成冷冷地说。

尤明许与他对视着，透过那层僵硬的伪装，仿佛依然能看清那双眼里的沉默和伤痛。她心想：真是奇怪，都到这个份儿上了，居然仍有某些瞬间，一个眼神彼此就能心领神会。

“你究竟是个什么样的人？”尤明许缓缓地问，“或者说，你曾经是个什么样的人？为什么会走上这条路？”

顾天成淡淡地答："不是跟你说过吗？我和你说的每句话，都不是假的。"

"你是一个管理技术的高层。"尤明许说，"可即使女朋友过世，也不至于走上这条路吧？"

顾天成静了一会儿，尤明许察觉他的脸色有些僵，是那种有点拧着的倔强。他的目光避开她，看向一侧，然后说："她不该离开我的。"

尤明许静了静，问："能给支烟吗？"

顾天成笑了，起身走过来，但并没有靠得很近，点了支烟，递到她唇边，她张嘴咬住，顾天成的手指顺势在她脸蛋上轻轻一勾。很沉默的小动作，她没有什么反应，他也没说话。

地上的傻子被顾天成挡着，什么也没看清，只能看看尤明许，又用力瞪顾天成两眼。

顾天成坐了回去，自个儿笑了："不知道为什么，愿意和你说这些，或许……"他眸光一抬看着她，"你真的就是我的终点了。"

尤明许忽然间福至心灵，又想起他刚才说不会放了她，直至他死。她问："你生病了？"

他一脸淡漠，竟是默认了。

"什么病？"

他答："癌。"语气平淡得很，仿佛事不关己。

"那她是在病情确诊之前，还是之后离开你的？"尤明许问。

顾天成脸上浮现出一个讥讽的笑："之前，如果是之后，那我或许还能够理解。"

尤明许双手被缚在身后，只能咬着烟，慢慢吸了口，感觉到烟草的味道，逐渐充斥整个喉咙胸腔，就如同这夜色，无声无息充满迷惑。约莫是她的姿势有点狼狈滑稽，顾天成居然轻轻笑了，说："你也可以爬过来，抽我手里这支，包管自在。"

尤明许只当没听懂他的暗示，地上的人也忙摇头："不要不要……"

顾天成看了他一眼，说："果然是没捅到要害，当警察的身体底子也好，这么快就开始活蹦乱跳了。"

尤明许立刻开口，只求分散他的注意力："她为什么离开你？你这样一个男人，事业有成，长得又好，也有魅力，除非她瞎了眼。"

这话大概取悦了顾天成，他微笑轻叹着："是啊，除非她瞎了眼。"似乎陷入了回忆，他的面容有片刻的沉寂，眼中也闪现一丝迷惑和难过，"你大概没有和人爱过很久吧，再多的好，相处久了，人家也不见得珍惜了。我厌倦了朝九晚五的生活，厌倦了给人打工看人脸色。我出来创业，也是为了给我们更好的将来。经济环境不好，不是我能力不够，她根本不理解一个男人在社会上扛着的是什么样的压力。看我赔得一干二净，就要和我分手。还是跟我以前上班时的上司跑了，那就是一个只会搞人际关系、专业一窍不通、还嫉妒我才华的矮子。你说，她肤不肤浅、蠢不蠢？”

尤明许想了想，点头：“确实肤浅。男人没钱是不行的，我也绝对不会和一穷二白的男人在一起，但你是潜力股就不一样，她至少应该再给你一次机会。”

顾天成笑笑，说：“你倒是现实。”

尤明许：“没错。”

他吸了口烟，透过袅袅白烟看着她：“你这样的现实，我并不讨厌。”

尤明许不接话，又问：“你杀了她？”

顾天成静默片刻，答：“是失手，但我那时候还不打算放弃人生，也不打算坐牢。我还想努力一把，证明自己能够做到。后来我就只能把她肢解，想办法烧了。警方没有证据，现在在他们的档案里，她还属于失踪人口。”

“所以是从那时候开始的？”尤明许问。

这话有点没头没脑，顾天成却听懂了，笑了笑，点头：“是的，一开始做，整个脑子都是空的。后来渐渐发现，其实那感觉很爽，就像彻底释放了自己。看到她烧成灰，我感觉从来没有那么轻松过。后来我每天吃一点，吃掉了她的骨灰。心里很踏实。”

他指了指自己的胸口：“她在这里，在我身体里。”

尤明许努力克制住心尖那淡淡的恶心和惊悚感，说：“是啊，人总说什么感同身受，都是不可能的。每个人感觉圆满的方式，别人并不一定能体会。”

顾天成幽幽沉沉地望着她，又是一个亲昵宠溺的笑：“你很会讨我欢心。其实从遇到你开始，你就表现得有点像我的同类。”

尤明许只是笑笑，说：“那后来呢？你不是打算继续努力吗？为什么后来放弃了？”

顾天成的眉目淡淡的，又是那副对世间一切都冷漠的表情：“后来我去另一家公司求职，我愿意暂时忍受寄人篱下和看人脸色。那几个月我把部门业绩做到了新的高峰，结果功劳被别人顶了。到了年底，公司经营不尽如人意，我在裁员名单里。哈，他们居然要裁掉我。你说究竟是我出了问题，还是这个世界出了问题？”不等尤明许回答，他已目光沉敛，自己答道，“不是我的问题，也不是我的错。否则后来我怎么就被查出了癌症？”

“后来呢？”

“后来……”他笑了笑，“挺奇怪的，人要死了，反而想要对自己了解多一点。我开始怀念杀人时的感觉。我在看了很多犯罪心理学的书后，决定成为连环杀手。犯罪心理专家们制定了标准，要想成为连环杀手，需要杀死四个人。于是，我决定杀死五个，或者更多。”

顾天成说这些话时，神色很平静，仿佛只是在说今天决定吃一个汉堡。夜色在他身后，一片安静寂寥。于是尤明许忽然明白，大抵这世间所有惊心动魄、丧尽天良的决定，都源自人长期沉默、沉默、再沉默之后的一句自语罢了。

明明彼此只有十几秒的寂静，却恍如隔世。

尤明许不去管掌心浸出的那层细汗，低头笑笑，说：“难怪……一开始我真的没有怀疑你，你表现得不太情愿让我上车，还有明韬，明明我很接近你最钟爱的猎物类型。原来你是故意的，欲擒故纵。你要答应得太干脆，我反而会起疑心。”

顾天成望着她，那双眼比初遇时还要深邃，一时间眼睛里仿佛闪过千言万语，有点兴奋，有点疼痛，有点警觉，有点迷恋。最终，归于背后山海般的沉寂。

尤明许也意识到自己说漏嘴了，但她并不是很在意，也半点不慌乱。两人对视了一瞬，她慢慢往后挪了挪，让自己的身体更舒服地靠在背后的树干上。这时地上的傻子也不知不觉挪到了她的脚边，血流了不少，脸色有点白。傻子和她一样，手脚都被束口带绑住。尤明许知道他受的伤并不致命，也不至于令他就这么丧失行动能力，但他现在神智如同儿童，只怕心理的恐惧远大于身体的伤痛，所以才萎靡成这个样子。这时傻子也不知道怎么想的，干脆把头往尤明许小腿上一靠，整个超过一米八的身体也蜷缩起来，完全依偎在她脚边，跟只巨婴似的。尤明许现在也没空搭理他，任由他靠着。

顾天成的注意力全在尤明许身上，也没看地上的窝囊废。见尤明许还是那一脸清淡的神色，凤眸仿佛天生带着几分清澈疏离，菱唇自抿。他忽然意识到，这个一路波澜不惊的女人，其实比他原以为的还要强韧镇定。

“那你是怎么发现不对劲的？”顾天成淡笑着问，“就因为那两个大箱子？怪我考虑不周，没想到这傻瓜半死不活的，还能逃出来，被你看到空荡荡的后备厢。之前放自行车时，我已经说过后备厢是满的，只好随口说还有两个大箱子。”

尤明许说："那个不算什么，带两个大箱子出门的男人虽然少见，但也不是没有。我当时也只是觉得有点奇怪，开始留意你而已。后来……"她顿了顿，直视他的眼睛，"古怪的事一件件发生，你表现得过于关心大家的安危，和之前的行为有些不一致。让我感觉到你有点像是在'演'。"

顾天成完全不生气，反而饶有兴味的样子。

"不过……"尤明许话锋一转，"表演型人格，很多人或多或少都有一点，明韬比你还严重。所以这也不算什么重大发现，只是令你身上的嫌疑又多了一分。真正让我觉得你跟宋兰和邹芙璐的失踪脱不了干系的，是你说的某句话。"

"什么话？"顾天成几乎是立刻问。

"'那两个女孩'。"尤明许说。

顾天成愣了愣，有些不明所以。

尤明许一笑，说："在宋兰和邹芙璐失踪后，我们提到了她们好几次。每次，你都说'那两个女孩''那两个女孩'，或者顶多说'她们'，你一次也没有说出她们的名字，只有说谎的人，才会这样。总是回避说出受害者的名字，习惯用代词来指代。怎么，你看了那么多犯罪心理学的书，没学会这一点吗？"

顾天成的脸色变得有些阴鸷，沉默片刻，反而笑了："竟然真的是这样，不用说出她们的名字，会让我感觉更轻松。我记住了，下次不会再犯。"

尤明许嘴角勾起一丝讥讽的笑，顾天成看得分明，不怒反笑："你笑是什么意思？"

尤明许不说话，神色平淡就跟没听到似的，颇有些无赖装死的意思。顾天成将烟头丢在地上踩熄，笑了笑，起身。

随着他不声不响地靠近，这时尤明许心中终于有了一丝紧张。她很不喜欢这种感觉，事到如今，竟然还能被这头禽兽的气场影响到，她觉得一切实在是太可笑了。

顾天成在她身旁蹲下，手搭在膝盖上，身上还是那淡淡的、好闻的香水味。虽然这香水味，都是从地上的傻子警察那里掠夺来的。他的神色看起来很平和，还很像刚开始认识的那个男人。

尤明许恍若未觉，任由他盯着，自己则注视着地面。比较令她无语的是，地上的傻子……居然睡着了，抑或是晕了过去？只见他双目紧闭，还保持着蜷缩的姿势枕在她的小腿上，发出均匀悠长的呼吸声，还有点打鼾……

"是不是女警察都像你这样难搞？"顾天成轻声在她耳边问。

尤明许只觉得心口一股混浊的热气翻滚了几下，她反而翘唇笑了："哦，你打算怎么搞？”

“很简单。”顾天成伸手摸了一下她的脸，她几乎是立刻偏头避开，他也不以为意，眼睛里反而泛起格外兴奋的笑，“你现在人在我手上，一时半会儿我看你的外援也不会到。那还不是我想怎么搞，就怎么搞？”

尤明许的神色变得很冷淡，凤眼平垂，这个样子的她看谁都有点蔑视的味道。她说：“说点实在的吧，你放了其他人，包括傻子，我跟你走。你也说了，我人已经在你手里，咱们今后的路还长，谁死谁活还不一定。我早知道你没有报警，所以我已经通知了我的兄弟们。你的时间不多了，何必在这些人身上浪费时间，早点带我走才是正经。”

顾天成却用那双黑沉沉的眼睛深深望着她，只盯得向来心宽的尤明许心中都升起一丝可恶的焦躁。

“你是真心的……”他问，“想要借被绑架的机会跟我走，还是只是在哄我，想要救了人质之后，再想办法抓我？”

尤明许静默片刻，那黑翘的睫毛微微颤了颤，嘴角泛起一丝自嘲的笑：“你猜。”

两人沉默相对了一会儿，顾天成说：“行，我待会儿去放了邹芙璐。她伤得不轻，被我藏在了一个隐蔽的地方，如果我不去，只怕等你们找到她时，她已经流血流到干死了。不过，在去之前，我要收点定金。”

尤明许听他这么一说，心头大大一松。太好了，邹芙璐也没死！正庆幸着，忽然间腰间一紧，竟已被顾天成拖了过去，按在地上。她的头皮一阵发麻，低吼道：“什么定金？”

“慌什么……”顾天成人在她背后淡淡地说，“只要你陪我安静待一会儿，我不会傻到在警察来之前就在这里把你变成我的女人，人命两空。你也不愿意我这么傻吧？”

尤明许愣了愣，一时便没动。脑子里想的是：他说的也许是真的，邹芙璐命悬一线，又被藏了起来。他故意开车把她们引了过来，这块地方本来就有可能是他的大本营，所以他才这么熟悉。而邹芙璐、宋兰则是点儿背，自己跑到了魔窟里。他现在对她说的话，说不准有几分真心、几分假意。还是暂时不要违逆惹恼他，诱他带自己找到邹芙璐比较好。

这时尤明许感觉到他轻轻带了自己一下，两人就侧靠在了一棵树上。他的手还是按在她肩上，令她动弹不得。

黎明前的夜色，或许是最厚重的，无边的夜色仿佛要将一切浸没。两人身旁什么都没有，只有轻轻的风，和夹杂着灰土树叶的原野气味。

他说："不管爱还是不爱，不管我此刻的感觉是否真实，也不管你我会死在什么时候、死在谁手里，其实我觉得这一刻的自己并没有变态过。我会永远记住这几分钟，希望你将来也不要忘了。"

尤明许沉默了一会儿，说："也许吧。"

他说："待在我跟前，不要动。"

然而，尽管尤明许向来行事剽悍，也交往过男朋友，但男友是警校的大好青年，所以她对男女之事，抑或说是对男人的口不对心，还是缺乏了些了解。这样的沉默、冰冷的相拥，令她也有刹那的恍惚。

是在某个瞬间，她感觉到身后的男人在动，耳边还传来窸窸窣窣的声响。她还没反应过来，想要转头，却猛地僵住。因为他的另一只手滑到了她的脖子上，将她锁得死死的。

"别动……"他的声音有点压抑，也有点喘，恶狠狠的。然后尤明许就听到他手上的动作越来越快，低喘也越来越明显。

尤明许的第一反应是瞪大了眼，简直想要骂娘。所谓虎落平阳被犬欺，她到底还是大意了，完全没想到自己会有这么狼狈的时刻。她全身都僵了，几乎是咬牙切齿："顾天成，你给我住手！"

可是在这方面，顾天成显然比她老到多了，轻呵一声说："住手？我握着我自己，你凭什么叫我放手？！"

尤明许这回耳根都红了，可是他早已不动声色地掐着她的脖子，她双手双脚还被绑着，动弹不得。稍微一动，就能感觉到他手指收紧，令她呼吸困难。她全身都僵硬得如同石头了，他还在耳边轻轻威胁："再闹？再闹我一刀割了地上那个傻子的喉咙，再去杀另外三个。说了先收点定金，莫非你不想跟我走，刚才只是哄我的？我甚至还没碰你！"

尤明许的双腿紧紧并拢，双手也在身后紧握成拳。她知道他说的是真的，如果在这个他不太"冷静"的当口惹怒他，他真的可以反手就割了傻子警察的喉咙，而她再敏捷，只怕也来不及救。她生生咬着牙关，眼睛都快瞪出来了，头低下去，恨恨道："畜生！"

顾天成轻笑出声，然后很快不笑了，他的身体和呼吸都越来越紧绷。

尤明许阴沉着脸，看着前方的树林，和被夜色吞没的满地落叶。

顾天成松开了她，人还是靠在树干上。尤明许耳边只有他的呼吸声，可却闻得见空气里飘来的属于男人的麝香气味。她只觉得恶心，忍了忍，可她身上似乎也被染上了那种味道。她告诉自己冷静，再忍一会儿，只要找到顾天成藏邹芙瑢的地方，就无须再忍。

顾天成平复了一会儿呼吸，拉好拉链，又用纸巾擦干净了手，说："在这里等我，不要跑，如果跑了，我杀了他们全部，你也跑不掉。"

尤明许紧抿着唇不说话。

他满意地笑了，伸手又搂了一下她的腰，拾起地上的匕首，走进林子里。

这一小片地方重新安静下来，尤明许凝神静气，听得分明，顾天成确实走远了。她也相信在警察来之前，他需要结束一切。

她脸上的红已渐渐褪去，此时尽管没有别人瞧见，她的脸也是冷若冰霜，一双眼阴沉沉的。再想到刚才顾天成的行为，她想杀人。她要亲手抓住他，然后把他的头摁在警局门口的地上，让他舔泥巴水。

这么充满恶意地想了一小会儿，她定了定神，刚想行动，突然感觉有哪里不对劲。

她慢慢转过头去。

地上的傻子就躺在她脚边，睁大眼正看着她。这家伙不知道何时醒了，依旧是因为失血而显得有些苍白的一张俊脸，那双眼就跟黑葡萄似的，一眨一眨地盯着她。

尤明许心里"咯噔"一下，冷冷地问："你看什么？你什么时候醒的？"

傻子脸上忽然浮现出很愤怒、很憋屈的神色，伸手一指她的裤子——他的手指白皙修长，皮肤也保养得很好，倒不像吃过什么苦头的刑警——然后他咬牙道："他……为什么要在姐姐裤子上尿尿？大坏蛋！他尿在姐姐身上了！尿尿了！"

尤明许整个人僵硬了有几秒钟，心想：要不是他刚才拿你的命威胁，我会受这种耻辱？她几乎是无法抑制地吼道："你给我闭嘴！"

说时迟那时快，她一抖袖子，早就贴在袖口里的一把极小、极锋利的刀片划下，刀锋微微割疼了尤明许的掌心，她也浑不在意，握着刀片，手腕一翻，那让寻常人奈何不了的束口带，已被轻轻划断。她低头就在自己脚踝间一划，动作轻快无比。她本是坐在草地上的，只见她单手在地上飞快一撑，整个身体已敏捷弹起，然后她的左膝盖顺势往他面前一跪，人已到了他跟前。右手一扬，两声微不可闻的轻响，他手脚间的束缚也已解开。所有这一连串动作，自救、起身、移动、救人……她大约是在一秒钟内就完成了。傻子整个人看得愣住了，等他反应过来时，女人已单膝跪地，俯视着他。

尽管傻子傻了，各种感官尚且清晰。此时浓暗的天色似乎在变淡，从墨蓝变成了暗蓝色，那是天空破晓的征兆。可是空气更冷了，女人穿着冲锋衣，长发飘散在空中，左手撑地，右手握刀片，眼神清澈深邃。虽然看着……很凶很凶，可也让他觉得，真的好有安全感。

“你给我记住……”尤明许几乎是从牙缝里挤出几个字，“尿尿的事……不许跟任何人说，包括待会儿会见到的警察叔叔们。如果说了，我就用这个，割你的手！”

傻子愣怔片刻，用力点头。

尤明许看他懵懂的模样，又有点后悔威胁他，稍微放缓了语气说：“这是我们两个人的秘密，懂吗？”

他听懂了，咧嘴笑了：“嗯！”牙齿很白，嘴唇形状也好看。多帅的男人，却笑得傻傻的。

尤明许嘴角也冒出一丝笑，站起来，说：“我走了，你找个地方躲起来，直到我回来找你。”

他慌了，用力捂着肩上的伤，踉跄爬起来，问：“你去哪里？”

尤明许看了他一眼，脱掉冲锋衣丢给他，说：“自己止一下血，按着伤口，或者缠起来。我看你健壮得很，一时半会儿死不了。我去抓人，他不是去放人的，是去杀人了。”

第四章

摆脱囹圄

尤明许说完这话，内心激荡起一阵冰冷的血性，那是属于一名刑警的本能反应。尽管她这位刑警，之前分明还在西藏休假，得到连环案发生、凶手逃亡藏地的消息后，都还来不及归队，就开始注意沿途的嫌疑人了。

哪知她身形刚一动，袖子就被人拉住了。她回头看着傻子，皱眉："松手，别耽误时间。"顺势一挣，原以为十拿九稳就能挣脱，哪里晓得他固执得很，死死用几根指头攥着她的 T 恤，瞪大眼望着她。

尤明许忍了忍，笑了，问："怎么了？"

他低下头："姐姐去哪里，我就去哪里。"

她几乎是皮笑肉不笑地说："可是姐姐要去抓坏人，你跟着会碍事，还会拖姐姐后腿。乖，找个没人的地方待着，姐姐一定回来接你。"

那紧紧拽着她 T 恤的手指，又偷偷地加了点力气。

片刻后，尤明许决定放弃，不跟他浪费时间，她说："好，我带你去，但是我走得很快，你自己要跟上。如果落下了，就自己加把劲儿，来追我，好不好？"

这话本来是敷衍他，不知他被哪句话戳中了神经，清亮的眼睛眨了眨，嘴巴慢慢咧开一个极其灿烂的笑："好，我来追姐姐！"

尤明许："……"

"如果追到，有什么奖励？"他又问。

尤明许不耐烦地说："随便吧。"

既然决定要带这个“拖油瓶”走，尤明许便将之前丢给他的自己的外套拿起，说：“别动。”他立刻双手垂下，挺起了胸站定。尤明许又觉好笑，心中叹了口气，弯腰靠近，替他把衣服牢牢绑在右肩的伤口上。当她的脸靠近他的胸口时，又闻到了与顾天成如出一辙的香水味，想到眼前这人才是香水味的正主，尤明许忽然闪过一个念头：警察会喷香水吗？反正她的局里没有。

而傻子虽然肩上的伤还很痛，痛感很清晰，但他强忍着。他偷偷低头，看到尤明许的一头黑发，柔软光滑。而她那双纤细的手，正在他胸口摆弄着。傻子有种很奇妙的感觉，因为就在几分钟前，这个女人还让他感觉到很强、很快、很高大，如同一座冷峻的山般令自己仰视，现在却给他一种很柔软、很体贴的感觉。

察觉到她抬头，他立刻转头望向一旁。

“走吧。”

说是追踪顾天成，尤明许也不可能撒开腿就狂奔，而是沿着记忆里顾天成消失的方向，再结合地上的脚印等痕迹，一段一段推进。她时快时慢，偶尔停步等一下傻子。而傻子勉强也能跟上。只是在她寻踪觅迹时，傻子就站在边上，既没有好奇神色，也不多问，倒显得对这些已司空见惯。

“你怎么会被顾天成开车撞了的？”尤明许问。

他眨巴眨巴眼，望着她，一脸茫然。

好吧。尤明许想了想，又问：“你第一次、第二次，都是怎么从顾天成手里逃出来的？”

这回他听懂了，微微一笑说：“醒了，就逃跑啊！”

尤明许看了他一眼，决定不再白费力气。其实她心里也有大致猜测，傻子被撞后，就被顾天成关在后备厢，一路昏迷，估计也被绑住手脚、封住嘴。第一次他半夜跑出来，把大家吓得半死，要么是这家伙身上还有别的车钥匙；要么是顾天成半夜去扎轮胎时，打开过车锁，忘记关了，让这家伙逃脱。

第二次，顾天成把他和两个女孩带到了树林里，说不定傻子作为警察的本能还在，想了别的办法逃出来。对了，还带上了宋兰。

“你当时背着宋兰，是要救她？”尤明许顺口问。

他果然点头。

尤明许又问：“那你怎么不救邹芙璐呢？”

他愣了一下，有些奇怪地看着她：“我怎么背两个人？”

尤明许心想：哟，脑子比刚遇上时灵光多了呢，都开始反问我了，讲话也不怎么结巴了。

“那你看到我，为什么丢掉宋兰，过来抓我？”她问。

他看了她一眼，有点羞涩地低下头，说：“说了我第三不喜欢姐姐，遇上姐姐，当然要先救你，不管别人了。”

尤明许：“哦。”

说话间，两人已走进密林深处，只是这里堆积的树叶太多，地上也没有痕迹，根本难以判断。尤明许神色凝重地四处眺望，在脑海里回忆方位，尽最大可能推测顾天成的去向。

“姐姐……”他喊道。

尤明许看都没看他一眼：“别吵。”

他立刻安静下来。

过了一小会儿，正当尤明许准备挑一个方向试试运气时，袖子再次被人拉住。她不太耐烦地说：“又怎么了？”

傻子小心翼翼地说：“其实姐姐不用急，他会回来的。他不会无声无息地杀掉那几个人，因为每次杀人，对他来说都是一次满足掌控欲和自卑心态的极致享受。这一次，他能够杀掉包括我在内的四个人，对他而言是犯罪生涯的巅峰和完结，是一场浩大的值得纪念的盛宴，没有观众太可惜了。我们都会是他的观众，姐姐更会是。因为他喜欢姐姐，他也想要摧毁姐姐。这种画面、这种诱惑，想想都会让他热血沸腾，抵挡不了。所以，他一定会带着他们所有人回来找你的。在姐姐面前，一个一个杀掉他们。他已经不在乎会被警察抓到了。”

尤明许顿住，转头望着他。

他眼神清澈认真，略带一点急切的讨好。

“你……”尤明许缓缓问，“究竟是什么人？”

他那雪白、整齐、好看的牙齿轻咬下唇，露出倔强神色，然后慢慢低下头。这么高大的男人，此时委屈得像个孩子：“我不知道……”

像是为了印证他的话，远处响起杂乱零碎的脚步声。尤明许猛地抬头，看到依稀几个人影，她立刻喝道：“趴下！”找了处茂密的草丛，把傻子拉了进去，一起低伏着。

傻子还在嘟囔：“你看，我说会回来吧……”尤明许蹙眉，一把捂住他的嘴，满脸嫌弃。

他却呆了呆。

女人的手掌，和他以前接触过的似乎不同，温热有力许多，没有那么细腻光滑，也不香，带着点泥土和树叶的味道。

他更用力地吸了一口，然后在她的掌心蹭了蹭鼻子。好舒服啊。

尤明许瞪大眼睛，手一抽，再一伸，就给了他一个巴掌。那些人隔得还远，她心中有分寸，也不担心被听到。傻子立刻捂住自己的脸，嘴嘟得老高，眉头拧在一起。尤明许是个很有审美的人，她实在看不下去一张比顾天成还英俊的脸，歪眉斜眼成这个鬼样子，干脆扭头，懒得理他。

不过，也不知道是职业习惯还是被打乖了，眼看着那行人渐渐走近，傻子一动不动，半点声音也不发出，和她一样。

眼前的一幕是让人内心怒火燃烧的。

顾天成走在最前头，双手插在裤兜里，一脸淡漠，手里还牵着根绳子。绳子后面依次绑着明韬、宋兰和邹芙瑢三人的双手，每人和前一人大概隔了一米的距离。明韬鼻青脸肿、嘴角有血，显然被狠揍过。宋兰和邹芙瑢也是伤痕累累，身上血迹斑斑，脸色苍白，脚步踉跄。三人都显得畏畏缩缩，眼含惊惧。

尤明许看了两眼，低头，指了指他们三人，又指指自己，再指指前头的顾天成，指指傻子。尽管没有言语交流，直觉告诉她，傻子能听懂。事实上他看起来也听懂了，因为他又怕又厌恶地望了一眼顾天成，很挣扎的样子。

尤明许笑了，摸摸他的头，用口型无声地说："听话。"

他在她手掌的安抚下，往嘴巴里鼓了几口气，脸皮都撑圆了，俊脸变成了一个球，勉勉强强点头。

尤明许盯着他们，敛声屏气。若是被顾天成发现，以人质威胁，她就会陷入被动。机会就是现在，攻其不备，让傻子缠住顾天成，只需要很短的时间，她扑出去，解救出那三人，然后她就可以转身好好收拾顾天成了。

想到这里，她心中又是一恨。此时顾天成正从她面前不远处经过，到底是心事太重，又或者有了错误的预期和自欺，他始终盯着前方，没有看到他们。那张俊朗硬气的容颜，此时竟有些恍恍惚惚的，只是眼神依旧冷酷。

尤明许屏住呼吸，双手紧扣地面，后脚稍稍抬起，如猛兽般即将扑出。傻子似乎也被她感染驯服，他的姿势很呆板，蹲在地上，那双大手也握成了拳头，举起放在脸的两旁。不知为什么，这模样让尤明许想到了憋足了劲儿的小鸡，或者小鸭子……

就在这时，走在顾天成身后一米多远处、一直垂着头的明韬，也不知道是哪根筋跳了跳，若有所觉地转头，朝他们的藏身处茫然地望了望。

六目相对，毫无遮掩地对上了。

尤明许立刻竖了根手指在唇边，示意他噤声。哪知明韬睁大眼，目光闪了闪，那氤氲的眼眸，竟让尤明许心中一震，无法置信。然后明韬整个人仿佛触电一样，激动地大喊道："他们在那里！在草丛里！把他们也抓起来，别让他们跑了！"

顾天成脚步急刹，霍然回头。隔着夜色和草叶，尤明许看清了他的眼睛。

他也看清了她的。

尤明许把傻子的手一握，扑了出去，直冲顾天成和明韬之间的那段绳索，要把三个人质抢过来。

然而，晚了。

顾天成能在两地杀六人，还逃了这么久，决断力和反应力早已融进他冰冷的血液里。几乎是她扑出去的同时，他急速转身拔出匕首，眨眼就架在明韬脖子上。

尤明许的脚步生生一刹，胸膛剧烈起伏，盯着他。

他手里的刀锋已在明韬的脖子上划出细细的血印子，吓得后者腿都软了，想跪不敢跪，想躲躲不开。顾天成的手很稳地架在明韬脖子上，眼睛却望着尤明许。

两人都静默了一瞬，他笑了，说："扑？扑错人了吧？"指指自己胸口，"往这儿扑。"

明韬三人大气也不敢出，宋兰担忧又含着一丝希望地望着尤明许，邹芙璐则明显被吓呆了，又惊又疑地看看对话的两人。

尤明许却忽然变了脸，又露出了那散漫慵懒的笑容，说："说什么呢？我是怕明韬对你不利，他刚才在做小动作。"

明韬颤巍巍的，眼睛还盯着匕首，喊道："你……你才做小动作！躲草丛里干什么？"

尤明许冷冷横他一眼。

顾天成说："是啊，咱们不是说好，你在原地等我，怎么跑出来了？还躲着，想干什么呀？"最后一句话含着温柔的笑意。

这下，明韬三人看尤明许的眼神都变了。难以置信，面如死灰。

明韬："你……你……你竟然跟他是一伙儿的？雌雄大盗！再带个无组织能力

的弱智杀手，天哪……”

“明韬。”尤明许看都不看他，“有的人就是死于话多。”

立刻安静了。

“你不是也答应我，放了他们，跟我走？现在要做什么？”尤明许问。

顾天成神态非常懒散地把架在明韬脖子上的匕首换了个方向，轻轻一拉，于是又出现一道细血痕，明韬流下了眼泪。

“可我怎么觉得你是来抓我的，现在我要是把他们放了，你是不是和这傻子警察一起，埋伏起来暗算我了？”

尤明许看一眼身后跟出来的傻子，他满脸愤怒，眼神痛恨，双手紧握成拳，垂在身侧。傻子都看得出来他满满的敌意。

尤明许笑笑：“你乱脑补什么呢？我总不能把他一个人丢在那里。”

顾天成只是望着她，片刻后，低头笑了，轻声地说：“明许，你真的不要骗我。如果你骗我、利用我、离开我，我真的会很伤心、很伤心。”

尤明许说：“我不会，真的不会。也许曾经有人让你伤心过，但那个人永远不会是我。”

顾天成说：“那好，你让傻子警察过来，把他也绑起来，我就相信你。不然我现在就割穿明韬的喉咙。你知道我很喜欢这样，并且会割得很快、很利落。血，会喷得很好看。”

明韬：“快！快！快把他绑起来！”

尤明许没动，却听到身后的傻子用很轻很轻的声音说：“姐姐……我不想去……”

尤明许面无表情，也不转头。

顾天成已收起了温柔的笑，此刻的脸色冰冷得完全不负连环杀手的身份，他说：“我数五个数，五、四……”

尤明许这才微笑着对傻子说：“弟弟，我们一起玩个游戏好不好？你看，你和他们一样，把手绑起来，排成一排，然后姐姐……来追你们。快过去，快去！不要被姐姐抓到。”

傻子此刻的眼睛依然是清澈的，意外地还有些空，空得就像天空，也像大海。因为有尤明许挡着，顾天成看不到他的脸。傻子垂下头，说了句话，声音轻极了：“你要是不管我，我就把尿尿的事说给好多人听。”

尤明许神色极其平静，很轻很轻地“嗯”了一声。

傻子慢慢地走向邹芙瑢，其实总共也就五六步的距离，中间他又回头望了尤明许一眼。

顾天成嗤笑出声：“还挺舍不得的？”

尤明许知道他心里一直厌恶傻子，为了不再激起他的情绪，她快步走过去，三两下把绳子系在傻子的手腕上。傻子一直低头看着，不说话。系好后，她飞快握了一下他的手腕。他的手腕很修长、很结实，是成熟男子的身体。

傻子只是怔怔地望着她，那墨黑的眼眸深处，似乎飘过了一丝傻傻的笑意，又或者，什么都没有。

“把手举起来我看看。”顾天成命令道。

傻子不动。

尤明许站到一旁，说：“举吧。”

他举起手来。

那个结打得不错，顾天成知道尤明许没有在这方面耍诈，笑了笑，说：“你过来。”

尤明许越过四人，走到了离他半米远处，站定。

他静静地看了她一会儿，放下了手里的匕首，下一秒，明韬就半软地瘫在了地上。顾天成单手还是牵着那根绑着四个人的绳索，另一只手玩着匕首，又抬头看了看周围，说：“就这儿吧。”

尤明许眸光定定，心想：傻子真的说中了，他真的要这么做。

顾天成说：“坐。”

尤明许说：“你还要干什么？很快就要天亮了，就把他们扔这儿吧，会有人来救的。我们走。”

顾天成说：“不慌。既然不想坐，过来，让我抱一会儿。”

尤明许望着她，他眼神深幽。

过了几秒钟，她走向前，他抬起握着匕首的那只手，将她抱住。尤明许感觉到硬硬的匕首就贴在自己后背上，只能纹丝不动。

那三人都静默着，哪敢打扰。最后的傻子则低着头，不知在想什么。

顾天成把脸往她脖子上靠了靠，感觉到她跳动的脉搏，他的心微微兴奋，说：“想做我的女人，就要听话。你有没有杀过人？即使是警察，也没有杀过吧？你连我杀人都没见过，咱们今后怎么好好过日子？”

说完，尤明许就感觉到他的唇碰了碰自己的头发。

然后，顾天成头也不回，反手握匕首，抬臂就往刚刚勉强站了起来的明韬脖子间猛地划去。尤明许全身本就紧绷如弦，几乎是和他同时动了，一把抓向他的手臂，另一只手摸上他的腰。但终究是被动了，身手施展不开，尽管她的手如同灵蛇般抓住了他，直接改变去势，令他的匕首偏了，划了个空，可她的人也落进了他怀里。他另一只手松开绳索，抓住她脑后的长发，尤明许心中暗叫不妙，头皮瞬间剧痛，他已阴沉着脸，头猛地撞上来。

以头撞头，尤明许个子比他小多了，身体更没有他强壮，连头都没有男人那么坚硬、那么大，被撞得剧痛，一时间头晕目眩。他毫不留情，直接连揍两拳，把她揍翻在地。

尤明许痛得气都喘不过来了，挣扎着抬眼望去，就看到傻子双手染血，但绳索早已被割开，他居然很机灵地把还吓傻在原地的三人绳索一扯，那三人这才回神，开始往旁边躲。他又深一脚浅一脚地跑着，捡起顾天成刚才掉落的匕首，转身就“唰唰唰”割断了三人手上的绳索。

都不用他提醒，那三人转身跌跌撞撞就跑。甚至连宋兰，都只是回头看了地上的尤明许一眼，露出痛苦表情，含泪跑远。

尤明许却勾起嘴角，笑了。

顾天成一脚踩在她后背上，直踩得她想要呕血，他冷冷的声音在头顶：“你终究还是没有选择我，那就去死吧。真以为你能抓住我？我已经杀了一个警察，又撞废了一个，你真的不算什么。现在，我就给你最快乐、最难忘的经历。”

尤明许却没理会他，抬头看见傻子放完人，手里还拿着她从草丛扑出来之前，偷偷塞给他的刀片，转过身来，满手满袖的血，眼睛都瞪红了，气喘吁吁。仿佛一头受伤的小兽，下一秒就要不顾性命地冲上来。

“弟弟你不要动。”尤明许说，“这是我和他的事。”

顾天成眼皮都没抬一下：“别操心他，下一个是你。他们算什么，你才是我要的。我要把你切成一块一块，我要把你也吃了。你离不开我，这辈子都别想逃。”

尤明许说：“你还挺会做梦的。我之前还想过要相信你，简直瞎了眼。真以为自己偷袭得手了一招，就能干掉我了？去你妈的！打架我从来没输过谁！”

顾天成到底是愣了愣，因她脱口而出的脏话，和隐隐改变的全身凶狠气质，让他觉得自己有点不认识这个女人了。

就在这个瞬间，顾天成甚至都没看清她是怎么动作的，只看到她单手推在了地面上。她的动作实在太快，等他反应过来，人竟然已从他踩得死死的脚底侧滑出去。不是他踩得不够狠，实在是太快。只这样一个简单动作，就令顾天成心头一震，知道自己这回是真的遇到高手了，她这一路装柔弱装得倒是干脆！

顾天成抬腿就朝她的腰腹再次踢去，那里刚才已被他踢伤，他毫不介意让它彻底被踢坏掉！然而就在这时，尤明许抬头，不躲不避，竟伸手朝他的腿抓来。顾天成心中冷冷一笑，她怕是不要命了。

哪里知道下一秒，就感觉到一双手非常轻巧地抱在了自己的腿上，怎么回事？顾天成甚至不清楚她是怎么卸力的，腿就落在了她手里。然后，他感觉到一股无法抗拒的力量从那条腿上传来，关键不在于力量大得多么惊人，而是用力的方向太要命，令他失去平衡，“嘭”的一声往后摔倒在地。

顾天成终于知道自己遇到了一个什么高手。

这女人玩柔道的！

顾天成并不因此惊恐，反而感觉到一阵陌生的兴奋。他双手撑地想要弹起，却听到女人很轻的一声笑，她居然放了手，任他起身。她也爬起来，两人不约而同往后退了一步。顾天成双手握拳，摆出搏击姿势，眉目冷酷无比。尤明许则依然娉婷站立，双手微微垂落，一双凤眸似笑非笑地望着他。

顾天成如同猛兽般扑了过去，一拳狠狠朝着尤明许面门挥出。尤明许仰头就倒，身体弯成半弧，人却还立着，顺势抱住顾天成的胸，顾天成心知不妙，大吼一声，双掌往她背心垂落。然而晚了，女人的动作行云流水、一气呵成，在他的拳头落下前，人已经再次失去平衡。她直接将他放翻在地，然后她整个人如同猴子似的，跳到他头部上方，顾天成刚想起身，正中她下怀，她用手肘扣住他的脖子，然后整个人骑坐上去，将他死死压在地上，再也动弹不了。

顾天成的俊脸涨得通红，奋力挣扎了几次，可尤明许就跟壁虎似的，稳稳贴在他背上。如此反复，顾天成终于放弃，趴在地上，不动了。

他把脸埋在泥土和落叶里，笑了，说：“明许，我对你的感情是真的。看在咱俩那点情分上，别把我抓回去，给我一把刀，或者直接给我一刀。反正我回去也是死刑，死在这里还痛快些。”

却听到女人在上方淡淡地说：“你以为你是什么东西？和我谈感情？还敢一路撩我，我脑子进水了才会让你如意，你就等着回去面对那些受害者家庭，接受法律的惩罚吧！现在你那颗变态的心里，能多半点是人而不是畜生的觉悟吗？没人能侵犯别人的生命，你我都不能。不过，在那之前……”

顾天成还在呵呵笑，俊脸上已满是泥，突然间头皮剧痛，脑袋已被女人提起，他笑得更大声了，尤明许的脸上已没有半点表情，她提起他的脑袋，一把重重地撞在地面上，他闷哼一声，鼻骨大概被撞断，血流了出来。

连撞七八下后，顾天成满脸是血，眼睛半睁半合。尤明许这才满意，低下头，靠近他耳边，轻声地说：“是不是比刚才更爽？嗯？”

顾天成被撞晕了过去。

尤明许下手有分寸，知道顶多给他撞个轻微脑震荡而已。她依然用单手扣着他，手摸进他的口袋里，掏出烟，含了一支，点上，长长叹了口气，微眯着眼，抬头。

傻子就站在距离他俩几米远的位置，一只手捏着匕首，另一只手不知从哪里捡了块石头，一副看情形不对就要扑上来的样子。两人目光对上，他虽蓬头垢面，身上染血，眼泪汪汪，却咧开嘴大大地笑了。

尤明许轻笑着说：“傻子。”

这句他是能听懂的，愣了愣，转而看向地面，又飞快地看了看她，再看地面，居然摆出一副生了气不理她的样子。

尤明许说：“喂，给两根带子，就你之前拿来绑我的那种。说你傻你还不承认，明明想救我，为什么还要把我绑起来，差点以为你是另一个无脑罪犯了。”

他磨磨蹭蹭从口袋里抓出几根束口带，走过来递给她。尤明许一边绑顾天成，一边问：“你随身带着这个干什么？”

“我不知道呀。”他答，“就在我口袋里。”

“可你一看就会用？”尤明许飞快地说。

他茫然地望着她，然后点头。

尤明许心想：不对啊，警察扣人都随身带手铐，车上、顾天成身上，还有傻子身上，都没看到手铐，反倒是带着这种简单方便、罪犯常用的工具。

“要不我给你绑上两根？”尤明许柔声地问，“这样你就可以跟着我了，不会乱跑。”

这下他却聪明了，瞪她一眼，摇了摇头，嘴巴嘟得老高。

尤明许又笑，也不急。管他是龙是虫，现在都在她手心里，又跑不掉。

正在这时，林子远处响起了警笛声，还闪烁着警灯，听这声音，来了四五辆车。

尤明许看了一眼傻子，他没啥表情，看来没有下意识地惧怕警察。

她打开手电，朝他们的方向晃，很快就有了动静，一群人打着手电赶过来，隐隐还有哭泣声、说话声、呼喊声。尤明许知道，大概是刚才跑掉的三个人质被警方发现了。他们被恐惧折磨了一个晚上，现在也终于可以安心痛哭了吧。

“你的样子看起来好奇怪。”傻子忽然在旁边说。

“怎么？”

一抬头，就见他那黑漆漆的眼睛，特别专注地望着自己。

他却说：“你明明在笑，可我怎么觉得，你看起来有点伤心？”

尤明许愣了愣，淡道：“瞎说什么，大人的事你不懂。”

他不说话了，可那双黑葡萄似的眼睛，还是滴溜溜地盯着她。尤明许竟心生一丝莫名的狼狈，干脆露出个甜甜的笑说：“你过来，我有话对你说。”

傻子不疑有他，弯腰靠近。尤明许一把拉住他的衣领，两人的脸一下子靠得很近，她将嘴里的一大口烟朝他喷去。傻子毫不防备，嘴里吸了一大口，瞪大眼，整张脸又难看地皱了起来，往后倒退一步，捂着嘴咳了起来，眼泪汪汪。

尤明许哈哈大笑，踩熄烟头，站起来。

人来了。

这一下来了十多个人，打头的两个她不认识，应当是本地警察，但后面的就是自己人了。

尤明许喊道：“丁队。”

来人正是湘城岳山区刑警支队队长丁雄伟，尤明许的顶头上司。丁雄伟四十多岁，中等身材，还有点啤酒肚，看起来貌不惊人，但两道浓眉下，是一双沉静冷肃的眼。他看了眼尤明许脚边昏迷的顾天成，问：“就是他？”

尤明许点头：“没错。他已经跟我坦白了，不止杀了四个，是六个。而且他刚才也准备杀另外三名人质，我想他极有可能就是那名连环杀手。”

丁雄伟又看向她身后：“他是谁？”

尤明许答：“嫌疑人就是抢劫了他的车，还把他这里撞伤。”她指了指脑袋，“身份不明。”

丁雄伟盯了傻子几眼，尤明许加了句：“要看看是不是西藏这边的自己人，他出事前驾车行驶在这条公路上，并且似乎知道一些案情。嫌疑人认为他是警察。”

丁雄伟身边那两个陌生警察说："我们没有见过他，马上核实。"

几个人都盯着傻子。

尤明许心想不好，果不其然，马上就感觉到自己的手被人轻轻一拉。她转过头，傻子整张脸已经拉下来，低着头，牙齿咬着下唇，又拉了一下她的手。

"怎么了？"她用只有两个人才能听到的声音问。

"我们走好不好？"他问，声音很低很弱。

尤明许说："你听着，我们不走。这些不是坏人，都是警察，是好人，是来帮你的。我也是警察，他们都是我的兄弟。待会儿会有人问你问题，你全部都照实回答。我们会帮你找到你的家人朋友……你的爸爸妈妈，带你去安全的地方，好不好？"

他想了想说："好。"但还是低着头，两根手指抓着她的尾指不放。

尤明许挣了挣，挣不脱。好吧，先不管他了，正事要紧。结果尤明许抬起头，就看到丁雄伟那只老狐狸的眼睛里，闪过一丝戏谑的笑。尤明许瞪了他一眼，眼神示意：他脑子坏掉了！

丁雄伟一挥手，两名警察走上来，将地上的顾天成抓起，戴上手铐。顾天成昏迷着，被他们架走。

丁雄伟又问："他还有没有别的同伙？"

尤明许说："暂时还没发现。"

"他的情况你现在掌握多少？"

"他自称叫顾天成，27 岁，湘城人。曾经是 IT 行业创业者，创业失败，身患绝症。另外据他所说，他失踪的女朋友，也是被他杀的。"

丁雄伟点点头，打量了她一下，说："所以你昨天出了无人区，收到消息后，立刻结束休假，往这个方向走，是想跟我们会合，结果撞上了嫌疑人？"

"没错。"

丁雄伟嘴角终于露出一丝笑，伸手用力一拍她的脑袋："你运气够好的啊！我们正在收包围网，被你一头给撞上了。"

尤明许也淡淡一笑，丁雄伟拍完后，就看到她身后那身份不明的小子，瞪着自己。

丁雄伟朝他说："你瞪什么瞪？"

傻子不说话，大概也感觉出来眼前这人不好惹，然后他轻哼了一声，盯着尤明许头顶，抬起一只手，轻轻摸了摸，又拍了拍，像是要把什么给拍掉。拍完后也不看丁雄伟，抬头看天。

丁雄伟："……"

尤明许当没看到，问："头儿，带医生没有？"

丁雄伟看了一眼傻子，到底不和他一般计较，点头，扬声喊道："许梦山！"就带着手下四散开去控制现场了。

然后尤明许就感觉到那两根钩着自己尾指的手指，加重了些。傻子不发一言，很固执。尤明许心里哭笑不得，说："你小狗啊你。"

他只是抬眼看着她，目光定定的。尤明许收了笑，说："松手，我是警察，我会保护你，但你不能再黏着我了。"

他低下头，手指忽然一动，原本的两根手指换作整个手掌，将她那根细细的尾指握得很紧。尤明许愣了愣，他的手大而瘦长，就是凉得很。他轻声地说："明许，别丢下我。我谁也不认识，什么也记不得了。我会很乖的。"

尤明许心想：你什么时候记得我的名字了？

她不说话，但也没有强行甩开他。两人就这么静了一会儿，直至身旁有人说："我看他再流几分钟血也死不了，你们谈完叫我。"

尤明许的手指几乎是飞一般地从傻子的手心抽出来，因为实在是出其不意，加上旁边有人说话，让脑子轴轴的他分神了，居然真的让她成功逃脱。傻子呆了呆，抿着嘴，已是一副很不高兴的样子，瞪向来人。

来人是个穿着警服、戴着警帽的年轻男人，正是和尤明许一个队的许梦山。他身后还跟着个穿白大褂的医生。见两人分开了，他也不废话，对傻子说："这边坐下，医生给你紧急处理一下。"

傻子不动，只是望着尤明许。尤明许有点头疼，隐隐也猜出为什么——他被撞傻后醒来，误打误撞跑进她帐篷里，第一眼看到的人是她吧？这是产生雏鸟情结，把她当成妈了？

她说："听话，坐下。"

傻子这才走到医生身边，在一根断木上坐下。

医生立刻查看伤势。

尤明许问："你们什么时候到西藏的？"

许梦山答："两天前。"

"队里还有谁来了？"

"能调动的都来了，樊佳也来了，在后头，这会儿不知道跑哪儿去了。"樊佳是队里和他们两人比较交好的另一名女警。

“怎么才到？”尤明许笑着说，“我差点被嫌疑人给阴了。”

许梦山长得高高瘦瘦的，眉眼平平，不苟言笑。此刻却笑了，说：“得了吧，你能被阴？以为我刚才没看到嫌疑人被你揍成什么熊样了？大雨塌方，很多警力被调走了，这条路根本不通，我们花了好大力气才赶来。你们怎么跑到这里来了？”

尤明许轻哼一声说：“难怪嫌疑人能在路上逃几天，是他命大。”

两人又说了几句，傻子任由医生处理伤口，但一直看着他们。他虽然不明白眼前突然冒出来的又一个男人跟尤明许是什么关系，但他感觉得出来，她此时跟之前每一刻都不一样，换了个样子，讲话的语气都不一样了。她很放松，整个人都很松弛。她唇畔那一抹漂亮的微笑，是发自心底的。

那人是她很信任、很熟悉的人，是她的同伴。

这么想着，傻子忽然有一点点伤怀。

尤明许也察觉到他的视线了，但是不太想理。和许梦山说话时，就能感觉到被他一直傻乎乎地盯着。后来她就笑了，刚想转头看看这人到底有多执拗，却听医生“啊”了一声喊道：“哎，你没事吧？”

尤明许和许梦山霍然转头，就见傻子已从断木上摔下去，直挺挺倒在地上，双眼紧闭，面色苍白。他俩连忙跑过去，帮着医生合力将傻子慢慢扶起。医生探了探傻子的鼻息和脉搏，对他的伤势心里也有了分寸，说：“可能是体力透支太大，失血又过多，晕过去了。担架！担架！是条汉子，撑了挺长时间吧，现在才晕。你们警察同志就是硬啊。”

尤明许和许梦山对视一眼，这时担架来了，几个人把傻子放上去，再抬到救护车上。尤明许和许梦山跟在后头，许梦山问：“他哪头的？我刚才还以为是个想要揩你油的受害者，竟然是自己人？”

尤明许说：“还不确定。”

又把傻子的来历和案件的大致经过说了一遍，最后说：“他要么原来是个不太听指挥、可能还有点怪里怪气的警察……”说到这里她笑笑，“要么就是个犯罪刑侦狂热分子，来凑热闹的；要么……他身上就还有另一段我们不知道的故事了。”

许梦山：“有点意思。”

看着救护车就要关上门，尤明许又看一眼躺着的那人。那么大一个，此时昏迷的他，终于像个正常的年轻男人了。也不知道为什么，尤明许注意到，他放在身侧的手紧紧攥着，好像还想握住什么东西。他此时看起来真的是邋遢又潦倒，满身的血污，可尤明许居然看出了一种柔弱可怜的帅气。她看了一会儿，转头望向一旁。

哪里晓得就在这时，有人赶来了。是他们的同事樊佳，身后还跟着两个人。樊佳看见尤明许，露出惊喜神色，和他们打了招呼，就对身后的两人说："这里是最后一个人，看看是不是你们要找的人？"

尤明许和许梦山都愣了一下，按说这里还是犯罪现场，那一男一女，衣冠楚楚，一看就不是警方的人，不该来的。樊佳递给他们一个眼色，小声说："头儿让我带来的，上头的意思。"

三人便默不作声，站在一旁。尤明许首先看的是那个女的，三十出头模样，相貌很清秀美丽，穿着黑色羊绒大衣，很显知性气质。男的年轻些，只有二十四五模样，戴副眼镜，穿着户外冲锋衣，但也透着一股斯文气。两人神色都很凝重，隐隐还透出些焦急和憔悴。他俩还不失礼节地匆匆跟尤明许和许梦山打了个招呼，走向救护车。

尤明许忽然有种预感——

傻子，就是他们要找的人。

果然，两人看清担架上的人，全都神色大变，男的趴在担架旁，大喊道："殷老师！殷老师！"

连忙问旁边的医生："他没事吧？他出了什么事？"

女的则怔怔望着他，眼泪差点掉下来，喊道："殷逢！殷逢！"

尤明许三人皆是沉默。

好在那男的看起来理智干练，喜忧参半地对女的说："先去医院。"女的点头。

医护人员刚要把门关上，尤明许忽然说："梦山你跟车。"许梦山连缘由都不问一句，径直地跳上车。

救护车很快走了。

尤明许望了一会儿，又看向周围：明韬等人也都先后上了救护车，和她离得比较远，只隐约看得到人影。旁边还停着几辆警车，顾天成必然被扣押在其中一辆车里。其他警察四散开，在整片林子里勘查。天边已经亮了，还不断有警车从公路那边赶过来。

这时樊佳笑着说："我的小姐姐，你一出手就是牛，休个假，都能把连环杀手给逮着了！"

尤明许只是笑笑，说："他运气不好，那个……殷逢，什么人？"

樊佳说：“殷逢啊，你没听说过？那么有名！咱们警局好多他的粉丝好吗？连局长都是！上个月刚上映的犯罪电影《捕心者》，看了没？”

尤明许斜她一眼：“看了。”

“好看不？”

“好看。”

樊佳点头：“他就是原著作家。著名犯罪小说家，好像还是大学教授、心理学研究员什么的，很红很红，就是不知道怎么跑这儿来了。那两个分别是他的助理和家里人，据说都在西藏找他好几天了，托了很多关系，连省里都惊动了。没想到……这么个大名人，落到咱们尤姐手里了。”樊佳把尤明许的肩一钩，说，“到底发生了什么事？我看殷作家还受伤了。你们不会是一块儿把嫌疑人抓住的吧？哇，那就厉害了……”

她叽叽喳喳的，尤明许似笑非笑的，心里却想：作家，居然是个作家，还是写他们这一行的，难怪他会对案情和嫌疑人有所了解。只是为什么会出现在这里，难道是为了积累写作素材？结果运气这么差被嫌疑人给逮住了？

尤明许以极为优异的成绩从警校毕业后，就进了刑警队，和一帮兄弟混在一起，一干好几年。作家这种舞文弄墨的行当，对她来说很遥远。那家伙还是个知名作家，大名人？想到他小鹿似的一双眼，因为不安而紧攥的拳头，还有明显已经被撞坏掉的脑子，尤明许心中有些唏嘘。

命运大概就是喜欢这样突兀的转折吧，让你措手不及，甚至无知无觉。她又想：他的助理和家人都找来了，说不定会对他脑子恢复有帮助。等他醒了，大概就不会像之前那么惊惧委屈、那么没有安全感了吧。

第五章

御姐奶狗

湘城的天气比西藏热多了，正值六月间，太阳热而不炽。雾霾也在这个季节缩了头，蓝天白云，湘江碧透，是难得的好天气。

尤明许只穿着一件短袖，和同事们下了飞机，随机押解的还有顾天成。这两天一直在路上，尤明许只和他远远地打过照面，没有说过话。这人一路都很沉默，但也很平静，没有半点被抓后的慌乱落魄。他这样一个人，大概早已守在自己的世界里，放弃了外面的所有。

一帮警察坐上来接机的警车，呼啸着赶回警局。西藏的几名警察也同行，将会一起审讯这名嫌疑人。

这一系列案件发生时间短，作案手段残忍隐蔽，尽管才过去不到几周时间，但是在湘城、西藏乃至全国，都产生了巨大影响。好在破案也很快，此时警察们坐在车上，说说笑笑，气氛轻松，还有说要让尤明许请客的，因为这回搞不好还能立功。

尤明许淡笑着说："行啊，要是给我记功了，允许你们宰一顿。"

兄弟们哈哈大笑，樊佳说："尤姐尤姐，我要吃小龙虾。"

尤明许："没问题。"

对于岳山警局的这枝局花吧，刑警队的兄弟们心情都比较复杂。一方面，尤明许确实美，清而不艳，瘦而不瘪，婀娜玲珑，和那些女明星比都不差；另一方面，这枝花啊，太凶悍了，平日里傲气得很，时不时噎你一句就不说了，还总拿那双丹凤眼斜斜地瞅你，瞅得你心里毛毛的。她还在全省公安比武大赛中拿过冠军，据说练了十多年柔道。换句话说，她是整个警局里干架最厉害的。所以你要想追她，得先掂量掂量，压得住吗？配得上吗？

当然也不是没有别队的人蠢蠢欲动，结果对于那些含蓄的，尤明许只有干脆利落的一句：“我对你没意思。”

对于纠缠不休的，她则吐出一个字：“滚。”

渐渐地，男人心里都有点怵了。再渐渐地，大家并肩作战的次数越来越多，尤明许能打能忍、又凶又狠的形象越发深入人心，于是同一队里的，也不把她当女人了。队外的，对这朵高岭之花，也只敢远望而不敢亵渎。

不过，大家也都会想同一个问题：最后会是谁，把这朵刺人的花带走呢？反正得是个让人服气的人物，否则整个警局都不干的。

岳山分局位于岳麓山之下，几栋白色肃穆的房子，沉静威严。几辆警车停下，尤明许跳下车，队里几个兄弟跟在她身后。一行人才走几步，有人跑过来，对她耳语：“尤姐，顾天成说要先和你谈，才肯配合讯问。”

尤明许抬头望去，院子里的大树下，那人已换了身干净的 T 恤和休闲裤，被两名警察押着，戴着手铐，似乎正望着这边。

尤明许说：“好。”

后面一名弟兄问：“尤姐，没事吧？”

“没事，你们先进去。”

审讯室里灯光炽亮，隐约有微微的电流声，于是封闭的房间更显寂静空旷。顾天成独坐在桌后，被铐住的双手放在桌面下，他脸上没什么表情，很安静。

门打开，尤明许一个人走进来，她已换了警服，头发束成马尾。顾天成一直盯着她，竟察觉出内心的几分贪婪和兴奋，他兀自低低笑了。

尤明许恍若未觉，拉开椅子坐下，又从口袋里掏出一盒烟，点上一支，递给他。

他笑着接过：“谢了。”

“想和我聊什么？”她问。

“也没什么，就想看看你。”

她说：“好好交代，坦白从宽，抗拒从严。不过你这种情况，也没什么回旋余地。就当是给外头那些受害者家属一个交代，给自己积点阴德。”

他吐出口烟气，说：“他们我不在乎。”

尤明许笑笑：“你在乎过什么？”

他说："你是我旅途的终点，我很惋惜没能杀了你。但是被你抓住，好像又挺甘心的。我其实挺珍视你的，也许比你身边的所有人，都更加了解你、珍视你，你信不信？今天叫你来，是想叮嘱你几句话：人生其实挺不值得的。尤其是像你这样的女人，把一些东西看得太重，守得太忠心。将来如果被人背叛、被人冤枉，你就完蛋了。你看着精明，其实没几个心眼。别傻了，人性不是什么好东西。你守护的那些人，他们都不值得。只有你自己值得。明韬当时怎么拖你下水，还有邹芙瑢、宋兰，最后还是丢下你跑了，你都忘了吗？记住我的话，人不为己，天诛地灭，别再犯傻了。我可是真心疼你，咱俩的情，我死都不会忘，也希望你别忘了，永远记得我留给你的这几句话。"

尤明许静默片刻，笑了，答："你确确实实是没救了，你看你都二十七了，结果对世界和人的认知，还跟孩子一样幼稚狭隘。人生重要的本来就不是别人怎么看我、待我，而是我究竟是个什么样的人，并且每一天都活得像自己，哪怕只剩最后一天。你以为自己活得很超脱，不把别人当回事，实际上你刚刚说的这些话，正表明了，自始至终，你都活在别人的看法里，计较别人怎么对你。就是因为深陷于这些，才把你一步步逼疯的吧？行，我也明白了。你其实就是个被人伤害了，再也站不起来的孩子。拼命任性杀人，证明自己，也让别人看到自己。顾天成，你的人生，才挺不值得的，你没有过好它。"

顾天成不说话，脸部线条终于有些僵硬。过了一会儿，他抬头笑笑。尤明许看到他眼眶发红，那眼睛里似乎有水光闪过。但他这样一个人，是不会掉眼泪的，他只是把嘴抿得很紧。很快，那张脸又松弛了，神色如常，死水微澜。

尤明许站起来，说："还有，我可没你说的那么惨。身边每个兄弟，我都可以把命交给他们，哪怕为他们其中一个而死，为像明韬这样的陌生人而死，那也是我身为警察的职责，有什么问题？还有，别张口闭口情啊爱的，我卧个底你还当真了？那不好意思，姐甩过的男人，只怕比你碰过的女人多多了，你不过是其中中等……偏下的一个。真别惦记我，死了也别惦记，我可是从来不负责的。行了，我走了，你好好交代。顾天成，死之前，做回一次你自己。"

尤明许走出审讯室，身后始终一片安静。她带上门，有两名警察走过来接替。已是太阳偏西时分，楼道里映着阳光下长长的影子，明亮寂静。她走到窗口，站着抽了会儿烟，又有些懊恼自己的烟瘾。把剩下的半截烟丢掉，往办公室走去，却在大厅看到了一群人。

大多数是上了年纪的夫妻，个个眼中含泪，情绪激动。她知道这些正是公路连环杀人案的受害者家属。她静静地望了他们几眼，转身走远。

这天，大伙儿忙到深夜才下班。尤明许亦是一身疲惫，他们是今早到湘城的，她现在只想早点回自己的窝待着，睡个天昏地暗，忘却一切。

临走时，樊佳捧着一摞卷宗走过来。

尤明许随口问道："顾天成交代了吗？"

樊佳点头："交代了，态度还算配合，就是话不多，我觉得他总有点走神的样子。"

尤明许沉默片刻，笑笑："走了。"

初夏的夜晚，凉爽通透，满天的星星。警局大楼此时还亮着许多灯，尤明许觉得，它们看起来像是钢铁巨人，就这么沉默地盘踞着。此时积压多日的疲惫如潮水般快要把她吞没，她走出警局等出租车。

出于警察的直觉，她很快注意到，路旁停着一辆车，黑色宝马，打着双闪，车上没人。她又往旁边看，结果看到三个人影。

都有点眼熟。

他们就在警局高墙的墙角处，一个蹲着，两个站着。蹲着的那人双手抱着膝盖，跟个孩子似的低着头。站着的一男一女，低着头似乎在劝说什么，还不时抬头往这边看。

尤明许一个激灵，暗叫不妙，转身就想往街的另一头走。

然而晚了，只见蹲着的那人猛地抬头，站了起来。旁边两人赶紧扶住他，被他一把甩开，人已经朝尤明许冲来："姐姐——姐姐——我在这里——"

尤明许："……"

她面无表情地看着他跑近，其实他跑得不快，大概是因为伤口痛，一只手还捂着身上的纱布，步子蹒跚，跟只跛腿蛤蟆似的一蹦一蹦。尤明许没有迎上去，只是静静地望着。

这位据说很出名的殷逢先生，到了她跟前，苍白的脸有些红，眼里装满了闪闪发光的喜悦。

跟过来的那两位，女人一脸担忧，还有点伤心，说道："殷逢，你不能跑，伤还重着呢。"说完看了一眼尤明许。

那个年轻的男人倒是很镇定，双手垂落，站在殷逢身后，不说话。应该是殷逢的助理。

尤明许打量了一下殷逢，他换上了病号服，脸也擦干净了，脸上、手上都贴着胶布，身上缠着纱布。但他是光着脚的，一双白皙的大脚上全是泥，还有些红红的擦伤。此外额头上、手掌上明显有几处新添的小伤口。

尤明许问："你怎么搞成这样？"

殷逢想了想，答："我也觉得这个衣服不好看。"

尤明许只感觉到额头神经跳了跳，转而看向他身后的男子，男子挺机灵的，立刻会意，飞快地解释道："殷老师醒了之后就吵着要来找你。电视里播了你们分局抓住嫌疑人的新闻，他看到了你，后来就趁护士不注意，偷跑出医院。身上的新伤都是在路上摔的。尤警官，请你劝劝殷老师回医院吧。他伤得不轻，不好好治疗会出事的。"

尤明许又看一眼男子文气柔和的轮廓，心想：殷逢这个……助手，还真挺拿得住事儿。转而又想：也不知道正主脑子没坏时是个什么样的人啊。

尤明许对殷逢说："听到他说的话了吗？不好好治疗会死的，快回医院吧。"

女子也拉着殷逢的手臂劝道："是啊，快回医院吧，你别再这样，我求你了。"

尤明许看了女子一眼。

殷逢一下子挥掉女人的手，露出厌恶又有些畏缩的神色，说："关你什么事？我又不认识你。别再碰我，否则我打你。"

他又看向尤明许，神色却变得怯生生、软糯糯的："明许，我那天一醒来，就没看到你，你为什么不来找我？"

见尤明许不吭声，殷逢眼中飞快闪过一丝慌乱，立马又咬唇，脖子挺得直直的："反正我找到你了，别人就不能把我带走了！"

他身旁的女子露出神色复杂的苦笑，看着尤明许。助手则神色平平，保持沉默。

尤明许静了片刻，说："殷逢先生，你搞错了吧？我不是你姐姐，对你没有义务。已经结案，咱俩也没关系了。我为什么要管你？"

殷逢怔怔望着她，眼眶慢慢红了。

尤明许冷道："不准哭！"

尤明许转身就走，听着身后空空落落的，那三个人似乎都没动。她又走了几步，路上来了辆空的士，她招手等着，这时就听到身后又急又跛的脚步声。

车停稳，她回头看了眼，殷逢立刻止了步，站在一两米远处。那么大个人了，双手握拳垂落在身侧，身体绷得像棵树，脑门上就跟写着个"傻"字似的。尤明许轻嗤一声，拉开的士车门。刚坐进去，后座车门却被拉开，殷逢钻了进来，飞快关门，双手夹在双腿间，低头不动。

尤明许终于有点头疼了，她是坐在副驾上的，瞄一眼后视镜，那两个人已追上来。

尤明许也不能真的揍他一顿，踢他下去，只想他早点老实回医院待着。她真的快累死了，现在坐在出租车上都能一头昏睡过去。

她静了几秒钟，司机问："去哪儿啊？"

尤明许降下车窗，手在窗外招了招。那助手果然机敏，快步凑过来。

尤明许："地址。"

助手立刻说："湘慧医院国际部。"

尤明许："跟着。"

"好。"出租车发动。

天色已暗，茫茫城市景色，宛如一片咫尺之遥的繁华世界，包裹着小小车厢。尤明许望着窗户上流泻的光，拼命撑着不让自己睡着。当她垂眸，就从后视镜里看到后座的人，睁着那双又黑又深的眼睛，看着自己。

"为什么非要跟着我？"她问。

殷逢说："我……不相信别人。"

尤明许："那为什么相信我？"

"你和别人不一样。"他说，"你真的很好，很强大。"

尤明许不说话了，过了一会儿，长长地叹了口气。

到了医院住院部楼下，助手和那女人的车先到了，两人等在门口，助手走过来，替他们俩拉开车门。殷逢下了车，就杵在那儿不动。

助手抽出一张钞票递给司机，赔笑："尤小姐？"

尤明许面无表情地下车，殷逢这才跟在她屁股后头。

助手在前面带路，女人频频回头，显然很关切殷逢的状况，但又不敢贸然搭话。尤明许双手插在裤兜里，殷逢几乎是挨着她走。她扫他一眼，他一副想笑又拼命忍住的样子。

尤明许突然觉得好挫败，任由他跟块狗皮膏药似的黏着，懒得管了。

湘慧医院国际部，其实就是高档私人医疗区。殷逢住的是单人 VIP 病房，一进楼道里，就有护士迎上来，惊喜关切："殷先生！你终于回来了！"

殷逢往尤明许身后躲了躲，尤明许问："哪间？"助手忙指路，一行人进了病房。

尤明许扫一眼室内，好家伙，好大的房间，宽大洁净的病床、电视机、书桌、沙发、独立卫生间，样样不缺。

她说："躺床上去。"

殷逢"哦"了一声，爬上床，乖乖躺好，盖好被子，眼睛却看着她。尤明许走到沙发前，径直躺下，眼皮都沉得有三斤重了。她什么也不想管了，合上眼，又将一只手掌搭在额头上挡着光，说："天塌下来都别喊我，等我睡醒。"

殷逢几乎是立刻说："嗯，好。"

两人说话间，助手已飞快地指挥护士们动起来，给殷逢处理伤口的处理伤口，输液的输液，擦拭脚底的擦拭脚底。而那个一直跟着的女人只是默默地站在边上看着，过了一会儿，扭头走了。

他们忙碌着，殷逢还睁着眼，望着几米远外的尤明许。

他又说："你别走。"

尤明许低低"嗯"了一声，很快，呼吸变得低沉均匀，那只原本搭在额头上的手，也渐渐滑落下来。她在睡梦中似乎受惊般抖了一下，身体蜷起，不动了。

殷逢也不知为什么，就想一直盯着她，这样好像就能安心了。

他觉得她看起来和在西藏时不同了，那时候她让人感觉温暖又安静，像一汪香喷喷、干干净净的水。抓坏人的时候，又能变身女超人。他当时就好想抱着她的大腿挂着，她走哪儿，他就跟到哪儿。

但刚刚找到她时，她却像换了个人，很凶，也很冷。她眼睛里好像有一种可以封住一切的东西浮了上来，把他也给挡住了，这让他感觉胸口一痛。

好在此刻她又回来了。其实她睡着的样子，还是很像在西藏时的那个姐姐，软软的，安安静静，又漂亮。殷逢觉得，她之前说的肯定不是心里话，她怎么会不管他、不要他呢？

又不知过了多久，灯被调暗了，人也都一个个出去了，那个自称他助手的人，低声在他耳边说："殷老师，我就在隔壁，有什么事你摁床头的铃，我们会马上过来。"

"嗯。"

助手也走了，室内彻底陷入寂静昏暗。殷逢很想跑到沙发上和尤明许挤在一起睡，但又怕自己挤着她，也有点不敢。终究是太累，很快，他也陷入沉睡。

其实，自殷逢在那辆车的后备厢醒来开始，周遭的一切于他而言，就是一个茫茫的陌生世界。他浑身疼痛，又冷又饿，脑子里空空的，什么都没有。

他当时听到外头隐隐有人在说话，不知为何，那个低沉隐约的男声，令他感到很危险。于是他缩成一团，不敢动，也不敢发出声音。倒是有个女人的说话声轻轻柔柔的，带着特有的低沉，让人听着心生好感。

等什么声音都没了，他推了推后备厢的盖子，居然没有关牢。他心想一定是关他的人大意了，事实上，也是如此。顾天成曾经来戳破轮胎，又打开车盖查看过他，关上的时候太过小心翼翼，结果没关严。

殷逢偷偷从车里爬出来，急切地想要找到御寒的衣物和食物。

后来他看到一顶帐篷，就钻了进去，一眼看到地上的睡袋，看起来好暖和，他便钻了进去，心想这样可以躲起来，别人发现不了。

其实他也隐隐感觉，这样做好像有哪里不对。可脑子里总像被什么东西重重压着，他一想要弄清楚，就疼，就烦躁。好像有道坎儿，深深的坎儿，拦住了他，让他过不去。

后来他就躲在睡袋里，一动不动，心想：不要发现我，你不要发现我……

没过多久，一个柔软热乎的身体进了睡袋里。他又听到了那个女人的声音，然后也听到了她的尖叫声。他连忙从睡袋里钻出来，看到了一双眼睛。

这个女人的眼睛，好亮啊。他想，就像高原上的云，坦坦荡荡，一尘不染。

后面再遇到的每一个人，都没有她这样一双眼，没她那么香软好抱的身体，不像她在那么多人敌对的视线里，依然肯认真地打量他，露出安抚的眼神，还让他拉着她的手。

那个自称助手的人，跟他说了很多。说他叫什么，今年多大了，是多么知名的作家，把自己的事业版图经营得多么成功。可他觉得，那一切，甚至包括“殷逢”这个名字，对他而言，都很遥远。

于是那种感觉又来了，周围的世界茫茫然像一片冰凉的海，要把他淹没。他立刻想到了尤明许，想到她什么都知道，想到她可以战胜一切，甚至连那个抓了他、抢了他的坏人，都被尤明许给打败了——尽管顾天成尿在她裤子上这件事好好笑。

所以现在，他只想和她在一起，也必须和她在一起。他从那个完全被自己遗忘的世界，被扔进这个陌生的可怕世界。尤明许是他可以找到的唯一法宝，能够扫除一切妖魔鬼怪，那样就没人可以笑话他、欺负他了。

尤明许可不知道，这傻子看起来懵懵懂懂的，脑子里却能想这么多。她这一觉睡得天昏地暗，三魂六魄归位。等她被阳光刺得睁开眼睛时，已经是第二天早晨。房间的窗帘已被拉开，两个护士在无声忙碌。

床上那人……

尤明许看了眼，笑了。殷逢睡得四仰八叉，双手双腿都大摊着，被子被他踢到了床尾，肚子上的那床毯子大概是被护士后来盖上的。他睡得呼呼的，隔着几米远，尤明许都能看到枕头上的口水渍。

那身材，其实是高大挺拔的；那张脸，也英俊如画。眉毛浓黑，唇色殷红，连脖子上的喉结，都令他看起来男人味十足。

但整个人的气质姿态，实在不堪入目。

尤明许转头看了眼坐在窗边的助手，他今天穿着衬衫西裤，也很笔挺，还戴了副金丝眼镜，抬头对她笑笑。

尤明许跟护士要了一次性牙刷、毛巾，去洗手间洗漱了，走出来时，护士们已经回避了，殷逢还在憨憨睡着。

尤明许走到助手面前坐下："怎么称呼？"

助手说："我叫陈枫，尤小姐，你叫我小陈就好。"

尤明许说："说说吧，到底是怎么回事？"

陈枫看了眼床上人，目光平静坚定，说："我曾经是殷老师的忠实读者，后来得他赏识，成为他的助手。我们已经一起工作了三年，谁也没想到他会发生这样的事。他现在很依赖你，可能言行也变得很任性和荒唐，还请你不要介意。"

尤明许摆摆手，问："他到底是怎么出事的？"

陈枫露出个苦涩的笑，说："之前顾天成连续作案，殷老师很关注这件事，并且还做出了罪犯的心理画像。他向来我行我素，连我都不让跟，自己跑去了西藏，大概是想得到第一手素材。我知道他之前是沿着警方的搜索线路前进的，哪里想到真的就遇上了。"

"医生怎么说？"

陈枫答："身上的伤，问题不大，麻烦的是脑子。医生已经给他做过测试了，智力没变，还是很高，但是情商和心理年龄，相当于七八岁的孩子。将来也许能恢复，也许不能。"

尤明许问："他以前是个什么样的人？"

陈枫拿起桌上的一个文件夹，取出两张照片递给她。尤明许接过，愣了愣。

陈枫说："殷老师毕业于北大心理系，现在还担任着研究员，同时写书。实话实说，殷老师以前个性很强势，对一切的掌控欲都很强。脾气不太好，人很精明，始终很清楚自己要什么，应该怎么做。恕我直言，在当下的写作帝国里，他就是神一般的存在。事实上，他也做到了。不仅他写的书极其畅销，商业发展也很强势。他是我的偶像。”

也就是说，曾经的这个男人，不仅智商高，情商也高，且才华横溢，是个非常强悍成熟的男人。尤明许望着手里的照片，确实，照片上的他分明就像是另一个男人。

照片是他刚从车上下来时拍的，只穿着简单的灰T恤，露出结实精瘦的臂膀。他戴了副墨镜，头发打理得很有型，嘴巴和下巴周围还有一圈胡楂儿，宛如从杂志里走出的冷酷男模。

尤明许看了几秒钟，转头看向床上的人。殷逢不知何时，翻身趴着睡着了，双手双腿张开，像青蛙似的，脸也贴在枕头上，嘴角挂着一丝口水。

陈枫也看着自己的老板。

两人都静默片刻，尤明许把照片还给他：“怎么没看到他的家人？”

陈枫答：“殷老师早年间已经跟家里断绝来往。”

尤明许说：“我该走了。他待会儿醒了，你们应该能留住他吧？别让他再偷跑出来了。”

陈枫忙说：“等一下，尤小姐，殷老师性格固执这一点，跟以前半点没变。只怕他醒来没看到你，想尽一切办法也要去找你。他那么聪明，把几个小护士玩弄在掌心，还不是分分钟的事？”

他面色认真，讲话的声音却明显大了，尤明许恼火地瞪了他一眼，这家伙，太鬼了！果然，床上的殷逢皱眉咂了咂嘴，又蹬了两下腿，迷迷瞪瞪地睁开眼睛。

陈枫小声说：“你们聊，只要能搞定他，你随时可以走。”

尤明许：“滚。”

陈枫笑笑，挥手让护士也出去，还体贴地带上了门。

殷逢一下子从床上爬起来，和尤明许大眼瞪小眼。尤明许看着他乱蓬蓬的头发、无辜清澈的双眼，实在是难以把他和照片上的男子联系到一起。

还没等她开口说什么，殷逢已咧开嘴笑了，雪白的牙齿露出来，眼睛里全是灿烂的光。

“你没走！”他说，“我一睁开眼就看到尤明许了，一睁开眼就看到了！”

尤明许愣了愣，避开他亮晶晶的目光，心里感觉有点怪怪的，暗想：傻乐什么，我马上就走。

可殷逢盘腿坐在床上，仰头看着她。他皮肤太白，眼睛又漂亮，这么笑着，整个人实在是甜得没头、没脑、没边了。

时间其实还早，阳光柔和清透。

“尤明许，你过来。”殷逢说。

尤明许心想：这会儿又不叫姐姐了？倒也不在意，走过去，问：“什么事？”

他抬头：“今天我们干什么？”

尤明许：“……”

她又说：“先去洗漱，刷牙洗脸会吧？眼屎口水弄干净。”

“嗯！”殷逢乖乖下床，进了洗手间。尤明许在床边坐下，再次想到照片上的那个男人，忽然觉得很可笑，很不真实。

没多久他就出来了，洗得干净整齐。

尤明许说：“你还有伤，躺下说话。”他乖乖爬上床。

尤明许发现他醒着的时候，躺卧姿势倒是霸气得很，两条大长腿叉开，双手枕在脑后，大爷似的。

“殷逢，我是个警察，每天有很多工作要做。包括前几天我们抓到的那个坏人顾天成，还有很多后续工作。而你呢，伤还没好，脑子也没治好。如果脑子治好了，你就会更聪明对不对？所以现在呢，我要去上班了，你呢，在这里好好养伤。咱们俩都把自己要做的事情做好，然后……然后咱们再见面，再一起玩，好不好？”

要是熟悉尤明许的人，听到她这么亲切耐心的说话，只怕要惊掉下巴。因为平日里，对于缠着自己的男人，她是多么冷酷残暴啊。

只是因为尤明许明白，殷逢现在就是个七八岁的孩子，偏偏认定的事还很倔，一根筋。她是多么倒霉才能在他一醒来就被扑怀里，完整占据了他的雏鸟情结。但是没关系，她是个老奸巨猾的刑警，要不也不能陪顾天成一路演戏扮柔弱。先把殷逢哄住，搪塞住，时间久了，她管他死活。

大概是她说得太合情合理无法反驳，殷逢低下了头。尤明许看着他那段白皙的、肌理分明的脖子，纯洁中居然还带着一种属于男人的生机。

“一定要去上班吗？”他问。

“对，否则我就会丢了工作和收入。”她说，“而且也不能帮助到其他人了。”

殷逢的唇紧抿着，不知为何，那漆黑透亮的眼珠，竟看得尤明许有些心虚。她心想：难道人的脑子被撞得天真了，原本世故的双眼，也会变得纯净吗？

他的双手从脑后放下，说："好，你去上班吧，我也会努力养伤，可你什么时候再来看我？"

尤明许说："过几天就来。"

这么轻易就从小雏鸟的病房脱身，尤明许简直太佩服自己了。陈枫就守在门口，看到她的一瞬间，也有些惊讶。

"搞定了。"尤明许经过他时，丢了一句。

"多谢。"陈枫飞快地说，望了眼屋内，压低声音说，"尤小姐，还希望……你能经常来看看殷老师，拜托了。"

尤明许看了他一眼，没答话。

好在警局有换洗的衣服，尤明许到了后，先去洗了个澡，就投入紧张的工作中。

一天的时间，不知不觉过去。因顾天成这个大案，大伙儿饿着肚子忙完，走出警局时，已是华灯初上时分。

大家去吃消夜。

坐在熟悉的饭店里，这一桌子警察看起来，与旁人也没有太大差别。除了讲话声音洪亮一点，个个看起来都挺精神，有煞气。

尤明许拿了瓶啤酒在喝，听他们说着一桩又一桩的趣事、倒霉事，瞧不上的或是让他们兴奋的事，有时候插几句，一起痛骂、讽刺或者哈哈大笑。

正酒香兴浓时，许梦山凑她耳边说："你让我留意殷逢和他的助手，我留意了。"

尤明许也压低声音："怎么说？"

许梦山："今天早上我去踩点，看到你从他病房出来，穿的还是昨天的衣服，神清气爽，面色滋润。"

尤明许："滚！"

灯光下，搭档目光含笑望着她，平日里大家觉得沉默寡言的许刑警，此时暗笑得像只狐狸。

樊佳听到了只言片语，也凑过来："怎么了？尤姐怎么又暴躁了？"

尤明许恨恨地看了许梦山一眼，后者已掀了掀单眼皮，语速极快极轻地说："她昨晚去殷逢病房过夜了。"

樊佳瞪大眼，那八卦的、猥琐的笑意快从眼里跳出来。好在两个家伙有分寸，声音小，别的刑警都没注意到他们仨在窃窃私语。

尤明许说："放屁！他现在就跟个几岁的孩子一样，我昨天才去探望安抚一下。许梦山，你一只单身狗找不到女朋友，脑补这些事倒是积极，许大妈！"

许大妈全不在意，拿起一把烤串咬着吃，又拍拍樊佳的脑袋，说："想不到我们心狠手辣的尤姐，喜欢的是这个类型。难怪以前那些前赴后继的男人没戏，尤姐喜欢嫩的。"

樊佳："是啊是啊，不过御姐喜欢小奶狗，好像也对哦。"

尤明许喝了一大口啤酒，只吐出两个字："想死。"

那两个碰了一下酒瓶。

尤明许失笑，懒得理他们。脑子里浮现今早殷逢"稚嫩可爱"的模样，更觉可笑。

樊佳这时说："也不知道殷作家的脑子能不能恢复，这要能恢复，其实也是个钻石王老五好吗？又高又帅还有才，听说光靠写书、拍电影、开文化公司，年收入都过亿了！上过作家富豪榜。唉，我说尤姐，你看你们俩这么有缘，他现在又喜欢黏着你，你要不要趁他脑子坏了把他拿下，生米煮成熟饭。将来等他醒了，已经是你的人了，那就是叫天天不应，叫地地不灵，任你为所欲为……"

尤明许都被这妮子逗笑了，懒得理会，许梦山却说："得了，真把那家伙当香馍馍了，开开玩笑而已。别说他现在脑子不正常，就算正常了，配得上尤姐？我昨天查过，他没出事前，公开交往过的就有两个女朋友，还都是网红嫩模。这种男人，有什么好要的！"

樊佳愣了愣没说话。

尤明许神色淡淡的，嗤笑："关我什么事。"

吃完饭后，一群人从饭店出来，分别打车回家。尤明许、许梦山和樊佳坐一辆车。到了尤明许家的小区门口，他们把她搁下。尤明许打了个酒嗝儿，单肩挎着背包，结果没走几步，就看到一辆车停在路边，车旁靠着个人。

车是高档车，人也是衣冠楚楚，透着一种高级感。尤明许就跟没看到他似的，从他旁边走过。

那人也是厚脸皮，像完全没察觉到她的淡漠一样，含笑开口："明许。"

尤明许站定，深吸口气，平息暴躁，说："罗羽，别这么喊我，我们没那么熟。"

罗羽笑笑，说："才回来？我从七点等到现在，十一点。"

尤明许："那是因为你脑子有病。"

刚想径直往前走，他身形一动，拦住去路。这家伙一米八几的个头，是个爱健身的精英，人高马大，心又黑，还是个律师。尤明许如果随意把他放倒在小区里，只怕又会中计，更被他纠缠不清。于是尤明许忍了忍，说：“让路。”

基于他长达数月的纠缠，现在尤明许一句话都不想和他多说，只想把他一脚踹开。

他在路灯下盯着她，那双长长的眼睛有些暗光闪动，说：“你不打声招呼就去西藏度假，离开了半个月，想过我心里的感受吗？我想你了。每天睡觉前，都在想你这个没良心的小东西。”

尤明许的心中一阵恶寒，那感觉就像是被又臭又酸的隔夜菜给熏了一回。她心中亦万分悔恨，当初为什么要听信邻居大妈的话，去和这货相亲。

尤明许独居于此，邻居大妈时常看顾，做了什么好吃的也常常分她一口，因此她很是感激，也把大妈当成半个亲人。大妈大概是看她独身，去年突然脑子一抽，很热心地要给她介绍男朋友。她毕业工作几年了，警局里她又没有看上的，确实有点心痒，就同意了。

初见罗羽，他生得人模狗样，谈吐又不凡，俨然一个高知绅士。行事间也颇为直爽，不缺男子气概。尤明许对他印象很不错，也生了继续处下去的念头。

罗羽是一间知名律师事务所的头牌，不到三十，经济实力也雄厚。他似乎也惊艳于这朵警花的美丽和练达，大家都是目的明确、思路清晰的成年人，两人渐渐很聊得来。虽然尤明许暂时对他更多的是好朋友的感觉，但两人的感情确实在逐步升温，并且，罗律师明显陷得更深一点，早晚接送，一天报到几回，几乎拿出所有空余时间追在尤明许身后，嘘寒问暖，细致用心。尤明许其实也挺享受这种被人用心对待的感觉，渐渐地也把他当男朋友对待。

那时候，在职场上八面玲珑的罗羽，对尤明许说过一句话：“你这种女人，确实只有我这样成熟的男人才会真正懂得欣赏。那种感觉对我来说是会上瘾的，咱们好好处，我已经不想放弃这段感情了，行吗？”

尤明许当时还挺感动的，甚至在一次出差回来后，差点因为一时冲动留他过夜了。到底还是感觉两人相处时间不长，心里总有某个地方不踏实，感觉也没到位，于是把那夜情意满满的他给推走了。

尤明许一开始和他谈恋爱，是瞒着同事们的，只是大致了解了一下他的背景。在两人认识半年后，她才把这事告诉了许梦山他们。

结果几天后，许梦山就把一份详细的背景调查资料丢到她面前。

罗羽，表面看起来的确是一名光鲜的律师，年轻有为，确实也办过几起有影响力的案子，前途不可限量。但仔细一查，这人办过的很多案子，都有待商榷。

换句话说，这人很擅长利用法律擦边手段，在灰色地带替金主牟利，认钱不认人，没有什么道德观。尤其是本地一家著名企业凯阳集团，业务涉及房地产、环保、废物回收……尤明许听闻，凯阳集团的很多业务不是那么清晰透明的，罗羽就是凯阳集团的法律代言人。警局上头，已经开始留意凯阳了。

当晚，尤明许把罗羽叫到了家里，劈头盖脸就是一句："你替凯阳集团做事？"

当时罗羽愣了愣，神色立刻恢复如常，心平气和地说："明许，你听我说，我只是帮他们处理一些法律上的疑难问题。外界对于凯阳的一些传闻都是造谣，我是个律师，所做的事都是在法律允许的范围内，法律面前人人平等，这和我替其他公司打官司，没什么差别。"

尤明许又问："你不知道我是个警察？你往我眼里揉沙子？"

他当时就想坐过来搂她的肩膀："明许，有话慢慢说……"

他来之前，尤明许已经把他的背景了解得一清二楚，也想得很清楚，于是躲开他的胳膊，语气平淡地说："出去。咱俩没可能了，过去这段就当是个误会，罗律师，道不同不相为谋。还有，将来万一有什么事，别落在我手上，我从不念旧情。"

那天晚上，罗羽给她发短信："你其实从来就没有喜欢过我吧？"

尤明许没理他，直接拉黑。

不管罗羽当初接近她，有没有抱别的目的，是真的一见钟情，还是抱了想要找个保护伞的心思。尤明许手起刀落，斩断孽缘，毫不犹豫。

哪里知道，这背景发黑的律师，才真正暴露出本性和手段，开始了极富耐心的无耻纠缠呢?

三天两头在尤明许身边徘徊，也暴露出本性里的狂妄，依然想要把尤明许当成他的女人。时常送礼物，价值不菲。一开始尤明许还会退回到他的律师事务所，结果他加倍地送。几次之后，尤明许火了，干脆直接丢在楼下垃圾桶里。

他现在也不掩饰自己了，偶尔会陪当事人去警局，当然当事人也不是什么好人。尤明许有时候路过或者在场时，他就一直盯着她，似笑非笑的样子，仿佛在说：看，我就是这么个人，我就想得到你这个刑警。

尤明许不是没想过把他痛揍一顿，抑或是把他抓去警局教训一顿。但稍微一想，就没有贸然行事。他是个律师，还是个狡猾的黑心律师。他必然已准备好理由，解释自己为什么出现在她身旁，譬如为了公务之类。打一顿只怕正中他下怀，绯闻传出去，她刑警都不好做。

所以，尤明许这么剽悍的，在警局里、在罪犯面前横行无忌的一个人，在这件事上，居然只能忍，她还没想到什么好的法子摆脱罗羽。前段时间去休假，也存着避开他的心思。

结果今天一回来，这只大尾巴狼又守在这儿了。

尤明许身形飞快一闪，他没拦住，眼中闪过几丝玩味，跟在她身后。

尤明许头也不回，一直走到楼下，刷卡开了单元门，说：“罗羽，你再跟上来，就是擅闯民居，试试看？”

罗羽站定，这女人语气平静低沉，但他知道，她不是在开玩笑。只要他踏进她的领域一步，她真的会动手。

罗羽笑了，说：“我不是来惹你生气的。上去吧，我看着你平安到家就好。”

尤明许“嘭”的一声摔上单元门，昂头就走。结果没走几步，就听到他平静地在身后说：“尤明许，我一定要娶你当老婆，这事儿没法退。”

第六章

无奈同居

“有病！”尤明许在心里骂道，都懒得理他，上楼。

她家的房子其实挺老了，好在是最早一批的商品房，修得还算规整，质量也有保障。她进了家门，打开灯，这套方方正正的二居室，也像她这个人一样，简洁、空旷、素淡，没有什么温馨的感觉，只有稍显凌乱随意的生气。

客厅正中的墙上，悬挂着一幅黑白遗照。尤明许进屋后总会看一眼照片上的人，有时候莫名地冲她笑笑，感觉心里会暖和一点。

画面上的母亲只有三十来岁，她长得比尤明许文静，文静间又不失英气。一双水润的大眼睛，拥有尤明许所不具备的甜美。那一身警服警帽，都掩不住她的生动。尤明许从小是在江城跟着外公、外婆长大的，大学才来湘城。他们从来不跟她提父亲的事，只有一次，舅舅随口说过：“明许这长相，肯定随父亲多一点。”当时没人答话。

尤明许随母姓，她也没兴趣去深究父亲是谁，现在是死是活，是好是坏。

她去洗了个澡，躺回床上看剧，什么美剧、肥皂剧、雷剧，她都看。这样时间不知不觉就过了，脑子里也不想事，舒服。

正看着男主角抱着女主角在樱花树下转圈圈呢，反派站在两米外一脸扭曲恨不得把“我很恶毒”写在脸上，手机突然“嘀”一声响。她的眼睛没离开平板电脑，摸到手机后，这才飞快地瞟了一眼。

一条来自陌生号码的短信：“明许，我是殷逢啊。”

尤明许本来不想回，想了想，又回："知道了。"

一句话终结交谈，就是她的目的。

结果显然是不奏效的，那人脑子里现在本来就有很多根筋罢工，怎么可能看得明白她的敷衍。

他立刻又问："你在干什么？"

尤明许忍了忍，暂停爽剧，回复："看电视。"

"看什么电视？"

"《绝世倾情》。"

"我可以给你打电话吗？"

"不可以。"

"为什么？！"

"因为我困了，要睡觉。"

"那你加我微信，给我通过。就是那个绿色小蝌蚪 APP。"

绿色小蝌蚪……

尤明许头一次听人用如此清新脱俗的方式称呼微信，通过他的好友申请后，点开看他的头像大图。那是张男人的侧脸，黑白色调，光影用得很好，像是隐隐水波映在男人棱角分明的侧脸上。男人嘴角带着一点笑，眉眼微微垂着。身上穿的是最普通不过的黑 T 恤，却偏偏显得很有格调。

同时，从这张图也可以看出，曾经的殷逢有点自恋，也有点自负，绝对的自恃美貌，才会把这样封面模特似的照片当成头像。

心念一动，点开他的朋友圈，却发现他只对朋友展示三天内的朋友圈，什么都没有。

他发了段语音过来。

尤明许点开。

"我今天按医生的话吃了药，还打了针。晚上陈枫带我活动了一会儿，我还看了一会儿电视，可是很没意思。中午吃了肉、胡萝卜、洋葱和青菜。晚上喝了汤，又吃了肉，还有鸡汤、虾仁和青菜。医生说伤口还不能沾水，所以我用毛巾擦了身子，现在我只有一点点臭。我现在也要睡觉了。晚安，尤明许。"

他的声音在电话里，意外地低沉好听，因为语气太乖巧，又透着某种软糯的感觉。尤明许听完后，静默片刻，语音回复："晚安，殷逢。"

三天后。

阳光非常慷慨地洒满整间病房，刚洗完澡的殷逢，如同一只大猫似的，裹着浴巾坐在床上。伤口已经拆线，他觉得实在太舒服了，虽然还很疼，但是不管了。头发刚才护士也给他吹过了，现在蓬蓬松松地趴在脑袋上。

他不知道，自己现在看起来，就像二十出头的大男孩，白嫩干净。

陈枫举着两件衣服，站在他面前，说："这是你以前最喜欢的牌子和款式，本季最新款。"

一件是深灰色立领夹克，另一件是黑色大衣。大牌的剪裁做工就是这样，乍一看非常简洁，质地其实非常考究，并且很有设计感。旁边的两个小护士看着都噤声了，很想看看床上的帅哥穿上这两件衣服的样子。

殷逢盯了一会儿，露出有点轻蔑的笑："好难看。"

陈枫脸色不变，又从手提袋里拿出休闲款、运动款，都是顶级潮牌。

殷逢的眉头舒展了点："还可以，看得过去。"

陈枫有点想笑，老师还是和以前一样眼光挑剔啊，只不过挑剔的方向好像完全反了……想当年某国际一线男装品牌还想请老师去做亚洲区代言人呢。

最后，陈枫从手提袋里掏出来一件绿色 T 恤，胸口印了个大大的生动活泼的阿童木，裤子同款。

殷逢坐着不动，眼睛紧盯着。他感觉到旁边的护士在低头忍笑，这让他的脸莫名发烫，还有点说不出的生气，心想：要是明许在这里，肯定不会笑，只很稀松平常地说："嗯，你穿这个好看。"

想到这里，他的心情又好起来，面容却故意严肃着，说："嗯，既然没有别的好看的，那就这套吧。"

陈枫："好。"

"我懒得再选，再买几套一样的。"

陈枫："好。同样牌子不同款式图案，可以吗？"

"嗯。"

殷逢换上新衣服，走到镜子前，照了一会儿，笑了，自言自语地说："今天穿去给明许看。"

陈枫说："子懿来了，我让她在隔壁等。你要见她吗？"

殷逢的眉头立刻皱起来，说："她是谁啊？为什么总要来找我？"

陈枫："我前两天跟你说过，她是你十多年前死去的哥哥殷尘的青梅竹马，你从小也叫她姐的。她来，我想也是关心你。"

殷逢说："我知道。不过她是我那个哥哥的人，不是我的。既然殷尘早死了，那她和我是不是没关系了？"

陈枫："理论上是，但这几年，她一直在你身边，你也没有反对。"

殷逢的脸色忽然变得很紧张："她……是我女朋友？"

陈枫想了想说："不算是。"

殷逢不明白了："那是什么意思？"

陈枫心想：你问我什么意思，我怎么知道？苏子懿明显钟情于你，但你这些年不说好，也不说不好，吊着人家。谁知道你这种腹黑男，打的什么主意呢？

不过，陈枫笑笑，说："就是很亲近的朋友的意思。"

殷逢："哦……可是我现在已经不想和她当好朋友了，不知道为什么，看着她就挺烦的，我觉得自己以前应该挺讨厌她的。我现在的好朋友只有明许，你让她走，我不想见她。"

陈枫犹豫了一下："可是……她肯定不愿意，你失踪的那段时间，她也很担心，和我一起一路找过去的……"

殷逢穿好床边的一双新的小白鞋，思考了一下其中的逻辑和彼此的人物关系，问："陈枫，我是你的老板，还是她是你的老板？"

陈枫："当然是你。"

殷逢盯着他："你会对我忠心吗？"

陈枫静了几秒钟，不知道为什么，殷逢明明傻了，可此时他穿着一身可笑的衣服，认认真真问他这个问题，他居然依然能从那双黑漆漆的眼睛里，感觉到一丝熟悉的压力。

突然间，陈枫的心里有点警醒，也有热流淌过，他答："我的老板当然是你。也许你已经忘了，我原来过得很糟糕，打算自杀。自杀前没有抱任何希望，给你写了封信倾诉。你看了信，约我见面，说单凭一封信进行分析，就认定我有才华和潜力，让我先别急着死，还高薪聘了我五年当你的助手。我早就不想死了，我现在过得很充实、很好。你出事前就对我说过，无论你今后变成什么样子、做出什么事，我都要不分黑白、不问缘由地站在你身后。我向你承诺过会做到。所以现在，你说什么，就是什么，我不会让苏子懿再打扰到你。"

陈枫说完后，眼泪都快出来了。然后他就看到殷逢嘴里鼓起满满的空气，把整张俊脸鼓成了包子，再一下子吐掉。

陈枫神色不变。

殷逢说："我知道了。看来我以前还挺有远见的，刚才我看以前的朋友圈，还觉得自己看起来好蠢。"

陈枫微笑着说："你以前不蠢，现在也不蠢。"

这话明显温暖了殷作家脆弱幼小的心窝，他露出个很灿烂的笑，春风明月似的，恍惚间，陈枫好像看到了少年时的殷作家，不由得也笑了。

殷逢说："收拾一下行李，我要去找明许了。"

陈枫说："好。那是在她家附近的酒店住下吗？"

殷逢的目光闪了闪，说："你觉得她会让我住在她家里吗？"

陈枫说："恐怕不能。"

两人都静了一会儿，陈枫说："我有办法，对她施压，也许能让她答应。要做吗？"

然后他就看到那干净得仿佛初生的大男孩移开目光，想了一会儿，脸上没什么表情地说："嗯，做吧。"

陈枫心想：就算心理年龄小了二十岁，本性根本没变好吗？真是……太好了。

于是这天尤明许下班回家，刚走到楼梯转角，就看到一个人抱膝坐在她家门口的地上，脚边还放了个手提行李袋。

她停下脚步。

殷逢也抬头望着她。

两人静静地对视片刻，她继续上楼梯，他还坐着不动。

她走到他面前，心里叹了口气，蹲下说："你为什么在这里？"

殷逢笑了，特别灿烂："我拆线了，医生说可以回家休养了。"

尤明许忍着额头青筋的隐隐跳动，继续不动声色地问："那你家在哪里？"

他立刻低下头，避开她的目光，双手在膝盖上紧紧交握，说："我不想去那里，那里我一点都不记得了。你说过，等我好了，就可以来找你。别看我长得高，其实我不用占很多地方，睡沙发，或者地上，都可以。"

尤明许简直哭笑不得，她向来吃软不吃硬，殷逢的小心翼翼、扭扭捏捏和隐藏的热切，她都能感觉到。但这出荒谬的闹剧，居然还没结束，他出院了还找到她家来了！

她颇有种拳头打不出去的无力感，定了定神，看着眼前的男人。也许是因为蓬软的发型和衣着，原本很有棱角的熟男五官，此时居然显得软萌可笑。尤其他还穿了一身绿，一个一米八几的男人居然穿了一身绿！也不知道谁给他挑的衣服，活脱脱一条大青虫。

尤明许到底笑了出来，拍了一下他的头，说："殷逢，我不能收留你，不是因为不把你当朋友，而是因为你是男人，我是女人，孤男寡女，是不可以住到一起的，很不方便。明白吗？"

殷逢不吭声，只是默默望着她，目光恳切。尤明许被这傻子的目光盯得有点不是滋味，站起来说："我回去了，你也赶紧回家，让陈枫来接你。"

"明许……"他轻轻喊了句，语含哀求。

尤明许没说话，也没回头，开门进去，关上。

然后她低头看了看手表，已经晚上九点多了。

尤明许先去洗了个澡，换了身家居服，路过客厅时，脸上没有表情，走到门边，脚步不自觉放轻，靠近猫眼往外看。

那人还坐在原地，低着头，眼睛睁得大大的，一副在发傻的样子。

尤明许离开门口。

看了一集电视剧，暂时把什么都忘记了。看完后，她嘴角还带着笑，却几乎是立刻又想起了门口那人，心想：应该走了吧？

她下床上了个厕所，双脚却像不听使唤般又走到门口，往外一看：得了，他好歹换了个姿势，变成了盘腿而坐，单手托着下巴，另一只手在玩行李袋的提带。

尤明许看他这么重复而机械地玩了三分钟，心里忽然有点烦，转身回房。

她关掉平板，躺下，看了眼床头的闹钟，已经夜里十二点半了。她向来是个自律的警察，闭上眼睡觉。

这么躺了有半个小时，她猛地从床上坐起，拖鞋都不穿，赤脚走到门口。

一把拉开门，就见那人不知何时已躺下了，头枕着行李袋，大概因为夜间有点凉，真的蜷成了一只大青虫。听到动静，他转过头，那双清清亮亮的眼睛里，没有任何杂质，只映着灯光和她这个人影。

两人对视了几秒钟。

尤明许语气不太好："滚进来，睡沙发，明天一早就给我走。"

他不吭声，一骨碌爬起来，提起行李袋。尤明许径直走进卧室，关上门，看都没看他一眼。

殷逢一个人拎着行李在门口站了一会儿，然后动作麻利地脱鞋，换上拖鞋，坐到沙发上，再飞快地取出睡衣换上。

沙发上放了条折得很整齐的薄被，他盯着看了一会儿，然后马上把它抖开，躺平，把自己紧紧裹进去。他又看了眼尤明许的房门，想到她就在离自己十米不到的位置，心里感觉甜蜜极了。闭上眼，很快就陷入沉香的梦境里。

尤明许半梦半醒间，感觉脸上痒痒的，好像有风在吹，还带着点熟悉的薄荷牙膏味。

她一个激灵，睁开眼，就看到硕大无比一张俊脸凑在自己跟前。

尤明许整个人都要发作了！

殷逢，这个一米八几、二十九岁的男人，居然搬了张小小的板凳，坐在她床头，满脸乐不可支地笑着，眨着大眼睛，嘴巴还嘟成一团，正在对着她脸上吹气。

尤明许脸色非常阴沉地看了眼他身后，卧室的门敞开着，毫无疑问他又开了锁。这个曾经的知名作家似乎擅长开一切锁，他到底是个什么奇奇怪怪的人啊？

“滚出去！”

门“哐”的一声被砸上。

殷逢站在门口，摸了摸鼻子，手里还提着小板凳。他不明白尤明许为什么不喜欢被他叫起床，想了想，他好像明白了，低头失笑。

小懒猪。他在心里喊道。

驰骋江湖多年的御姐尤明许，完全不知道门外人已经给自己下了这样可爱的结论。她暴躁着一张脸，将警服穿戴整齐，拉开门跨出来，直冲厕所。

等她眉目干净、脸色稍缓地从厕所出来，看到桌上的早餐，再看看旁边老老实实坐着的那人，她也走过去坐下，问：“哪儿来的早餐？”

殷逢答：“陈枫送来的。”

尤明许也不客气，端起豆浆喝了口，咬着油条问：“他人呢？”

殷逢的表情居然有一丝不自然，看向桌面：“门口等着。”

尤明许看出来了，也不吭声，三下五除二把早餐吃完。殷逢用餐居然很斯文，不急不缓。尤明许想起在西藏时，他叼着根香肠狼吞虎咽的样子，心想：他到底还是会更像过去的自己。

“你该走了吧？”尤明许问。

殷逢的脸色顿时变了，低头喝豆浆。

尤明许又说：“正好陈枫也来了，吃完我们一起出门。”

他站起来，脸居然有点红，望着阳台，一脸的故作镇定：“我觉得那里风景不错，我决定去观赏一下。”

尤明许望着他拉开阳台的门，走了出去。尤明许住的房子老，周围全是一栋栋高楼挡着，也不知他在钢筋混凝土里钻研什么风景。尤明许又不瞎，还能看到他偷偷摸出手机，在打字。

果不其然，几秒钟后，门铃声响起。

尤明许面无表情地拉开门，陈枫身为助手，却依然是那副精英人士、斯文败类的打扮，他扶了扶鼻梁上的金丝框眼镜，含笑说：“尤小姐，早安。早餐的味道好吗？殷老师没有打扰到您休息吧？我可以进来吗？”

伸手不打笑脸人，更何况尤明许向来不争口舌之利，于是，放他进屋。

陈枫在桌前坐下，也看到了如木桩般杵在阳台上的殷逢。这个男人的神色依旧平稳无波，仿佛完全没看到自家老板清早犯傻，态度和蔼地说：“尤小姐，殷老师这个情况您也看到了，我希望您能够收留他一段时间。等他康复，自然会走，并且以他的心胸和智慧，将来一定会非常感激您这段时间的照拂。”

尤明许轻嗤一声，刚要说话，陈枫又说：“我已经把您家隔壁的房子租下来了，我和保姆、厨子、司机都会住在里面，随叫随到。您和殷老师的每日三餐，都会有人做好送来。厨子是一家米其林餐厅的掌勺，房子每天会有人在您外出时帮忙打扫，所有家务都会做好，绝对不会给您的日常生活带来一丝累赘。”

尤明许愣了愣，没说话。

别的就不说了，每天有人打扫房子还做好家务，外加米其林的厨子……

陈枫继续说道：“殷老师现在心智确实不成熟，又离不开您，为了答谢您的辛苦，我们每月会提供三万元的劳务费，直接打您卡里。如果您陪殷老师过节，每次还有五千元的过节费。”

这下尤明许笑出了声：“拿钱买我的时间？对不起，不卖。”

被这话一激，她的头脑也彻底清醒了，心想：这算个什么事？真带着这个脑子有病的人生活，今后只怕还有数不清的麻烦。更何况殷逢现在就很依赖她，一起生活下去，变得更依赖，怎么办？

将来，那个成熟渣男如果清醒过来，又怎么办？

潜意识里，她有点抗拒那样的局面。

“说完了吗？”尤明许说，“说完就领他走吧。”

陈枫也有点后悔，意识到谈钱这步棋没走好。这个女警和他以前接触过的、殷逢身边的以及交往过的女人不一样。其中也有清高的，但谈到钱，女人们的神色多多少少都有些变化。眼前这个，眼神却是清澈坦荡的，还透着点冷冰冰的鄙夷。

她越鄙夷，陈枫越觉得把殷逢交给她是没问题的。

陈枫笑着说：“您别生气，是我说错话了，我们不提钱。您在西藏救了殷老师，还有那么多人，也不是图什么。您是个好警察，真正光明磊落的那种，是我俗了。对不起！”

这话说得还算顺耳，尤明许没吭气。

陈枫察言观色，又悄悄往前推进：“可是您看，殷老师现在很依赖您，我又不能关着他，也关不住。就算我今天把他带回去，明天，或许不到明天，今晚他就会跑出来找您。难道又让他睡在楼道里？殷老师以前就是个很一意孤行的人，就算现在脑子不清楚，我敢打赌，他也能天天这么干。这样反而骚扰您，影响您的生活，对不对？您这套房子反正是两居室，一间还空着。不如分一间给他，就当合租了。顺着他的心意，这样，他说不定康复得更快，岂不是皆大欢喜？”

尤明许看他一眼，目光似笑非笑的。陈枫知道她长得美艳，作风又冷酷，此刻被她这么一瞅，也有点不自在，下意识转头望向阳台。

尤明许也循着他的视线望去。

那个家伙，不知道什么时候坐了下来，背对着他们。这样的话，阳台的围栏其实已经把他的视线都挡住了。他低着头，可也没有回头，坐着一动不动。

尤明许想：他其实是知道，自己的助手正在跟她谈判，决定他的去留吧。

她移开目光，那感觉就像是有一个小太阳，在她视线的角落里努力发着光，可她不想看到。

就在这时，她的手机响起，一看号码，尤明许整个人都定住。

是局长。

她立刻拿起手机站起，陈枫低下头，从桌上拿起一瓶矿泉水拧开喝。尤明许看了他一眼，走进卧室，接起。

“局长。”

警察局里，那是一头老狐狸赛一头老狐狸，一头狼赛一头狼。局长年近半百，平时也和和气气的，讲话不多，但是局里大多数年轻人都怕他。尤明许不怕，但是发自内心地尊敬这老头，毕竟人家办公室里一墙的勋章、功劳簿可不是盖的。他这一辈子抓过的罪犯，只怕比尤明许等年轻刑警见过的嫌疑人还多。

局长先是对尤明许西藏之行所立的功劳，表达了慰问和赞许。尤明许站得笔直，单手还背在身后，非常专注地听着。

然后，局长话锋一转，说：“听说你还救了大作家殷逢？”

尤明许答：“是，救他的时候不知道身份。”

局长亲切地说：“我见过他，非常不错的小伙子，大才子。我也是他的书迷，家里有他的整套书，还是签名版的。你大概不知道，省里的段厅长，是他北大的师兄，也非常欣赏他。有件事我们只在这里说：去年轰动全国的辰县恶性杀人案，还请他做出了犯罪心理画像，为案件侦破提供了重要参考价值。而且，他所写的书，对警务系统起到了很好的宣传和标杆作用，传递了很多正能量。这个人，对我们警察的工作，是有帮助、有贡献的。当然，他也是段厅长私交很好的朋友。”

尤明许没想到还有这一出，静默不语。她转头看了眼客厅，陈枫原本一直在等着她这边结束，见她回头，却立马转过头去，假装不在意。尤明许心想：不是吧……

果然，局长说道：“殷作家出了事，我们心里都不太好受。前两天，段厅长还亲自去看望过他。他的助手也跟我们说明了情况，没想到他现在对你这位救命恩人依赖心理很重，这也合情合理，这就叫创伤后应激障碍吧。长话短说，于公于私，我都希望你能帮的尽量多帮一下殷作家。当然，要以不影响你的工作和生活为前提。段厅长也托我对你说一声感谢。”

挂了电话，尤明许默默站了一会儿，走回客厅。

那一主一仆都各自待在原处，一个是真乖，另一个是心怀鬼胎。尤明许和陈枫相对沉默了一会儿，尤明许讽刺地说：“都找上局长、厅长了，你倒是忠心护主。他脑子不清楚，你就原样照办？”

陈枫说：“他脑子清不清楚，是他的事。我为他执行，是我的事。”

尤明许说：“不可以占用我的任何工作时间，不可以有别的人住进我家。如果他有任何过激或者不受控制的行为，我会立刻赶他出去。”

陈枫犹豫了一下，说：“好。”

尤明许便不再说话，看着阳台，手指在桌上懒懒地敲着。陈枫拉开门走出去，凑到殷逢耳边低语。然后尤明许就看到殷逢一骨碌从地上爬起来，转头望向她。

那双眼，仿佛藏着天空飘零的云，明亮又氤氲。

尤明许脸上没有什么表情，只是和他安静地对视着。

然后就看到他似乎有些不好意思，半转过脸去，低头自己开心地笑了，嘴巴都快咧到耳朵根了。陈枫也在旁边笑，看向尤明许，朝她感激地点了点头。

尤明许心想：这对主仆，还真是，一个傻，一个疯。但亏得他有陈枫这么个助手，否则殷逢现在不知过着什么样的生活。

又想：过去的殷逢，到底是什么样子的？这么会收买人心。一个助手，都是长袖善舞、不动声色的。

既然已经决定和殷逢“同居”，尤明许心里也没什么顾忌。她本就孑然一身、心无旁物，房子里也没什么不能被人瞧见的，只说了一声“去上班了”，就往外走。剩下的，由他们自己折腾。

陈枫依然文质彬彬地颔首：“路上小心，工作顺利。”

殷逢几乎是立刻跑到门口。

尤明许已走到拐角处，回头看他。他就这么望着，也不说话，身体贴着门，跟只哈巴狗似的，身后只差条尾巴了。

尤明许到底抬起手挥了挥，说：“听话。”顿了顿又说，“等我下班回来。”

他点点头，又笑了，甜得不行，纯得不行。

尤明许转过脸去，到底也笑了。

家长终于走了，主仆两人没来由地都暗暗松了口气。

陈枫说：“我叫人进来。”

殷逢点头。

陈枫打了几个电话，屋门大开。进来几个搬运工，把尤明许那间闲置房间里的杂物，都原封不动地搬到隔壁的空房间里。又进来清洁工打扫卫生，整理家务。

再把昨天买好的全球顶级品牌的儿童床、青少年衣柜，以及殷逢的衣物都搬进来。在陈枫的指挥下，一切都进行得有条不紊。

殷逢望了一会儿，觉得无聊。陈枫打开电视让他看儿童节目，他今天居然也不是很想看，就在屋子里转来转去，每一处有尤明许成长和生活痕迹的地方，都令他兴致勃勃，然后忍不住仔细观察。

单身独居，丧母，单亲家庭长大。性格外刚内柔，看着倔强老练，其实很单纯，自我保护意识很强。

不知怎的，这些话就冒进了他的脑子里。

他也懒得细想，在客厅玩了一会儿，又摸进尤明许的卧室。清早他就来过这里，可才吹了一分钟的气，就被她发现了，然后被她恼羞成怒地赶出去了。想到这里，殷逢微微一笑，又看向依然折得整齐方正的床铺，心中一动。

他静默片刻，掩上房门，然后轻手轻脚地躺在了床上，心中居然有某种朝圣的感觉。床上真的还有女人残留下的气息，清淡、馨香、隐约。他闭着眼躺了一会儿，脑海里又浮现出她今天好几次凶巴巴，但最后总是会笑，并且对他挥手告别的样子。忽然间，胸口那里好像被人轻轻拉扯了一下。

他其实明白，现在的自己生病了，没有以前聪明能干了，是个大麻烦。也知道自己和她非亲非故，想要留在她家，是个很不合理的要求。

可她最后还是答应了。

每一次，她最后总会迁就他。

她真的……太好太好了。强大、可靠，会心软，还超级可爱。

殷逢想抱起她的枕头打滚，事实上他也这么做了。滚了好几圈后，他把她的枕头紧紧抱在怀里，四肢缠住，闭上眼，脑袋也贴上去，沉浸在这莫名甜美激昂的感觉里，半天都不想离开。

快到中午了，陈枫指挥厨子端上一桌子殷逢以前喜欢吃的菜。

殷逢今天整颗心都沉浸在满足的喜悦里，笑坐在边上看着。屁股下，是他在尤明许卧室里发现的一个旧旧的小马扎。他觉得这个马扎一定是陪伴尤明许长大的，于是爱不释手，走到哪儿拎到哪儿。

等菜上得差不多了，他抬头看了看钟，问："明许怎么还没回来？"

陈枫答："她中午不回来，在单位吃饭。"见殷逢不说话，忙补充道，"像她这样上班的人，午休时间太短，都没办法回家吃午饭。"

殷逢摸了摸马扎的皮，已经旧得被磨光滑了。他微垂着头，问："那她中午吃什么？"

陈枫想了想，答："应该是吃食堂吧，警局有食堂。你以前去警局采风时还吃过呢，回来吐槽说都败坏了你写作的兴致。"

殷逢沉默了一会儿，手指在马扎上画了两个圆圈圈，说："我现在和以前那个人又不一样，以前觉得难吃，说不定是没品位，万一现在就觉得好吃了呢？你看看他以前穿的那些衣服。"

陈枫平静地说："我这里还有上次他们给的通行卡，几个分局你都可以随便进。"

殷逢仰起头，笑了："小枫子，你真的太有用了，这一桌菜，都奖励给你吃。"

陈枫嘴角一扯："谢谢殷老师。"

一到中午下班时间，警察们就成群结队地进食堂，有的人也会出去吃。尤明许今天懒得动，和许梦山、樊佳几个人，走进人潮熙攘的食堂。

也不知为什么，今日尤明许的心情还不错，胃口也不错，便去窗口买了个单人小火锅，这在食堂算是"大餐"了。

许梦山、樊佳各自端着饭菜，樊佳说："哇，尤姐今天胃口不错哦，我也要吃两口。"

许梦山说："我也要，上个月工资花完了，吃不起火锅。"

尤明许掀掀眼皮，对打菜的阿姨说："加半斤羊肉，谢谢。"

樊佳："老大就是老大。"

许梦山："激动。"

三人说笑着，端着餐盘到一张空桌处坐下。尤明许把火锅推到中间，大家一边吃，一边聊天。

没多久，旁边一桌人走了，他们也没在意。

几秒钟后，有人端着餐盘冲过来，一屁股在他们旁边那一桌坐下。动作有点急促，引得他们三人都抬起头，然后三人的动作都顿住。

身穿绿色阿童木T恤、同款绿色长裤，脚下配一双小白鞋的男人，脸还有点红，头微垂着，拿起筷子。察觉到他们惊讶的目光，他缓缓抬头，完全忽略那两个人，目光停在尤明许脸上。见她没有笑容，殷逢心里"咯噔"一下，有些惴惴地又低下头去。

许梦山看了眼尤明许，露出戏谑的笑，低头继续吃羊肉。

樊佳也眨巴眨巴眼，忍着笑，又看一眼貌似石化了的尤明许，继续和许梦山聊别的去了。

尽管如此，两人的耳朵分明竖得尖尖的，等着听尤明许和这位失忆大作家的爱恨纠葛。

尤明许放下筷子，起身走到殷逢的桌旁，坐到他对面，压低声音问："你怎么来了？"

殷逢说："陈枫说，我批评过你们的食堂不好吃。那……我觉得以前的自己总是不靠谱，想要亲自来试一试。"他的目光游移得不要太明显。

尤明许静默瞬间，说："殷逢，这里是我上班的地方，不是家里，也不是什么好玩的地方，你不能在我上班时还跟着我。"

殷逢用筷子戳着盘子，垂着头，又不说话了。

尤明许真是讨厌死他这个样子了，令她那火暴的脾气都发不出来。

那头，许、樊二人听得一清二楚，还在窃笑。尤明许冷冷剜他们一眼，又想起昨天半夜殷逢躺在楼道里抬头看她的神情。她暗叹了一口气，索性把自己的火锅给端过来，放在她和殷逢中间。

许、樊二人筷子落空，都开始喊："哎、哎、哎……"

尤明许懒得理他们，低头继续吃菜。见殷逢还垂头不动，说道："不是想尝味道吗？快吃。"

殷逢抬头，打量了一下她的神色："好！"

两人默默吃了一会儿，尤明许问："现在觉得好吃还是难吃？"

殷逢犹豫了一下，答："还可以，我可以吃下去的。"

尤明许到底是笑了，慢条斯理地说："不管好吃还是难吃，都要吃完，明白吗？要爱惜食物。我们警察经常出任务，这种东西根本都吃不上。由俭入奢易，由奢入俭难。"

他很用力地点了一下头，埋头大口吃着。

尤明许想：我为什么要教育他这个？真把自己当他妈了。

结果没多久，有两个高高大大的警察跑过来，笑着，有点不好意思的样子，和尤明许打招呼："尤姐。"

"尤姐。"

尤明许："嗯。"

倒不是尤明许比他们年纪大，她霸名远播，尤姐就像是一个外号一样叫开了，有时候连局长都脱口而出。

一个警察问："这是殷作家吗？我是他的忠实书迷！"

另一个说："我也是！"

这次殷逢出事，警局内部的人多多少少都听说了。

尤明许不置可否。

殷逢看了眼他们，低头继续吃东西。

一个警察难掩激动："是的！长得和网上的照片一模一样。殷作家，你，可不可以给我签个名？"

"我也想要签名，可以吗，殷作家？"

两人掏出随身带的办案小本本，把笔也递了过来。

殷逢倒是没什么表情，也不知是以前对这样的场面司空见惯，还是根本就没理解他们在说什么。他只是又看了眼他们，然后看向尤明许，似乎正在等家长发话。

尤明许忽然觉得，这局面挺新鲜的，于是她随意地点了点头。

殷逢便放下筷子，接过本子，握笔的那一瞬间，人明显怔了一下，然后下笔如飞、一蹴而就，"殷逢"二字，跃然纸上。

尽管尤明许自己的字写得丑，但也看得出这个签名笔力苍劲，又狂又霸，非常好看。

签好两个名，他把东西递回去，继续吃饭。两名警察看了看签名，又看看人，喜不自胜，一个小心翼翼地问："殷作家，我们可不可以……跟你合个影？"

这回不用请示尤明许，殷逢的眉已轻轻一皱。

尤明许开口："得了，人家还得吃东西。得到签名还不满足？滚了。"

两人"嘿嘿"笑着，倒是不再勉强，又道了几声谢，走了。

"我也要签名。"樊佳在旁边桌嘟哝。

许梦山："嗯，我也要。"

尤明许不理他们，还是和殷逢安静地对坐而食。她心中的感觉，依然有点新奇、有点古怪。眼前这个人，刚遇上时跟个窝囊废似的，现在还死乞白赖地住到她家去，雏鸟般围绕在她身旁打转。可他居然是个名人，别人还以拿到他的签名为荣。

"回去给我签一个。"尤明许淡淡地说。

殷逢立刻笑了，用力点头："嗯！明许你看。"他吐出舌头，给她看自己的舌头可以打卷，中间还卷了一根豆芽菜。

"好好吃东西！"尤明许说。

他低下头，然后舌头又飞快吐了一下，再卷回去。

尤明许失笑。

身为一名优秀刑警，尤明许对于周遭环境，还有人群动向，是拥有敏锐感知和直觉的。譬如此刻，她吃了几口，忽然感觉到周围气氛不太对劲。微微抬眸，就见远远近近有不少警察都低语着望向这边。一点半方向、三点方向、九点和十一点方向，都有人从怀里掏出小本本和笔，神色跃跃欲试。还有好几个人，在往这边走来。

这一桌，俨然已成为食堂里隐隐的风暴中心。

而对面那人，还在边吃边玩，丝毫未觉。

尤明许觉得，殷逢应该不愿意被围困在这里，那么多人的簇拥，甚至会令他无所适从。主意一定，她拍拍他的手，起身："跟我走。"

殷逢立刻站起来。

于是，在众目睽睽之下，两人抢在被人潮围拢之前，跑了。

尤明许一口气带着殷逢走回自己办公室，她是在一个大间里和队里的人一起办公的。此时屋里只有一两个队友在趴着睡觉。她把他领回来了，才觉得是个烫手山芋，现在往哪儿扔？

殷逢还站在跟前，巴巴地望着她，嘴上还粘着油。

她抽了张餐巾纸递给他："擦擦。"

他眸光居然闪了闪，不接，也不动。

"什么意思？要我给你擦？"她问。

"我不知道哪里脏。"他说，"我觉得不脏啊。"

尤明许心里愁着呢，随口说："过来点。"下意识就抬手，往他嘴角擦去。

他立刻把嘴嘟起，方便她擦拭。

尤明许一边在手机里翻陈枫的号码，一边用手擦着。触手很柔软，男人下巴的线条干净，轮廓清晰，唇形饱满，还有微微的热气擦过她的手指，有一点湿润的感觉。尤明许擦了几下，顿住，丢掉纸，头也不抬地说："好了。"

殷逢摸摸自己的嘴角，像是自言自语般说："明许擦得就是干净，我的嘴巴现在就像新的一样。"

这是什么鬼比喻？看着他认真明亮的眼神，尤明许转过脸去，再次失笑。

打了三遍，陈枫的电话还是无人接听。

尤明许抬头看着殷逢，犹豫了一下，问："你自己能找回家里去吗？"

她提到"家"这个字，不知怎的，让殷逢心口热了热，但他还是低头，避开她的直视，慢吞吞地答："我……找不到。"

尤明许按了按太阳穴："我叫个车，告诉司机地址，把你送回去。"

他又静了几秒钟，小声说："我不想一个人坐车，也不想坐陌生人的车。明许你还有多久下班，我们一起回家好不好？"

尤明许埋头工作了好一阵，不经意间抬头，就看到会议室里那人，跟条无骨虫似的深陷在椅子里，两条腿还抬起来架在会议桌上。鞋是脱掉的，露出印着奥特曼的袜子。看得出他很无聊，可还是不肯走，非要等她。

刚才殷逢提出等她下班的要求，她没有立刻拒绝。当然不是准备答应，而是身为一名警察，他那句"不想坐陌生人的车"触动了她的神经——她想起在西藏时殷逢的遭遇。他心中若对此感到恐惧，亦是人之常情。

可她手头还有工作放不开，只能暂时把他丢在无人会议室。好在他手里有很高级别的通行证，也不算违反规定。

结果她这一忙，就忙到了夕阳西下。

期间，殷逢好几次趴在玻璃上巴巴地望着她，但尤明许都没工夫搭理。樊佳和许梦山看到他俩的状态，都很兴奋。

许梦山说："尤姐，明天别带孩子来上班了，看着怪可怜的。"

樊佳摇头叹气："可怜啊，堂堂一个大作家，为博冷面女警欢心，甘愿为笼中鸟、掌中物……"

尤明许："你们没有工作要忙了吗？滚。"

等到落日余晖遍洒走廊，办公室里的人走了一大半，尤明许这才伸了个懒腰，忽然一愣，转头望去。

殷逢不知何时，蜷缩在椅子里睡着了。

黑色皮椅虽然宽大，但对于他一米八几的个头来说，还是显得狭窄。但他硬生生将自己的全身蜷了进去，把椅子塞得满满当当。长腿蜷缩着，双手抱膝盖，头靠在膝盖上。一张俊脸陷在黑色的皮椅里，更显白皙。嘴角还淌着一条口水渍。

这么睡，怎么会舒服？尤明许忽然冒出这个念头。

她快速把东西收拾好，此时办公室里的人都走得差不多了。她走进会议室，到了他跟前，又看了几秒钟，才轻拍他的头："殷逢、殷逢……"

他睁开眼，用那似孩子般茫然又无助的眼神，望了望周围，最后停在她脸上。然后，朝她伸出双手。

尤明许一愣之后，额头神经跳了跳，说："手放下，我不会抱你。"

他不出声，慢慢放下手。

尤明许："穿鞋。"

他弯腰把鞋穿好。

尤明许看到他脚上那双漂亮的小白鞋，心又软了一下，放软语气说："好了，我们回家了。"

"嗯。"殷逢用力点头，又开心地笑了。

"明许，这个嫌疑人也许在说谎。"

尤明许一愣，循着他的视线望去。会议室的墙上贴满了案件资料和照片，其中一角，是别人经办的一起入室强奸案。因为是晚上，受害人又慌乱，所以没有提供什么有关罪犯的有效信息。

尤明许匆匆扫了眼资料，问："什么意思？"

殷逢盯着墙，说："案发时间是昨天晚上十点多，天气预报说了会下雨。嫌疑人就住在受害人楼下，但是警察赶到时，他的鞋和外套是湿的，还有泥水污渍。他说自己整个案发时间段都外出散步了，完全不知道发生了什么。从照片上看，他家里的玄关处收拾得非常整齐干净、一尘不染，鞋和外套一眼就能看到。

"可他家其他地方的照片，包括衣帽间、客厅、卧室，都很邋遢凌乱，一看就很久没收拾，可见他平时的起居习惯。人们总是想要把伪装的证据，更加清晰完美地呈现给别人，却往往会忽略微小的行为逻辑和习惯。我认为一个平时就很邋遢的人，在深夜里，不知道会有人来拜访的前提下，突发奇想单独把玄关这一个地方整理得干净整洁的行为可能性，是非常小且不合常理的。目前你们还没有找到实物证据，这却是一条非常明显的行为证据。"

倒豆子般一口气说完后，殷逢自己呆了一下。

尤明许看了他几秒钟，掏出手机，转头和负责这起案件的警察通了个简短的电话。挂断后，就见殷逢手挠着后脑勺，不知道在想什么。

尤明许心中忽然有一丝唏嘘。

"走了，回家。"她说。

他似乎已经将刚才的事忘得一干二净，欢欢喜喜双手插裤兜里，紧跟上来。

第七章

紧紧跟随

当尤明许踏进家门的那一刻，愣了愣。

客厅还是那个客厅，也没改变什么陈设，可看起来就是亮堂了很多，总有种微微发光的感觉。她再仔细一看，原来地面、墙面、桌面、沙发扶手，甚至挂在墙上的母亲的遗像相框，全都被擦得一尘不染，所以才会有满室隐隐发亮的感觉。

殷逢的人，是把这间又老又破的房子当成五星级酒店在打扫吗？

除此之外，屋里还多了些小摆设和布置。譬如说，博物架上多了几只小猪、小兔的玩偶；原木色餐桌上铺上了颜色温暖的卡通桌布；布艺沙发上搭了红色的布料……

不知道的人，还以为她生孩子了。尤明许默默在心中想。

陈枫还是那副斯文败类的模样，衬衫笔挺地坐在餐桌前，放下手里的文件夹，说："我正在看殷老师名下产业这个月的投资收益情况，都还不错。你们回来就可以开饭了。"说完就走到门口去吩咐隔壁的厨子、保姆了。

"阿许，你去看我的房间。"殷逢说。

尤明许看他一眼，他一脸无辜又理所当然。尤明许懒得跟他计较称呼，也想看看他的房间成啥样了。

殷逢推开房门，尤明许第一眼看到的就是那张两层的蓝色城堡滑滑梯床。是家具市场常见的儿童床样式，毫无疑问的是，眼前这张更加精致辉煌。蓝色的木"城墙"守护着一楼的床，旁边是楼梯，可以上至城堡二楼。顶上的城墙还描着金边，中间竖立着一顶象征着国王，哦不，应该是王子的王冠。

而和楼梯相对的另一侧，就是一个做工考究、结实轻巧的滑滑梯。

尤明许静默着。

殷逢的神色也很沉稳，看了她一眼，脱鞋，上楼梯。因为房间的层高限制，二楼城堡空间显得有点局促，一米八几的他几乎弯下半个身体，才得以在高处巡视自己的领土。他走到滑滑梯旁坐下。他虽高大，好在肩宽、腰窄、臀还紧，所以能轻松坐进滑滑梯。

他望着尤明许，眼中闪过一抹笑。然后，双手松开。

嗖——

他一屁股撞到了地上，长腿还踢到了对面的墙。但他毫不在意，马上爬起来，走到尤明许面前，语气淡淡："这个还挺好玩的，我不准任何人上去，除了你。"说完就侧身让开了路，眼睛却一直看着她，隐隐发亮。

尤明许转身就走："谢了，不玩。"不用回头都能知道他会有多失落，果然过了几秒钟，他才跟上来。尤明许走着走着就笑了，但等他追到身旁时，又立刻板起脸。

"为什么？！"他追着问。

"不告诉你。"尤明许在餐桌前坐下，殷逢立刻拉开她身旁的椅子，还用屁股挪了几下，紧挨着她。

尤明许："靠这么近干什么？"

殷逢单手托着下巴，假装看一旁的风景。

晚餐非常丰盛，尤明许竟意识到，自己已很久没有吃到这么舒服的家常晚餐了。平日里她要么在外面吃，要么叫外卖，偶尔心血来潮自己下厨，那味道也只能说差强人意，勉强果腹。可今天的菜，不仅清淡可口，没有外头的油烟味，还很下饭。汤亦是醇香扑鼻，一尝就是没有加任何味精调料，并且炖了很久，很入味。

尤明许吃东西的速度向来不慢，等她放下空空的碗时，才发觉对面的殷逢和陈枫才吃了一半。

他俩也抬头看着她。

尤明许居然有一丝尴尬，说道："你们慢慢吃，我们警察吃东西都比较快。"这是实话。

殷逢说："阿许，你吃得太少了，才吃一碗饭，我都要吃两碗。"

尤明许正想说女人和男人不一样，又听到他说："我还记得在西藏第一次抱你的时候，腰上一点肉都没有，大腿我一只手都快能握住。胸部发育得还可以，有肉，但也没有我手大。我的手好大！总之就是太瘦了。你要多吃点，将来才能长得和我一样强壮。”

尤明许恼怒地先看一眼陈枫，他低着头，一副事不关己的样子，只是阴险的嘴角强忍着笑。再看殷逢，他嘴里正含着个肉丸子，腮帮子鼓鼓地冲她微笑，眼睛清亮单纯无比。

尤明许咽下这口气，一言不发起身回房，摔上房门。

等尤明许从房间出来时，陈枫等人已收拾好一切离开了，就剩殷逢在客厅看动画片。

她说要去散步，殷逢关掉电视也要跟着，她也不在意，带着他出门。

出了小区，没多远就是江边绿道，芳草依依，绿树成荫。还有一片斜草坡，很多家长带着孩子在上面玩耍。

尤明许走了一段，发现身后跟着的人有点慢，还频频往坡上张望，似乎完全被那些玩耍的儿童吸引了注意力。

“走快点，不然怎么消食。”她说。

“哦。”他跟上来，两人并肩而走。尤明许本就不矮，但他还是比她高了快一个头。此时两人安静地走着，尤明许望着江面上暗暗的水光，不由得想起在西藏时与他的初遇，这人突然从睡袋里冒出来，跟个野人似的。到现在，他居然已经住到了她家里。想想就觉得世事无常，不可思议。

而殷逢此时在想什么呢？

江边的风很温柔地吹在脸上，天上的星子零落照耀。虽然说光走路这个活动，他觉得有点无聊。可是是尤明许领着他，而且她此刻看起来安静温柔，一点儿也不凶。殷逢的感觉就跟吃了糖似的，那颗糖就含在嘴里，淡淡的，很舒服。他有点冲动想要干点什么，对她干，或者和她一起干。那混沌的潜意识里，似乎也跃跃欲试，可他完全搞不清楚那是什么。

他只觉得，尤明许像一道孤独漂泊很久的光，那么巧就飘到了他的头顶上。这个世界于他而言，依然是一片茫茫大雾，只依稀露出个轮廓。那么他就想要这道光，一直照耀在自己头顶上，不要去照耀别人。

尤明许又看了眼身旁人，尽管他还穿着可笑的绿色阿童木套装，无奈身材好，人长得好，胡子刮得干干净净，头发松松软软又减了龄。这人明明比她还大三四岁，这么走在路上，居然也没有人嘲笑，估计只是把他当成一个很潮、很任性的年轻人吧。

尤明许不由得微微一笑。

她早已脱掉警服，换了件白色简单的T恤，下头九分裤露出脚踝。此时长发披落肩头，身上还带着点女刑警特有的汗味。那点汗味混着她身上的气息，随风飘进殷逢的鼻子里。她平时总是很冷酷的样子，现在一笑，那原本清艳的五官仿佛才肆意绽放。凤眼修长，红唇微张，整张脸仿佛都闪着灵动柔媚的光。

殷逢也不知道自己为什么观察得这么仔细，其实一切都挺安静的，然后他就感觉到一股热血在往自己心脏的部位冲。他甚至感觉到心跳"怦怦怦"加快。似乎从见第一面起，尤明许这个人，就一直令他产生这样心里躁动的感觉，可那感觉偏偏又是安宁的、特别的。

他甚至不好意思一直盯着她的脸看，脸会有点发热，好像自己做了什么羞羞的事。于是他扭头看着斜坡上，一群孩子正在追打嬉闹。

殷逢心中忽然就升起某种热烈的、清晰的渴望，这渴望令他有种茅塞顿开的感觉。因为他之前想对她干点什么的邪恶冲动，一下子就落到了实处。

尤明许可不知道他的心理活动这么曲折丰富，她以为他就是在发呆，这时听到殷逢说："阿许，你来追我好不好？"

尤明许抬头看着他，沉默。

然后就看到绿衣绿裤的英俊青年，脸上露出非常灿烂明亮的笑，就像一个皎洁纯净的发光体，在夜色星光下熠熠生辉。

"来追我啊。"他的嗓音低沉磁性，转身飞快就跑。

尤明许闭了闭眼，过了几秒钟睁开，吼道："你给我站住！不许跑！"

两人折返往家走时，尤明许脸色懒淡地走在前面，殷逢隔了一个人的距离，默默跟在她后面。尤明许知道他在赌气——他居然学会赌气了——就因为她不肯陪他玩"追我啊追我啊"的游戏。

随他去。

哪知走了一会儿，他又磨蹭起来。

尤明许没好气地回头："又怎么了？"

他停下了，很专注地看着绿道旁的空地，有几个十来岁的孩子在踢球。尤明许看到他的脑袋，随着球转来转去，就跟猫盯着毛线团似的。

尤明许哑然失笑，问："想玩？"

"嗯。"殷逢已朝那几个孩子走去。

尤明许望着他比孩子们高大很多的背影，愣了愣，想要开口阻止，但最终沉默。

那几个孩子都看见了他，但是继续踢自己的。他似乎也不知道如何开口交"同龄朋友"，双手插在裤兜里，站在一边。

没多久，球滚到了他的脚边。尤明许看到他浅浅一笑，抬腿踢了出去，踢得不错，力道、角度都很稳健。一个孩子大叫了一声什么，追了好远才把球追上。这时殷逢已经把手从裤兜里抽出来，神色也松动了，一副扬扬得意的样子，继续等踢球的机会。

然而那几个孩子你看看我，我看看你，年龄最大的那个又看了看这个怪叔叔，露出挺冷淡不屑的表情，说："走！"

几个孩子抱着球跑远了，边跑还边回头警惕地看着殷逢。

殷逢的表情渐渐变得僵硬，站在原地不动。尤明许走上前，拍拍他的肩膀："走吧。"

他一声不吭地跟上来。

尤明许望着路灯下他长长的影子，那影子就在自己脚下，竟比平时还要显得孤单倔强。她忽然就意识到一件事，无论这个男人曾经多么辉煌得意，当他宛如孩童般醒来后，这个世界于他而言，却已是完全未知的、陌生的，甚至是格格不入的。成年人不会正常看待他，孩子也是。

他也许找不到自己的位置了。

所以……对她这么依赖吗？醒来后第一眼看到的人。

尤明许不太喜欢看到他这样子，让人心里不那么舒服。

"喂。"她开口，"没什么大不了的，他们踢得很烂。"

殷逢不吭声。

尤明许站定，稍微踮起脚，摸摸他的头："好了，我们回家。"

"嗯。"他虽然这么应着，却转头望向一边，避开她的视线。

尤明许发现他的耳朵红红的。还气着呢？觉得没面子？

尤明许失笑，也不知怎的，脱口而出："明天我去给你买个足球。"

他转过脸来，眼睛里已有了光："真的？"

"什么真的假的，一个球而已。"尤明许说。

话音未落，一双大手猛然就从背后握住了她的腰身，尤明许全身一僵，人居然被他凌空高高举起。迎面走来的路人，全露出又惊又笑的表情。

"耶——"殷逢低声欢呼。

尤明许："……你放我下来！"

就这么一路磨磨蹭蹭，两人回到家已经晚上九点多。结果刚踏进家门，尤明许的手机就响了，她一看是丁雄伟打来的，神色一正，站在玄关处就接起："丁队。"

"望月山小区发生凶杀案，初步报告死了三个，马上叫你的人都滚回来！"

尤明许："是！"

挂了电话，就见殷逢看着自己，目光关切。尤明许一把推开他，冲进屋里，很快就穿戴好，拿齐东西折返出来。见他还杵在原地依依不舍地看着她，简直就跟孩子看着要去连夜加班的妈似的。

尤明许摸摸他的脑袋："自己睡，有事找陈枫，别找我。"出门下楼。

殷逢原地站了一会儿，又坐下想了一会儿，抬头看着寂静的屋子，然后他掏出了手机。

陈枫："殷老师，有什么吩咐？"

殷逢："阿许去办案了，给我准备一辆车，我要跟着她去。"

陈枫："这可能……有点不妥……"

殷逢打断他："这么晚了，我听到电话里说还是凶杀案，我怕她有危险。而且我觉得自己……查案好像还挺厉害的。别说了，按我说的做，备车。"

陈枫："是。"

望月山小区地处闹市，毗邻学校。即使到了夜间，也是车流、人流不断。尤明许等人赶到案发地点的楼下时，只见里三层外三层围满了人，全都在指指点点、议论纷纷。

路灯明亮，警灯闪烁。尤明许带着人拨开人群、挑起警戒线，走了进去。很多视线都聚集过来，尤明许熟视无睹。只是每当这个时候，她内心总有一种莫名寂静的感觉，就好像跟周围兴奋的人群站在两个不同的世界。

小区已有些年头，因为是学区房，外来人口很多，死者一家就是租户。沿着斑驳的楼梯往上，樊佳在后面嘀咕："居然还有小孩子。"

许梦山和尤明许静默不语。

301 室到了。

尤明许看了一眼隔壁的302，无论是门楣，还是地上的鞋垫，都比301精致讲究很多。此刻302屋门紧闭，应当是没人在家。

尤明许踏进301。

迎面而来的，就是浓郁的血腥气。尤明许戴好脚套、手套等，慢慢呼吸着，让自己适应，同时扫一眼户门，用手指弹了一下坏掉的门锁。

许梦山已经和第一时间赶到现场的民警简单通过气了，见状说道："是楼上邻居看到门口有血流出来，敲门、打电话都没人应，就报了警。来的时候门锁是完好的，后来被我们强行破开了。"

这是一套不大的二居室，一眼就能望到底。只是此刻，一片鲜血淋漓的狼藉。地上到处都是血迹、血脚印，墙上还有些血手印。椅子倒了两把，茶几和桌子都是歪的。

最醒目的莫过于厨房门口的地上，有几道粗粗的拖曳痕迹。

一名警察走过来说："在厨房。"

尤明许率先走过去。

一走到厨房门口，她就看到他们了。

靠墙有张木桌，他们就被堆在木桌下。

最下面的是个小男孩，看身长不超过五岁。他是脸朝下趴着的，从尤明许他们的角度看，能看到他的屁股和双腿。

一个八九岁的女孩，交叠在男孩身上。身上穿着的校服，全都被血浸透。尤明许可以看到她的侧脸，色泽惨淡无比。

最上面是个女人，四十来岁模样，趴在两个孩子身上，膝盖半弯着。她一只手臂压在身体下，另一只手臂自然下垂，没有做出拥抱孩子的姿态。女人身上有好几处深深的伤口。

"他们是死后被凶手堆到这里的。"尤明许说。

樊佳说："否则妈妈不会不抱着孩子，尸体姿态也不自然。"

许梦山说："厨房地上也没有挣扎的痕迹。"

三人都静了一会儿。

刚才那名警察继续说道："根据邻居指认，还有现场发现的身份证件，可以确定母亲名叫谢惠芳，四十一岁，她是附近一家小贸易公司的会计。女儿曾子楠，九岁，附近小学的学生。儿子曾子轩，四岁半，在附近幼儿园。

"按照几位邻居的说法，谢惠芳为了省钱和休息，每天中午都步行回家吃饭。

两个孩子都在学校，一般不回来。不过今天中午，一名邻居见到谢惠芳接了儿子回来，说是感冒了带回来照顾。”

“那里。”许梦山说。

众人循声望去，就见客厅的电视柜上，放着两盒打开的儿童感冒药。

“女儿是什么时候回来的？”樊佳说。

“也是中午。”许梦山答道，他观察力敏锐，对法医学也有所掌握，在尸体旁蹲下，盯着他们说道，“他们死了六到八个小时。”

“女儿为什么要回来？”樊佳问。

“应该是为了这个。”尤明许拿起厨房柜子上的一张纸，那是一张小学夏令营的活动通知，上面还写了缴费要求，落款日期正是今天。

“唉……”那名片警叹了口气，“造孽。”

“现场有遗失什么东西吗？”尤明许问。

片警点头，答道：“主卧梳妆台上有个首饰盒，打开着，里面是空的，此外地上还掉了一个女式钱包，谢惠芳的证件都还在，但是钱和卡都不见了，此外，我们也没有发现死者的手机。”

“难不成是为了劫财？”樊佳性子急，脱口而出，“就为这个，杀了三个人？”

尤明许说：“不要这么快下结论！”

樊佳顿时噤了声。

三人跟着片警走向主卧，经过客厅时，尤明许抬头看了看，客厅的窗帘是拉开的，楼间距不大，可以一眼看到对面楼住户家里的情形。此时有好几户人家，都在探头探脑往这里看，尤明许甚至能看清他们脸上的表情。

许梦山把空的首饰盒和女式钱包都装进证物袋里。

他们仨是最早赶到现场的刑警，老丁带着法医还在来的路上。三人分散开，四处勘查。尤明许走进次卧时，愣了愣。

房间的风格，一如这个家，简朴、廉价，没有什么特色。不过房间里有张半旧的书桌，上面放着初三课本、练习册、笔和本子，乱糟糟的，旁边还有架飞机模型，墙上挂着个足球。

尤明许把片警叫来：“这套房子里，还住着一个初中男生？”

片警立刻去问了，果不其然，一位邻居证实了，谢惠芳的外甥，李必冉，十五岁，在附近的初中就读。平时寄宿，周末有时候会过来。今天是周一，所以他人没有出现。

“立刻通知。”尤明许说。

目前，尤明许还只是窥见了这起案子的表象，仿佛隔云望海，一切都还藏在暮霭中。可她心里有种直觉，这起案子，绝不是入室劫财杀人这么简单。

她在次卧那张又旧又土的双人床旁蹲下，凝神想了一会儿，想得太入神，以至于旁边有人轻轻软软唤了句“阿许”时，只惊得她毛骨悚然。

她回头，望着眼前的那张俊脸。殷逢眨巴着水汪汪的大眼睛，蹲在她身旁。

尤明许一下子弹起来：“你怎么会在这里？”她有些不可置信地望了眼他身后客厅里的民警，还有门口的警戒线。

殷逢也立刻站起来，就跟被家长抓到的小孩似的，有点蔫儿，还有点脸红，那修长的脖子，就这么低垂着。然后冲她举了举胸口挂着的证件牌，小声说：“我级别高。”

尤明许看着他那张由省厅特签的、几乎可以通行全省公安机关的证件，感觉太阳穴跳了跳。

“那你也不可以跟过来。”尤明许耐着性子说，“会干扰我办案，马上回去！”

于是，殷大作家又那副模样了，低着头，不说话，一副雷打不动的倔强小媳妇的样子。尤明许往喉咙里咽了两口气，感觉稍微没那么堵了。她今天心里本来就不好受，这人还来添乱，她低吼道：“我说最后一次，回去！不然以后别住我家了。”

“阿许。”他轻声说，“我只是不想让你一个人来面对这些。”

尤明许愣了愣，没想到他这句话说得还挺清醒的。

殷逢已垂头，转身，慢慢地小步小步往门口挪。这姿态让尤明许顿时哭笑不得，也有那么一点点歉疚，迟疑道：“你……”

话还没说完，就听到门口一阵脚步声，隐隐还有丁雄伟的声音。尤明许心中暗叫不好，丁队这个人，最烦不相干的人干扰办案，会发很大的火，更何况还是这么严重的一个案子。

她伸手把殷逢一拉，又拽回屋里。殷逢呆了一下后，眉开眼笑道：“阿许……”

尤明许板着脸，压低声音说：“你待在这儿，不要让丁队看到。我不叫你，不许出来，听到了吗？”

殷逢不说话，那双眼炯炯有神地盯着她，似乎是听明白了。

这时丁队等人已走进客厅，尤明许把殷逢甩开，走了出去。

樊佳和许梦山之前在屋子的其他地方勘查，所以没注意到殷逢进来——毕竟不是什么人都可以越过有人把守的警戒线进入案发现场的。此时许梦山从厨房走出来，看了一眼尤明许，立刻就注意到她身后屋里还有个人影，于是向她投去询问的目光。尤明许面不改色，摇了摇头，示意他不要多问。结果许梦山已经认出殷逢了，又看看尤明许，脸色顿时变得有些怪异。尤明许心口又堵了一下，假装没察觉。

法医立刻展开工作，众人也把手头掌握的情况悉数向丁雄伟汇报。

法医很快有了初步结果，证实了许梦山对于死亡时间的推断——死者是在中午一点至两点间遇害，凶器是一把市面上常见的西瓜刀。现场除了三名死者的脚印外，还有一个 39 码的脚印，但是套了鞋套，墙上的血手印也是凶手的，戴着手套。凶手很可能碰过那个女式钱包和梳妆盒，因为上面沾染了一点血迹。

此外，樊佳汇报："谢惠芳的丈夫叫曾强，在东北打工，已经联系上了，他最快要明天上午才能赶到。谢惠芳的妹妹、妹夫也已经通知，也是明天赶到。我们已经派人去中学接谢惠芳的外甥了。"

听完所有人的汇报后，丁雄伟稍作思索，就确定了侦查方向："夏冬，你负责重点排查小区周围监控；洛平，你带 A 组，从失物这条线排查，重点查一下区域里的盗窃惯犯，以及最近半年的刑满释放人员。"

"是！"

"是！"

丁雄伟看向尤明许，眸光幽深："尤明许，你带 B 组，对受害人和她的生平关系进行深入了解，看看有没有发现。"

"是！"

丁雄伟又说："这起案件非常严重，受害人什么情形，你们都看到了，我也不多说了。暂停所有休假，集中全部力量，给我火速破案！"

众人答："是！"

每个警察脸上，都是风霜笼罩般的颜色。丁雄伟更是面沉如寒冰，众人刚要分头行动，就听到一个清亮悦耳的声音说道："重点查阿许那一条线就行了，其他人都是白费力气。"

尤明许平生第一次有眼前一黑的感觉。她猛地抬头，望向众人，大家都露出惊讶的神色，尤其是丁雄伟，一张脸冷肃无比。

他们都望向了她身后出现的那个人。

尤明许慢慢转身，看到殷逢双手插在裤兜里，几乎紧挨着自己站着，胸口的振臂奥特曼图案尤其抢眼。他低头看了她一眼，眼睛里含着很自信的笑，继续说道："来的路上我看过了，小区人流、车流量很大，监控摄像头却很少，楼下附近更是没有。凶手只需要换身衣服，就足以掩饰身上的血迹，混进人群中。

"他心思缜密，有计划性，连手套、脚套都戴了。如果是偷窃惯犯，怎么会不知道中午家里有人，况且中午楼宇人来人往也不方便，他完全可以其他时间来闯空门。而且隔壁邻居明显比这家有钱，白天还没人，他却没去偷。种种迹象表明，他并非为了求财，拿走那些财物，要么是为了掩饰，要么只是顺手。

"这里楼宇间距小，声音也传得出去。可是他从进屋开始，就牢牢控制住局面，周围邻居没有听到受害者发出任何明显的呼救声。每位受害者都身中五刀以上，并且他还以这样的方式堆积尸体，泄露出非常强烈的情绪。所以我认为，这是一宗仇杀案，凶手有备而来，就是为了杀死谢惠芳。两个孩子是偶然回家的，所以并非他的目标，否则他完全可以挑选晚上大家都在家的时候来。

"所以，集中所有警力，查我家阿许这一条线，更快、更准、更有效。"

满屋警察，一片寂静。

他说得太快、太流利，那磁性的嗓音里，甚至还隐隐带着某种权威不容人侵犯的感觉。等大家反应过来时，他已经一股脑说完，然后就一直瞅着身边的尤明许，一副等着被表扬的样子。

众刑警："……"

尤明许没理殷逢，抬了抬眼皮，偷看丁雄伟的脸色。果不其然，这头老狼静默一瞬后，脸彻底沉下来，冷冷地问："他为什么会在这里？"

刑警们都听说了殷逢的身份，还听说他在公路连环杀人案里，似乎跟尤明许牵扯不清。这时大家都不说话，丁雄伟的目光落在尤明许身上。

尤明许哪里是肯背锅的人，淡淡地说："我想大概是他身上有段厅长发的专家证，外头的人拦不了。他找来这儿，是出于以前的职业习惯吧，我也不是很清楚。"

她话音刚落，殷逢摇摇头，又扯扯她的衣角，说："不是的，阿许，我真的是来找你的，帮你们破案只是顺手。"

旁边的许梦山没忍住笑出了声。

尤明许面无表情。

丁雄伟哪有耐心听他们扯，当即吼道："马上把他给我弄走！尤明许，再有下次，把不相干的人带到案发现场来，你就滚去给我守大门！"

丁雄伟挥袖而去，其他人都立刻散了，转头去做自己的事。只因为尤明许在刑警队，毕竟还是很有面子的人，又凶横，哪个敢触她的霉头。

殷逢也隐隐明白了，他家阿许似乎是挨领导批评了。此时她站在原地不动，那张白皙得跟玉一样的脸，泛起了丝丝红晕。殷逢觉得，她脸红的样子还真好看，似乎很少看到她这样呢。他忍不住抬起手，轻轻碰了一下她发红的耳朵，然后飞快地把手收回来。

她转过脸来。

殷逢刚想冲她笑，就见她脸上没有任何表情，那双凤眼没有半点平时看他时的柔和，她说："没听到丁队的话吗？滚，别再在我眼前碍事。"

尤明许离开案发现场，是在半小时后。许梦山打来电话，说已经安排好询问谢惠芳的公司同事和几个朋友。

此时已是夜里十点多，没有警察愿意耽误哪怕一分钟的时间。尤明许心里清楚，今天肯定是要通宵了。

她刚走出屋门，手机响了。她一看，是陈枫打来的，直接摁掉。

结果刚下了几级楼梯，陈枫发了条微信过来："尤小姐，刚刚殷老师给我发了条短信，电话就打不通了，人也联系不上。我现在就在案发地点附近，人进不来。真的不好意思，他一定又干了什么傻事惹你生气了。只是医生说了，殷老师现在情绪和神志都不稳定，不能再受刺激。如果可以的话，还请你多多包涵，劝他回来，跟我回家去。殷老师没出事前，就是个吃软不吃硬的性子。拜托了！"

下面附了截图，是殷逢发给陈枫的消息，只有一句话："我做错事，把她惹生气了。"

尤明许在原地站了几秒钟，手机揣兜里，径直下楼。结果刚到二楼，就看到在拐角处地上坐着的殷逢。他双手抱着膝盖，低着头，脸也藏在阴暗里。

原来受了委屈被她骂走，就跑到了几步远的门外坐着。尤明许心想：不用说，别的刑警也知道，他是她的人，身上又有通行证，所以在经过时才都没管他吧。

尤明许在他身后站定，说："你待在这里干什么？"

他身体动了一下，哑声答："我就在这里吹吹风不行吗？又没在犯罪现场里头。"

还跟她倔上了？

尤明许抬头看了眼周围脏兮兮的墙壁，蜘蛛网和灰尘倒是不缺，吹哪门子的脏风？

她说："听话，回家去，我也要走了。"

殷逢还是不动，低头看着地面，来了句："阿许，我很碍事吗？"

尤明许静默片刻，转头看向两人身后，透过老楼的格子镂空窗往外看，外头夜色深得跟潭水似的，足以淹没黑夜里的一切。

她答："没有，我刚才说的是气话。"

他静了几秒钟，又问："那你和我在一起，高兴吗？"

那种胸口被人生生堵住的感觉又来了，尤明许慢慢地、无声地吐了口气，说："高兴，我当然高兴。"

殷逢身子还是不动，只是忽然朝她伸出一只手。尤明许忍了忍，把手递过去，让他紧握着。他握她手的时候，真的就跟孩子似的，不是什么十指交缠，也不是男人的抚摸，只是紧紧捏着，就像捏着自己今生全部的希望。

他说："那你让我跟着你破案。"

尤明许："不行！"

他的手立刻又缩了回去。

奇异的是，他此时的死缠烂打，并不像之前那样令她上火。也许是陈枫发来的短信让她意识到，眼前的殷逢，到底是个病人，自己不该跟他计较。又或者是因为自己之前的恶劣态度，她到底有些讪讪。静默片刻，她索性绕了个圈，走到比他矮几步的台阶上，这样就能和他面对面站着。

他把脸埋在双臂间，只露出那双眼，晶亮地望着她。尤明许脑海里闪过陈枫的话：吃软不吃硬。

她是肯定不能带着他查案的，还得让他听话地滚回家去。

尤明许伸出双手，在他惊讶的目光中，按住了他的肩膀，皮笑肉不笑地说："殷逢，听话，回家去等我。这样我就会很开心，也很放心。否则，我真的还会生气。那我明天就不理你了，也不陪你吃饭散步了，足球也不买了。"

猛然间，她的腰身被人一搂，心跟着失重了一下。她的双手还在他肩上，整个身体几乎都倒在他的怀里。他的手抱得很紧，脸也和她的脸紧贴着，细细的热气就喷在她脸上。尤明许身子一颤，因为他另一只手又搭了上来，正好搭在她臀上，将半个浑圆的臀瓣握了个满手。

她的身体已失去平衡，几乎整个人被迫与他贴紧。大腿外侧贴着他两条大腿的内侧，那里带着一点让人茫然的温度。

他本来就生得很高大，根本就把她整个人从低几级的台阶上抱了起来，抱进了怀里。

尤明许愣了好几秒钟，陡然间气血上涌，刚要发火，就听到他低声说：“对不起。”

尤明许一怔，他抬眸，近距离地看着她的眼睛：“我自作主张跑来这里，害你挨骂了。”

尤明许原本想要发飙的话，突然有点说不出来了。

“你先放开我。”她伸手推他，可居然推不开，她也不能在楼梯上就把他给摔了，万一再摔个脑震荡……

殷逢还是眼露固执地望着她：“我答应你，马上就回家。我已经知道了，刚才那样打扰你工作不好。可你能不能答应我，不要一下子又消失很多天。你能不能……每天都回来，让我看一下下，好不好？”

这辈子，尤明许还没有被人如此需要过。任何人都没有。

她沉默片刻，从他怀里挣脱，站起来说：“行，答应你，每天我都会在。”

到了黎明破晓时分，尤明许带着人，已把谢惠芳身边的人都筛了一遍，有单位同事，有邻居，也有她在湘城的朋友、老乡、同学。

总的来说，大家眼中的谢惠芳是一致的：要强、勤劳、顾家。说不上多善良，但绝不是一个坏人，就是一个性子泼辣点的普通人。也因为性格，得罪过单位的一两个同事，但都是口角之争，不是多大的事，而且那两个人案发时都有明确的不在场证明。

此外，她家虽不是大富之家，但她上班有收入，老公在外地开店收入也可以，经济条件还是不错的。否则也不可能抚养两个儿女的同时，还让妹妹的儿子长期跟着他们。所以谢惠芳这边，是没有什么经济纠纷的。她每天早出晚归，单位、家庭两头跑，也没有任何情感纠纷的迹象。也就是说，目前看来，谢惠芳这头，没有什么人有明显寻仇的动机。

尤明许单手搭在办公室的窗台上，望着外头霭霭晨色，点了根烟，静静抽了一会儿，转身走到桌前，拿笔在“老公曾强”这几个字上，画了个重重的圈。

这时樊佳走过来，说：“尤姐，有个情况：谢惠芳的外甥李必冉，案发前一天晚上就没有回学校。因为他经常旷课，屡教不改，所以学校也没太当回事。昨晚许梦山去接人，才发现他不见了。许梦山带了几个人，找遍了李必冉常去的网吧、同学家，都没有发现他！”

尤明许眉头轻蹙，与樊佳不约而同地望向墙上贴着的本案所有相关人员的照片。之前大家都没太注意这个外甥，十五岁的男孩，个儿高，清瘦，眉目秀气，目光有些拘谨，脸上微微带着笑，挺帅气的。

樊佳说：“所以现在我们不确定，案发时李必冉是否也在家里，因为现场那个39码的血脚印不属于他。也不确定他是否被凶手带走，或者……也遇害了。丁队刚才下了死命令，必须马上找到这个男孩！”

一声令下，几乎所有刑警都放下手头工作，全力寻找这名失踪少年。樊佳甚至脑补了一出变态大戏，神秘兮兮地对尤明许和许梦山说：“你们说，谢惠芳没有任何仇家，家人都死了，只有这个好看的男孩子不见了。会不会，凶手就是冲着他来的……”

谁知道呢？尤、许二人不置可否，但无疑每个警察心中的那根弦都绷了起来。因为现在时间多流逝一分一秒，那名少年的性命，或许就危险了一分。

警察们首先排查李必冉日常活动范围内的所有监控，甚至组织大批警力开始了挨家挨户的搜寻。可是几个小时过去了，依旧一无所获。

案发后的次日中午，尤明许已经超过三十个小时没睡觉，又是驱车、又是步行地跑了很多个地方，只感觉到太阳穴突突地跳，人也有点透支。丁雄伟大概也知道手下们这一下扑得极狠，大手一挥，让大家分批次轮流休息，每人休息两个小时！

许梦山、樊佳他们饭都顾不得吃，直接倒在警车上呼呼大睡。尤明许头也痛得很，把自己那辆车引擎一关，刚想往后靠，脑子里偏偏闪过一双眼，一双可怜兮兮又充满期待的眼睛。

他说：“明许，你每天一定要回来看我一下下。”

尤明许愣了愣，自嘲地笑笑，坐直了，重新发动车子。好在离家不远，开到楼下时，才过去半个小时。她还剩一个半小时，人懒得动了，给殷逢发短信：“我在楼下，下来看一眼就走。”

此时，殷逢正在家里，很无聊地看一些据说“自己以前很爱看的犯罪案例”。尽管他不想承认，但自己多像以前那个人一点，说不定对尤明许来说，就会有用一点。

不知不觉，就看得十分入神。手机响起，他摸过来一看，立马丢掉书，跑下楼。

他身上穿着居家的T恤短裤，脚上还是双凉拖鞋，“啪嗒啪嗒”跑到那辆警车前。

陈枫不放心，跟在身后。

两人都沉默地站立着。

隔着车窗，尤明许的睡颜看起来很疲惫，也有几分难得的柔弱。头就这么歪在椅子里，嘴巴微微张着，胸口轻轻起伏。平时总是洗得很干净的长发，此时有些凌乱地贴着脸。

不过殷逢依然觉得很好看。

他突然就想起昨天晚上，在楼梯上抱着她的那种感觉。当时没在意，现在看着她的身体回味，突然就感觉到身体深处有什么地方颤了一下。

陈枫"啧"了一声，说："他们这样的基层刑警，可苦了，看样子又没好好吃、好好睡。要不我让人去给她准备点吃的，你待会儿送给她？"

殷逢："还不去？"

尤明许脑子里昏昏沉沉的，可心中总是记挂着什么。某个瞬间，惊醒了，睁开眼，看到车窗外明亮的天光，看这景象，依稀是自己家楼下。她稍微想了想，想起自己为什么在这儿。

一转头，被吓了一跳。

殷逢不知何时已坐在副驾驶位上，也不知今天又发什么疯，背微微弓着，似在发呆。看她醒了，冲她笑了，笑得特别甜。

尤明许瞟一眼完好的车锁，也不记得是自己睡着前没有锁车，还是这家伙又开了锁。反正这位大作家以前就几乎古古怪怪、不务正业，不仅自己驾车跑去找连环杀手，还是个开锁高手，而且随身还带着罪犯尤其喜爱的绑人手脚的束口带。

想到这里，尤明许忍不住笑了。刚想对他说话，察觉到喉咙里干闷得很，她一言不发推门下车。

旁边就有店铺，店门墙角有水龙头，她蹲下洗了把脸，又漱了下口，感觉没啥气味了，才转身。

殷逢也下了车，就站在那儿看着她。他心想：她好像一只猫，这么爱干净。才睡了一小会儿，就要漱口洗脸，怕他闻到臭味吗？

不知怎的，这猜想让殷逢心里甜滋滋的。

尤明许一转头，就看到青年站在正午的阳光下，笑得很开心。似乎每一天，他都这么无忧无虑，这么开心——只要她不抛弃他。

原本，他们是天差地别、一辈子都凑不到一起的两个人。

尤明许走到他面前，抬手就给了他一个爆栗："又在瞎想什么？"

殷逢飞快地说："没什么。"这才从怀里掏出饭盒，递到她面前。

尤明许愣了愣，所以这家伙，一直佝偻着背，是把饭盒藏在怀里保温？她还以为他又在修炼什么奥特曼新姿势。

她接过，打开一看，是自己爱吃的两个菜，外加半盒米饭，还热乎乎的。

"谢了。"她说。

他又咧开嘴，笑得一脸春暖花开："阿许不要跟我客气！"

尤明许也笑了，伸手摸摸他的头，可他真是见杆子就爬，跟只小狗似的，偏头就蹭了几下她的手心。尤明许改摸为拍，打了一下他的头。从店铺门口拖了把塑料凳子坐下，又用脚钩了一把过来，放到他身后。

店主早就认得尤明许，见状只是笑笑。两人并肩坐着，尤明许埋头就吃，完全就像个男人似的大口扒饭。殷逢双手放在膝盖上，安安静静地坐着。微风吹过，阳光灿烂。尤明许是因为吃得急，来不及说话。奇怪的是，殷逢忽然也不想说话，觉得这样就很好很好了。

尤明许花了几分钟就吃完了，又去洗了把脸，尽管没睡够，感觉精神还是为之一振。一抬头，看到殷逢还坐在原地，饭盒被他装进塑料袋里，又把袋子钩在手指上，一晃一晃。这家伙明明人高马大，可坐姿分明像个孩子，两条长腿不放在地上，非要踩在椅子下面的横条上。

尤明许忍不住又拍了一下他的后脑勺，他的头发乌黑又柔软，手感真不错。她说："我走了。"

"阿许。"他说，"这是不是就是你一直在过的生活？"

尤明许看着他若有所思的侧脸，答："是啊。"

"那是不是……"殷逢说，"一直就这样，没人心疼你？饿了没人给你送饭，困了没人陪着你睡觉，像我刚才那样？"

尤明许忽然觉得有点没面子，扫了他一眼，不想理他。

他抬起长臂，尽管坐着，还是能轻而易举摸到她的头，眼睛里浅浅笑着，说："以后就不一样了，以后你有我了。"

那澄澈的笑意，跟尤明许幼年所见的乡间溪水似的，一看就能看透。

尤明许静了几秒钟，心里说不出什么滋味，就好像你的心一直是一片荒漠，现在却跑来一棵小树苗，告诉你今后它就要在这里茁壮成长啦。

可是她又不需要这棵弱小的树苗来替她挡光。

她笑笑，拍掉他的手，说："没大没小。"

"嘁……"他说，"小枫子说了，我比你大四岁呢。他说我现在脑子没好，才会稍微……单纯一点。"

尤明许笑了，到底又手痒，摁了一下他的头。

他忽然又说："要不你别做警察了好不好？我好像有很多钱，就算以后我们两个都不工作，那些钱一辈子也花不完，我可以养你。"

这话让尤明许觉得可笑，她答："你养我，那我以后每天干什么？就陪着你？"

他那白皙的脸居然泛起一丝红晕，头没有转过来，轻轻"嗯"了一声。

尤明许觉得好笑，慢悠悠地问："要真那样，我算是你的宠物吗？还是说，你是我的宠物？"话一出口，又觉得哪里怪怪的，懒得管。

殷逢却有种模模糊糊的感觉，感觉自己某种隐约的、不够光明正大的心思，被她一下子看穿了。他连耳朵都红了，低下头去，说："我当你的宠物好了。"

尤明许终于笑出了声，也不知怎的，原本因案情压抑的心情，因这小家伙变得好极了。她放肆地笑了好一会儿，只笑得他的嘴都不高兴地嘟起来了，她才慢慢吐了口气，说："殷逢，你看到过蓝天上的鹰吗？我尤明许，就是其中一只，你曾经也是。所以我们都要拼命地飞，贪恋什么陆地？只要能一直飞，哪怕将来把翅膀折在高空，我也乐意。"

殷逢用那黑白分明的眼睛，定定地望了她一会儿，像是想通了什么，用力点了点头："好！"

尤明许笑笑，这时手机响了，她接起，是同事打来的："尤姐！发现李必冉的踪迹了，他案发当天上午出现在一条商业街上，离你现在的位置很近！其他人也会马上赶过去。"

挂了电话，尤明许拉开车门："走了。"

哪里知道人刚坐进去，殷逢也飞快地坐进副驾，"啪嗒"一声就把安全带系好了。尤明许面目严肃："下车，我们不是说好了？"

殷逢不动。

尤明许伸手就解开了他的安全带，也懒得跟他废话，把他往外推。他双手抓住车门不肯放，那么高大挺拔的一个人，此时跟条巨虫似的蜷躲在角落里，他说："阿许你讲话不算话！"

尤明许："我哪里讲话不算话了？！"

他望着她，目光清澈固执："你刚才明明说，以后要带我一起飞，现在查案为什么不带着我？"

尤明许又开始有胸口发堵的熟悉感："……我什么时候说要带你一起飞了？！"

他咬了一下唇。

洁白整齐的牙齿，男人饱满的唇。

然后他的眼神居然闪了闪，动作飞快地再次把安全带给自己系上，那双曾经拿笔的手，灵巧得跟什么似的，居然把安全带麻花似的在腰上缠了好几圈，一副死猪不怕开水烫的模样。

尤明许看得愣愣的。

他缠好后，尤明许甚至都怀疑能不能再完好地解开。他大约也是觉得有了抵抗的保障，所以才敢这么放肆，可见她一直盯着自己，心里又有点发慌，垂下头去，灵机一动，轻声说："还有，我今天早上刚把《地理学上的犯罪心理学》这个专业分支复习完，你现在要去找人，我会很好用。"

尤明许沉默了几秒钟，又看了眼手表，已经浪费掉几分钟了，坐直了，淡淡地说："坐好，把你身上的麻花绳给我原样解开。到了那里一切听我指挥，不乖，我就一脚把你踹下车。"

第八章

管定你了

尤明许开了一会儿车，没想到副驾的人竟然情不自禁地哼起歌来：“……天生丽质难自弃，可惜吃啥都不腻……卡路里我的天敌，燃烧我的卡路里……卡路里卡路里卡路里，卡路里卡路里卡路里，卡路里卡路里……”

尤明许知道这歌满大街都在放，可听殷逢这么嘀嘀咕咕反复哼着这几句，就跟魔咒似的，搞得她脑子里也在不断跟着他打拍子。

“闭嘴！”尤明许从旁边抽出一沓资料，丢他怀里，“不是说懂什么地理学吗？这是李必冉的资料，好好看！”

殷逢立刻低头看。

车里瞬间安静。

过了一会儿，尤明许瞄他一眼，愣了愣。

此刻的他，完全不像一个脑子有毛病的人，和刚才反复哼唱《卡路里》的中二少年也判若两人。他一只手臂随意搭在车门上，另一只手拿着资料，低着头，眉眼平静认真。若是忽略他红色 T 恤上印着的天线宝宝，只看脖子以上，真的像是以前那个成熟、有才华的男人。

尤明许又看了他几眼，然后目视前方。

照片上的少年，高瘦清秀。嘴角挂着点似有似无的笑，可殷逢还是从他的眼里看到了一点郁气。

李必冉，十五岁，湘潭人。父母都在外地打工，因此把他托付给大姨谢惠芳照顾。

父母虽然无暇陪在他身边，但对于他的教育却很在意。家里经济条件还行，但不是大富之家，去年他超常发挥考上了一所很好的私立高中，尽管学费很贵，父母还是咬咬牙，把他送去读了。

许梦山是负责这条线的，他做事周全细致，尽管没接到人，还是安排人手对李必冉的老师、同学都做了一圈询问。了解下来，发现李必冉在这所“高级”的学校，过得似乎并不如意。

“李必冉？我不了解，他平时都不怎么跟同学说话的，活动也不怎么参加。”

“我没和他玩过，他自己有圈子，有几个朋友。我们和他们……呵，玩不到一起去。”

“总觉得他好像有心事，阴阴沉沉的，也不怎么讲话，只活在自己的世界里。他就跟那几个家里穷的玩得好咯。”

“李必冉这个学生，其实让我们当老师的也挺无奈的。本来入学考试成绩还可以，但是他的攀比心理比较重，我们算是一所贵族学校，家境好、父母比较有影响力的孩子确实非常多。李必冉的心思不花在学习上，和同学们也融入不进去，还经常旷课，学习越搞越差。”

“好在他的大姨，管他管得倒挺严厉的。上次请家长来，谢惠芳在我办公室里，就把他狠狠骂了一顿。他还是有点怕他大姨的，后来旷课的次数就少些了。”

“必冉人其实挺仗义的，他和他大姨关系不好。他其实挺想爸妈的，说想去找他们。”

“他们不跟我们玩，我们也不跟他们玩啰。谁将就谁啊？就是李必冉，总有点不甘心，想和他们混到一起去，别人又不理他，反正我现在也有点看不上他了。”

“他肯定去网吧泡着了吧，不然能去哪里？”

…………

尤明许把车停在路边，眼前是一条人潮熙攘的商业街。沿街都是店铺，光是网吧，一眼望去就有四五家，更别说加上附近几条街上的。

殷逢放下资料，说：“这里离李必冉爷爷奶奶家不远，他小学的时候和他们一起生活。”

尤明许没说话，打电话和同事通气。之前就有巡逻警察看到疑似李必冉的人影，但是这条街上的人实在太多了，没跟上。

“先从网吧找起。”尤明许说。

两人下车，她刚要走向左手边第一家网吧，手臂却被人拉住。殷逢微嘟着嘴，眼睛黑溜溜的，摇了摇头。

尤明许："怎么？"

殷逢指了指这家外头很旧、里头很黑的网吧，说："太破了，李必冉看不上的。"

尤明许嗤笑一声，说："查案靠猜？"没搭理他，抬腿就往里走。

殷逢咬着唇，固执地站在原地不动，尤明许也没等他。

几分钟后，尤明许走出来，脸上没什么表情："下一家。"

殷逢快步跟上去，说："我不是猜，你怎么能说我是猜？李必冉性格虚荣，过得很孤独，渴望得到身份的认可。他被学校那个环境困住有一段时间了，回家还要面对强势的谢惠芳。泡网吧是他逃离现实的唯一渠道，他怎么会想在网吧做回'穷人家的孩子'，和那些去不了豪华网吧的孩子在一起？所以这几家，根本不用找。他看都不会看一眼，他根本待不下去。"

尤明许止住脚步，说："那你说，他会在哪里？"

殷逢指了指远处的两家网吧，说："环境和服务最好的。浅薄的少年，坐下来都会觉得很有面子。"

尤明许心想：你现在不也是少年心性？她没吭声，一是殷逢说得头头是道的，似乎有点道理；二是反正每家网吧都要查，其他同事正在赶过来，剩下的几家也不会漏掉；三是这人曾经不是还为重大案件提供过咨询吗？尽管现在被撞傻了，她也想看看他的本事还在不在，料得还准不准。

她走向他说的其中一家，殷逢咧嘴笑笑，紧跟着。

尤明许向网吧老板出示了证件和李必冉的照片，老板想了想，眼珠一转，说："这个……我没什么印象啊。"

尤明许还没说话，殷逢已开口："他没说实话。"

老板一愣，尤明许已经将警官证"啪"的一声拍在吧台上："我今天不是来管未成年人上网这种小屁事的，回头自然有片警查。重大案件！不说实话跟我回局里！"

老板连忙赔笑脸，说："别生气别生气，我想起来了！见过的，来这里玩过几次。就是这两天好像没看到，要不您自己找一圈？有什么需要我们的，一定全力配合！"

几分钟后，尤明许和殷逢从这家网吧出来，又进了第二家。

这家虽然没有刚才那家大，但装修还要更好。老板是个四十多岁的男人，瘦瘦的，戴着一副眼镜，此刻坐在吧台后。

尤明许简单说明来意。

老板刚沉思了一下，尤明许立刻把他也“威胁”了一遍。果不其然，老板立刻笑道：“您别急，一定配合。这个男孩，是经常来我们网吧，昨天还和朋友一块儿上机。现在还在不在，我倒没太注意。要不我现在带您找一圈？警察同志，这孩子犯了什么事？跟我们网吧没关系吧？”

尤明许不答，摆摆手，示意自己来。然后带着殷逢，开始一排一排机子找。

网吧里灯光明亮，一把把宽大的沙发椅里，男孩们对着屏幕上的激烈对战画面，时而笑，时而骂。殷逢有点被那些游戏画面吸引了，一直盯着看，冷不丁尤明许喝道：“看那些干什么？你不准玩游戏。”

殷逢低下头：“哦。”

十台机子，尤明许一台台看过去，很快到了尽头，除了其中有一台机子空着外，没有看到李必冉。在这排机子后，靠着墙，还放着几张沙发和休闲桌椅。有一个人躺在沙发上，身上盖了件外套，脸朝里睡着。身材瘦瘦的，个子挺高。

尤明许走过去，拍拍他的肩。他一脸迷糊地转过来，那白净清秀的脸，不是李必冉是谁？

尤明许心里就这么重重地松了口气，也谈不上是庆幸还是恼怒。多少警力现在在找他，连搜捕凶手的工作都不得不往后放了，就怕这个少年也遭了毒手。警察们几乎要把全市翻个底朝天，想要争分夺秒挽救他的生命。

他却窝在网吧里睡大觉？

尤明许：“起来。”

李必冉面露不满：“你谁啊？”

尤明许把警官证往他面前一亮，报了自己的警号，然后说：“你大姨家出事了，现在跟我走。”

李必冉愣了愣，站起来，声音有点颤：“出什么事了？”

“跟我走就知道了。”

李必冉抓起衣服跟上去，忽然间从旁边蹿出来一个男人，长得还挺帅，插到他和这漂亮女警中间。李必冉以为他也是警察，却没料到这帅哥回头，用力瞪了他一眼。

李必冉：“……”

殷逢觉得这种幼稚少年实在太讨厌了，不管他在这起案件里扮演了什么角色，怎么可以窝在网吧里睡懒觉？害得他的阿许整日整夜地找，没饭吃！没觉睡！

三人出了网吧，尤明许把李必冉安排在车上，就走到一旁和同事电话通气。听到少年安然无恙，所有人都松了口气。尤明许又吩咐人来网吧调查取证，自己则先把李必冉送去警局，看他要不要见一下死去的亲人。而且他的父母和大姨夫，应该也快到了。

坐上车，尤明许扫了眼后视镜，李必冉坐在后排，似乎对警车颇为新奇，左看看，右看看，还伸手摸。殷逢则望着窗外，眼神愣愣的，不知又在神游哪里的太虚了。

车开了一会儿，李必冉的新鲜劲儿大概过了，感到无聊了，凑上前说："你真是警察啊？这么漂亮。"

尤明许不搭理他。

副驾的殷逢转过脸来，和李必冉对视着，嗓音又冷又硬："她漂亮和你有什么关系？！"

尤明许嘴角一弯。

李必冉耸耸肩，到底还是个孩子，唇舌之争并不擅长，他往后一靠，看着窗外。过了一会儿，自顾自讥讽地一笑。

尤明许眸色一垂，感觉到李必冉在后排晃双腿，一直晃一直晃。

过了一会儿，李必冉拿出手机开始打游戏，声音还开了外放，配合他自己的大呼小叫："哎哟我去！撸他撸他！上啊……"

尤明许静静开车，车里只有李必冉一个人的声音。殷逢转过头来，伸长脖子，想看李必冉的手机屏幕。李必冉察觉了，故意偏过身体，嘴角带着笑，不给他看。

尤明许："殷逢，坐好。"

殷逢慢吞吞把脖子缩回来。

尤明许说："不是说过，你不准玩游戏吗？不要看了。"

殷逢伸出手指，抠了抠储物格："为什么？"

尤明许一时竟然答不上来，其实殷逢要是沉迷游戏不是挺好的吗？又能打发这混沌的时间，还不会缠着她。

但是，打游戏就是不学好。

她冷冷地道："不准就是不准，我不喜欢。"

"哦。"殷逢说，"那我不看了，再也不看了。"说完还用手捂住眼睛，一动不动。

尤明许把他的手拉下来："不用捂，好好坐着就行。"

后排打着游戏的李必冉，忽然笑出了声，自言自语道："哎哟哟，原来，原来啊啧啧……”一副窥知了什么秘密的模样。

尤明许从后视镜里扫他一眼，心想：半大的孩子，都这么讨嫌吗？

回警局时，顺路到了尤明许家楼下。她停了车，看向殷逢，压低声音说：“今天带着你半天了，够了吧？回去，睡个午觉。”

殷逢慢吞吞解了安全带，慢吞吞推开车门，慢吞吞把腿抬起。

尤明许：“快点！”

他立在车旁，又把头低下来：“那你今晚还回家不？”

“不回。”

“明天呢？”

“尽量。”

“开车慢一点，按时吃饭睡觉，不然我会很担心，觉都睡不好。”

“……知道了。”

尤明许发动车子离开，那感觉，就跟甩掉了一只鼻涕虫似的，终于重获自由了。只不过从后视镜里，望见殷逢还站在原处。

她只是去上个班，为什么每天都要和他依依惜别？

尤明许扭头，懒得看了。

李必冉放下手机，也转头看了看，说：“警察姐姐，他是你什么人啊？不会是老公吧？他这儿……”李必冉指指脑袋，“有毛病吧？他是低能儿！”

尤明许冷冷说：“关你什么事？坐好！”

从尤明许家开往警局的路上，李必冉倒是变得很安静，也没有打游戏，只是望着窗外。少年白皙的脸仿佛装满凝重心事，有那么一两次，尤明许在后视镜里与他目光相对，他似乎想问什么，嘴唇动了动，还是没开口。

尤明许想：他到底是紧张的，一路的故作镇定和刻意聒噪，随着离警局越来越近，似乎也即将土崩瓦解。

进了警局，少年似乎被肃穆紧张的气氛所感染，紧跟在尤明许身后，大气也不敢出。樊佳、许梦山等人已经等候多时，和尤明许交换了一下眼神，尤明许点点头，示意直接让少年进去。

推开停尸房的门，三张床上覆盖着白布，可以看出大人小孩的人体轮廓。众人都望着李必冉，他愣愣的，似乎完全没有反应过来自己面对的究竟是什么状况。樊佳把他引到谢惠芳的尸体前，低声说：“你的大姨、表妹和表弟，昨天中午在家遇害了，节哀，你……想要看看她们吗？”

李必冉的脸涨得通红，眼睛里有泪光闪动，嘴唇也哆嗦着，说不出一句话来。

樊佳轻轻掀开白布。

李必冉还是一副呆呆傻傻的样子，直勾勾盯着谢惠芳，盯了好一会儿后，神色恍惚地看看周围的警察。

樊佳不想再让他看两个孩子了，站住不动。

李必冉转身就往外冲。

尤明许摆了摆手，示意众人都留下，然后自己追上去。刚在走廊里追出几步，就看到前面的少年低头在抹眼泪。尤明许快步走到他身旁，只见他满脸都是泪，双眼通红地哽咽抽泣着，此时完完全全就是一头悲恸崩溃的小兽。

尤明许跟着他，一直跟到警局的院子里。少年止了步，站在一棵大树下，也不看尤明许，只是小声地抽泣着。

尤明许站在离他几米远的地方，转身点了支烟，静静抽了一会儿。

记忆中，尤明许像李必冉这么大的时候，已是无父无母，跟着外公外婆生活。再往前一点，还是儿童的时候，关于母亲的记忆就很多、很鲜活了。母亲把她抱在怀里，亲昵地蹭她的脸；母亲带她出去放风筝，去游乐场玩；她闯了祸，母亲严厉地命令她站军姿思过；后来母亲因为工作和她聚少离多，可只要有时间，母亲就会给她打电话、回来看她、给她带小礼物……

别的孩子曾经所拥有的母爱、温暖，她也曾拥有。

至于父亲？那是个什么玩意儿？

所以后来，八岁时，在母亲因公殉职的追悼会上，尤明许比眼前的少年哭得还厉害，气都喘不过来，尖叫着、断打着，世界昏天暗地。

追悼会之后，她就很少哭过了。

…………

尤明许递给少年一张纸巾和一瓶水。

他已经不再哭了，只是眼眶红着，人看着木木的。

“你昨天去哪里了？”

少年低着头：“一直在网吧。”

“最近，觉得周围有什么不对劲的人或事吗，或者你大姨有没有得罪什么人？”

“没有，我不知道。”

“你大姨和大姨父关系怎么样？”

“挺好的吧……”

没多久，李必冉的父母，还有谢惠芳的丈夫曾强，都赶到了。

曾强是个四十多岁、相貌普通的男人，有些木讷，穿得也很朴素。进来时，眼眶红红地浮肿着，等他看到三具尸体时，那么大个男人，软倒在地，号啕大哭，甚至发出一声声变调的、不像是人类倒像是动物才会发出的号叫。

这样的号叫声，尤明许他们听到过几次，都是失去亲人或者爱人的、悲痛至极的受害人家属发出的。

一众警察站在旁边沉默。

到后来，曾强眼前一黑，晕倒过去。手还死死地拽着两个儿女的手，警察们费了半天劲才把他的手掰开。

死者谢惠芳的妹妹、妹夫，也就是李必冉的父母，在停尸房里也哭得很伤心，尤其是李母，看着亲姐和一对外甥的尸体，更是哭得呼天抢地。后来她就抱着李必冉哭，说：“我的儿啊，差点以为你也出了事……你大姨这是遭了什么罪啊……哪个畜生做的哦……”

李必冉这时已不哭了，任由母亲抱着，跟个木头人似的。

李父说：“你没看到孩子都被吓坏了？先带他回去，别让他看了！”

然而接下来的两天，案件调查的路子，却越走越窄了。

首先，之前排查过的，平时和谢惠芳有过冲突的人，经过进一步确认，确实都没有充足的作案动机，也没有作案时间。初步排除仇杀可能。

对于谢惠芳和丈夫曾强的夫妻关系，未发现有任何不和睦之处，也没发现感情纠纷。谢惠芳遇害时，曾强人在外地，有确切的不在场证明。更何况他看到尸体后的反应，也令警察们觉得他没有嫌疑。

甚至连李父、李母，警方都调查过他们的不在场证明。他们确实也在外地，很多人可以做证，并且也没有动机。

至于李必冉，尽管他在学校过得很不如意，也被那些权贵子弟瞧不上，但没人和他有什么大仇。而且事发当天中午，学生们都住校。李必冉在校外也混不开，不认识什么社会上的朋友，所以也不会是冲着他来的。

有邻居听到，案发前一晚，李必冉和谢惠芳大吵一架。从那晚，直到警察找到他，他就一直把自己锁在那家网吧里，只有早上出去买过快餐。从网吧里调来的监控都拍得清清楚楚。

所以他们一家人，都没有嫌疑。

案件调查，彻底陷入僵局。

案发第三天，丁雄伟召集所有人开会。因为此案件性质极为恶劣，上级极为重视，丁雄伟脸上亦是乌云密布。他下达指令，调整了新的侦破方向：重点排查入室盗窃惯犯和近期刑满释放的犯人。

仇杀这条线，算是中断了。

宣布这条指令时，尤明许觉得丁雄伟还瞥了自己一眼，有点幽深的样子。尤明许心想：当时斩钉截铁说是仇杀的人，又不是我，是殷逢，瞪我干什么？！

铁打的人也得喘口气，这晚，丁雄伟放所有人回家洗个澡、睡一觉，明天一早再到警局报到。

这几天，尤明许根本就顾不上殷逢。倒是陈枫乖觉，每天趁着午饭、晚饭时间，让殷逢拎着饭菜、水果之类的送到警局外。尤明许在警局的话，就会出来接，但是多说一句话的时间都难得，顶多摸摸殷逢的脑袋，或者说一句："谢了。"

殷逢大概也被陈枫教育过，没有纠缠，就是乖巧地站在警局外，目送她好久。

想到这一点，走下公交车的尤明许笑了笑。此时天色已黑了，她抬起头，就看到公交站的站台处有个熟悉的人影。

他今天又穿了最爱的那件绿色阿童木的T恤，下身是牛仔裤。双手插在裤兜里，隔着五六米的距离，望着她。

几天没看到他，尤明许怎么有种他长大了一点，看着好像懂事成熟了一点的感觉？

然后殷逢就冲她笑了，露出白白的牙齿，眼睛里全是光。

尤明许挎着背包，走到他面前，问："等多久了？"

"一个小时。"

"下次不许等了。"

他不说不好，也不说好。

两人并肩往家走，地上拖出长长的影子。

殷逢说："阿许，我的影子比你长。"

尤明许笑笑。

他伸手放在她头顶，然后比到自己肩膀，低声笑了，接过她的背包。

尤明许说："我自己来。"

"我来吧，不然你更加长不高了。"他说。

尤明许："喂，我一米六六。"

"我有一米八六呢。"

快走到小区门口时，尤明许停下脚步。殷逢循着她的视线望去，路旁停着一辆商务车。一个高大斯文、穿着西装的男人靠在车旁，身后还站着四五个面无表情的男人。

西装男盯着尤明许，似笑非笑，顺带还瞟了眼殷逢。殷逢很不喜欢他看尤明许的眼神，脸上立刻没了笑，嘴也抿起来。

尤明许就跟没看到罗羽似的，领着殷逢往小区大门走，这时罗羽开口："明许，几天没见，我出个差，你身边就有人了？"

殷逢一下子顿住脚步，尤明许却根本不想理这个疯子，轻喝道："不要理他，走。"

"听说还是个傻子，真没想到，你好这一口。还是说看他脸蛋长得好，就行？尤明许，你当我是死的？养个男人在家里？"

尤明许深吸一口气，自从罗羽在她跟前露了黑底，行事就越来越乖戾，俨然以她的男人自居，社会败类的脑子都这么有坑？

突然就觉得忍不下去了。

她转过身，刚要爆发，突然被人往后一扯，殷逢那高大的身影挡在她面前。尤明许一怔，望着他乌黑的后脑勺，居然觉得颇新鲜，被他保护了？

殷逢说："阿许养我，关你什么事？"

尤明许："……"

饶是罗羽，也被殷逢这反应弄得一愣，然后哈哈大笑，身后的喽啰们也笑得前仰后合。从尤明许的角度，能看到殷逢的耳朵根红了，垂落的手紧握成拳。

"够了。"尤明许说。

罗羽不笑了，那双眼幽幽沉沉，给手下们递了个眼色，他们立刻把殷逢包围住。

"明许，站一边去。"罗羽淡淡地说。

"殷逢，站一边去。"尤明许也语气平淡地说。

罗羽脸上闪过几分恼意，眼睛盯着尤明许，抬了一下手。

"知道吗？"尤明许忽然说，"罗羽，我到现在也没看透。你可没自己说的那么喜欢我。你到底想从我这里得到什么？”

罗羽没说话。

一个喽啰率先出手，挥拳朝殷逢打去。殷逢以前也是健身达人，还练过一段时间散打，有一身修韧的肌肉，要不之前也不能和尤明许交上手。他紧抿着唇，正要扑上去和人对打，冷不丁尤明许从旁边挡上来，不躲不闪，“嘭”的一声，那一拳正好打在尤明许的脸上。

这下，出拳的那个喽啰傻了，旁边的打手们也一片肃静。罗羽抬起阴晴不定的眼睛，看着尤明许一侧的脸蛋以肉眼可见的速度红肿起来。

殷逢只感觉到脑子里“嗡”的一声，那一声肉响，仿佛打在他耳边。他整个人都不好了，尤明许居然被人打了，在他眼里，她从来都是所向披靡的。他的脑子里忽然什么都不剩了，只想和他们拼命！他刚要暴喝一声扑上去，衣领却被人轻轻一拎，推到了一旁。

“啊，袭警了。”一个轻飘飘的声音在他身旁响起，仿佛还带着破碎的血腥味。殷逢抬起头，看到女人虽然肿着脸蛋，嘴角却勾起一个轻蔑的笑，然后她出手了。

动若脱兔，翩若蛟龙，莫过于她。

只见她一步上前，双手抓住袭击她那人尚未收回的胳膊，一个转身，那人“啊”的一声，惊惶地叫了出来，人已被狠狠砸倒在地。“咔嚓”一声响，那人发出更加凄厉的惨叫：“疼疼……”关节已经被尤明许崴断。

旁边几人面面相觑，一拥而上。殷逢如同一头小黑豹似的，突然撞向其中看着最高大凶悍的那人，两人厮打在一起。那人本来见殷逢一个小白脸，脑子又好像有问题，没有放在心上，只想早点把他解决，去替老大抓女人。哪里晓得这小子拳脚凶狠得很，就算被揍了也继续扑上来，简直跟不要命似的。那人心里竟有些怵了，这一怵，殷逢就感觉出来了，打得更凶。到最后这大汉竟被他压着打，最后摔倒在地，殷逢直接骑上去，狠狠几拳落下，打得那人昏昏沉沉，哀号求饶。

这边，与他们二人的拳拳肉搏不同，尤明许的身影轻灵无比，身子一闪就出了包围圈，先从背后将那人拦腰抱住，那人打架时哪里被人这么有技巧地抱过，整个人一愣。尤明许已往后退了两步，退出包围圈，一个快如旋风的侧身摔，就把这人狠狠地摔在地上，那人同样号叫不已。

尤明许原地弹起，避过两人的拳头，往前直冲，直接将一人撞倒在地，膝盖往他胸腹一压，只疼得那人“哎哟哟”地叫唤。尤明许身体都没起来，一个侧肘击在另一人肚子上，这是搏击术。那人吃痛，还想还击，尤明许就地一个滚身，就避开袭击到了他身后，站起来，嗤笑一声。

那人瞬间心头一凉，都没来得及转身，就感觉到身体腾空而起，仿佛被一股极柔极韧的力量牵引，失去平衡。都不知道自己双脚是怎么离地的，紧接着脸朝下重重地砸在了地上，听到两声轻响，牙齿被磕掉了两颗，满嘴的血。

就这么一两分钟的工夫，罗羽带来的五个人，全部被放倒了。就算是罗羽，也有点不敢相信自己的眼睛。他追尤明许之前，就听过她的名头，知道她是很厉害的女警，但从没见过她出手，所以今天带足了人。哪里想到，她拍拍手就解决了，根本都够不上她的对手。

罗羽又看向正从地上爬起来的殷逢，带来的一个手下被他放倒了。罗羽的脸色更加阴霾，之前不管他怎么使手段，尤明许都不理不睬，更不会着他的道儿，怎么惹都不会冲动冒失。现在好了，为了这个傻子，她不惜生生挨了一拳，只为一个“袭警”的名头，然后顺理成章把他的人全揍了一通！这个女人，狡猾也就罢了，难不成对一个傻子动真格的了？

罗羽冷冷笑着，尤明许就站在原地，两人对视一眼。殷逢跑到她身边，看着两人对视的神情，那种很不舒服的感觉又上来了。

罗羽：“走！”

几个喽啰踉跄着爬上车，车子飞驰而去。

尤明许心里清楚，这下只怕彻底把这个疯子惹毛了，肯定还会有后患。但打都打了，她都忍很久了，也觉得解气。兵来将挡，水来土掩，以后小心点就是了。

全身筋骨都松了松，她舒服地又活动了两下，就是脸还火辣辣地疼。刚想伸手捂住，一只手从旁边伸过来，小心翼翼捧着她的脸。

尤明许抬眼看他。

殷逢那白皙的脸，因为搏斗还染着潮红，此刻嘴唇紧抿地盯着她。

“以后不许你再挨打，哪怕是为了我也不行。”他说，“可以让我挨打，你照样有理由出手，对不对？”

尤明许想，他居然能看明白她是故意挨那一下的，有长进。不过，这是什么语气？不许？小屁孩还想管老大了？

尤明许笑笑，说：“你管得了我？”

她往前走了几步，他才跟上来，嗓音闷闷的：“我管你，就管你，管定了。”

殷逢"我管你，就管你"的赌气腔调，尤明许根本没当回事，不过当她推开家门的一刹那，却愣了。

客厅天花板垂落下来很多条细细的灯带，一闪一闪。餐桌放在正中，上面铺满蜡烛，蜡烛被摆成笑脸形状，两份餐具各放一端。餐桌周围呢，还插着很多束鲜花。整个空间，都洋溢着一种光影朦胧、浪漫温馨之美。

尤明许还是头一次见识这样的场合，瞟了殷逢一眼。可这家伙精心布置了这么多，现在还在生气，一言不发走到餐桌前，拉开椅子坐下，脸埋进手臂里，不理她了。

尤明许失笑。

这时陈枫端着几道前菜从厨房走出来，含笑致意："尤小姐，这是为了庆祝你连续加班四天回家，殷老师专门设计安排的，一会儿饭后还有蛋糕。"

尤明许感觉自己的太阳穴跳动了那么几下。

现在她不仅觉得殷逢不正常，陈枫也有点……脱线。她活这么久，头一次看到有人为加四天班大张旗鼓搞庆祝活动的。

陈枫很快又龟缩进厨房里了，不愧是中国好助手。殷逢还趴着不动，尤明许走过去，戳戳他的脑袋，他还是一动不动。

尤明许说："你不是要替我庆祝吗？"嗓音比刚才稍微温柔了一点。

这家伙终于慢吞吞直起身子，一眼看到她还肿着的脸，立刻站起来，说："先送你去医院！"

尤明许忍了忍，说："这点小伤，去什么医院？我去洗把脸上点药。"说完先去了洗手间，把脸小心翼翼洗干净，对着镜子看了看，确实是肿起来了，样子丑极了。

尤明许把毛巾一丢，走回卧室，就看到殷逢已经坐在里头了，手里拿着个冰袋。尤明许接过，轻轻按在脸上，又爽又痛地"嘶"了一声。殷逢的嘴角飞快地扯起一丝笑意，但立马又绷起气鼓鼓的俊脸。

尤明许忍着笑，不搭理他。他又从旁边桌上拿起棉签和碘酒，说："拿开，我给你上药。"

尤明许伸手："我自己来。"

他的嘴又抿起来："不要。"

尤明许懒得和他计较，放下冰袋，把肿起的脸对着他。他很仔细、很轻盈地涂着碘酒，搞得尤明许的脸有点痒、有点凉。她一转眸，瞥见他严肃认真的表情，和之前在车上看案件资料的男人一模一样。

药上好了，终于可以去吃饭了。

尤明许看着摆满桌面的精致菜肴，还有厨子、用人前赴后继地送菜，以及始终站在一旁掌控全局的陈枫，只有她在埋头大吃，吃完后，放下刀叉，说："喂，这次谢谢你，以后不要搞这么夸张了。我三天两头加班，回家只想正常吃饭睡觉。"

他低着头："知道了。"

尤明许忽然有种奇怪的感觉，这孩子心智好像不同以往了，开始有自己的想法了，不是什么心思都摆在脸上，也不是什么话都听了。

不，不对，其实从两人相遇开始，他尽管傻，却一直有自己的心思想法。

吃完饭，又洗了澡，尤明许坐在客厅外的阳台上，拿冰袋敷脸。此时天已经全黑，星星爬上来几颗，各自闪耀。尤明许懒懒散散靠在椅子里，脑子里一片松懈。

殷逢推门走进来，拖了把椅子坐在她边上。他手里捧着杯可乐，小口小口地喝着。尤明许仿佛能感受到他可乐灌进喉咙里那种又凉又甜的感觉，咽了点口水，说："给我拿一瓶。"

殷逢马上把可乐护起来："这是家里最后一瓶了。"

尤明许轻哼了一声。

他马上说："我让人去给你买。"

尤明许其实不习惯差使别人，说："不用了，你的给我喝一口。"她一个刑警，有时候值班蹲守时又累又渴，和几个兄弟分一瓶水是常事，粗糙惯了，哪里会在乎这个。

殷逢却愣了一下，因为他从来不和别人分吃东西，感觉到心脏"扑腾"了一下，他慢慢把杯子递过去。

尤明许一把接过，仰头喝了一大口，递还给他。

殷逢接过来，看着她喝过的杯沿口，好像正好是自己喝过的地方。殷逢也说不清是什么感觉，有点紧张，有点窃喜，明明是她喝他用过的杯子，他却有了种做了坏事的感觉。

"你的推断，也许错了。"尤明许说。

殷逢抬起头。

尤明许目视远方，把这几天的查案进度简单说了遍，然后说："谢惠芳身边没发现任何有明确杀人动机的嫌疑人，作案时间也都不符合，你之前一口咬定的仇杀动机，只怕不成立。现在我们的调查方向，已调整为入室盗窃杀人了。"

说完她就转头盯着他，以为会在他脸上看到窘迫的表情，却只看到他神色沉静，唯有眉头轻蹙。

尤明许笑笑，把他手里的可乐抢过去，又喝了一口。

“我没有错。”殷逢说，“每名死者都身中数刀，细心谨慎的凶手专门挑谢惠芳一个人在家的时候动手。还有堆积尸体的行为，没有任何实际意义，只有心理暗示，这些都传递了强烈的情绪和动机。是仇杀，你们一定查漏了什么事或者人。”

尤明许和他对视了几秒钟，没说话。其实这个案子，看着很简单，可她也觉得怪怪的。

殷逢趁机从她手里拿回可乐，下嘴的时候，只有他知道自己迟疑了一秒钟，然后对准某个地方，一口气咕噜噜把剩下的都喝光，心也“突突突”跳得很用力。

然后他把空杯子握在掌心里，来来回回握了好一会儿，很灿烂地笑了，说：“你们沿着盗窃的方向查一定是白费工夫，阿许，你在干蠢事呢。”

尽管尤明许对调查方向也存在怀疑，可听他这么一说，又不乐意了，有种和兄弟们一起被他打脸的感觉。她轻哼了一声，说：“你管那么多？怎么查，我们说了算。”

殷逢也不知怎么的，好像忽然有一道光从头顶的天空射进了脑子里，那是一种福至心灵般的感觉，他脱口而出：“要不我们打赌吧。”

尤明许抬了抬眼皮。

殷逢说：“就赌这起案件，是仇杀，还是谋财。如果你们沿着盗窃这条线，什么都查不出来，那就算我赢。我要的赌注是……今后你查案都带着我。”他的眼睛闪闪发光。

尤明许嗤笑一声，刚要开口，殷逢心里还惴惴的，脑子却转得很快，连忙又说：“你是不是怕输？阿许你可是很厉害的警察，要勇敢一点！”

这下尤明许被逗笑了，心想：乖乖，他都开始有小心眼了，会用激将法了。

她拍了两下椅子扶手，说：“行，我和你赌。如果我赢了，这起案子最后证明不是仇杀，你今后查案都不许跟着我，什么都得听我的。叫你往东，别给我往西，让你睡觉，就不许再看电视。听明白了吗？”

殷逢犹豫了一下，咬唇点头，又飞快地看了她一眼，说：“你说了两个条件，那我也要加一个。”

“什么？”

他垂眸，慢吞吞地说：“今天那个人，你以后不要和他讲话。”

他提起罗羽，尤明许倒是愣了愣，心想：那人确实跟癞皮狗似的，又坏又讨厌。她答道：“我本来就不想理他。你今后出门都让陈枫跟着，万一遇上了，别正面冲突，先保证自身安全。他不是个好东西。”

殷逢眨了眨眼，嘴角又飞快勾了一下，答：“嗯。”然后他站起来就走。

尤明许：“你去干吗？”

他说：“我去收拾行李，很快就要跟着你查案了。我还没加过班，是不是要带够干粮和水？”

尤明许突然好想抬腿在他那翘翘的屁股上踢一脚，抬手按了按额角，还是忍住了。

没多久，殷逢又回来了，英俊的脸上带着笑，身后还背着个包，重新在尤明许身边坐下。

尤明许到底有些好奇，问：“都带了些什么？”

他等的就是这一句，立刻把包里的东西都倒出来。尤明许一看，东西准备得倒挺靠谱：换洗衣物、录音笔、手套、鞋套、相机、笔记本、面包、巧克力豆、水……甚至还有一支用以防身的便携甩棍。

尤明许看着他拨弄那些东西，说：“你为什么非要跟着我查案呢？你以前不是作家吗？听陈枫说，你还给自己装修了一个很大很好的写作间。你去那儿写写书、编编故事，不好吗？多舒服，而且是你喜欢干的事。”

殷逢答：“我不想去。”

“为什么？”

这时有人敲了敲阳台的门，陈枫端着一盘切好的水果走出来。

殷逢答道：“我也不知道，以前的事我都记不清了。小枫子也提议让我继续写作，也许能更快恢复记忆。可我一想到要回写作间，去过以前那个殷逢的生活，就觉得很不舒服。我不想去，阿许，我不去。”

尤明许一愣，他以前……不是很成功吗？

一旁的陈枫看着殷逢，静默不语。

尤明许看了眼陈枫，问：“殷逢，那你记不记得，是什么事或者什么人，让你觉得这么不舒服？以至于不想回到以前的生活？”

殷逢摇了摇头。

尤明许：“是陈枫吗？”

陈枫的脸色微变。

殷逢抬头看了看陈枫，说：“小枫子很听话，虽然不可爱，但我不讨厌他。”

陈枫这才笑笑。

尤明许又问：“那是不是上次那个女人，叫……”她看了一眼陈枫。

陈枫答道：“苏子懿。”

殷逢回忆了一会儿，才想起他们说的是谁，摇摇头说：“她是有点讨厌，但跟我没什么关系，我才不要在意她。让我感到浑身不舒服的人，不是她。”

尤明许不动声色地问：“那是谁？”

陈枫脸色沉静无波。

殷逢的眉头皱得深深的，过了一会儿才说：“我不知道那是谁，可我每次想要努力回忆过去，就觉得很不舒服。总觉得那里有个人，一直看着我、盯着我、威胁我。我记不起来他是谁了，但我知道他就在那里，在我过去的生活里，就跟一团乌云似的，一直追着我。我一点都不想要回到过去，不要见到他！”

他的情绪明显变得激动，脸色很差，嘴唇紧咬着，反而有点像最初尤明许在藏地碰到他时那个惊惧倔强的模样了。

尤明许和陈枫都沉默着。

殷逢却陷入了一些模糊、断续的记忆画面里，其实这些天，他也有遵医嘱，试图回忆过去。他没和尤明许说，自己的脑子里已有些模糊的画面，他知道自己的记忆大概正在慢慢恢复，譬如：曾经的自己埋头在一个非常大的房间里写作；自己端着酒杯和一群人聊得很开心的样子；甚至还有那个苏子懿，跟在他身边，两人都没说话。

也有自己一个人在昏暗的房间里，蹲在地上双手抓住头发的画面。他不记得那时的自己在干什么了，只觉得那时一定非常痛苦，所以酒杯才砸了满地。他还看到自己笑得非常古怪……

至于“那个人”的存在，是一种感觉。他甚至能感觉到，那个人窥探着过去的自己的生活，令过去的那个殷逢感到棋逢对手，感到孤独、恐惧，也令他充满了沉默压抑的歇斯底里。

…………

回忆了这么几次，殷逢就觉得有点烦了。他觉得过去的自己太复杂了，还做作，心里装着不少麻烦，所以他就不太愿意想了。既是不愿意再去探寻“那个人”的存在，有点逃避的意思，也是和过去的自己相比，殷逢觉得现在的生活，明显快活自在多了。

殷逢渐渐进入神游状态，尤明许看到他靠在椅子里，双目望着夜空，半晌都不动一下，尤明许习惯了他这种“半傻”的状态。好歹他的情绪平静下来了，她没打扰他，而是转头看着陈枫，轻声说：“看来他过去的事，我们有必要找个时间，好好聊一聊了。”

她这么说，陈枫感觉有那么一点点受伤。因为他才是跟随了殷逢很多年，站在殷老师一边的人。此刻尤明许的语气，却颇有些兴师问罪的意思。然而陈枫很快调整了情绪，尤明许这么护着殷逢，和他立场一致，自然是好事。

不过……

陈枫说：“能说的，我一定知无不言，言无不尽，但是有些事，只有过去的殷老师一个人知道。”

第九章

叫我英俊

盛夏的时光，就这么一天天过去。

曾经发生了恐怖凶杀案的望月山小区，第二天就恢复了热闹嘈杂。人们忙着上班、接送孩子、做生意……案发现场楼下围着的警戒线，起初还有人驻足张望，后来干脆就没人搭理了。到了第三天，警戒线就被人扯掉了，因为挡路。

住在这栋楼的一些住户，最近倒是不敢回来住。毕竟太“凶”了。还时不时会有记者跑到楼下拍照报道。301 室的灯，从此始终熄灭着。

案发后，警察还去探访过受害者家属几次。死者谢惠芳的妹妹谢惠芬和丈夫住在朋友家里。他们一直在等待着抓到凶手，但再过几天还抓不到，他们就等不了了，要回外地上班，毕竟生活总要继续。

他们的儿子李必冉在家待了几天，就回学校上课了。起初会有一些同学过来安慰、询问，李必冉一五一十回答时，几乎全班同学都竖着耳朵听，低声惊叹。李必冉在学校里，无论走到哪儿，都有人注视他。不过这样的关注维持了几天后，他身边又没什么人了。他沉默地上课、吃饭、睡觉。老师关心过他有没有事，他说“没事，挺好的”。

又过了两天，也就是案发后的第五天。

所有的刑警几乎不眠不休地把本地区内所有的盗窃惯犯、刑满释放人员，都挨个排查了一遍。同时更加深入地了解谢惠芳的人际关系，然而依然一无所获，找不到嫌疑人。

她的身边，没有人有动机和条件作案。潜在犯罪分子里，也没人符合作案条件。

凶手心思缜密，有计划性，反应速度快，具有一定的反刑侦意识。作案手段凶残，没有人性。穿 39 码的鞋，作案当天背包（换下血衣需要）、凶器为市面常见的西瓜刀，目前还未找到。

因为案发小区人流、车流量大，监控设施落后，无法找到别的线索。但最让警方头疼的是，大部分案件中，嫌疑人和受害者或多或少都有些线索联系。这个案件，迄今为止，却没找到凶手和受害者的半点关联。

…………

这天丁雄伟去市局开会，被领导狠狠训了一顿。他回到分局后，立马把队里的人也训了一通。可大家心里也觉得憋屈啊，个个都累成狗了。

樊佳蔫蔫巴巴地问："丁队啊，那我们现在怎么办啊？熟人作案的可能性上次排除了，惯犯作案，现在啥也没查出来。那接下来往什么方向查啊？"

丁雄伟沉思片刻，说："今天大家都回去歇一歇，想想该怎么弄。明天一早开会。"

散场的时候，许梦山忽然来了句："难道真的是陌生人随机作案？"

樊佳瞪大眼："变态杀手？"

尤明许却嗤笑说："哪有那么多变态杀手？你以为人人都是顾天成？"

话虽这么说，尤明许收拾好东西，抬头望着窗外。暮色已经降临，城市灯火初上，看起来十分寂静、安宁、遥远。凶手也许就安坐在城市的某个角落里，成功切断了自己和案件的一切关联。尤明许总感觉，这个案件还有很大的隐情，逃过了他们的视线。也许就在眼皮子底下呢。可这茫茫暮色，暂时将一切都笼罩，令追寻真相的人心中焦灼又愤懑。

尤明许回到家已是夜里九点多。

客厅没开灯，只有一个人影坐在沙发上，电视的光线明明暗暗。尤明许打开灯，就见殷逢立刻站起来。尤明许不看他，径直往卧室走。

结果刚走到沙发旁，就听到他说："阿许赌输了。"

尤明许横他一眼。

今天他穿的是黄嫩嫩的 T 恤和大裤衩，更衬得他皮肤白皙透亮。此刻眼睛弯弯，含笑地看着她，尤明许觉得，这样的他看着简直嫩得要滴出水了。

尤明许："谁说的？"

殷逢答："我这两天都在关注案件，没有任何取得进展的消息，而且你刚走进来时的脸色说明了一切。”

尤明许瞟了瞟他，走到沙发前坐下。殷逢也立刻挨着她坐下，那热热的小腿几乎都贴在她的牛仔裤上。

尤明许没好气地说：“坐过去点。”

他慢吞吞往旁边移开一点点。

尤明许在心里叹了口气，说：“确实像你说的，谋财这条线，我们什么也没查出来。现在这个案子的情况就跟大晚上掉进冰窟窿里似的，两眼一抹黑。”

殷逢的脑子也不知道是怎么运作的，想了想，说：“阿许你有没有掉进过冰窟窿里？我没掉过，是不是很冷、很刺激？”

尤明许：“……”

她摸出烟，点上一根，慢慢抽着。

记忆中，殷逢还是在西藏时看到过她抽烟，现在已经很久没看过了，她是又发愁了吗？

柔和的灯光下，女人绑着简单的马尾，可那张脸依然显得清媚冷傲。她指间夹着那支烟，慢慢吐出白色烟气，更显得双眸清亮如星。

殷逢愣愣地看了一会儿，尤明许察觉了，忽地一笑，一口烟吐在他脸上。烟草味扑鼻而来，殷逢原本有点呛，透过烟，看着她脸上的笑，忽然间傻傻地也笑了。

于是他干脆双手摁着屁股下的板凳，闭上眼，仰起脸，轻轻地嗅着烟气的味儿，她吐出多少，他就用力吸多少。

尤明许觉得这家伙的模样实在太像小狗了，戳熄烟头，一摁他的头，教训道：“抽什么二手烟，不学好！”

殷逢瞪大眼，说：“只许州官放火，不许百姓点灯？”

尤明许斜瞥他一眼：“哟，还会说俗语了。”

其实这句话是自动从殷逢脑子里冒出的，说来奇怪，话一出口，他似乎就忆起了这句话的意思，于是他微微一笑：“看来我又聪明了一点。”

尤明许失笑，静静地看着他眸色清澈的样子，说：“你说得没错，我认输。也许你真的……我们出去走走吧，聊聊案子。”

夜色已深，两人又走到了江堤上。此时没什么人了，灯光稀疏，车流不息，江面映着斑驳的光。

尤明许心里想着事情，沉默了许久。殷逢则自个儿玩着踩影子的游戏，要是踩中了尤明许的头，会偷偷笑；要是踩中腰或者胸，会飞快地抬头看她一眼，假装什么都没发生。

过了一会儿，尤明许开口："谋财的可能性基本排除了，但你所认定的仇杀，基本也可以排除。那么，你认为陌生人作案的可能性有多大？变态杀手的可能性又有多大？"

福尔摩斯不是这样说过吗？排除掉所有不可能的答案，剩下的结果即使再不可思议，也是事件的真相。

殷逢想了想，说："其实从目前看来，他的种种行为，并不符合精神病态的典型性。他显然是具备组织能力的，可是从尸体来看，他对受害者没有折磨的过程，也没有明显的标记行为，几乎就是乱砍一通。这等于说，他经过精心挑选、仔细筹谋后，随意把人给杀掉了。如果真的是变态杀手作案，那这个杀手也太没有追求了。他到底要什么？他通过这个杀戮过程，没有达到明显的快感和仪式感。

"当然，我这样说，不是说必须要有仪式感的才是连环杀手。只是你看，顾天成这么个半路出家、自我催化成熟的变态杀手，都会和受害者交谈、恋爱、折磨放血……所以我认为，还没有明确的行为证据，让我们可以得出结论，是精神病态杀手随机作案。"

他的嗓音清澈无比，眼睛也是亮晶晶的。明明在说杀人和尸体，却好像在说"明许，我要吃这个，不吃那个"。

这些话是他身体里的那个老男人说的。尤明许心想。

"可是……"她说，"既然不是谋财、情杀，又找不到仇杀动机，除了陌生人作案，还有什么可能？"

殷逢用手指按在嘴唇上，望着天空想了一会儿，露出一个得意的笑，说："他还是泄露了一点东西的。"

"什么？"

殷逢的眸光破天荒变得有些深邃，说："杀人之后，他把他们都拖到厨房，胡乱堆在一起，然后用桌子盖住。他没有掩饰受害者身份的必要，所以我认为这个行为代表的是凶手事后的恐惧和愧疚。"

尤明许没说话。这是一种有点奇怪的感觉，殷逢的这一点推理，是有一定道理的。而正因为窥知了凶手的这一点心理，原本一片模糊的凶手形象，似乎变得有些具体了。

"所以，凶手和谢惠芳认识的可能性更大。"殷逢说，"他就在你们调查过的人当中，你们一定遗漏了什么。”

尤明许蹙眉不语。

殷逢忽然灿烂一笑，说：“当然，还有很小的一种可能性，非常小——就像阿许说的，他确实是陌生人。尽管他完全算不上一个有组织能力的杀手，也还没有摸清自己的终极诉求是什么，但他依然有一定程度的心理扭曲。谢惠芳是他精心挑选后的目标，他在谢惠芳身上带入了自己的仇恨、恐惧和愧疚等种种情绪，换句话说，他把她当成另一个人抱着复仇的心态给杀掉了，谢惠芳起到了替身的作用。在现实生活里，他也许无法反抗自己真正憎恨的那个人。”

尤明许的思绪仿佛也陷进了殷逢所描述的那个模糊形象里，一张阴暗、狰狞、惊恐、压抑的脸，似乎就在眼前。

而当她抬起头，却看到一张陌生的脸。

也许是因为讲得太兴奋，明明还是那蓬松的头发、明俊的五官，尤明许却怔住了。殷逢的嘴角含着点笑，眼里有兴奋的、洞悉一切的、老成的光。

她知道自己在这一刹那，看到那个人了。

可尤明许此时复杂的目光，却令殷逢的脑子迅速从案情中抽离出来，他怎么觉得阿许现在看他的样子怪怪的。于是他伸手，拉住她一边的脸颊，轻轻一扯。

“疼。”尤明许下意识地说。

他就这么直勾勾地看着她，尤明许忽然回过神，一把拍掉他的手。他低头一笑，问：“你要不要扯我的脸？”然后伸过头来。

“不要！”

看着他那副熟悉的二百五模样，尤明许心头没来由地一松。可莫名地，也有一丝烦躁的情绪在滋生。也许是想摆脱这情绪，她又说：“如果像你所说，还是熟人作案可能性更大。但是所有相关人，我们都调查过了，没有人有明显动机。”

殷逢摇摇头，说：“每个人的成长背景和心理状况都是不同的，你们觉得很小的、不构成动机的事，或许对于心理长期压抑的人来说，却会被无限放大，足以令他罔顾一切杀个痛快。”

尤明许又低头沉思。

殷逢目不转睛地看了她一会儿，又把头伸过来，说：“看来我真的是挺聪明的啊，你觉得呢？”

尤明许客观地答：“还不错。”

他只是眨了眨眼睛，然后直起腰，继续往前走，脚踢着地面的石子，眉眼微微含着点笑。

“那现在的我，对你而言，是不是挺有用的？”他说，“你并不是白养我？”

尤明许没想到他还记着这个茬儿呢，那天他当着那么多人的面说她养自己，不是还挺理直气壮的？

她也笑了，故意逗他：“有没有用，还得再用用才能下结论。”

他不出声了。

尤明许伸手摸摸他的头，说：“逗你玩的，你很有用，你说的很多我都不懂。而且我没有养你，你花的都是自己的钱。你不是知道自己很有钱吗？”

殷逢站住了，尤明许也停下脚步。

他忽然拿起她一只手，把头低下去，在她的掌心里，闭着眼，用脸轻轻蹭。

尤明许一愣，面前的男人太英俊干净，在她面前弯腰低头的姿态自然又乖巧。掌心不断传来酥酥痒痒的感觉，渐渐地，那细细密密的感觉仿佛一根着火的细线，从掌心一下子蹿到了心口，像是有什么无声炸开。

尤明许一把抽出手，吼道：“你干什么？”

殷逢抬头，愣愣的模样：“你……不想摸摸我吗？刚才你都那么夸我了。”

尤明许静默片刻，也不说什么，神色如常地继续往前走。殷逢立刻追上来，他这么快又忘了刚才的那一茬，高兴地迈着大长腿，在她边上一跳一跨。有时候故意扯一下她的马尾辫，然后跑远，见她不理，又跑回来。有时候故意落后很多，等她不耐烦地回头看，他才绽出个大大的笑，摆出短跑运动员的起跑姿势，一口气追上来。

尤明许本来走得好好的，目不斜视，大步流星，被他这么搞来搞去，都快不会走路了。

恍惚间，她感觉就像回到了被隔壁班臭小子骚扰的时光……

快到家时，殷逢终于歇菜了，安静地走在她身边，过了一会儿，他说：“阿许，那我们说好了，以后我都跟着你查案。”

尤明许抬眸看着周围的高楼林立，灯光错落，笑了笑说：“你不会一直跟着我的。”

他咬唇：“为什么？！”

尤明许说：“因为你终有一天会醒的，会恢复记忆。等你想起一切，病也完全好了，呵呵，你肯定掉头就走，你到时候才不想见我这个见过你所有糗样的小警察。”说完她就低声笑了。

殷逢却一点也笑不出来，他望了她好一会儿，说："阿许，我不会那样，不管我变成什么样子，都不会那样。我会一直和你在一起，如果将来做不到，我就从楼上跳下去给你看。"

尤明许心想：我要你从楼上跳下去干什么？我又要你一直跟着我干什么？知道他现在根本不理解将来，索性笑笑，往单元门走去。

他默默跟在后头，走了一会儿，又开口，语气硬邦邦的："我刚才做了个决定。"

尤明许："什么决定？"

他紧跟上来，手抓着她身边的楼梯扶手，几乎是有些急切地撵着她："我要换个名字，不叫殷逢了。我和以前那个人不一样，免得你总觉得我会变成他那个讨厌的样子。"

尤明许失笑，问："那你想叫什么名字？"

他看着她的脸，说："我这两天想了个名字，'英俊'。我就叫'尤英俊'怎么样？和你一个姓。"

尤明许静默一瞬，用手按住嘴，到底还是笑出了声，最后索性哈哈大笑了起来。殷逢见她笑得开怀，不由得也跟着笑了。

尤明许很久没这么大笑过了，等走到家门口，嘴巴都笑酸了，拍拍他的肩膀说："行，以后我就叫你英俊，尤英俊。"

殷逢露出一个心满意足的笑，点了点头。

尤明许含着笑脱鞋进屋，就在这时，手机响了。她一看是局里打来的，心头跳了跳，立刻接起。

"麓山工厂附近刚刚发生了一起凶杀案！"

已是子夜了，灯光都在很远的地方，这里不过是一条偏僻、阴暗的小路，旁边就是岳麓山脉。路的周围杂草丛生，都快有一人高。此时，草叶上溅满血迹。

隔得老远，尤明许就闻到了血腥味，让人心里发闷。跟在她身旁的殷逢，倒是一脸恬静，如路边的一朵大野花。

尤明许忽想：他现在这样也挺好的，无知无畏，哪怕面临鲜血，世界在他眼中，依旧一派天真烂漫。他那么肯定地说以前的自己过得不好，现在的他也许真的更快乐呢？保持这样，又有什么不好？

于是尤明许招招手："跟紧我。"案发现场，可容不得他乱跑。

他飞快地点头，上前一步，几乎贴在她后背上，简直跟个人体大挂件似的：“这样……够紧吗？”

尤明许的额角跳了跳，之前怜香惜玉的心情荡然无存：“退后！不是让你黏在我身上！”

尸体是被抄近路去上夜班的一名工人发现的，此时那人还惊魂未定地在做笔录。许梦山和樊佳早到了，看到尤明许领着殷逢出现，都愣了愣。然而尤明许根本不打算解释，戴好手套后，径直走向尸体。

殷逢倒是冲许梦山等人笑了笑。

众警察看着他那嫩黄色超人T恤胸口挂着的明晃晃的省厅专家证，都没吭声。事实上，也没人有空理他这个闲人。

死者趴在地面上，背部中了数刀。从身量体貌来看，是个年轻男人。鲜血满地，受害者身上的刀伤杂乱无章，因而看起来更加破烂惨烈，他几乎成了个模糊的血人。

更残忍的是死者的脸，也被剁了数刀，看着不像是张人脸了，像是一团烂泥。

尤明许蹲在尸体前，打量了好一会儿，压下心头那令人恶心窒息的感觉，她说：“凶手是从背后偷袭的，第一刀就砍得很深，瞬间令死者丧失行动能力。然后凶手又连砍数刀，死者甚至连转身都没能够，正面没有伤口，直接扑倒在地。”

她目光一扫，落在尸体旁的那个男式钱包上，半旧，染着血，蹩脚的仿大牌人工皮，打开一看，里头是空的，也粘了一点血迹。

“凶手拿走了钱包里的所有东西。”尤明许说，“现场没有发现手机，应该也被拿走了。他还在死者脸上砍了好几刀，令其毁容，而后逃走。”

自言自语般说完后，她看向蹲在尸体另一旁的殷逢，心想：我在干什么，居然下意识和他交流心得。还真把他当成搭档了？许梦山死哪儿去了？

殷逢听得却很认真，点了点头，在血肉模糊的尸体旁粲然一笑：“阿许把我脑袋里想的话都说出来了。”

尤明许扭头，懒得和他心心相印，结果他又说：“不过，我比你说的还多一句。”

“什么？”

“毁坏死者容貌，要么，是为了拖延确认死者身份；要么，就是想要掠夺死者的身份和人格。我猜，是后者。”

尤明许又看了眼死者的脸，没说话。

死者的身份，果然很快得到确认。

因为他的上衣口袋里，还揣了张工作证。警方根据工作证上的信息，请来工厂的相关人员进行辨认，几乎可以确认，死者是该工厂的一名技工。准确的DNA和指纹鉴定结果，几个小时后也能拿到。

按照工作证上的信息，他叫徐嘉元，二十五岁，湖南省沅陵县人，来这家工厂打工已有两年多。根据工厂方面反馈的消息，他今晚不上夜班，有人看到他和几个工友在一间宿舍里打牌。他不住在厂里，而是和几个工人租住在附近的镇上，因为生活比较方便。这条小路能从工厂通到他租住的农居，是近路。

许梦山负责和工厂方面联络，很快传来确切消息：今晚徐嘉元和那五名牌友打牌打到了十点多，因为输了几百块，他也没了兴致，离开工厂回家。这和法医初步推断的死亡时间也对得上，也就是说，他是在抄近路回家的途中遇害的。

尤明许是这组人的头儿，听完这些情况汇总后，她说："凶手极有可能熟知死者的行为习惯，并且知道他今晚在厂里打牌，跟踪死者或者蹲守在此，预谋杀害。"

众人都点头，干警察都干了些年头了，这种关键判断，一听就明白。他们感觉这个案件，就像经手的许多案子一样，戳破那层薄薄的窗户纸，凶手就在眼皮子底下呢。

于是大伙儿的思路都很清楚，立刻兵分两路，一路去查和死者打牌的那些人，另一路去调查与死者合租的三名室友。

尤明许带着殷逢，先去跟牌友那一组，因为他们是最后见过死者的人。

发生了命案，厂里也非常紧张，积极配合，连夜提供了询问室，把那几个牌友也全叫过来。

当旁人看到殷逢这位专家衣服上的卡通图案时，都没忍住多看了一两眼。

尤明许心想：明天就得剥了他心爱的T恤，让他换上一件普通衣服。以后既然要跟着她，就不能再让他丢人了。

殷逢其实挺敏锐的，也注意到别人都在看自己。他微微一笑，挺了挺胸膛。他现在已经知道自己长得很帅，大家都喜欢看，不过除了他的阿许，他才不稀罕被别人看。

尤明许和许梦山问话时，殷逢就安静地坐在一旁，全程没有说话，只是一眨不眨地盯着每个人。尤明许工作时很专注，偶尔停下喝口水时，才注意到他的沉默。感觉他即便傻了，也挺上道的，很懂规矩。

等到中间，许梦山出去沟通安排，屋子里就剩他们两个。尤明许翻了两下笔记本，说："今天挺乖。"

殷逢答："我一直很乖。"

尤明许笑了，说："最近是谁动不动就发脾气不说话，低头生闷气，要人哄的？"

他的脸慢慢红了，辩解道："可阿许每次一哄我，我不就听话就范了？"

尤明许看了他两眼，低头继续看笔录。

许梦山很快又带人进来了。

这一晚参与打牌的，一共五个人。他们的口供也都一致：徐嘉元打牌到晚上十点多，输了八百多块，身上只剩一百多，这些钱本是他接下来几天的生活费，所以他有些不高兴，就先走了。当时还有一个人赢了一千多，一个赢了三百，其他三个多多少少都输了。剩下的人一直打到刚才。

虽然他们打牌的那间宿舍没有摄像头，但是楼层和进出口都有，也有不少目击证人。他们说的话，很快就可以取证确认。

等许梦山领着这些人出去，尤明许开始整理笔录，就感觉到一个热乎乎的人凑到自己旁边。她眉都没抬一下，继续干自己的。

殷逢开口："本英俊认为……"

尤明许差点没被自己的呼吸给噎住。

而他说着如此可笑的话，神色却清明笃定："本英俊认为，他们说的都是真话。因为我观察了他们的微表情和行为逻辑，都是真实合理的。而且几个人说的细节，相互都对得上。"

尤明许不搭腔。

事实上，也确实如此。很快许梦山就拿来了工厂保安室新鲜出炉的监控视频，印证了他们的口供。

这五人，暂时排除了直接嫌疑。

走出工厂时，已是凌晨三点。

本就是偏僻郊区，夜静得很空旷。尤明许抬头看了看天空稀疏的星子，心情有些莫名的寂寥。也许是因为最近这几天压在心头的东西太多，谢惠芳一家的案子还陷在迷局里，今天又出了一桩案子。

不过，以尤明许的经验判断，这起案子，应该很快就能破，不会有谢惠芳案那么棘手。

附近的警力已经调集，在案发现场附近大规模搜查，说不定很快就能发现嫌疑人的踪迹。这么想着，尤明许的心情轻松不少，转头望去，就见殷逢打了个大大的哈欠，然后眼泪汪汪地望着她，那模样颇有点呆。

尤明许笑了，说："困就回去睡。你不必非得跟我熬一整个晚上。"

他大概是困极了，眼眶也发红，揉了揉眼睛，说："阿许上班原来这么累，我不陪你，你就更可怜了。我要陪。"

尤明许说："呵，我可怜？"

他点点头。

她倚在车边，抽支烟提神，他就在边上等着。连着忙了这么多天，尤明许其实也有些犯困，她手夹着烟，闭着眼，揉了揉眉心。

忽然间，就感觉到两根柔软的手指落在自己的太阳穴上。她没有睁眼，任由他服侍着。殷逢的力道很适中，一下下揉着。尤明许心想：也许这家伙以前是渣男时，经常去洗浴按摩？猪肉吃多了，都学会猪跑了？

这么想着，尤明许轻轻笑了，任由他揉着。手里的烟放下，在两人都看不见的指端，烟灰一点点掉落。

殷逢一边揉，一边看她。她这个样子好乖啊，整张脸都任由他搓弄。殷逢的心头有了些许炽热的感觉，心想：要是能够一直给她这么揉下去就好了。这辈子别的他都不干，就给她按摩，让她放松，让她不累也不困，眉头再也不要深深皱着。

尤明许睁开眼，目光已恢复清亮，说："好了，谢谢。"

殷逢放下手，杵着不动。

尤明许摁灭烟头："怎么了？"

他嘴角飞快地闪过一丝笑，然后闭眼，抬头，把自己的脸凑过来。

尤明许："……"

"按重一点。"他说，"本英俊的骨头比你硬，而且脑袋困得有点痛。"

尤明许抬手就在他太阳穴上重重地摁了两下，他一缩，尤明许"哈"地笑了，说："按完了，上车！赶时间。"

镇上距离工厂不过几分钟车程，走路不会超过二十分钟。

尤明许和殷逢面前，是一幢三层农家自建小楼，周围大多是这样的房屋。此时楼下停着几辆警车，还有一些村民在朝这边张望。

这一栋楼里，住了很多人，一楼、二楼都租给了别的住户，死者徐嘉元和厂里另外三名工人，一起租住在三楼。所以樊佳正带人勘查现场，并对三人做初步笔录。

尤明许带着殷逢上楼时，看到玄关旁一名警察正在给一个人做笔录。看到那人，尤明许停下脚步，问："他是？"

警察懂她在疑惑什么，答："他叫刘若煜，是徐嘉元的室友，包装车间的工人。"然后压低声音说，"自称十八岁，还没有拿出身份证。我看最多不超过十六。"

尤明许又盯着刘若煜，他正好也抬头看过来。他个子倒不低，身材也结实，相貌普通，皮肤有点黝黑，一看就是干惯了体力活的。但仔细一看，的确是张稚气未脱的脸。尤明许同意同事的判断，看样貌气质也就十五六岁，竟然和大人们一起上班了。

刘若煜的表情明显有些紧绷，脸色发白，他的嘴紧抿着，透出几分与年龄不符的阴郁沉默。

那名警察又说："快把身份证拿出来，你才多大，居然跑到工厂上班。这事儿肯定要让工厂担责任的，你这孩子，就别犟着了……"

刘若煜低下头，脖子上的青筋都鼓出来了。

三楼一共两间房，死者徐嘉元和刘若煜住一间，另外两名城镇青年住一间。尤明许和殷逢先到了死者房间里，只见靠窗朝南的那张床凌乱一些，上面还丢着几件衣物，一看就属于年龄更大、身材更高大的徐嘉元。屋内只有一张书桌，就在徐嘉元床边，上面放着一台电脑，贴着几张明星美女海报，还有几本五花八门的书，什么《100天训练成千万富翁》《厚黑学——洞识人心》《苗疆鬼事》《香港娱乐圈秘闻》……但是这些书看起来都很新，几乎没翻过的样子。

"这是谁的桌子？"殷逢问。

一名警察回答："徐嘉元的。"

殷逢"哦"了一声。

房间另一侧刘若煜的床则显得单调很多，床也小一些。上面铺着看起来最普通廉价的那种床单，被子倒是叠得整整齐齐。床下塞着两个箱子和编织袋，除此之外，别无他物。垃圾桶就在他的床脚。

就好像他整个人的空间，都缩在这个房间的一角里。

另外两名室友，一个叫刘平，一个叫蒋明轩。从他们身上，其实可以大致看出徐嘉元生前的模样——二十几岁的城镇青年，穿着稍显土气，样貌和经济条件皆普通，干着一份乏味的工厂工作，每天除了上班，就是打牌、吃喝、混日子。

听到徐嘉元出事的消息，他们俩也很震惊，半晌说不出话。他们和刘若煜的口供完全一致：案发这个晚上，三人在宿舍叫了外卖，之后就打游戏的打游戏、刷剧的刷剧，没有外出。他们都知道徐嘉元今晚有牌局，所以即使超过十二点他没回来，也没人在意。

至于他们三人有没有说谎，只要调集路口监控、询问附近住户，就能很快确认。

这个显而易见的调查结果，令尤明许微微一愣。

因为起初在看到尸体之后，她认为和死者一起打牌的牌友，或者这三名室友，嫌疑是最大的。因为只有他们最熟悉死者的行为习惯和今晚行踪，但现在，所有人都有非常明显的、确切的不在场证明。而且经验告诉她，他们都没有撒谎，也撒不了谎。

那就是说，还有别人？

她立刻让同事们询问了这八个人同一个问题：“死者最近有没有和什么人结仇，或者有没有什么经济纠纷、感情纠纷？”

那五名牌友很快给出了近乎一致的答复：

“不清楚。”

“应该没有吧。”

“小徐在厂里混得还蛮开的。”

“徐嘉元虽然平时爱开玩笑了一点，脾气还有点暴躁，但他人够圆滑，几乎不得罪什么人的。”

“谁能和他有这么大的仇，至于把人给杀了啊？”

又问三名室友。

刘若煜还是那副沉默寡言的样子，十几岁的少年低着头，说：“我不知道，他好像没什么仇人。他死了，我们都很难过。”

那名叫刘平的室友说：“他能有什么仇人？我们就是普通上班的，平时也就这几个人玩。真想不通到底是谁要杀他。他是不是遇上抢劫杀人犯了？”

警察答：“这个你不用问，我们会查。最近，他有跟谁有过口角、矛盾冲突吗？”

刘平一怔，说：“大家平时都是开开玩笑，虽然吵吵闹闹，但又不是真的闹矛盾。”

蒋明轩也想不出死者最近和谁有仇。

警察问：“他有没有跟谁借钱，或者网络贷款？和人有经济纠纷之类？”

蒋明轩想了想，答：“没有啊，我看他最近不像缺钱的样子，也没买什么东西。他们打牌输输赢赢也就几百块，前几天我还跟他借了三百块买衣服呢，不过我一发工资就还给他了啊。”

“他最近和谁有过口角、矛盾冲突吗？”

蒋明轩也不知道想到了什么，突然顿了顿。

警察的嗓音严厉了几分：“有一说一，犹豫什么？这是命案！”

蒋明轩立刻说：“没有警官……只是平时在宿舍里，徐嘉元和刘若煜相处得不太好。他有时候会嘲笑刘若煜土气，有时候……有时候也使唤刘若煜跑腿做事。刘若煜心里可能不太舒服吧，但还是会听徐嘉元的。

“前几天，他们俩还杠上过一次。徐嘉元让刘若煜去买烟，刘若煜在看小说，不肯去。徐嘉元就骂刘若煜，还说……不去跑腿就去揭发他是童工，让他上不了班回山窝里去。刘若煜当时很愤怒，说……说……”

“他说什么？”

“他说‘老子总有一天要砍死你’。”

第十章

真相初露

这话一出口，在场的几个警察都抬起头。

尤明许立刻问："那徐嘉元说什么？"

蒋明轩的声音小了下去："徐嘉元说……他也要砍死刘若煜。"

见警察们都不说话，蒋明轩说："这个……都是气话吧，大家都是随口说说，哪能真的砍人。而且自那之后，过了几天，他们俩又没事了，还一块儿坐车到市里玩，一起打游戏、吃饭。再说了，今天晚上，刘若煜一直跟我们在一块儿，哪儿都没去。"

警察们个个皱着眉。

沉默了很久的殷逢，忽然开口："平时徐嘉元欺负刘若煜的时候，你和刘平做了什么？"

所有警察立刻看向这位传闻中的大人物。不过，见到人家的正主尤明许眉都没抬一下，似乎默认了他的发问，于是都安静聆听着。

蒋明轩低下头："我们……没做什么。"

殷逢嘟着嘴，神色很难得地严肃着："你们是没阻止，还是没有参与欺凌？"

蒋明轩一下子慌了，说："哪……哪能算欺凌啊，都是开玩笑、开玩笑，他小嘛，逗他玩的……"

殷逢摇了摇头，目光冷冷的："他年纪小，你们就可以随意嘲笑、使唤、威胁？为什么成年人在欺凌孩子时，能够那么轻易就原谅自己？只是因为，唯有在孩子身上，你们这样的成年人，才能感到自己是强势有力的吗？"

没有人说话，蒋明轩也无言以对。尤明许看向殷逢，他显然是生气的，脸有点红，眼神却锐利逼人。乍一看，都不是特别傻了。

东方已露出鱼肚白。

尤明许走下这栋乡镇民居，出来透透气。半夜看热闹的村民们也散了，大概都回家补眠去了。小镇的街道显得很安静，那些伴随着城市化而带来的鱼龙混杂，还未在新的一天登场。长长的街道，终于恢复了几分宁静乡村的味道。

她心里没什么声响，可就是堵得慌。他们这片辖区，接连几天死了四个人，其中还有两个孩子。本来这两个案子看着都很普通，侦查方向特别明确，可一查下来，居然都没头绪。

谢惠芳一家的案子，现在僵在那儿了，找不到明显的仇杀动机和嫌疑人，谋财的可能性也排除了。她认可殷逢的推理：要么，是他们漏掉了什么，凶手就在已经调查过的那些人里；要么，是个心理不太正常的陌生人杀死了谢惠芳，只为发泄怒火。

而眼下这个案子，本想速战速决，任何有经验的侦察员都能判断，凶手八成是熟人。但现在第一轮调查下来，和死者最熟的这些人，全都有不在场证明。就在刚刚，监控和邻居供词已经获得了，有个探头正好拍到楼门口，整晚三名室友都没有外出过，邻居也能证明。而徐嘉元被杀地点就是块荒地，附近都没有监控，也还没有找到什么有价值的证据。

警方现在只能进一步扩大搜索和怀疑范围，去寻找嫌疑人。

尤明许重重吐了口气，又走回案发那栋楼。

天已渐亮，一行人下了楼，三名室友还会被带回局里做详细调查。尤明许一个个看过去，三人的神色如出一辙：低落、沉默、紧绷，看不出什么异样。她的目光又落在刘若煜身上，出了这事，他肯定做不了这份“童工”了，同事已经联系了他家里，但似乎还没有亲属表示要从老家赶过来接人。

殷逢走在众人最后，他一下楼就看到了尤明许，马上跑过来，说：“你跑到哪里去了？找你半天。”

“下来透透气。”

“为什么不带我？”

“你不是忙得正欢吗？”

殷逢挠挠头，想起自己刚才确实干得很带劲，连她什么时候下楼都没察觉。这令他心头一沉。

“我不是故意忽略你！”他立刻说，紧追着她的步伐，就跟蜜蜂追着花似的，“刚才只是一下子想事情入迷了，我再也不会这样了。”

尤明许心想：我巴不得你这样。不过嘴上是不能说的，说了某英俊又要负气。她淡淡笑了，说：“查案是不是挺有意思的？”

殷逢嘴巴一咧：“还不错。”

她忽然来了句：“我看你应该挺快就能恢复记忆了，恭喜。”

殷逢脚步一滞，咬着唇，看着她头也不回继续往前走的身影，心里莫名就有点受伤。他追上去，故作冷漠地说：“呵呵……可惜我连今天早上吃了什么都忘了，怎么可能恢复记忆呢？”

然而，他丢出这样掷地有声的话语，尤明许只是淡淡笑着，不说信，也不说不信。殷逢突然就有种自己的想法总是被她轻易洞穿的感觉，想要反抗，可是又没有办法逃出她的手掌心。他嘟起嘴想：阿许她太坏了！跟头大灰狼似的，总是……总是玩弄他的一片真心！

因为这事生了气，回警局后，殷逢都没怎么理尤明许。不过尤明许根本也没空搭理他，一群刑警累得半死，将这个案件的初步案情简单汇总后，再让其他同事先继续往下查，就纷纷趴桌上睡着了。

睡眠能补一个小时是一个小时，毕竟谁也不是铁打的。

尤明许在办公室里放了张折叠椅，平时塞墙角，这时便拿出来，直接横地上，倒头就睡。殷逢是不会参加刚才他们那些案头工作的，就待在上次那间会议室里休息。此时他隔着窗，望着尤明许躺在地上的模样。她睡觉的样子，其实最乖了，身体总是蜷得紧紧的，长发垂落，像个小女孩。衣袖外还露出几根细白的手指，殷逢盯着那手看了好一会儿，忽然就觉得不因她刚才的玩弄生气了。内心还觉得自己真的很棒，尤明许不道歉，他自己就可以把生气给消化掉。

然后他眼珠一转，在椅子里侧转身体，摆出和尤明许一模一样的姿势，闭上眼睛。

大伙儿醒来时，已过了中午饭点，个个饿得饥肠辘辘。想到下午又有紧张的案情等着他们，尤明许索性一挥手：“去外边吃顿好的，AA 啊。”

“好啊！”大家都答道。

越是紧张黑暗的时刻，越要自己给自己打气不是？老虎都要吃饱吃好才能抓豺狼呢。

大伙儿都往外走，尤明许落后几步，等着殷逢从会议室里走出来。

她睡醒了心情不错，笑问："睡得怎么样？你这么高，椅子小了吧？其实你可以回家休息。"

殷逢愣了一下，硬邦邦地说："我长得再高，也不回家。"

尤明许："……"实在没有办法应答他的逻辑。

她转而问："我们打算出去吃，你看你……"她本来是想说让陈枫来接他，毕竟和一帮刑警一起吃饭，他和大家又都不熟。而且他不是不喜欢和陌生人接触吗？

哪里知道他说："哦，我要坐你的车，不坐他们的车。"

尤明许："……那是当然。"

一帮刑警带着个省厅挂了名的专家，就在附近一条街上吃串串。尤明许当仁不让坐了主位，殷逢立马在她身边坐下。最会吃的樊佳和最会省钱的许梦山，则负责一起点菜。几个刑警看到殷逢在桌上，还有点拘谨。他们也都知道殷逢脑子出了点问题，所以讲话也会注意。

一个刑警清清嗓子，说："殷老师，上午跟着我们一起查案，感觉怎么样？有没有什么地方我们做得不够好，批评指正一下。"说完就笑了。

其他人也都看着殷逢。

尤明许端着茶杯，事不关己地慢慢喝着。

小饭馆里都是那种圆凳子，没有靠背的。殷逢便双腿张开，双手按在凳子上，腿晃了晃，眼望天花板想了想，答："感觉挺好的，你们思路很清晰，问题也都问在了点上，换别人也不能比你们做得更好。"

众人都笑了，只不过他一个大男人这样的坐姿，都有点不忍直视。

这时尤明许说："想吃什么，让他们给你点。"

殷逢冲她一笑："阿许吃什么，我就吃什么。"说完忍不住环顾一圈，露出几分得意扬扬的表情。

一名刑警笑了声："哎哟。"

其他人也只是笑，尽管觉得老大带着殷逢来上班，还形影不离，颇有些猫腻。但到底碍于尤明许的积威和殷逢的名气，不敢乱开玩笑。

不过，自然有敢的。

许梦山点完菜，放下菜单，他可不惧什么全国著名的大作家，这家伙以前不是个真善美、傻白甜，许梦山心里门儿清，他面带微笑说："殷老师，我们尤姐对你凶不凶？你怕不怕她？"

尤明许抬了抬眸，那意思就是在警告了。

许梦山当没看到。

殷逢想了想，露出个甜蜜的笑：“她是装作很凶，其实心里很温柔，有时候也很可爱。”

众人都是一静，然后“哎哟”“哎哟”好几声，怪腔怪调的。连本来对殷逢印象不太好的许梦山，都被他逗乐了，说：“温柔？可爱？上星期我不过嘲笑了某人的外套不好看，就被摁在地上连摔三回，难道是我的错觉……”

许梦山就坐在尤明许的左手边，话没说完，她已一巴掌扇向他头顶。许梦山本就是队内身手第二的，一个低头避过，抬肘就击向她的胸。

殷逢本来还有点没反应过来，他们怎么突然打起来了，马上就看到许梦山那小麦色的结实胳膊，正朝着尤明许胸口的浑圆撞去。殷逢眼睛都瞪直了，猛地站起来。

可尤明许哪那么容易让人得手？他们搭档之间打斗，本来也没有什么男女之别的意识。她抬手就握住许梦山的胳膊，顺势一压，许梦山“哎哟”一声，就被她给连肘带人按在了桌面上。尤明许一不做二不休，起身，另一只胳膊直接压在他背上，这几乎是一名绝顶的柔道高手身体的自然反应。

许梦山失笑，脸憋红了，使劲想起来，却起不来。尤明许连扣带擒，压在他背上，优哉游哉地说：“看来是上回你没被摔够，敢笑我，嗯？”

樊佳带头，全都鼓掌哈哈大笑。

许梦山还在挣扎，尤明许刚想再加把劲儿，把他的脸给压到桌面上摩擦，突然间就看到一只手从背后伸过来，抓住了自己的手。她一愣，那人已把她的手从许梦山的肩膀上扯开。然后，她的腰竟然被人一搂，整个人被他抱开了。

大伙儿全都愣愣地看着。

许梦山骤然被放，还有点意外，抓抓头直起腰。

连尤明许都愣住了，转头看着殷逢。

殷逢这才松开她的腰身，双手按在她肩上，把她的头转过来面对自己，眉头轻蹙，居然透着几分严肃认真，说：“阿许，不要胡闹，坐在我身边好好吃饭。”

尤明许还有点蒙，坐下来后，他又往她碗里夹了一筷子菜。尤明许这才反应过来，脸上火辣辣的，抬起头，伙计们全都似笑非笑地看着她和殷逢。

尤明许想：我的脸呢？这回是跳进黄河也洗不清了！

许梦山慢条斯理地说：“之前看着尤姐领着殷作家来，还感觉跟领着个小媳妇似的。现在才知道，殷作家才是把咱们尤姐当小媳妇管着呢。我不由得想起一句从小耳熟能详的成语：初生牛犊不畏虎。”

其他人终于哈哈大笑，极其嚣张。小媳妇那句殷逢也听明白了，心口莫名有些甜，于是他也笑了。

尤明许恼羞成怒，冷冷地对许梦山说：“明天单挑。”

许梦山才不理她，和樊佳赶紧抓锅里的肉吃。尤明许又瞪向身旁的始作俑者，结果殷逢的脑子已经进入另一个阶段了，他举着一只虾，正用手拨弄着细细的虾脚，模样极为好奇专心。

尤明许：“……”胸口又胀气了，吐不出来又咽不下去的熟悉感。她冷着脸趁众人不注意，抓起最贵的一大把牛肉，丢进自己碗里。

轻松的时光总是过得很快，接下来又要马不停蹄地查案。这天下午，殷逢倒是主动提出要回家去。尤明许求之不得，都没问缘由，头也不抬，挥手让他走。

殷逢呢，陪了她好几天，时时刻刻看到她，这令他感到异常满足。就跟小孩子想吃糖，一口气吃了一大罐一样，吃完也就没那么黏糊了，歇歇再用力吃。更重要的原因是，他觉得自己身上太臭了！跟一群刑警同吃同睡，几天没洗澡，看他们个个跟没事人一样，连尤明许似乎都习以为常。

殷逢可以尽量不嫌她臭，但不可以忍受自己臭，那样尤明许会嫌他啊！他必须一直在她面前清清爽爽、漂漂亮亮的，所以他今天就屁颠屁颠先告退了。还让陈枫准备满满一大浴缸的牛奶花瓣浴，务必在尤明许回家前，把自己洗干净。另外，还要在她回家时，给她也准备一缸一模一样的，这样两个人就能同进同出一样香了。

而尤明许接下来的时间一头扎进了案子里。

徐嘉元案的现场侦查结果很快出来了：他的遇害时间就在那天夜里十一点左右，凶器又是一把西瓜刀，但尺寸和谢惠芳案不同。现场除了徐嘉元的脚印，还留下了一个 38 码的脚印，这与死者的牌友、室友都不符合。

尤明许一直忙到次日晚上，才拖着疲惫的身体回到家里。

推开门的一刹那，以为又会看到某人坐在沙发里傻等。所以当她看到一室黑暗，半点声响都没有，两个卧室的门都洞开着的时候，还是怔了一下。

野到哪里去了？尤明许有些不高兴地想。

她也懒得找，回屋洗了澡，换好睡衣，在床上躺了一会儿，那家伙居然还没回家。

她坐起来，给他打电话。铃声响起，就在隔壁房间。

没带手机，那就是没走远。尤明许蹙眉，忽然想起刚才上楼时，隔壁的灯似乎还亮着。

隔壁的房子不是老早就被陈枫租下来了？这边家里还备着钥匙。

拿起钥匙，站在两户间黑暗的楼梯间时，尤明许没来由地想：我到底是什么时候开始习惯和那小跟屁虫一起生活，并且俨然适应了妈这个角色的？

她先敲了敲门，没人应，掏出钥匙开门，客厅的灯没开，有灯光从前头的一间房的门口照出来。尤明许还没来过这房子里，随意看了看，感觉这里也明显装修过了，精致简洁，家具很少，大概是方便陈枫带着一帮人伺候老板。

到了房间门口，门是开着的，尤明许刚想敲敲门，整个人就定住了。不是她经不起事，实在是被眼前这一幕震撼了。

这几乎是一个空的房间，除了四面墙上都挂着巨大的黑板。此时每一面黑板上，都密密麻麻写满了字。殷逢背对着她，坐在一张高脚凳上。还是那样的坐姿，双腿张开，双手摁在凳子中间的位置上，宛如一个孤独少年。

尤明许没有先和他打招呼，而是先看向迎面那面黑板上的字。

第一排，就是一个大大的问句：如果我是凶手？

那字，如她曾经见过的他的签名，飞扬跋扈，骨峻姿美。乍一望去，满满一版，简直跟印上去的字帖似的。尤明许实在难以把眼前的这个人，和这样一手好字联系在一起。

忽然间，脑海里又浮现出曾经看过的那张照片：男人穿着灰色 T 恤，戴着墨镜，唇边还有一圈胡子，脸色冷峻地从车上走下来。

但尤明许对案情的兴趣，无疑比对殷逢本人的关注更大。她立刻往下看，下面列出的是谢惠芳案中凶手的作案流程：

1. 准备工具；

2. 跟踪观察；

3. 敲门进入；

4. 控制孩子；

5. 威胁母亲；

6. 杀死母亲；

7. 杀死孩子；

8. 堆积尸体；

9. 换掉血衣；

10. 离开现场。

注：表面看来，我与死者无直接关联，无仇恨。

所以，大作家是在倒推？先把自己当成凶手，再往后推自己应该要做哪些事？

此外，黑板上还列明了很多本案的细节和线索，譬如“39码鞋”“脚套手套”“死者性格要强,曾与同事起争执”“管教孩子严格”“夏令营缴费通知书”“儿童感冒药”“每天回家午休”“前夜与外甥大吵一架”，等等。

甚至还画出了死者生前每天的活动路线、小区地图、外甥李必冉常去的网吧分布图……

密密麻麻一整版。

其实这些信息，尤明许他们也整理过，但基本是分工合作，每个人负责一条线。不像这人，几乎把所有的信息都堆在一起，而且前后没什么逻辑，似乎是想到什么，就往上写。

这时殷逢回过头来，看到了她。他原本眼眸还空空冷冷的，像在发呆，一下子就好像被点亮了，从凳子上跳下来，笑着说：“你回来了！”

尤明许也不客气，直接在他空出的凳子上坐下，跷起二郎腿，抄手，又看了看其他三面黑板，上面几乎囊括了两起案件所有的案情、人员、口供等信息。

尤明许心里忽然有那么一丝触动，毕竟殷逢不是警察，受害者们和他也没关系，可他却这样认真努力。

她招招手，示意他弯腰，方便揉揉他的脑袋，说：“辛苦了。”

殷逢微微一笑，说：“本英俊不怕苦。”

尤明许也笑了，问：“尤英俊，弄了这么大阵仗，有什么发现吗？”

他张了张嘴，刚要说话，又瘪住，然后目光游向一旁，慢吞吞地说：“要是有发现，阿许给我什么奖励？”

尤明许：“你想要什么奖励？”

他显得很随意的样子，说：“那就随便要一个吧，案子破了，你带我出去玩一天。”

尤明许盯了他两眼，失笑，爽快地说：“行，你挑地方。”

殷逢的脸上顿时绽开喜不自胜的笑容，眉梢眼角都在“嗖嗖嗖”地放光，他说：

“我把谢惠芳案嫌疑人的犯罪侧写画像做出来啦！”

尤明许眉头轻敛：“说说。”

殷逢侧过身，面向另一块黑板，尤明许循着他的视线望去，那里果然写着几排结论，他说道：

“第一，谢惠芳案的凶手，年龄 15 ~ 20 周岁，男性。至少中等身材，并不瘦弱，经常从事一些体力活，或者经常锻炼；

“第二，他来自一个非常糟糕的家庭，缺少父母和长辈的疼爱，他对此毫无感受；

“第三，这是他第一次杀人；

“第四，他经常阅读一些刑侦或暴力小说，或者观看这类型的电视剧，对此很感兴趣；

“第五，他心思缜密，善于忍耐，心态扭曲。因此他的心理应激程度很低，也就是说，他很容易受刺激，引起情绪强烈震动，进而杀人。”

清清爽爽地说完这些，殷逢扭头看着尤明许，说：“其实我几天前就猜出答案了，但是我们搞心理学的，也要讲究证据。罪犯在犯罪现场的种种行为就是关键证据，这些行为证据指向了上面这则画像。而画像，又为我们指明了嫌疑人。现在，阿许知道要去抓谁了吗？最近出现的人中，有一个，是完全符合这个画像的。”

殷逢的这些话，令尤明许感觉不是那么舒坦。因为他直奔结果，奔得太快。而她是个刑警，凡事讲求证据，对犯罪心理学只有不多的了解。

不过，她的脸上，是不会露出什么端倪的。她只是将腿换了个方向搭着，语气倨傲：“说说为什么。”

殷逢却有点走神了，因为他的目光被那两条细长白皙的腿给带走了。本来他没太注意，因为尤明许每天都很美啊。但现在随着她的一个小动作，他才注意到，她穿的是睡衣。

所谓睡衣，其实也就是一件非常宽大的棉 T 恤。下面搭着一条短裤。殷逢一看就知道，她没穿内衣。那 T 恤晃晃悠悠的，时而勾勒出一些轮廓形状。短裤是外穿的，就是条热裤，长度到了大腿根。她的腿在灯光下，呈现出莹白的色泽，一看皮肤就很细腻，和那些柔柔弱弱的女人不一样。她尽管苗条，腿部却呈现出锻炼后匀称有力的线条。殷逢觉得，这样的线条最美。

殷逢在脑子里评价了半天，猛地脑袋上就挨了个爆栗，他抬起头，看到尤明许凶巴巴的表情：“你在看哪里？问你话呢！”

殷逢这才回神，摸摸脑袋，有些讪讪的，又有些不为人知的欢喜。

尤明许不瞎，刚才这小子盯着她的腿，眼神直勾勾的。

哼，眼光倒是不错。不过，他懂什么叫女人？顶多会想，她的腿像甜甜的棉花糖吧？看了也白看！

殷逢看着自己写的那版推论，脑子倒是又转了回来。当他做出推理时，脑子里就像是有许多条河流一起奔腾，泾渭分明，清晰明澈。这种感觉真的很好，一扫平时那种脑子里总是混混沌沌仿佛被什么压着的感觉。

“无论谢惠芳是否是他的特定目标，都是经过他精心挑选的。从作案过程可以看出他心思缜密，计划性很强，所以他随意就找个人、找个时间上门杀人的可能性非常小。事前，他必然做过多次跟踪、踩点，好掌握谢惠芳的行动规律，最后选在中午她一个人在家时杀人。只是没料到这天，孩子们也回来了。

“目前没有任何保安、小区人员提出看到可疑的人，也就是说，他伪装得很好，哪怕是多次踩点，杀人后背着装着血衣的包离开小区，也不会引人注意。这个小区中午进出最多的，就是学生和家长。他混在他们当中了。

“从作案过程看，小区楼间距很近，如果谢惠芳发出呼救，一定能有人听到，但是她却没有。这只有一种可能：凶手进入屋内，先控制了孩子。说不定就是一个孩子给他开了门，而最不令人起疑、让人没有戒心的拜访者，就是未成年人。

“他控制孩子后，威胁谢惠芳，使她不敢呼救，进而控制谢惠芳，并且杀害了她。能够在两个孩子面前杀死母亲，继而杀死两个孩子的人，是非常非常少的。所以我推断他本身缺乏家庭和伦理观念，也就是说，他从小几乎很少感受到父母和长辈的关爱。所以，他才不具备对母子之爱的同理心和同情心。

“他在杀人后，做了一个非常无意义的举动——把尸体都拖到厨房，堆到桌子下面。这样的行为，不过是欲盖弥彰。这其实是一种非常单纯的掩饰心态，一个成年人是不会这么做的，哪怕他内心充满恐惧和愧疚，因为他知道这没有任何意义。只有对社会还缺乏完整认知、非常自我的孩子，才会做出这样形式主义的举动。

“此外，尽管他展现出处变不惊的能力和果断，但现场凌乱的血迹、脚印，还有掩饰尸体的行为，都让人相信他是第一次作案。

“上次我们已经推理过，如果熟人里确实没有人拥有作案条件，那么凶手有可能是陌生人。一个陌生人，作案过程中展现出强烈的仇恨，下手毫不留情，把谢惠芳当成自己仇人的替身杀害，加上家庭原因令他缺乏同理心和同情心，那么他必然是个情绪极易波动、心理扭曲的人。”

尤明许望着眼前侃侃而谈的男人，感觉既熟悉又陌生。而他的这些结论，马上在她脑子里翻滚，她竟然觉得挺有道理。

而殷逢说完后，照例也发了一会儿蒙，因为他也有点不太适应这样的自己。那些思维和推理，是不受控制的，像是他曾经经历过许多训练和打磨的大脑，自个儿完成的。他感受着这种分裂，也感受着自己与它的熟悉和磨合。

尤明许说：“徐嘉元的案子，所有熟人都排除嫌疑了，我们也在往陌生人这个方向查。同一个时期、同一个地区，出现两起陌生人杀人案的概率，有多大？”

殷逢的眸光忽然震了一下，竟显出几分激动神色，说：“有的，你听过美国的曼昆集团吗？一个叫曼昆的首领，控制了一大批青少年，让他们随意犯罪、杀人。还有国内，几年前也有过，曾令你们警察谈之色变的七人团，就与曼昆集团类似，他们也是受同一首领控制。十多年前他们刚成型时，年龄也不大，好几个核心杀手，都是青少年……”

尤明许的耳朵里仿佛也有根线绷了一下，重复他说的那个词：“……青少年？”

两起案子，两个问题青少年。

殷逢却仿佛完全进入了自己的世界：“青少年的心理是最混乱的，他们对性、工作、宗教、人际都充满了好奇，也对一些身份充满了渴望。所以，他们也是最容易被塑造和控制的，他们是最典型的乌合之众！哇，这个故事设定很带感——一个陌生人，控制着一些长期处于压力下的青少年，让他们为一点屁大的事，就去猎杀陌生人。他们都是他的影子，他是他们的教父……”

尤明许起初还听得十分专注，渐渐地感觉出古怪，一抬头，看到殷逢眼露兴奋，似乎已进入了自己的世界。

故事设定？他当自己写小说呢？

尤明许一巴掌拍向他的头：“回来！说正事。”

殷逢被打断了有点不高兴，对着她，嘴巴里又鼓满气，鼓成一个圆圆的包子，然后“噗”一下吐掉。

尤明许心里这才舒服点，这样的殷逢看着才顺眼。

他接着说道：“这两起案子，看起来风马牛不相及。但仔细想想，有不少相同点。”

尤明许眉头一挑，被他的话勾起了兴趣，她抄手想了想，率先说道：“第一，两起案子，都没有嫌疑人。”

殷逢微眯起眼笑了，跟只甜甜的大奶猫似的。只是搭配他高大结实的身材和俊朗立体的五官，令人再一次感觉到无处不在的精分。

他答：“是啊，有动机的没时间，有时间的没动机。”

尤明许在心里琢磨了一下他这句话，感到心脏轻轻震了一下，有种说不出的诡异感觉。

“接着说。”殷逢说。

尤明许点点头，刚想继续，忽然反应过来，他这是什么语气，老大似的。看着他一脸坦然的模样，尤明许轻哼一声，一抬腿就踢在他腰上。

他一呆，扶着腰满脸委屈地望着她：“阿许，你踢我干什么？”

“想踢就踢，你管得着吗？”

他瞪大眼，一副敢怒不敢言的模样，只好往旁边躲开了一步。

尤明许顿时舒爽了，眉眼一扬，波光横飞，接着说结论：“第二，凶手都熟悉受害者的生活习惯和规律，熟悉周边环境；第三，都伪装成拙劣的谋财害命；第四，凶手都是直奔杀人的目的，手段凶残，充满仇恨。”

殷逢小声说：“第四点不就是我一直强调坚持的？”

尤明许看了他一眼，他马上又往旁边一缩。不过尤明许欺负人一向得到满足就好，似笑非笑又用脚尖轻踢了他一下，说：“姐姐说完了，英俊有什么高见？”

殷逢又不是真的傻，感觉得出来她这一踢的温柔意味，这让他脑子里忽然有点蒙，像是触碰到了一点什么，又好像什么都没有。他摇摇脑袋，让自己清醒一点，一旁的尤明许看着却以为他又在犯傻。

然后就听到他说：“还有两个共同点，第一，受害者虽然性别不同、职业不同，可他们都在一个局部微型的人际关系圈里，占据强势和统治地位；第二，每个案件，都有一个青少年进入一个全新的环境，面临全面的压力，得不到身份认同，并且生活在受害者的强势影响之下。我想他们的心理状态一定非常相似：迷茫、痛苦、煎熬、孤独，以及强烈的……怨恨。”

殷逢的话，让尤明许心里有些不痛快，她冷冷地说：“那是他亲大姨，还有表弟、表妹！”

殷逢只是看着她，目光清亮。

尤明许说：“一切不过是你的猜测，没有任何证据指向他们是合谋。他们还是孩子！”

殷逢说："有证据啊。谢惠芳案案发现场的脚印是39码，徐嘉元案的血脚印是38码。两个孩子的脚分别是什么尺码？"

尤明许不吭声。

每个案件相关人的脚码，他们都登记过。但两个案子没有并案调查，谁也不会往这方面想。眼前这人是怎么想到把两个案子联系到一起的？而且，如果她没记错，李必冉的脚是38码，刘若煜的脚是39码。

"徐嘉元案的凶手，没有谢惠芳案的凶手谨慎，他没有戴脚套。只要把现场的血脚印和李必冉的鞋印花纹对比一下，就知道了。小孩子不一定洗得干净，说不定还能发现点别的，譬如血迹和现场泥土。"

"脚印我会查的。"尤明许说，"可还是太牵强了，不能因为两个案子中青少年所处的环境有相似之处，就断定他们是凶手。我宁愿他们不是凶手。"

殷逢听了，居然微微一笑，说："阿许就是心软。可如果仔细想想，就不觉得牵强了。两位少年并不只是所处的环境相似而已，而是两起案子太相似了。明明是仇杀，凶手对受害者十分熟悉，最后的调查结果却都指向陌生人。

"而这个时候，恰恰两起案子里，与受害者刚刚起过剧烈冲突的两个人，脚印都和对方案件里的嫌疑人一致，两个人的脚，恰恰还都是同龄男孩中偏小的。还有很重要的一点，他们都基本符合对方案件里的犯罪画像。这要是凑巧，就太凑巧了。"

尤明许再也坐不住了，跳下椅子往外走："我现在就去查。"

殷逢立刻跟着，到门口时，他说："你不要穿睡衣出门！"

他不说这个，尤明许还真忘了自己穿着睡衣，赶紧冲进家里卧室，迅速换了套衣服出来，说："走吧。"

尤明许一边走，一边问："你是怎么想到把两个案子联系到一起的？"

殷逢答："是因为徐嘉元室友说的一句话。他说案发前几天，刘若煜还和徐嘉元一起去市里网吧玩了。工厂附近的镇上，网吧是不缺的，为什么要专程跑到市里去？我计算过，从工厂出发，最方便、最快到达的商业区，就是李必冉泡网吧的那条商业街。如果刘若煜让李必冉来工厂认人，就会留下目击证人和证据。但是把徐嘉元带去网吧，让李必冉看个够，就没人会注意到吧。我觉得刘若煜一定看了很多刑侦小说，很机灵了。不过，这种交叉杀人的特点就是，如果没有识破，你就怎么也找不到线索，一旦看穿，那证据就是一把一把的。"

尤明许脑子转得飞快，殷逢的这番推理，依然是假设远多于实证。但是，如果按照这个思路去捋，两个案子都豁然开朗！而且之前困扰警察的情况，全说得通了。为什么他们的刑侦经验和现场作案风格，都指向熟人作案？可是有嫌疑的熟人，都有确切的不在场证据？因为他们交换杀人了。

她掏出电话："樊佳，立刻查一下谢惠芳案发那天晚上刘若煜的行踪。"

樊佳："欸？"

"许梦山，我记得那个网吧老板说过一句，谢惠芳案发之前一天的晚上，李必冉是和一个朋友一起来的。查监控，我要知道那个朋友是谁。"

许梦山："好！"

夜色已深，两人打了个车，尤明许说："去三中。"

三中正是李必冉就读的学校。殷逢听到后，赞许地点头："阿许和我想的一样，柿子先挑软的捏。"

尤明许倒不想否认这一点，静了一会儿，又说："我倒希望这两个案子不是这样。"

他们都没注意到，一辆原本停在尤明许家小区门口的黑色轿车，也在黑夜里启动，远远跟了上来。

已经是夜里十点左右，正是中学下晚自习的时间，远远望去，偌大的校园，还很热闹明亮。尤明许与校方的联络人说明来意：有几个问题要再咨询一下李必冉。

她和殷逢站在学校里一个比较偏僻安静的角落等着。

头顶一盏路灯照射下来，光线蒙蒙的。远远地，看到老师领着个人，走了过来。

那人双手插在裤兜里，走路时还带着少年特有的摇摆。那略显桀骜的姿态，似乎把他和老师也隔得很远。

走近了，尤明许看清他肤色白净，双眸明亮，气色看着很不错。

但其实只要一眼，尤明许就能感觉出这个少年身上的气质，和一两周前看到的，有了非常明显的变化。

印象中，李必冉还是那个窝在网吧蒙头大睡的迷蒙少年。哪怕后来上了车，他也是一直在晃腿，讲话大条，肤浅而急于自我表现。等看到亲人的尸体后，他整个人还是吓蒙了，情绪崩溃大哭，话也不愿意多说。

可现在，他眼中明显多了些自信和冷漠交织的东西。即使走到了警察面前，依然保持很随意散漫的姿态，有种冷冷的气息散发出来。这位十五岁的少年，身上仿佛已多了一层冰冷的外壳。

尤明许不确定，这是因为什么。

“尤警官，还有什么事？”李必冉说，脸还转过去，看着一旁，一副很是我行我素的样子。

尤明许盯着李必冉的脸，问：“认识刘若煜吗？”

然后就看到李必冉的瞳仁猛地一缩，整个人也有刹那的凝滞，然后他说：“他……他是谁啊？不认识！”嗓音有点抖。

尤明许的心里，仿佛有一片江水在慢慢淹没着什么，她说：“四天前，星期三，晚上十点到十二点，你在哪里？”那正是徐嘉元遇害的时间。

李必冉的脸慢慢涨红了，说：“我那天睡不着，就在家附近的路上瞎逛，不记得都逛去哪儿了。”

尤明许笑了，说：“我看你记得倒很清楚，答得很快。”

李必冉望着她，目光闪烁，不吭声。

“你的脚多少码？”尤明许又问。

到底还是个半大孩子，李必冉的脚不由自主地往后退了一步，答：“38、39吧。”

尤明许盯着他的脚：“穿的是运动鞋吧，抬起脚来我看看鞋底花纹。不穿鞋套的话，这种鞋底踩在血迹上，会留下很清晰的花纹。即使是同一款鞋，每个人的行走习惯、鞋的磨损程度都是不一样的。有的人左脚磨得厉害，有的人鞋跟磨得厉害，就好像世界上没有完全相同的两片树叶。你一共有多少双鞋？都放在哪里了？我看你穿的是名牌，应该舍不得扔吧。”

李必冉嘴唇动了好几下，却说不出话来。尤明许也无法真切体会这孩子此刻到底会有多么紧张，因为他已面如死灰。

“我……不知道你在说什么，我不知道！”李必冉非常嘶哑地低吼出来。

尤明许看着少年清秀扭曲的面目，脑海中浮现出谢惠芳一家三口被堆积的尸体模样，只感觉到心中的冷意如同大雪落下般不断堆积。

她说：“你的大姨，管你管得很严，还会经常骂你。她生性勤俭，自然也不会满足你的过度物质需求。你恨她吗？”

李必冉的眼泪夺眶而出，脱口而出：“我恨她又怎么样？我就是想她死。她还是个人吗？”

“她对你干了什么？”

李必冉的脸色青白一片，眼珠子也暗暗的，整个人跟一头小犟牛似的，他说："她根本不把我当人！我考试没考好，她答应替我保密，转头就告诉我爸妈。我爸回来，又是把我一顿打。去开家长会，她当着所有同学的面打我、骂我，声音大得整个学校都能听见。她这是把我当人吗？她还跟踪我，不让我去网吧，让网吧老板难堪。她对她自己的孩子，怎么不这样？她就是个最阴险的小人，就想整我。我早就想一刀捅死她了……"

尤明许听完了，却只觉得难以置信，甚至还有一丝茫然。她问："你就是因为这些，伙同刘若煜杀死了谢惠芳，还有她的两个孩子？"

李必冉的脸上终于流露出一丝恐慌和懊恼，嘴唇嗫动了好一会儿。而这时，尤明许的支援也快到了，校园外响起警铃的声音。李必冉整个人仿佛跟块木头似的，愣愣地站了好一会儿，才说："本来没打算杀他们俩的，刘哥都计划好了，但是没想到那天他们俩也在家。他们两个虽然也讨厌，经常跟姓谢的打小报告，但是还不至于死。"

第十一章

冲动之吻

夜里十点，正是网吧生意好的时候。尤明许的指令来得没头没脑，所以许梦山也低调行事，趁没人时，走到吧台，让服务员叫来老板。

老板还是上次那个四十多岁的中年男人，姓向，看着挺稳重老实的。许梦山向他亮了警官证，然后说："我想要谢惠芳案发前几天晚上，整个网吧的全部监控。"

谢惠芳的案子闹得沸沸扬扬，老板又配合过调查，自然知道。老板立刻应了声好，叫来服务员去调监控。

许梦山便倚在吧台旁等，向老板给他倒了杯水，他道了谢，一边打量着网吧里的情形，一边慢慢喝着。

向老板关心了几句案件调查进展如何，都被许梦山用简短几个字打发了。

很快服务员把监控拷进了U盘里，向老板把U盘递给许梦山，又说："是不是案情调查有什么变化，所以又来看监控？"

许梦山不答，说："谢了。"

向老板说："刚刚还有人也跑来要监控呢，不过我没给。"

许梦山抬抬眼皮："谁啊？"

向老板答："也是个孩子，好像姓刘还是姓陈？总和李必冉一块儿来上网，前脚刚走。哦，他说是李必冉想要看监控，让他来拿，说是要回忆一下案情，帮助警察早点抓住凶手。但这不是胡闹吗？我哪能给他们，他们又不是警察。"

许梦山一愣，拿着监控走出网吧。只见外头灯光霓虹、车水马龙，却并未看到什么可疑的身影。

尽管尤明许还没对他说明缘由，但他总感觉这事不对劲，于是掏出手机，打给尤明许。

学校安静无人的侧门，尤明许正将李必冉送进一辆警车，听许梦山在电话里说明情况后，她眉头一皱："坏了！这小子太机灵了，他要跑！"

数辆警车风驰电掣地往工厂驶去。

在越来越寂静的夜色里，许多的线索和证据，都随着李必冉这个口子的突破纷纷涌出——

警方在李必冉的家里搜出了那双符合徐嘉元死亡现场血脚印的鞋，并且果然在鞋底找到了一点未洗净的血迹。李必冉的父母看到这一幕，满脸茫然，目瞪口呆，甚至完全无法理解，这到底意味着什么。

沿着从李必冉家出发，抵达徐嘉元案发现场的动线地图，警方终于在一个路口的监控里，看到李必冉于案发后十分钟左右出现，将一个染血的背包丢进了河里。目前警方已经派人在打捞这个背包。

谢惠芳的死亡时间段里，那天刘若煜没有上班，没有不在场证明。小区里的监控拍到，刘若煜恰恰在案发前后进出了小区，如殷逢所做的犯罪画像般，背着包，并且换了一身衣物。

目前，警方开始在刘若煜的活动范围里，搜寻藏匿的凶器、血衣等物。

…………

只是当尤明许和殷逢赶到刘若煜住的地方时，扑了个空。这个十六岁的少年，不见踪迹。

已经是子夜了，工厂内外，灯火通明。淡淡的雾气弥漫在岳麓山脉，山脉像一头沉默的巨兽般矗立着。依稀的光亮，分布在山脚。警方已经开始探明刘若煜的逃窜方向，往山上搜寻。

岳麓山脉不高，面积不算太大，并不是一个绝佳的藏身所。

尤明许和殷逢也在其中。尤明许面沉如水，步子飞快，披荆斩棘不在话下。殷逢看着人高马大，居然有点跟不上，连忙说："阿许，你慢点。"

尤明许哪里肯，说："你留在这儿等我。"

殷逢自然不干，一是不放心她一个人，二是他怎么能承认自己会拖后腿呢？他咬咬牙，忍着那清晰微痛的感觉，就往那些荆棘草刺踩去。稍稍喘着气，到底还是跟上了他的大英雄。

尤明许察觉到他在硬扛，有点想笑，心想：到底还是个养尊处优的大作家，瞧那一身精心锻炼过的、耐心保养的模特身材，这下跟着她也要变糙了。

不过，男人不是糙点好吗？

只是眼前，深夜茫茫，不见刘若煜的踪迹。

“你觉得他会躲在哪里？逃到哪里去？”尤明许问。

提起那小子，殷逢就生气。要不是他，自己早和尤明许手拉着手回家了。

他气鼓鼓地答：“他再机灵，看再多刑侦的小说或电视剧，实践能力也有限，而且是个孩子。现在事情败露，他仓促上山，哪里来得及策划筹谋？一切遵循人的逃生本能，拼命往远的、往黑的地方跑，那样才有安全感。你随便找找就是了。”

尤明许一拍他的头：“胡说八道，怎么能随便找。”不过他的话，倒令她信心大振。他们本就是最早赶到现场的一批警察，尤明许身手又敏捷，追踪能力强，殷逢勉强也没拖后腿，又翻了一座山后，两人不知不觉已追到了最前线。

厚厚的植被覆盖着山麓，夜里幽幽，一点灯光也没有。四周寂静，地上也没有路了。举目望去，一切树木、山石、土坡，都只剩下黑色的轮廓，仿佛都只是些黑色的形状和线条，映在了幽暗的夜晚背景里。风窸窣地吹着，人走在这里，就像陷入了妖气萦绕的境地。

尤明许带着殷逢，沿着山坡继续往上爬。她脑子里忽然冒出个念头：那个孩子，那个杀人凶手，现在独行在同样的环境里，他的心中，是否会感到很害怕？

身边的殷逢忽然倒抽一口气，尤明许立刻停下问：“怎么了？”

周围黑得很，一米八多的大高个儿，双手扶着腿，声音都快低到泥巴里了：“刚才踩到一个很尖的石头，脚板好痛……”

尤明许：“没事，动两下。”

他乖乖地踢了几下腿。

“好点没？”

他点点头。

“接着走。”尤明许动作再次飞快起来。

殷逢的脚底还是麻的，残余着刚才那要命的尖锐痛感，心里有点委屈，也有点依赖感升起。他没有别的法子，只能努力跟着，在匆匆的视线里，看着她冷冽的侧脸，轻声说：“那你回家给我揉揉脚底板，免得我受伤。”

尤明许很无语，怒道："你见过谁被石头硌一下，就能落下伤的？好好走路。"

殷逢只好走得更快，软糯糯地又说："就揉一下，我回去把脚洗干净。"

尤明许刚要板起脸，忽然意识到此情此景有多荒谬：她正在追踪一个杀人犯，却还要跟这个脑子脱线的人，讨论要不要揉脚底板。要不是看他对破案有重大贡献，她真该一脚把他踹下山去。

"回家再说！"她的语气严厉起来，"你先专心帮我抓人，抓到就揉！"

殷逢："好！"

他立刻想到那幅画面：自己靠在沙发上，脚肯定要架在尤明许的大腿上吧。她会用那细细软软的手指，轻轻揉他的脚板心。她在笑，他只怕会舒服极了。

猛然间，他感觉到一股酥酥麻麻的电流，从脚底板直接蹿起，蹿至大腿，一下子撞到小腹。他有种胀胀的感觉，很奇怪，这种感觉让人兴奋，又有点焦躁，还有点无所适从。但他也不知道为什么，潜意识里明白，这种感觉绝对不能让尤明许知道。于是他微微憋红着一张脸，继续东张西望找人。

两人翻过了这座山，眼前豁然开朗。

是一片山谷，谷底绿树丛丛，还有一片湖泊，在月色下倒映着莹莹波光。

尤明许全身衣服都被汗浸透，微微喘着气，站在山坡上，看着此情此景，心中也有刹那的寂静。而殷逢望着眼前的一幕，觉得这地方好像还挺好玩的。那湖泊面积不小，里头还长着很多水草，可是尤明许现在肯定不准他去玩水的……他有点丧气地想。

目光巡游在湖水周围，他忽然愣了愣，指着一棵大树旁的一道黑影："阿许，那是不是一个人，还是别的什么东西？"

尤明许本就集中精力在搜寻，循着他指的方向看去，果然看到一道影子，隔得有点远，但依然能看到那黑影动了动。尤明许心头一紧，立刻朝殷逢比了个噤声的手势，两人慢慢下山逼近。

哪里知道那人像根木桩似的站了好一会儿，似乎还低头擦了一下眼泪。眼看尤明许他们就要潜到湖边了，那人"扑通"一声，跳进湖里。

尤明许一下子从草丛里冲出来，同时喊道："殷逢求援！"三两步跑到湖边，也跳了进去。

殷逢都还没反应过来，两个人影就都没了，他整个人突然就不好了，也没有听她的话马上求援，而是直接跑到湖边，伸着脖子看。

湖里影影绰绰，黑乎乎的。尤明许竟已一头扎了进去，潜进水里捞人，水面上只剩几个泡泡。

殷逢有些茫然，下意识也想跳，可一个念头却自己冒了出来：他不会游泳。

他居然不会游泳！以前的自己怎么这么没用！穿衣服难看，挑女人没眼光，现在连游泳这种简单的技能，都没有学会！

然后他脑子里自动跑出来一些画面：肢体修长、肌肉匀称，仅穿一条泳裤、戴着泳镜的男人，在水里扑腾浮沉了几下，呛了很多口水，最后艰难地冒出头，硬是靠着手长抓住了泳池边缘，旁边的陈枫递来毛巾，一副想笑又不敢笑的样子。男人——那模样分明是他自己，贱贱地笑着，摆摆手，跳出水面，还从旁边拿了杯红酒，晃着走了，竟是不学了！

殷逢气鼓鼓的，烦死了。可又觉得憋屈，怪来怪去还是怪自己！

就在这时，水面有动静了，殷逢睁大眼，却只看到尤明许露了一下脸，她的长发湿淋淋地紧贴着脸，脸色在夜色里也显得青白。她也看到了他，两人对视一瞬，她大口换了气，什么话也没说，又一头扎了进去，不见人影。

殷逢愣愣地站在原地。

尤明许刚才的样子，就在他眼前一直晃啊晃。他心里忽然涌起了一些难受的情绪，他还想起了在西藏的时候，当时尤明许被顾天成打翻在地，刀都架在脖子上了。而他用她偷偷塞的刀片，放走了所有人。所有人都只顾着自己跑了，尤明许躺在地上，看着他们离开时，就是这样冷静得好像什么都不在乎的表情。

他决定跳进去！

殷逢在原地蹲了蹲，前后摆动双臂，做了个立定跳远的准备姿势。可尽管下定了决心，看着明晃晃的水面，心里莫名还是发怵。他闭上眼，咬着牙，正打算放手一搏，突然听到身后传来急促的脚步声。

援兵来了？

这大半夜的，荒山野岭不可能是别人。他睁开眼，兴冲冲地回头。

几道黑影从草丛里蹿了出来。

刘若煜已经昏迷了。尤明许从背后将他箍在怀里，奋力地拖出水面。这小子刚才在水里拼命挣扎，差点没把她拖下去。尤明许现在精疲力竭，单手拼命往岸边游去。

可当她抬起头，看到岸边的一幕时，整个人都定住了。

岸边，月光下，站着五个戴黑色面罩的男人。其中两人强行将殷逢按着跪倒在地，还有一人手持铁棍，站在殷逢身后。殷逢挣扎了一下，后面那人一棍就打在他腿上。殷逢发出低低的仿佛小兽般的闷哼，跪着不动了。

他抬起头，隔着七八米的距离，和尤明许目光相对。尤明许看到他眼中的愤怒和痛楚，还有隐隐含着的泪。分明是强忍着没有哭出来。尤明许心里就跟被什么东西重重地撞了一下，有刹那的空白。

然而她只在水面停了几秒钟，便面无表情地带着刘若煜，继续游近岸边。

还有两个男人站在一侧，尤明许靠在岸边，刚把刘若煜往上推，他俩已伸手接过，将刘若煜拉出水面。

尤明许自己爬出来，趴在地上，重重地喘了几口气。当她抬起头时，那根铁棍已抵在她脖子上。

殷逢死死盯着她，说："阿许，你快跑。"

尤明许没吭声，又转头望去。昏迷的刘若煜已被那两个男人扣住了，一把匕首抵在他脖子上。

尤明许问："你们想怎么样？"

持铁棍那人说："不怎么样，其实也希望小姐你不要插手最好，这件事和你没关系。这个小白脸偷了我们老板家的东西，今天我们是来讨债的。"

殷逢瞪大眼说："你胡说八道，我根本没有偷过东西！我不认识你们！"

那人笑笑说："我说偷了，就是偷了。那可是我们老板最心爱的东西，你小子也敢下手。"说完还看了一眼尤明许，"看来不来点教训，你们是记不住的。"

尤明许感觉到全身的肌肉慢慢紧绷，身体里有股强烈的冲动，下一秒也许就把持不住冲出去。可头顶的铁棍，还有刘若煜脖子上的匕首，赫然就在眼前。

她整个人都僵硬着。哪里想到，那人的话，殷逢居然听懂了。他抬起头，还看着尤明许，脸色却忽然变得倔强："我知道你们是谁了！你们是罗羽的人。阿许……阿许不是他的！她不是他的！"

尤明许咬牙吼道："殷逢，你住嘴！"这傻小子，好汉不吃眼前亏不知道吗？

果然，那几个男人嘻嘻笑着，一个说："欠债还钱，偷人沉塘，杀人偿命，天经地义。来啊，还等什么？"

两人扭着殷逢，一人按住他的后脑勺。殷逢整张脸都绷紧了，拼命挣扎。那两人直接一顿拳打脚踢，尤明许只听到殷逢闷哼几声，感觉自己整个人都要炸了。可那冰凉的铁棍，就贴在她脖子上。而旁边，匕首还对着刘若煜。

“住手！你们冲我来！”尤明许吼道。

他们跟没听到似的，将殷逢的上半身直接按进水里。尤明许看得分明，他的嘴紧紧抿着，铁青着脸，闭上眼睛。人被按进去后，过了一会儿，他明显在水下呼吸急促，不断吐泡，头也不断摇着。可两个流氓用刺着文身的胳膊，死死按着他。

尤明许忽然就发不出声音了。水面下的那个人，看起来模模糊糊的。等他的挣扎渐渐放缓，两个男人对视一眼，这才把他提起来。殷逢平日里英俊的脸，已扭曲青白得不像样子了。眼神呆滞，嘴唇哆嗦着，像是濒死的鱼骤然遇到氧气，大口大口粗重地喘着气。

就在这时，他看到了尤明许。那几近崩溃的面容，才忽然恢复了一丝神志。他看着她，在两人相遇以来最无助、最狼狈的这一刻，那清澈的眼睛里，渐渐蓄满泪水。

尤明许感觉到心脏急剧一缩，没半点声音，却缩得让人感到锐利的一痛。有个声音在她脑子里说：别哭啊，殷逢，你别哭。也不要怕，我在呢。

他却已缓缓闭上眼睛。

然后他们再一次把他按进水里，他再一次的呼吸急迫，再一次的徒劳挣扎，再一次的濒临死亡。然后他们开恩地把他提起来，让他喘几口气后，再一次按进去。

殷逢不再看她了。他拼命呼吸着，容颜更加扭曲，气息更加微弱，也不再做徒劳的反抗，任由他们如同人偶般摆布折磨。

尤明许的双手缓缓握成拳，摁在地面。她感觉到眼眶一阵阵地疼，这是种很奇怪的感觉。然后她感觉到脸上凉凉的，她伸手擦了一下，是湿的。她咬着牙，不发出任何声音。殷逢那儿发出的声音，她渐渐听不到了。人在最要命的关头，心却仿佛能逐渐寂静。她的耳朵微动，最先听到山顶上传来动静。

很快，那几个人也察觉了，纷纷停下手里的动作，抬头望去。尤明许其实很清楚，援兵下山赶来还得十来分钟，但她等的就是这一刻。她双手在地面一拍，这几分钟的停顿，已令她原本耗尽的体力得到恢复。她原地弹起，人还没起身，一脚已踢在拿匕首威胁刘若煜那人的手臂上。那人根本来不及反应，匕首坠地。尤明许一把抓起匕首，就地一滚，就滚向抓着殷逢的那两人。毫不留情地用匕首在两人小腿上一划，起码划进寸许深，那两人吃痛惊呼。

就在这时，铁棍直接砸在尤明许背上。

握铁棍的那人，也是惊慌下手，铁棍一落下，就猛然记起老大的吩咐：万不可伤害这个女人。尽管他手里赶紧减了几分力道，可铁棍还是结结实实砸中了尤明许。

尤明许被砸得身子一缩，动作也变了形，闷哼一声，人直接撞在殷逢身上。那两人刚才丢下了殷逢，此刻他就躺在地上，喉咙里嘶哑地咳着，人却不动。

山顶上的人发现了异样，数道手电照射下来。那几人见势不妙，撒腿跑了。尤明许也追不动了，她从地上坐起来，只感觉到后背一阵剧烈的钝痛，她动作一顿，喘了口气，不吭一声，继续伸出手臂，一把将殷逢从地上拉起来。他的脸色苍白无比，人还哆嗦着，眼珠定定的，有点呆滞地望着她。尤明许强忍着泪，将他紧紧抱进了怀里。

群山匍匐。寂静的山脚下，警车和救护车的灯光，交错闪烁。

昏迷的刘若煜已被抬上救护车，生命无忧。另一辆救护车在旁边等着。许梦山和樊佳几个，都不吱声地待在边上，想帮忙也帮不上。

殷逢那么大的个儿，从被众人发现开始，就一直依偎在尤明许怀里，低着头，谁也不看不理。尤明许全身还是湿的，披着一块毯子，单手抱着他。

他们两人的声音，只有他们能听见。

"我们上救护车？"

殷逢用力摇摇头，说："我不上救护车，不去！不去医院，去了又看不到你。我要回家，回家！马上回家！"

他明显已铆足了劲儿，抱着尤明许的腰，将她往警车的方向拖。尤明许脱不了身，抬头望去，同事们面面相觑。

她吼道："都看我们干什么？忙你们自己的去。行了，殷作家这里我会负责。"

大家立刻四散开走远，樊佳关切地问："殷作家真的没事？"

许梦山嘀咕道："还是去医院保险。"

尤明许低头，这家伙还弓着腰，双手搂着她，跟只被烫到的大虾似的。只是头发被水浸湿，全贴在额头上，越发显得脸色苍白，目光呆滞，更像个孩子了。

她摸了摸他的头，说："好了，你既然没事，我们就回家。那你放开手，我去开车。"

他低着头不吭声，手却抱得更紧。尤明许抓着他的手想分开，他却死死抱着，吐出两个字："不行。"

隐隐地，还有点哽咽。

尤明许心想：他真的是被吓坏了。他都多久没哭过了，除了刚在西藏遇见，他茫然无措的时候。他虽然失智，性子依然骄傲得很。刚才的折磨，对他来说，何尝不是一种极端的羞辱？他心理上现在还是个孩子，这样的羞辱，根本就不把他当人看。

想到这里，尤明许心里就腾起一股炽烈的怒火，咬着后槽牙，强行压抑下去。

对于他此时的依赖纠缠，心又软了几分。

她叫住正打算离开的许梦山："你开车，送我们回去。"

警车在夜色里沉默奔驰。许梦山就跟个隐形人一样，不发一言，将车开得又稳又快。

尤明许还抱着殷逢，他的头靠在她肩上，就跟死了似的，一动不动。

可尤明许知道，必须得安抚他，必须得让他过了这一关。回想起来，在西藏初遇时，他犹如初生婴儿般，战战兢兢，一开始话都说不连贯。后来渐渐眉清目明，开始在她面前耍赖、笑、跑、赌气，甚至开始推理破案……她一闭上眼，面前浮现的，便是他一身绿衣绿裤，站在她跟前，笑得一脸雪融花开的干净模样。

几乎是下意识地，尤明许用手指很轻地挠了挠他的脸，说："刚才……是不是很害怕？"

他不说话，也不动。他不理她，可温热的呼吸，依然喷在她的前襟。

尤明许静了一下，直接伸手，捏住他的下巴，抬起来，让他看着自己。可这一看，却是一怔。他的眼球因为过度充血，爬满了通红的血丝。他的神色看起来特别安静，安静得有点空洞。

尤明许的心骤然一痛，她不知道该怎么做，只是下意识低下头，轻轻蹭着他的脸。两个人的脸都是冰冰的，呼吸却是微热的。她就这么挨着他，心里糊涂一片。

"对不起。"她小声说。

他遭这一番罪，是被她连累的。

这么蹭了几下之后，他动了。

和从前一样，他也用脸轻轻蹭着她，一下一下，很慢，跟只小动物没有任何差别。他一声不吭，只是这么和她亲昵地纠缠着。奇怪的是，此时尤明许的脑子里居然一片空白，什么也不愿意去想，也没什么可想的。

他的脸软软的，鼻梁、眉骨、嘴唇的边缘线条都很分明，即使尤明许闭着眼，也能感觉到。她没来由地感觉到自己的呼吸急促了，他也有点急。那是一种非常茫然、非常细微、非常陌生和危险，却让人停不下来的感觉。

她感觉到他嘴唇的一点湿意，滑到了她的脸颊上。尤明许的心脏颤抖了一下，然后那嘴唇就很慢很慢地滑了过来，那么自然地覆盖在她的唇上。

冰凉、干涸却饱满。

她以前摸过他的唇，其实非常性感，曾经属于一个成熟冷酷的男人。那一点点属于殷逢的气息，开始往她嘴里钻，清淡干净。他是无师自通的，又或者以前就擅长此道，他的唇分明微微颤抖着，舔了几下她的嘴唇之后，就灵巧地撬进来。

尤明许微微张开眼睛，男人模糊英俊的轮廓就在眼前，此刻已看不出他和正常男人的差别。在他背后，是一闪而过的路灯，淡淡的光芒像雾一样笼罩着尤明许的视野。她慢慢闭上眼睛。这一刻唯一的感觉竟然是不想停止。

他的舌头一个劲儿地往里钻，原本死气沉沉搂着她的双手，似乎也开始有劲了，十指存在感很强地握着她的腰。他甚至还调整了一下坐姿，方便自己更好地“吃”她的嘴。

极其狭窄的后座上，两人几乎是全身贴在一起，手臂、身躯和双腿都很缓慢地扭动着。只有舌头，在彼此嘴里，非常激烈地缠斗着。

这么亲了有好一会儿，车子一个拐弯，令两人的嘴不由得分开了。殷逢睁开眼，看着尤明许。此刻他眼里半点呆滞颓唐都没有了，亮亮的，有点茫然，更多的是浓烈的、欲求未满的渴望。

尤明许的唇被他亲得水光亮泽，睁开睫毛弯弯的凤眸，看着他，不说话。

两人望了彼此一会儿，殷逢说：“阿许，英俊还要。”

他的脸离得太近，她看得清他眼中那个黑色的小人。他的手也抱得太用力，可他到底懂不懂得，今晚他是用一双男人的手，而不是孩子的手，拥抱着她？

尤明许听到自己的嗓音很低，还有点哑：“好啊。”

不等他眼中的狂喜彻底绽放开，又或者是她不太想看他那双纯洁无垢的眼睛，她抬手挡住他的双眼，另一只手将他肩膀一按，就按在了靠背里，欺身过去，直接吻下。

殷逢起初全身还有点僵直，因为不太习惯被人这么压着……亲，可她的气息实在太温软、甜蜜和性感，他立刻就忘了压回去。而是伸手搂着她的腰，任由她亲个够。他也要……亲个够，他脑子里浑浑噩噩的，似乎已经明白，又似乎不明白，这一切到底是因为什么。但他很清楚的一件事就是：只想像现在这样，把尤明许禁锢在怀里，一直亲一直亲。

许梦山又扫了眼后视镜，尤明许还趴在殷作家身上亲。哪怕是许梦山这张万年不变的面瘫脸，也不由得爬上一丝红晕。心想：妈呀，尤姐这回真的没人性了。

第二天，警方立刻对两名少年嫌疑人展开审讯。

尽管前一晚回家睡下已经是凌晨四点，尤明许还是按时到了警局。一路上，不少人关切地问：

“尤姐，昨天殷作家还好吗？”

“殷作家没事吧？”

尤明许答：“没事，他到家就睡下了。今天医生会再给他做检查。”

等进了办公室，许梦山和樊佳都抬头看着她。尤明许面不改色地坐下，整理文档。樊佳的椅子“嗖”地滑过来，凑近小声问：“尤姐，听说你昨天把殷作家给办了？”

尤明许手一顿，还没答，另一边，许梦山也“嗖”地滑过来，明明一脸讨打相，话却是对樊佳说的：“也说不定，说不定是殷作家把尤姐给办了。昨天他在车上……也颇生猛。”

尤明许：“没有的事。”

“哎哟？”

“哎哟？”

就在这时，门口有同事喊：“开会了！”

尤明许得救了，立马站起，面沉如水地往外走。许梦山微微一笑，跟在后头。樊佳抢上前几步，耳语：“你真跟殷作家接吻啦？这是唱的哪一出啊？”

姐们儿的脸上，不仅有好奇和兴奋，也有关切和疑虑。尤明许一看就明白，那疑虑和关心是为了什么。这让她心里莫名有点不痛快。

她的脑海里浮现出今早出门前的画面，她轻轻推开殷逢的房门，看到这家伙还是习惯性像青蛙一样，四肢张开趴在床上，嘴角挂着口水，睡得呼哧呼哧。

她不由得揉了揉眉心，看樊佳还眨巴着眼睛等着，笑了笑说：“别当真，我和他都不会当回事的。就跟亲了只小猫小狗一样，没什么差别。”

没多久，开完碰头会，尤明许带着许梦山，手拿笔记本，走在去审讯室的路上，手机一响，进了短信。

她低头一看，是殷逢发来的：“我起床了！”

她放下，关机。再抬头看着走廊里，薄薄的日光，通透明亮，脑海里却浮现出昨晚的情形。

她昨天……脑子是抽搐了吧？

一想到这个，尤明许连嘴角都快要抽搐，心情也低落到了极点。

分明是被猪油蒙了心。

昨天后半车程，两人不亲了，只是搂在一起，脸贴着脸，他抱着她的腰，她靠在他怀里。然后他也不知怎的，眼睛亮亮的，一直跟她说些无意义的话。

“阿许，我明天早上想吃包子。”

“嗯……”

“我明天要穿那件黄色的奥特曼衣服。”

“嗯……”

“阿许，你现在饿不饿？我有点饿。”

“我不饿。”

“阿许，你还冷吗？我不冷了。”

“我也不冷了。”

…………

是不是像他这样的孩子心性，一旦高兴了、振奋了，就会说这些无关紧要的小事？想到这里，尤明许嘴角一弯，呵……

等一下！她现在为什么还在乐？

尤明许几乎是立刻把自个儿的脸给拉了下来，再想到昨晚自己比他还主动，眉头皱得更深。

当时……是什么感觉呢？就是整个人脑子里好像都是糊的，完全不愿意想这意味着什么，只是不想抗拒。

她真的好想给自己一拳。

后来到了家，许梦山那小子还装得很淡定，一本正经地说：“尤姐，殷老师，早点休息。”想到这里，尤明许横了身旁的搭档一眼。许梦山眼里始终带着点薄笑，跟只狐狸似的。

尤明许又想起，昨天就是在许梦山的目送里，殷逢牵着她的手上楼。而当时，她心里感觉踏实极了，依然是被屎糊过的脑子，没有抗拒……

一到家，殷逢就倒在床上睡着了。她也一头栽在自己床上，这一觉睡得极其香甜，脑子里什么也不愿意想……

站在审讯室门口，尤明许伸指弹了自己的脑门几下，有点用力，生生地疼。弹完后，她面不改色地带着许梦山走了进去。

这其实是个很常见，却又让人完全无法想象的故事。

从小，李必冉就生活在还算优越的环境里。父母在外做小生意，不说是大富之家，小康是没问题的，所以从小他也是个骄傲的男孩。

骄傲而孤独。

父母只有逢年过节才回来。

每当这时候，父母是兴奋的，充满成就感且自我满足的。毕竟辛苦工作了一年，也攒下了一些钱。孩子虽然不在身边，可现在的一切奋斗，不都是为了孩子吗？而且他以前跟着爷爷奶奶，现在跟着大姨姨父，不也长得不错吗？眼看着，就要长成小伙子了。

短暂的十来天春节假期，父母带着李必冉走亲访友，匆匆又热闹，然后回程的日子，就一点点逼近了。

身为父母，心里到底还是会有些不舒服。既为了孩子，也为了自己的牺牲和辛劳。所以在钱上面，他们从来就没少过李必冉的。在他上高中前，比起同龄孩子，手头绝对是充裕的。

而李必冉的性格，大概也是在这样的诸多因素中，被塑造起来。

与周围的孩子比，他一定是有优越感的。钱多，自由自在，爷爷奶奶又惯，而且越来越管不着他。不过父母不在身边，有时候让他感觉挺郁闷的，觉得他们根本没为自己付出什么。但他记得，小学的时候，有时候想起爸爸妈妈，自己还会哭，会打电话要爸爸妈妈。渐渐地，觉得也没什么了。父母嘛，就那么回事。养大他，是他们的义务。反正钱上面别少他的就行了。他们一回来就管东管西的，他还不自在呢。

至于谢惠芳，真的就是李必冉最厌恶的人了。一开始刚跟着他们住时，她还客客气气的，虽然也喜欢说教，但到底不敢太过分。可日子长了，这老妖婆就露出真面目，开始什么都管，管他几点上课，几点回来，放学了都去哪儿，和什么朋友玩，有没有泡网吧……

她当自己是谁啊？要不是他妈妈每月给她一千块，她真的会愿意让他住在家里？会在意他？

李必冉最烦的，就是谢惠芳总喜欢念叨，说他父母，也就是她的妹妹妹夫，在外面打工多不容易；说自己带两个娃，还要看着他，根本不是为了那一千块，完全是因为亲人；说李必冉学习不努力，自己的女儿儿子多么懂事，让他要有当哥哥的样子……关键的是，每当这时候，她女儿还在旁边狐假虎威，一旦发现他抽烟，或者去打游戏，马上就会报告给谢惠芳。

李必冉越来越烦他们这个家。这根本就不是他的家，可他却跟一头困兽似的，被困在这里。

少年每每想到这一点，都有种历经沧桑的、深深受伤却无人知晓的感觉。

李必冉其实是聪明的，脑子也灵活，原本在初中也算混得开。初中的学习虽算不上完全尽力，但还是有上心的。结果初中会考时，发挥超常，分数线达到了上这所非常好的私立高中的标准。而这所学校，又被人们称为贵族学校。

学费和生活费很贵。他爸妈虽然在外地打工，还是咬牙让他上。

一切都是为了孩子的将来嘛。现在既然孩子争气，考上了这么好的高中，哪怕要拿出大部分积蓄，也要让他上。

然而直至在新高中生活了一段时间后，李必冉才知道，什么叫作“打肿脸充胖子”。

他原来在区里的高中，虽然算不上风云人物，但也是个角色。等到了这儿，发现自己什么也算不上。

他们大多数人，非富即贵。父母不是官员，就是从商的。那些人，几千块一双的潮鞋，他们眼都不眨就买下。苹果出一个新款就换一个。有时候李必冉坐在座位里，听同桌和人聊天：

“iPhone XS 你买了没有？”

“我买了两台，一台自己用，一台给我妹妹。”

“不过我还想试试华为 P20，那个好看。”

“好啊好啊，那我也买一台玩一下，不好用就给我家阿姨。”

…………

李必冉忽然觉得，口袋里那台还是八成新的 iPhone 8，有点烫手。

当天回家，他就给父母打电话：“妈，我想换部手机。”

母亲愣了一下，问：“去年不是刚换了吗？”

李必冉说：“我们同学都用新的了！ iPhone XS 每个人都有一部。你怎么就不能给我买了？”

母亲小声问：“那要多少钱啊？”

“一万吧。”

“……”

母亲后来当然没有给他买新手机，而且父亲得知后，还在电话里把他痛骂了一顿："为了让你上这个高中，我们这几年赚的钱，都丢进去了。你不想着好好读书，又要换手机。我们哪有那么多钱？太不懂事了！"

挂了电话，李必冉心里简直像堵着一团火，窝囊极了，他觉得很愤怒，这愤怒当然是冲着他看来冷漠的父母，可隐隐地，好像也是冲自己，冲身边的一切，冲谢惠芳，冲那个根本不是他的家的家。还冲学校，冲那些陌生的，好像总是活在另一个世界里的同学。

更别说入学后第一次摸底考，李必冉考进了全班倒数十名里。他之前还想，那些富贵子弟肯定都是酒囊饭袋，考试前还偷偷复习了一阵，想要一鸣惊人，结果现实狠狠打了他的脸。连带着，他觉得老师看自己的眼神，都比看那些成绩好、家境好的，要冷漠很多……

呵……别瞧不起人。

李必冉越来越不喜欢上学了。他和那些人，完全处不到一起去。高一都快结束了，他和同学们却仿佛越来越陌生。那陌生感，是一种掉进泥潭里，慢慢越陷越深的感觉。你看着它发生，却无能为力，你只能逐渐变得僵硬、麻木。

随着他成绩的下滑，他越来越多地旷课违纪，父母的责骂和失望也越来越多。而谢惠芳，李必冉觉得，她越来越喜欢发号施令，越来越不把他当人。管东管西，事事都要盯着，简直就像个兴奋的中年女特务，每天似乎就盼着找到新的"这个孩子果然不听话、无可救药"的证据。

李必冉越来越喜欢泡网吧，因为无论是上学，还是回那个所谓的"家"，给他的感觉，都像坐牢一样。

"我弄死你！"

"想死啊。"

"老子好想杀人。"

…………

这些话语，网吧里的那些少年，甚至是成年人，常挂在嘴边。连学校里那些权富之子，也能很随便就说出口，李必冉有时候在网吧打游戏也会说，这样的话语，说出口时，感觉很爽。

而很多时候，少年的脑子里浑浑噩噩、充满戾气时，总有很混乱的、说不清的冲动，想要干点什么，打破这让人窒息的少年人生。

第十二章

少年人生

刘若煜从小就很喜欢看书，连环画、报纸、课本，甚至字典他捧起来都能安静地看一下午。最喜欢看的是侦探小说，里面的主人公聪明、狡猾、有正义感，总是能掌控全局。

那是距离他非常非常遥远的一种生活。

他从小就住在一个伯伯家。他没有爸爸妈妈，他们在他很小的时候就过世了，听说是在外面打工时死的。记忆中他和爷爷住过两三年，后来爷爷也死了，他就和伯伯住在一起。

伯伯、伯母在乡里搞了个小养殖场，但总是没别人家的弄得好，赚得不多，甚至有的年头还赔钱。两口子经常打牌，有时候输几千块，连自己的一对儿女都打。刘若煜这时候总是不作声地站在角落里，但还是免不了挨打。

他们儿女的年龄比他大些，都在县里念寄宿高中。而那时的刘若煜还在镇上读初中，和他们住在一块儿。有时候伯母忙着打牌，没空搭理他，就往家里买十包面条。没有肉哨，只有油盐酱醋，有几个月，刘若煜每天放学回家只能自己下面条吃。

衣服是校服，一年四季穿着，都是自己洗，倒也干净齐整。没钱买书，只能跟同学借，后来听说可以看电子书，他就自己去捡了半年破烂，买了部最便宜的手机。

伯伯看到手机："哪里来的？"

他答："卖矿泉水瓶挣的。"

伯伯睁大了眼，把手机拿过去，说："可以啊，长大了，能挣钱了。"看了一会儿，把手机揣兜里，“好好学习，这个……我先没收啊，小孩子不要玩手机。”

刘若煜原地站了一会儿，走回自己房间。

农村里房子是不缺的，他一个人住在一间很狭小还很阴暗的房间里，房间没怎么装修过，灰墙，水泥地面。他在床上默坐了一会儿，紧握的拳头才慢慢松开。

结果过了几个月，等他初中毕业的时候，有一天伯伯、伯母做了一桌还算丰盛的菜，伯伯还给他倒了杯米酒。

伯母一如既往地假笑着，如同一朵庸俗至极的花，说：“我们家若煜都长这么大了，都能自己挣钱买手机了，真能干。”

伯父和他碰了个杯，显得很豪爽：“干了！”

刘若煜握着小酒杯，一饮而尽。

伯父说：“若煜，你看你爸妈去世得早，当时打工出事故，也没得多少赔偿金，早几年就花完了。我们这样的家庭，确实没有能力供你再上高中、大学。我们没本事，但是也不能耽误你。其实现在读书也没什么用，大学生赚得还没有工人多呢，好多失业找不到工作的，还是学一门技术比较保险。我们肯定都是为你好。镇上有不少人，在湘城的一家工厂打工，听说那工厂就是我们县的老乡开的。你下个月就和他们一起去吧，一个月的工资有三四千呢。到时候挣了钱，记得往家里寄，不要乱用！我们都替你存着。”

刘若煜沉默着。

伯父伯母交换了一个眼色，伯母说：“你这个孩子，就是一点都不念亲情，平时也不和我们亲近。我不和你妈妈一样吗？你是我们养大的呢！难道还会害你？这个机会错过了，以后可没有了！必须去啊，在那里好好干，挣一份前途出来。”

刘若煜的脸已经红了：“可是我只有十五岁！”

伯父说：“那没关系，原来你是担心这个。到时候把年龄说大一点就行了，都是熟人，混得过去，就是钱可能会比别人少几百块，那也不错啦。我们把你养这么大，你也该赚钱报答我们了！人最重要的就是记得感恩，不感恩，他就是豺狼虎豹，没良心！”

“去就去！”刘若煜“砰”的一声放下杯子，起身走进自己房间，摔上了门。

伯父伯母看着，骂骂咧咧说了几句，也不理了。

几天后，刘若煜带着个背包，跟着镇上的几名青年离开。离开时，伯父不知道去哪儿了，伯母在邻居家打牌。刘若煜去和她打了个招呼，她在牌桌上喜笑颜开：“唉呀，我们家若煜也要出去挣钱了，一路顺风啊。”人却没有起身。

旁边的婆婆妈妈们也都在笑。

刘若煜觉得她们看着自己的目光都透着怜悯和讥讽，仿佛在说：这么大的孩子，也送出去打工。心狠哦，孩子也可怜了。

刘若煜转头离开。

他的初中毕业会考成绩，进了全县前二十名，是镇上第一名。

起初，刘若煜对于工厂的新生活，是心存憧憬的。无论如何，他离开了那个村镇，离开了那个冰凉的屋子。而且可以自己挣钱了，可以看很多书。被困的少年对于长大成人，都有些急切，他也不例外。

但没几天后，占地极广的厂房车间，带给他的新鲜感就消失殆尽了。他意识到自己生活的环境和以前其实没什么差别。这里就是偏僻的城乡接合部，他平日里住在乡镇上，周围除了工人就是村民。他原本向往的是湘城，听说那里有很好的学校、医院，有很多明星。惟楚有材，向往已久。

于是在发了第一个月的工资后，他先给自己买了部手机，然后就坐公交去了市里，逛了一整天才回来。即使是一个人逛，没和任何人说过一句话，黝黑的乡村少年也很开心。

打给伯父伯母第一个月的钱，因为少了这笔手机费用，他们在电话里不太高兴。刘若煜没说几句，就托词要去上班，挂了电话。

下个月他并不打算如他们所愿，把工资全打过去。给他们的钱只会越来越少。他算过自己这些年花掉的他们的生活费，他打算还够了，就再也不给他们打钱了。

他终于自由了。

可少年渐渐才明白，人生啊，就像爬山，你费尽力气爬到了顶峰，扛过了黑暗，也扛过风雨，却看到还有另一个山头在等着你呢。

你永远也到不了平路。

起初他并没有意识到自己和那些成年工人有多大差别。工厂里偶尔会有那么几个工人看着面相很小，大家也都心照不宣，不会管闲事。他走进宿舍的第一天，那三人看到他，都愣了一下。也许不光是年龄吧，还有他身上极不合身的、伯伯穿旧的中年人风格的 T 恤，以及他手里的编织袋。

徐嘉元笑了笑说：“这是哪个山里跑出来的小娃娃，走错了吧？”

旁边两人哈哈大笑，刘若煜从来都不是善辩的、灵活的人，他只是默默将编织袋放到床边，脸色发红。

也许就是这初次交锋，奠定了他和室友之间，尤其是他和徐嘉元之间不公平的地位。

渐渐地，大家都发现这个少年话不多，也不晓得申辩争取，只是默默做事，让他打扫寝室、帮忙跑腿也不吭一声就去。这种顺从让徐嘉元感到很得意，可他依然有种这小子未必真的被驯服的感觉。

徐嘉元心想：刘若煜才多大个人，大人把孩子呼来喝去怎么了？这不是理所当然的事吗？

就跟惯性似的，大家也享受那种高人一等的感觉，对刘若煜的态度也越来越随意、恶劣。

“喂，去帮我把衣服洗一下。”

“去给我买包烟。”

“明天我有事，去给我替一下班。”

“才十点，你拉开窗帘看什么书，老子不要睡觉啊？关了！”

“你怎么十八岁不到就出来打工了？我看家里人对你也不怎么样，要不就是你小子不好好读书，犯了什么事被送来打工了。大多数都是这样。就是乡下人能惹什么事？你能惹什么事？嗯？”

…………

刘若煜不是没想过拒绝，可有些事一旦开始，人人都好像上了瘾，就不准他拒绝了。他们有三个人，都比他人高马大，在厂里资历也深。他们懂得也多，朋友也多，他稍微有点不愿意的意思，他们就用眼神、用讥笑，甚至用肢体语言告诉他，他不配拒绝。

“听话点好吗，反正你也没什么事，为什么不帮忙？”

“乡里来的就是蠢，你都还没成年，除了我们，谁搭理你啊？”

徐嘉元是最冷酷的那个，看他一眼，说：“去！真要等我揭发你是童工，被赶出厂子啊？有点自知之明好不好？”

有时候也会动手。

徐嘉元会拍他的脑袋，推他一下，踢他一脚。起初刘若煜还忍着，有时候实在气急了忍不住，也会推徐嘉元，两人便推搡在一起。刘若煜虽然人小，可力气大，性子虎，徐嘉元居然占不到什么便宜，两人脸上也就都挂了彩。

把徐嘉元惹火后，那两人赶紧过来劝架，说是劝架，却是把刘若煜一个人给摁着。徐嘉元照着他的脸，就狠狠给了一巴掌，说：“我看你真是想死，这要不是他们拦着，老子现在就砍死你。行，我现在就去人事部揭发你这个毛都没长全的童工。让你滚蛋！”

那两人作势劝道：“小刘，你还不道歉啊，是你先动手的。”

“真想被送回去啊？”

刘若煜眼睛都瞪红了，说不出话来。

徐嘉元转身就往门外走。

刘若煜心里就跟有千把刀在磨似的，咬牙喊道：“别去！不要去！”

徐嘉元站了一会儿，走回来，皮笑肉不笑地说：“不去也可以，你跪下，认错。”

…………

每到轮休日，刘若煜就喜欢往市区跑。那里有更宽的马路、更高的楼、无数的车和漂亮的商场，连网吧都比厂子所在的镇上辉煌大气。他以前只去过几次网吧，因为没钱，其实也没太多兴趣。现在到了市区，商场、饭店，他都不太敢进去，网吧就成了理所当然的选择。

第一次遇到李必冉时，两人碰巧组了个队，赢了一把。

同样的阴郁少年，同样的孤身一人，在赢了游戏后，笑得夸张又放肆。

李必冉叫他“煜哥”，刘若煜则叫他“必冉”。

李必冉问：“煜哥，你在哪里上学？明天还约不？”

刘若煜顿了一下，答：“我上班了，看不出来吧，我都十八了。我要下个星期才能来。”

在李必冉眼里，刘若煜这个少年，和自己身边的那些人是完全不同的。他沉默稳重，游戏打得酷，手里也有钱，请他吃一顿饭，几百块眼睛也不眨一下。两人没差几岁，他却上班了，自食其力，多自由啊。

两人的关系越来越好，几乎每周都混在一起。聊得更深入后，两人发现，李必冉小时候跟着外公外婆在乡下住过一段时间，外公外婆家正好和刘若煜家是同一个地方，时间也对得上，说不定两人小时候还一块儿玩过。于是关系更加亲近。

于刘若煜而言，这种感觉也是新鲜的。一直以来，他都被别人控制着。现在，却有了个小弟，有了个哥们儿。

这种感觉真的很好。

刘若煜非常珍视这份来之不易的友谊。他也隐隐感觉，自己的生活，不该是那样的。他其实可以干出大事，让所有人刮目相看。

总有一天，他要神不知鬼不觉地干掉徐嘉元，只要他想，他就有一百种方法可以杀掉徐嘉元，而其他人根本不会知道。

…………

有一天，李必冉和谢惠芳又大吵了一架，跑到工厂附近来找刘若煜。刘若煜怕他看到自己在厂里的孬样，不让他进厂里，两人只是在镇上的网吧碰面。

李必冉说："真的被那个女人气死了。她居然当着所有同学的面骂我，她根本不是人。"

刘若煜根本不用问，就能在心中想象出一个和自己伯母相同的形象。他说："又不是亲妈，当然不把你当人。"

李必冉沉着脸说："总有一天，我要搞死她。"

刘若煜看了他一眼，忽然间，心中那始终如薄冰覆盖、不敢轻易踏足的地方，好像突然裂开了一条缝，一道奇异的光照了进来。

"你很想让她死吗？"刘若煜问。

李必冉沉默了片刻，点头。

刘若煜的嗓音都有点抖了，抽了口烟说："我有办法。"

"什么办法？"

"交换杀人。"

完成对两位少年的初步审讯，已是傍晚时分。

他们对自己的罪行供认不讳。刘若煜因为熟读侦探小说，策划了两起作案过程，所有的工具都是他准备的，时间、手段也都是他定的。而他生性谨慎，头脑聪明，谢惠芳案做得几乎没有漏洞，只是残忍地连两个孩子都杀害了。

李必冉性子毛躁些，所以徐嘉元的死亡现场一片混乱，因为没有带鞋套，还留下了自己的血脚印。但他也干了一件让人出乎意料的、残忍的事——剁烂了徐嘉元的脸。

尤明许想，按照殷逢的说法，此举是为了掠夺死者的容貌或身份。是否在杀人的那一刻，少年把不相干的徐嘉元，当成了自己的亲人，所以才毁其容貌。

他再也不想看到自己所憎恨的那张脸了。

尤明许经历过比这次更加穷凶极恶、丧尽天良的案子。两名少年的杀人手段，很原始简单。现在水落石出，尤明许心中却只有一种非常寂静的感觉，寂静得叫人心里发闷。

而两位当事人，即使在今天审讯时，也没有表露出多少忏悔的样子，顶多只是害怕、慌乱。可见在他们心里，在他们已经接近成形的世界观里，那两个人依然该死。他们对于未来，一片茫然，似乎完全没有想过这个问题，也没有想过受害者家属，还有自己父母亲人今后的人生……

坠落的人生，总是不断下坠。牛鬼蛇神，滴水穿石。

而他还是个孩子，懵懵懂懂，却已在深渊。

尤明许打了个车，到了家门口。此时暮色已经低垂，寂静又幽暗。她停下脚步，望着高楼灯火，想起那两个少年，心里还有点堵。一切尘埃落定，能努力的已经努力，不能挽救的终究不能挽救。

她索性不进小区，就靠在墙边，点了支烟，抽了一会儿。心情到底是慢慢沉静了下来，如同之前破了每一起案件后一样，极度的紧张兴奋过后，是极度的空虚。

一支烟很快抽完了，她又抬头看看，远远可以望见自家窗口的灯光明晃晃地亮着。案件带来的心头阴云终将远去，可她还是不太想上去。

想起昨晚，她亲殷逢时，他那虔诚痴迷的表情和动作，她的心简直就跟被火给燎了一下似的，要烟了……

默默地又点了一根烟。

这回抽慢点，她想。

尤明许并不知道，隔得很远的街角，道路的阴暗处，无声无息地停着一辆车。

车上坐着两个人，其中一人放下望远镜，眼睛还盯着尤明许的方向，说："看来警察已经结案了。"

另一人笑了笑，说："理应如此。警察只能做到这一步。"

第一个人也笑了，说："他们真以为那两个孩子就是最后的真凶，以为案子就是简单的交换杀人而已，哈哈！"

另外那人也眯着眼，看着尤明许的方向，转而抬头，看向高处，问："你还想得到她吗？"

那人静默片刻，答："不，我已经不在乎了。你呢，想得到他吗？"

另一人手指在车窗上敲了几下，答："想，做梦都在想。"

尤明许低头走进家门，几乎是立刻就听到某人房间里传出脚步声。她看都没看一眼，径直走到茶几旁，倒了杯水喝。刚刚连抽了几支烟，现在喉咙干得很。

殷逢跑到她身后，一直看着她。

尤明许说："今天上班累死了，我去休息一会儿，别吵。"手臂被抓住。

尤明许心头一跳，再次懊恼不已，她不动声色地抬头。

殷逢穿着 T 恤、大裤衩，大概是一天没出门，从头到脚都是干干净净、一尘不染的。眸光闪闪，一副拼命压抑着欢喜的模样。

尤明许心头的大石，无声地又加了一块。

她笑笑："干吗？"装傻的功夫，她自是一流。

殷逢却没听出她话语里的漫不经心，咧开嘴，非常开心地笑了："你回来了。"

尤明许的太阳穴又跳了一下。

"嗯。"她淡淡道，"我回房了。"

饶是殷逢如今情商迟钝，也感觉出她和昨晚那个又香又软又凶猛的女人判若两人。他愣了愣，在她走进房门之前，又把她拦住，说："我……我们……"

尤明许抬起头，一脸坦然自若地问："我们？怎么了？"

"你吻我了。"殷逢眉头轻蹙，眼眸亮晶晶的，"我也吻你了，吻了很多次。以后……阿许就是我的人了。"说完，俊脸上浮起红晕。

尤明许心道：可是我不想认账。

然而被这纯情的小家伙带的，她的脸也有点挂不住，尽可能神色自然地笑着说："谁教你这些乱七八糟的？瞎说什么！"

殷逢一怔，尤明许已走到沙发处坐下，拍拍身边："过来，我和你解释一下。"

殷逢走过去坐下，双臂搁在膝盖上，十指交握，脸上的笑意也没了。尤明许知道他这是有点不高兴了，但她也没办法，现在就得摁着他的头，把昨晚的事儿给翻篇了。

尤明许说："殷逢……"

他打断她："叫我英俊。"语气有点冲、有点冷。居然是个有脾气的男人模样了。

尤明许一顿，说："好，英俊，我问你，咱们俩是不是好朋友？"

他点了一下头。

"你心里是不是一直把我当姐姐？"

他又点头，可马上面露犹豫，又摇了摇头，抿住了唇。

尤明许置之不理，微笑着说：“你失去了记忆，又撞伤了脑袋，还没完全好，有些事，你还不懂，太想当然了。男女之间，有时候亲一下，并不代表是谈恋爱、要结婚的关系，只是因为他们关系好而已。我问你，咱们俩，关系不好吗？我是不是你最好的朋友？”话说到这里，尤明许都感觉到了自己的无耻。

他还是抿着唇，看着一旁，没看她。过了一会儿，才很不情愿地“嗯”了一声。

尤明许心想：明明是要和他撇清关系，可怎么有种逼良为娼的感觉？

她接着说道：“所以，你不要因为亲了一下，就以为我们是在谈恋爱，这样我很为难的。我昨天亲你，只是因为……因为要奖励你、感谢你。那只是个奖励。”

殷逢疑惑道：“奖励？”

尤明许点头：“因为你帮我破案，抓住了两个凶手。”

殷逢闷了一会儿，转头看着她，目光清亮又疑惑：“阿许，你真的……是这样吗？”

这一刹那，尤明许居然有点心虚，但她向来善于防备，语气也淡下来：“当然是真的，我骗你干吗？不然我为什么要亲你？没别的理由对不对？”

他那两道乌黑的眉，轻轻地拧在一起。他说：“哦，原来是这样。”

尤明许却觉得，那声音低得不能再低了。

然而她不可能心软。

她拍拍他的肩，刚要起身走，又听他问道：“那你对许梦山，还有警局那些兄弟，如果你高兴，要奖励他们，也会亲吗？”

尤明许心里“哐当”一下，一个恶寒的念头冲进脑子里——他们，我哪里下得去口？！

但她面不改色、毫不要脸地答：“会、亲。”

殷逢一动不动，脸上没有什么表情。过了几秒钟，突然一拳重重地捶在了茶几上，嘴巴抿得很紧，看着一旁，就是不看她。

气氛变得有些紧张，尤明许都感觉到一点隐隐发闷的气息。莫名地，她心里也有点不痛快了，反正就是不想和他待一块儿了。她站起身，正想回房，他也站了起来，说：“那今天有奖励吗？”

尤明许愣了愣，还没做出任何反应，他的气息已从背后钻进她的耳朵里。他用清澈的、还带着点委屈的声音说道：“我今天表现得也很好，没有外出，没有去打扰你工作，也不再因为昨晚的事难受让你担心。我一直在等你，你还没有奖励我。还有，你今天有没有奖励过别人？”

尤明许只感觉心跟着他一气呵成的控诉，颤了几下。

“当然没有，我……”她刚想说哪有那么容易就得到奖励，好借此把他糊弄过去。却看到他近在咫尺的那张脸，瞬间绽放出明朗的笑容。

“没有别人就好。”他低喃道，俯头就亲了下来。

该死……

又是那清新的、温柔的、性感的气息，一下子就把她的唇给覆盖住了。尤明许想推开来着，可是内心深处居然有些留恋不舍。这一犹豫，人已经被殷逢给扣在了墙上。尤明许禁不住溢出了一声轻叹，于是他的眼眸闭得更紧，像是把她当作还剩了半瓶没喝完的佳酿似的，他开始放肆畅饮。尤明许每每想要抗拒，他就带来一波更激烈的攻击。昨晚那浑浑噩噩的感觉，再一次袭击了尤明许的大脑，她隐隐又生出了放纵的冲动。

而他的双手，起初是搂着她的腰，渐渐地，无师自通，抑或是因为身体本能，开始沿着她的腰线往上抚摸，摸到了两处峰峦，覆盖上去。尤明许听到他发出一声喟叹，然后他的双手开始揉捏玩弄……

许久以后，两人滑坐到了地上。她坐在他的大腿上，两人的衣服都皱皱巴巴的，她长发散乱，媚眼如丝。而他的脸和眼睛都是红的，微微蹙着眉，还有点痛苦未得到纾解的表情。

而他的手，已经伸到她的衣服里去了。她的胸衣是松开的，有些小地方都被拧疼了。在她后来恢复理智阻止后，他的手总算没有再去攀登高峰了，只是停在她细腻光滑无比的腰间皮肤上，握得紧紧的。

尤明许从他怀里挣脱，整理了一下头发和衣服，一言不发进房去了。殷逢在原地呆坐了好一会儿，然后往后倒地，躺着闭上眼，笑了。

就这么一个人躺着笑了很久。

“所以说，这次的签售会规模很大，主办方很有影响力，违约金也很高。如果可以的话，我希望您最好去参加。”陈枫有条不紊地说，“而且主治医生也说了，多做点和以前相关的事，能够帮助您恢复记忆。”

他说这话时，殷逢正躺在沙发上，嘴里含着个大大的泡泡糖，“啪”地吹出个小泡泡，瞬间就破。而他光着的双脚，抵在另一头，也就是尤明许的腰间。

尤明许低头在看手机，没搭理他。

陈枫微笑看着他们，最近殷老师和他的心头肉尤小姐的关系，似乎更亲近了。

要是换作以前的殷老师，多半瞧不上尤明许，但既然是现在的殷老师，陈枫也希望他如愿以偿，他想要的女人，就能到手。

陈枫轻咳一声，打断殷逢的玩闹，说："殷老师，希望您去参加后天的签售会，很多支持你的读者，盼望很久了。"

殷逢嚼了嚼泡泡糖，说："可是我不知道要怎么做。"

陈枫："一切我都会安排好，您只要露面、照做就行了。尤小姐，您想去参加殷老师的签售会吗？我可以给您留前排的票。"

殷逢立刻看向尤明许。

尤明许还从来没参加过这种活动，有点好奇，看着殷逢小狗般巴巴张望的眼神，心想：对他的康复有好处呢。于是微笑点头："可以啊。"

陈枫顿时露出满意的笑：这事儿成了。

果不其然，殷逢立刻凑到尤明许身边，脸都快贴她脸上了。陈枫眼多尖的人，看到尤明许不动声色地往后躲了躲，殷作家却无知无觉，还凑在那儿。陈枫在心里轻轻叹息了一声。

殷逢说："阿许，签售会那天，你能一直在我身边陪着我吗？"

"不行。"

"那恐怕不合适。"

见他俩都反对，殷逢气鼓鼓地吐了口气，有点丧气，手慢吞吞地伸到尤明许背后，在她腰上捏了一把，算是补偿自己。尤明许眉都没抬一下，就当被小虫子挠了一下痒吧。

陈枫视若不见，微笑道："对了，每次签售会的保留节目，是向粉丝们表演一项才艺。虽说殷老师您现在失忆了，但技巧应该都还在。您是想表演钢琴，还是萨克斯？"

尤明许看了殷逢一眼。他居然会这么多，还真是个名副其实的大才子。

殷逢的目光却一片茫然，皱眉想了一会儿，说："那些我现在都没兴趣了，我能不能表演别的才艺？"

陈枫："譬如？"

殷逢眉头舒展："我可以表演模仿动物。"

说完扭头看向尤明许，嘴角露出甜笑："汪！汪汪——"

尤明许和陈枫都静了几秒钟。

尤明许："弹钢琴！"

陈枫："明白！"

次日一早，天没亮，殷逢还没起床，尤明许就出门了。

经过他房门口时，她往里看了看。他果然又像只青蛙似的，四肢张开趴着，半边被子掉在床下，俊脸胡乱压在枕头上，睡得特别香甜。

那两次激烈纠缠的吻，以及他最近时不时偷偷摸摸揩油的小动作，在尤明许脑海里一闪而过。

在尤明许意识到之前，她的嘴角已经弯起。然后她一愣，笑容消失，无声离开。

她打了个车，直奔目的地。到达那个巷口时，天色还是黑的。许梦山已带了两个兄弟，等在那儿了。

尤明许点头示意："这次欠你们一个人情。"

许梦山笑眯眯的，而那两人忙说："哪里的话，尤姐平时多罩着我们呀。"

尤明许微微一笑，问许梦山："出来没？"

许梦山答："估计快了。"抬头看了眼巷口的监控，尤明许也跟着望过去。

监控的另一头，樊佳抱着个抱枕，坐在电脑屏幕前，拿起手机发了条语音过去："放心，过几分钟我就关掉。"

天微微亮的时候，有三个人从巷子里的一幢房子里走出来。尤明许双手抱胸，背靠在墙壁上，望着他们走近。

罗羽是连夜赶到一个当事人家里，做一起案件的准备工作。熬了一晚上，他也疲惫得很，一抬头，看到那个人影，吃了一惊。而后罗羽笑了，懒懒的模样："怎么舍得来见我了？"

尤明许径直走过来，与此同时，她身后走出两个人，对罗羽的手下出示了证件："我们正在周围执行任务，过来配合一下。"

两名手下都不干："什么呀？警察就乱抓人吗？"

"没抓你们，抓小偷呢，过来问几句，怎么，不配合啊？"

罗羽说："没事，你们过去，全力配合警官。我和我老婆单独聊两句。"

尤明许面无表情。

其他人这才走干净。

罗羽盯着她，他最近忙，有好些天没去看过她了。得到的都不是好消息：她又破了个案子，在正义的路上越走越远；她和那个傻子同进同出，关系亲密……

其实罗羽挺熟悉，这个看似冷酷的女人，在男人面前是什么样子。她的乌黑长发会随意散落，她会似笑非笑逗得你心痒，你的一切真心假意她都看得很清。然而她的心又是温柔的，否则当初不会在他竭尽全力的追求下，允许他慢慢靠近。她甚至会用那嫣红的唇，轻吻你的额头。还有她那细腻的带着点烟味的手指，透出散漫的女人味，都能叫你心中恍惚。

她要是晚点知道他的底细，真的把一切都交给他，真的进入他编织的那张情网里，是否一切就不一样了？哪怕后头她不肯和他在一起了，也是爱他的吧？那样，他不也就能够控制住这个女人了吗？让这只桀骜的鹰，只能飞翔在自己的股掌之间了。

罗羽心中很是懊恼，面上却不露分毫，嗓音也放得很低："想和我谈什么？那个傻子怎么样？听说吓哭了？手下的人办事不知道轻重，你别介意。不过，再让我瞧见他在你身边，就不是让他玩玩水这么简单了。"

尤明许抬起头，目光如沉渊不惊："嗯？看来你也知道，我是为他来的了。"

罗羽哈哈笑了，笑得放浪又狂妄，仿佛她说的是一个多大的笑话。等他笑完了，尤明许还是一脸平淡的表情。

罗羽说："怎么，你是来为他报仇的？你只是一个小警察，而我是知名律师，你能把我怎么样？哈哈哈……"

尤明许也微微一笑："揍你啊。"

罗羽眼里含着笑，微怔。

十分钟后。

尤明许单手缠着橡皮筋，把散落的长发重新绑成马尾，再揉了揉有点发红的拳头，转头看了眼身后倒在地上的那人，轻笑一声，朝巷口的许梦山等人做了个手势。他们立刻放了接受"询问"的两名手下，一行人乘车离去。

罗羽费了好大的劲儿，才跌跌撞撞地从地上爬起来。两名手下看到，吓了一跳，赶紧跑过来扶他。他铁青着脸，一把甩开。然后又立刻收手，捂住还在淌血的鼻子。手下们看着他鼻青脸肿的样子，都被震惊得说不出话来。

尽管从头到脚痛得都要裂开了，罗羽踉跄了几步，却"呵呵"笑了。

就在这时，来了视频电话。罗羽看了一眼，直接挂断。结果对方又打，他烦躁地接起，屏幕上出现一个染着茶色短发的男人。

那人盯着罗羽看了两眼，笑了："稀奇，谁能把你给揍了？"

罗羽："有屁快放。"

那人身子往前一倾，靠近屏幕，近乎深茶色的眼眸里，眸光却始终淡淡的："听说，你一直追不到尤明许，任务也完不成。不如换我上，早点得手。"

罗羽阴沉沉地说："我只说一次，你别碰她。"

这一天，尤明许的心情始终不错，有种彻底释放后的快感。她想：这其实是件挺有意思的事，到底是我身体里本身就涌动着邪恶的基因，所以才热爱惩恶；还是因为经常惩恶，令我也变得有些邪恶任性？

罗羽是个聪明人，自始至终也没有来找碴儿。

到了下班的点，尤明许的手机准时响起。如今每次接到殷逢的电话，尤明许都要停顿那么一下。

"喂？"

"下班了吗？"

"嗯，快了。"

"我派了车在门口接你。"殷逢说，"我在我家等你。阿许，这里很好玩，你快点来，我给你看很多东西。"

挂了电话，尤明许不由得笑了。静坐了一会儿，拿起包下班。

警局门口停了辆宾利，哪怕再低调，也吸引了不少人的目光。尤明许皱了皱眉，飞快上车，心想：这家伙以前可真够奢侈张扬的。

昨天就说好了，今天陈枫带他回自己家里，熟悉一下签售流程，也练一下钢琴。

尤明许答应过去看看。

前座的司机是个高大敦实的胖子，穿了身黑色的司机制服，全程不苟言笑、不发一言，就跟车上只有尤明许一个人似的。只是当路上遇到有人抢道，开车别了他们一下时，这司机一踩油门，沉默地追了上去，气性大得很。

尤明许抬头看了一眼，说："慢点，安全第一。"然后就看到司机的双手紧抓了一下方向盘，速度这才缓缓降下来。

尤明许之前听陈枫说过，自己也上网看过，殷逢早就成立了一家公司，拥有一个不小的商业帝国，身边的人都是跟着他好些年的。尤明许忽然有些好奇，能把这么一个冲动易怒、木讷僵硬的司机放在身边，负责自己的行车安全。曾经的殷逢，有点意思。

车开了半个多小时，快到郊区了。只见周围山林环绕，绿树连绵。又拐进一条修葺得规整的幽静小路，逐渐驶入一片园林中。原来这是一片低调庞大的别墅区，且每一户的墙都很高，望不见里面，占地也都很广。

到了最深处，远远就看到两扇宫廷式的大门敞开着，一条白色大理石车道通进去。

尤明许只消看上这么一眼，就想：殷逢和她，真的不是一个世界的人。

又有个念头飞快闪过：他以前怎么不是个穷困潦倒的小作家呢，或者没有去建立什么文化商业帝国，安安分分当个作家，不也挺好？

司机把车停在离门口不远的车库里，又为她拉开车门，做了个手势，示意她自个儿走进去。

尤明许冲他笑笑："谢了。"

司机那肉厚皮硬的脸，到底挤出一丝笑。尤明许见过的人太多了，看一眼就觉得，他虽笑得僵硬，又不善言辞，但还挺真诚的。

过去的殷逢，也清楚这一点吧。

一条白色小路，横穿院子里的花园。此时夕阳斜沉，整个院子都沐浴在一片柔光里。有一位园丁站在花丛间，他穿着深蓝色的工作服，戴着围兜、手套和太阳帽，手拿一把巨大的剪子。察觉到脚步声，他抬起头，与尤明许对视。

是个四十出头的男人，脸很瘦，有些倦容，长得倒是很清秀文气。

尤明许向他点头示意。

他低下头去，继续修剪花枝。

尤明许也不在意，继续往前走，习惯性地环顾周围。她忽然发现，这辽阔的花园，或者称之为花田，整个看起来怪怪的。印象中，这种花田应该都修剪得整齐、有规律，甚至是对称的。可眼前整片花田的颜色，却是东一块深，西一块浅。黄色、深蓝色、浅蓝色、深紫色的花草，毫无规律地错落分布着。

她停下脚步，又看了一会儿，终于有点觉出味儿来。眼前的花田，就像一幅画。如果大地是油纸，那一团团、一片片的花草，就是画家落笔的色彩。别说，艺术感还真挺强的。

尤明许又看了眼那沉默的园丁的背影，心想：还真是人不可貌相，还是说这园丁也随了房子的主人，都有点恃才傲物的艺术家调调？

穿过花田，到了那幢四层的大宅前。尤明许也只能看出，这房子设计得很有艺术感，通体洁白，线条圆润，虽然高低上下都是不对称的，却出乎意料地浑然一体，很像个博物馆。

房子周围种了很多果树，其中几棵桃子树上，现在已果实累累，煞是诱人。侧面还有一片鱼塘，周围花草木石，错落有致。一个头发花白的老汉蹲在鱼池旁，拿着工具正在清理着什么。他戴了顶草帽，穿着背心短裤，抬起头，看到尤明许，立刻站起，黝黑的脸上露出谦卑无比的笑。

尤明许却微微一怔。

对于某一类人，警察是非常熟悉的。他们站立的姿势、下意识紧绷的肢体，即使离开监狱很多年，都无法彻底磨灭。眼前这个五十出头的老汉，就有着类似的气质。

尤明许打量了他两眼，他似乎也感觉到了什么，低下头去，后颈绷得笔直。尤明许不动声色地走进那栋房子，心想：不知道曾经的殷逢，知不知道这是个刑满释放人员。转念又释然：有陈枫那只狐狸在呢，想必是一清二楚的。

这也不是什么坏事。

走到一楼大厅，尤明许倒是有些意外，因为客厅正中还立着一块牌子——殷逢工作室。

抬头望去，一楼有七八个房间，门口都挂着牌子——美工、策划、编审、商业推广……

也就是说，曾经的殷逢把工作室都搬到家里了？只不过此刻，大多数房间的门都关着，或者开着门，但里头没人。

“你好，你也是来探望殷老师的？”一个声音在身后问。

尤明许回头，看到一个高高瘦瘦的白净青年，戴着副细黑框眼镜，一副眉清目秀的模样。那双眼非常亮、非常干净，于是她一眼就注意到了。

青年二十四五岁，背了个画板，手里还抱着大大一篮水果，颇为好奇地看着尤明许。

尤明许：“嗯。”

青年抬头望着楼上，说：“他出事，公司的人都担心死了。现在他回来了，能开签售会，真是太好了。我们部门的人，非要我作为代表，送个果篮过来。”

尤明许也和他一起望着楼上，这时门开了，陈枫走出来，看到尤明许，立刻笑了：“尤小姐，你来了，殷老师等你半天了。”然后朝她身后的青年点了点头。

两人上了楼，陈枫对青年说：“你先等一会儿，殷老师先见她。”

青年连忙点头，说：“没事没事，殷老师先忙，我在这里等着就好。”又冲尤明许笑笑，人看着还挺腼腆羞涩。

尤明许也懒得跟他客气，屋里还有个大宝贝在等她。她随陈枫走进去，关上门。

这竟是个非常非常大的房间，有两百多平方米，整个二楼都打通了。迎面是一长排落地窗，从四米多的天花板直坠下来，映着窗外无边的湖光景色。关键是这么大的空间，除了一侧的书桌、书架，和一些人体模型，剩余大半都是空荡荡的。地上铺着原木地板，擦得温润光泽。那张超大的书桌足有三米长、两米宽，书柜占了满满一面墙，直抵天花板。墙壁上覆盖着柔软洁白的墙布，挂了几幅画。除此之外，什么都没有。

尤明许站在这里，有点发愣。只觉得这样一个书房，给人的感觉却挺舒服。明明那么空旷夸张，却给人一种安静温暖的感觉？

曾经的殷逢，就是一个人在这个书房里，伏案写作？抬头可见窗外青山连绵，低头所见都是纯净简单的颜色？

“哟吼——”一声长长的、清亮的欢呼声，打断了尤明许的思绪，她的眼皮几乎同时一跳。殷逢双腿蜷缩坐在一把带轮子的办公椅里，整个人像一阵风似的，从她面前滑过。

尤明许也不知道他这样玩多久了，因为他的脸色都有点红了，眼睛亮晶晶的，从她面前“飞驰”而过时，里面全是灿烂的光芒。

陈枫低眉垂首，见怪不怪。

尤明许看着他在快要撞到墙上时，双脚急急忙忙地踩刹车，然后用屁股把椅子一拖，转向，跟只大鸭子似的，一双大脚“啪啪啪”在地上盘行，又往起点挪过去。

“阿许，你也来玩。”他说，“我推你。”

“自己玩。”尤明许缓步走向书桌旁，看了看桌面，又看了看旁边高耸的书架。不少书都翻旧了，可见曾经的主人多么博学。

殷逢见没能吸引到她的注意，兴致也就没那么高了，丢掉椅子，走到她身后。

陈枫眉头微微一扬，终于结束了。尤明许一来，果然万事都能得救。

书桌旁的空地上，放着五六个一人高的木偶。猛地一望，还以为是真人。尤明许凑近仔细看了看，发觉人偶的身体轮廓、肢体结构，甚至面部表情，都雕刻得特别细致逼真，每一具竟然近乎珍品，而且关节看起来是可以转动的。

“我能碰吗？”她问。

殷逢看了眼，说：“你喜欢的话，全部送给你。”

尤明许失笑："我家可放不下。"拿起一只女人偶的手，果然可以转动，摆出不同的姿势。

她在研究人偶，殷逢没什么兴趣，刚才玩"轮滑"游戏也有点累了，于是双手托腮，就地蹲下，抬头一眨不眨地看着她。

尤明许无意间一低头，就看到了脚边的人。说来也奇怪，他顶着一张渣帅渣帅的脸，怎么就能每天活得像朵小向日葵？

尤明许踢他一脚，说："起来，你是狗吗？"

他慢吞吞地站起来，尤明许继续摆弄人偶。突然间，他伸手从背后抱住了她。

尤明许浑身一僵，抬头望去，陈枫已转向一边，装模作样在看手机。殷逢倒没有近一步造次，只是搂着她，把脸靠在她的后脑勺上，用整张脸蹭了蹭她的头发。

尤明许低喝："松开！"

他慢慢放手，轻轻笑了声，尤明许能听得出他心中满满的藏不住的快乐。然后他立刻做出一副很认真的样子，也拿起一具人偶，低头研究。

尤明许用眼角余光瞟了他几下，低头继续看玩偶，可脸居然不受控制地烫了起来。这令她内心深处感到沮丧又恼怒。又狠狠瞪他一眼，他却无知无觉。

尤明许平复了一下心情，问陈枫："这些人偶有什么用？"

陈枫答："本身它们就是艺术品，是殷老师结识的一位民间艺术家手工做的，殷老师还资助了他。而且殷老师说，写作经常会有动作描写，这些人偶，可以令他的创作更加生动准确。"

尤明许大致明白了，敢情这些人偶是殷逢写作的模特呢，还真讲究。她三两下就把一个人偶摆成准备搏击的姿势，然后自己站在对面，低眉、沉肩、敛胸、双拳举起："像这样？"

陈枫含笑点头。

殷逢却觉得这个女人仅仅只是摆个简单的姿势，那一身桀骜不驯的气质就自然地散发出来了。他的心好像被什么撞了一下，有点甜软，也有点疼。

喜欢她这样，可又希望她不要总是这样。希望她很多时候都是软软的，不需要去保护别人，而是让他来……爱护。

尤明许瞟他一眼："你发什么呆？"

"我要奖励。"他的语气忽然变得固执，"晚上我要一次奖励。"

尤明许神色淡然地转身背对着他："没门儿。"

接下来，殷逢和陈枫又见了门口等着的画画青年。尤明许不想打扰他们，也没什么兴趣，就去旁边的健身房参观了。

殷逢得了陈枫嘱咐，端坐在老板椅里，脸上不露声色。

青年看到他，露出欣喜的目光，先说了些话，表达了公司同事们对他的挂念。殷逢微笑点头，看起来很得体。

青年又解下背上的画板，给殷逢看最新的人物设定图。殷逢一下子就拿起画板，看得目不转睛。青年看了眼陈枫，陈枫微不可见地摇了摇头。

青年只是温和地一笑，问："您觉得这些人设怎么样？有什么意见，我可以继续修改。"

即使殷逢丧失了记忆，也能看出来手里的每幅画精美细致、栩栩如生。画虽然是平面的，每个人物却都带着特定的气质，从画面就能感觉到内在的冲击力。

殷逢组织了一下措辞，点头道："嗯，非常好，很符合我的期待。"

青年粲然地笑了。

殷逢想了想，觉得以前的自己大概没那么好说话，又指着其中一幅画说："就是颜色都暗了点，譬如这幅画，加点红色、鹅黄色，还有我最喜欢的绿色，就更好了。"

陈枫和青年都沉默了几秒钟。

青年依然露出微笑："好，我回去就加上。"

陈枫面色沉静。

殷逢以为可以送客了，马上就可以去找尤明许了，忍不住舒服地伸了个懒腰。却见那青年突然单膝跪地，神色郑重，眼眶微红："殷老师，您安然无恙，我们真的很高兴。希望您快点好起来，否则看到您现在这个样子，我们都很难受。"

陈枫目光动了动，到底还是静默不语。

殷逢一愣，抿唇不语。过了一会儿，点了点头。

来都来了，晚餐的时候，陈枫提出在别墅住一晚上。尤明许看出，殷逢其实已经动心了，只是还巴巴地望着她。毕竟，他觉得别墅很新鲜、很好玩。

尤明许也觉得并无不可，就点了头。

"阿许晚上来我房间玩。"殷逢眸光闪闪，"我的房间很大、很舒服。"

尤明许太阳穴微微一跳，能听不出某人拙劣的司马昭之心？

她说："我今天很累，你自己玩。"

殷逢不作声。

过了一会儿，趁陈枫不注意，他凑近，用那双漆黑的眼睛盯着她，然后手指轻轻一扬，点了一下自己的唇。

尤明许："……"

她的心居然颤了一下，继而生出恼羞成怒的感觉。他到底是从哪儿学的，还是以前就精于此道？居然敢撩她？

尤明许："坐好！手放下！"

他慢吞吞直起身，忽然来了句："躲得过初一，躲不过十五。"

尤明许："……"

他仰起头，笑了。

第十三章

看你表现

夜色深了。

陈枫把尤明许的房间就安排在殷逢隔壁，殷逢倒是想跟进去，尤明许直接当着他的面关上门。

“阿许？”

“许许？”

“小懒猪？”

他在门口轻轻喊了好几声，尤明许不搭理他。过了一会儿，脚步声才慢吞吞地远去了。

她走到窗前。

暗蓝色的天空上，一轮明月高挂。院墙内外，都是黑黢黢的影子，分外寂静。

她心里有点烦，其实这种烦躁困扰她好几天了，可又不太愿意面对。她从包里摸出一支烟，对着眼前的黑暗，静静抽完。

那是什么？她问自己。

有个声音说：不过是一时的意乱情迷、怜惜心软罢了，难道真的和他这么乱来下去？

她碾灭烟头，索性去洗澡、睡觉。

躺到床上后，房间里昏黑一片，她睡得迷迷糊糊，时梦时醒，很不安稳。

某个瞬间，她骤然醒来。

天花板上映着外面非常浅淡的光，房间里的一切都只剩模糊的轮廓。

“嗯……”

“啊……”

很微弱的，属于男人和女人的喘息声。她一下子坐起来，又听到女人的一声呻吟。这令她的头发猛地发麻，转过头，望着洞开的窗户。

夏夜，她习惯开窗睡觉。刚才的声音，就是从窗外传来的。

隔壁。

这一刹那尤明许的脑子里空空的，所有的感觉好像都迟了那么一下。等她反应过来时，人已跳下床，跑到门口时，她停了那么一瞬，然后一把拉开门，两步就到了殷逢房间的门口。

里头隐约有些响动，但因隔着一扇门，听得反而不如刚才那么明显。

尤明许一推门，反锁了。她心头火起，倒退两步，一脚踹上去。

柔道冠军的一踹，还是比较凶残的。门被踹开，果然如殷逢所说，他的房间很大，正中间的那张床也很大，床头亮着柔和的灯光。

眼前的一幕简直令尤明许的血管都要炸了。

殷逢四肢摊开地躺在床上，面色绯红，眼神迷离，额头还布满了因痛苦和愉悦交织而渗出的细汗。他身上只穿了T恤和内裤，尤明许一眼就看到，内裤里撑起很大很大的一团。

他的T恤被撩到了腰上，露出窄瘦的腰身和平坦紧实的小腹。

一个女人跪在床上，正要脱他的衣服。而他闭着眼，皱着眉，手在空中乱挥，像是想要推开她，但是动作显得很无力。

听到这一声巨响，女人惊讶地抬起头。

尤明许大踏步走过去，一把拧起这衣衫不整的女人，把她丢下了床。

女人在地上连撞几下，“哎哟”痛呼，尤明许根本不管，咬牙看着床上的男人。可殷逢的眼睛还是半开半合的，看到她，居然傻傻地笑了：“阿许……阿许你来了……我刚才到处找都找不到你……阿许……”说完还伸手来抓她。

尤明许一怔，反抓住他的手，把他摁在床上，又一探他的身体，热乎乎的，全是汗。再瞥一眼裤裆，确实胀得不像样子。

殷逢被她抓住了手，几乎是出于本能，身体蜷缩着凑过去，将她的手抱住，开始疯狂地亲。尤明许眉都没皱一下，飞快地抽出手，然后“啪”地一巴掌打在他脸上。

即便是这样，他还是无知无觉，又开始往她身边黏。尤明许干脆扯起旁边的被子，三两下就把他缠起来，让他一时动弹不得。

尤明许刚才那一下，把那女人丢得太疼，那女人一时不敢上前，还坐在地上，衣衫半褪，媚眼如丝，嘴唇上还有水光，她盯着尤明许说："你……你是什么人？"

尤明许心里冷得跟冰窖似的，干脆一屁股坐在被子上，压得殷逢动弹不得，而后双手耷拉在膝盖上，盯着女人："你又是个什么东西？"

女人咬咬唇，站起来，整理了一下身上的裙子，反而笑了，说："我是殷老师的女朋友。他出事之前，我跟他半年了。"说完撩了撩头发，露出手指上闪亮的钻戒，又看了眼尤明许，迟疑了一下说，"你是新来的保镖？呵……难怪不认识我，你还不出去？"

尤明许盯了她几秒钟，笑了："女朋友？真是女朋友用得着对他下药？你不知道他现在身体还没有完全康复？就对他用这种脏药？"

女人一僵，嘴唇动了动，两个女人静静对视片刻，她嘴唇一弯："这我哪儿知道，以前殷老师也喜欢用点东西，增加情趣。"

尤明许沉默了一会儿，身下的那个男人还在难耐地蠕动。她身子一沉，骤然加了几成力气，他被压痛了，闷哼一声。

尤明许说："滚出去。"

同时扬声喊道："陈枫，给我滚进来！"

女人气急："你……"可眼前的尤明许气场实在太强大，她不敢上前。

过了一会儿，陈枫出现了，只穿了衬衣西裤，显然也是刚从床上爬起来。一看屋内的情况，他一愣，先是飞快地看了一眼镇压全场的尤明许，然后仔细打量了一下那女人，说："你是……舒雪？你怎么在这里？怎么进来的？胡闹！"

不用尤明许再说什么，他抓起女人就往外拖。

女人嘴唇颤了颤，说："殷逢出事了，我来关心他、安慰他怎么了？这女人是谁？你为什么听她的？就让我陪殷逢一个晚上不行吗？说不定等他醒了……"

陈枫脸色一冷，不顾女人的挣扎，连推带扭，把她弄了出去。

屋内一时安静下来，尤明许跳下床，转头看着，殷逢头上的汗更多了，轻轻地呻吟着，面色如同涂了胭脂，眼皮一张一合，意识似乎都模糊了。

尤明许咬牙看了他一会儿，到底在床边坐下，僵硬如一口钟。

没多久陈枫就回来了，一脸死沉，说：“抱歉尤小姐，舒雪是殷老师以前的朋友，普通朋友而已。今天她不知道从哪儿听到消息，知道殷老师回来，也不知道她是怎么溜进来的，还胆大包天给殷老师下了药。只不过她本身是个小明星，殷老师也是名人，这事不好声张。我会警告她，然后把她打发走。这种事再也不会发生了。”

“既然真的是他的朋友，那也没必要赶她走。”尤明许慢慢地说，“让她回来。殷逢愿意睡，就让他睡。说不定做点以前喜欢做的事，他能更快恢复记忆。”

陈枫又想笑，又头疼，低头说：“你真会开玩笑，殷老师现在绝不想看别的女人一眼的。”

尤明许轻“哼”一声。

陈枫说：“我去处理。已经打电话叫医生了，你帮我看着他点。”说完也不等尤明许答应，就走出去了，顺便带上了门。

周遭重新寂静下来，尤明许脸上没有任何表情地坐着，这样一坐就是好一阵子。直至一只手从被子里伸出来，从背后抱住了她。

尤明许偏头看向他，绯红的一张俊脸，短发都被汗浸湿了，那双清澈的眼此刻写满了迷失，全身也都是属于成年男人的汗味。因为从被子里挣脱了，他的双腿立刻缠上来，那结实、肌肉匀称、长着汗毛的长腿，直接钩住了她的腰。

尤明许一动不动。

他沉默靠近，低下头，头抵在她的额头上，喘着粗气，焦急又欣喜地唤道：“阿许……尤明许……尤明许……”

尤明许静默片刻，反而笑了：“想干什么？”

他喘了口气，用那幽沉混浊的眼眸盯着她，说：“我不知道……感觉很坏，又很好……阿许我快受不了了……好难受……我……我……我想撒尿！尿在你身上！我要像顾天成那样，尿在你身上！把你给……把你给……”

像是要印证自己的话，他的手臂骤然收得更紧，于是两个人的身体，几乎是寸寸紧贴缠绕在一起。

尤明许望着他茫然的、近乎疯狂的样子，心却渐渐沉下去。甚至隐隐感到一丝悲凉可笑。

她伸手直接捏住他的下巴，问：“想上我？”

尽管对“上”的意思似懂非懂，本能却驱使着殷逢点了点头，然后他就看到这个脸色冰冷的女人轻轻地一笑。他还恍恍惚惚的，人已被她轻而易举地掀翻在床上。

然后她的身体压下来，直接扣住了他的肩。

他傻傻地笑了，伸手要抱。

尤明许看着他的样子，更加觉得讽刺。她低下头，看着他漂亮深邃眼眸里映着的那个自己，轻声说：“也许我现在说的话，你明天药醒后，就记不住了……可是殷逢，别再痴心妄想了，这几天我也就是玩玩而已，怎么可能真的爱你？”

殷逢有点发愣。

尤明许跳下床，拉开门，陈枫带着医生已等在门外了。她一言不发，走回房间，换好衣服拿了东西下楼，出了这栋房子。于寂静的夜色里，她穿过花园，到了大门处，那个坐过牢的老人赶来给她开门。

她一个人走进了夜色里。

殷逢已经煎熬了有一会儿了，所以医生一针下去，他就彻底睡死过去。

陈枫送走医生，来到车库。两个手下扣着舒雪，陈枫直接走到她面前，给了她一个巴掌。舒雪被打得“啊”了一声，差点摔倒在地。

陈枫很不耐烦地擦了擦手，在一旁的椅子上坐下，斜瞥着她说：“我已经知道，是我这里的人办了蠢事，帮你溜进来。想要替殷老师纾解纾解，其实这也没错。可第一，你办砸了；第二，谁让你在那位面前胡说八道，说殷老师以前和你服药助兴的？你不过就跟着殷老师出去过几次，什么时候成殷老师的正牌女友了？”

舒雪捂着脸，呜咽着，说：“我是真的爱他……崇拜他……我也想他早点好起来……”

陈枫抬了抬手，说：“立刻滚，再也不要出现在殷老师面前。还有，殷老师的情况你也知道了，以及，今晚的事如果你往外说半个字，我弄死你。”

第二天。

陈枫推开虚掩的房门，就见殷逢坐在床上，望着窗外，一动不动。

陈枫微笑着说：“殷老师，您该起床了，待会儿要去签售会。”

殷逢转头看着他，嘴是嘟着的，目光悲伤懊悔。陈枫心想：完了，他居然记得？

主仆两人默默相对了一会儿，殷逢低声说：“小枫子，我生无可恋。”

陈枫嘴角抽了抽，问：“为什么？”

殷逢抬起头，望了一会儿天花板，轻声地说：“她想怎么玩我都可以，可是我和她……怎么就不可能了？”

尤明许看着手机屏幕上“殷逢”的名字不断跳动，她再次挂断，然后开了静音。

樊佳抱着一沓资料走过来说：“两个事。一个是交换杀人案的两个少年犯，都如实交代了，后面会走司法流程。唉，刘若煜家里，到现在都没有人来，推推搡搡的，把我恶心坏了。至于李必冉，他父母都快疯了，现在正搁前厅闹呢，说警察冤枉了他儿子，还要上访，我去……”

尤明许静默不语，每个家庭的苦难都有原罪。

犯罪的是孩子，可真凶是谁？

“还有个事。”樊佳说，“几天前，顾天成在押送途中，出了车祸，车子冲下悬崖，尸体还没打捞到。肇事司机逃逸，目前正在抓捕。”

尤明许一怔。

那个决定要成为连环杀手，并且杀人如麻的冷酷男人，居然以这样突然、冤屈的方式结束了一生。

那么顾天成在临死前，是否会觉得，这就是老天爷给予他的终极答案呢？

初秋的夜晚，清凉宜人。本市图书大厦门口，人潮汹涌。他们男女各半，绝大多数手里拿着本书，有的还举着应援牌。每个人的脸上，都洋溢着憧憬的神色。

连走过的路人都能察觉出，今天的图书大厦肯定有什么重要活动，或者来了某个重要的人，才能让人群如此兴奋。

那些粉丝当中，不光有年轻人，还有些看着是知识分子的中年人，甚至还有头发花白、戴着眼镜的老人。他们手里的书上，印着同一个人的名字。

尤明许站在大厦外，感觉有点热，但是可以忍耐。天气还没有冷起来，很多人还是穿着短袖，顶多长袖。唯有她穿了件风衣，遮住全身，领子竖起来，戴了鸭舌帽和口罩。惹得旁人都忍不住多看她两眼。

尤明许立于人潮中，不动如山。

等到人都进得差不多了，大厦里也传来了主持人说话的声音，尤明许这才走到柜台，买了本殷逢的书，凭小票得以进场。

图书大厦有四层，尤明许一进去，几乎寸步难行。每一层都站满了人，一楼的活动中庭，更是被围得水泄不通。黑压压的，全是人头。

正中有块巨大的背景板，上面印着一堆书，还有某人戴着细框眼镜、穿着衬衣的画像。尤明许看着背景板上的他，就好像看着一个陌生男人：知性、书卷气、沉稳、睿智。

毫无疑问，这是他以前的照片。

她想伸头看，却被前面的人群挡得严严实实。不过这显然阻止不了一个刑警，她迅速观察了一下周围的地形和人群分布，就选定了二楼的一个位置，朝那里走去。

这里的人群果然要稀疏些，她很轻松巧妙地来到前排，趴在栏杆上，懒洋洋看着下面。

看到了众星捧月的那个中心。

殷逢穿着和海报上一样的衣服，大概是为了增加成熟的气质，头发还梳了个大翻，戴了副眼镜。可尤明许一看，就觉得他和海报上的人气质截然不同。因为他正冲台下甜甜地笑着，双眼明亮，分明带着几分孩子气。

尤明许身边有两个女孩在说话："哇，殷逢笑得好可爱啊！"

"我跟你讲，我可是老粉了。殷逢一直很硬汉的，他还是个健身达人呢，在微博上还晒过八块腹肌的照片！那肌肉，哇……不过我也没想到，他还有这么可爱的一面。你不觉得他今天也很有少年感吗？完了，迷死他了！"

尤明许不由得笑了，心想：腹肌好像确实有。

她蓦然想起昨晚在床上，殷逢的T恤被推到腰间以上，露出结实匀称小腹的模样。还有他红着眼，抱着她，压着她，满嘴痴狂胡言乱语的样子……

尤明许脸上没了笑，喉咙里干干的，有点堵，居高临下地继续盯着下面。

这时主持人说："大家从四面八方，甚至很多读者是从外地赶来的，就为了见殷老师一面。我们殷老师最心疼读者了，怎么可以没有福利呢？大家猜一猜，下一个环节是什么？"

"钢琴、钢琴、钢琴——"台下所有人几乎齐声喊道。

舞台一侧，早早就放了架黑色钢琴。

尤明许看着殷逢，在她眼里，他看起来就是个清秀的青年，有点害羞地笑着，眼睛里波光流转。约莫是不太习惯衬衣的领子，他微红着脸，扯了扯领口，扯开一颗扣子。

台下发出一阵兴奋至极的尖叫。

他却愣了愣，似乎不明白为何。然后他抬头，缓缓环顾四周，不知在看什么。尤明许一愣，条件反射地垂下头，把脸挡进衣领里。

过了一会儿，她抬起头，见他已坐到了钢琴前，侧脸沉静。尤明许单手托着下巴，也静静地看着。

他坐得笔直，即使尤明许对此一窍不通，也感觉得出他举手投足间的大家风范。他的双手刚落下，一串轻扬悦耳的音符，如夜色中的流光，倾泻四射。

整栋大厦刹那间响起热烈的掌声，又很快归于平静，大家都肃静地听着这位享誉全国的大才子的随性演奏。

漆黑的钢琴表面，映着模糊光影。穿着白衬衣的男人摘掉了眼镜，非常认真专注地弹奏着。此刻他既不像平日里缠着尤明许的那个二百五，也不像照片上那个城府强势的男人。又或者，两者在他所擅长的技艺里融于一体。急促的音符在他指下蔓延，他从头到脚都沉淀着某种坚定、温润的气质。看着比尤英俊成熟，却又比曾经的殷逢要干净很多。

尤明许就这么一直盯着他的脸。

这时他弹到一处高潮，台下响起一片惊叹声。他似乎也有点得意，露齿一笑。

尤明许没来由地也笑了。

这个扬扬得意的傻瓜。

一切发生得非常安静，非常自然，也非常莫名。他笑完以后，表情有刹那的呆滞，然后他缓缓抬起头，看向二楼。

视线的终点异常准确，没有任何预兆地，他看向了尤明许所站立的那个角落。

尤明许全身微微一僵。

躲闪已经来不及，尽管她戴着口罩和鸭舌帽，只有一双眼露在外头，连身体曲线都被风衣遮住。可隔着这么多人，尤明许还是能清晰地感觉到，他的视线，单单与她对视上了。

那喉咙发干的感觉，又涌了上来。这一刹那，尤明许的思绪也变得迟滞，默默地和他对视着。然后就看到他冲她笑了，宛如雪后霁晴，春暖花开。仿佛有一道光，照在他干净的容颜、雪白的牙齿上。他的双手甚至停止了弹琴，放下后垂在双腿间，抬头望着她，就如同在家里时那么乖巧。

会场的人全都不明所以，纷纷抬头看向他望着的方向，尤明许立刻后退了两步，退出人群。原本站在她周围的女孩们受宠若惊，纷纷捂脸，左顾右盼，想知道殷逢到底是在对谁笑。

尤明许却破天荒地感觉到耳根都在发烧，她穿过人群下楼，一口气走出了图书大厦。心想：这家伙是狗吧？这样都能把她找出来？！

夜色渐深。

殷逢蹑手蹑脚推开门，客厅里一室阴暗。尤明许的房门关着，门缝里透出光。

他在玄关换鞋，故意把响声弄得很大。又瞅了眼她的房门，穿着拖鞋“嗒嗒嗒——”地走过去。

“阿许。”

“什么事？”

“我想进来。”

“我要睡了，有什么事站在门口说。”

“不好。”

屋里的人不出声了。

殷逢摸了一会儿她门上的纹路，摸得手指都有点发热了，然后说：“我就进来一下。”说完从口袋里掏出一根细长的铁丝，只戳了两下，门锁“咔嚓”一声开了。

尤明许正倚在床头玩手机，没抬头。大作家鸡鸣狗盗的本领，始终一流。

眼角余光瞥见他慢慢走过来，在床尾处她的脚边坐下。

“我早上醒来的时候，你竟然走了。”他说，“怎么不叫我？把我一个人留在那儿。”

尤明许缓缓抬头。

他略微嘟着嘴，头耷拉着，露出后颈一截修韧利落的线条。

尤明许明白了。

所以，昨晚的事，他什么都不记得了？毕竟他当时被下了药，意识迷乱。

看着昨晚狂野的小白花，此刻又无辜地绽放在自己脚边，尤明许的心就跟瓶中水似的，无声地晃了晃。一时竟不知该轻松，还是该恼火。

看了他两眼，她垂眸，继续看手机：“哦，局里有事，先走了。”

然后，又瞥见小白花屁股往她这边挪动了几下，努力攻占到她膝盖旁的位置，说：“阿许，我看到你去签售会了，可是你为什么要偷偷摸摸去签售会，却不想让我知道呢？难道你要躲我？”

尤明许耳朵里就像有根弦，被人轻轻揪起弹了一下，心想：这小子脑子都转得这么快了？

然而他嗓音清亮，眸色宁静，似乎只是感到疑惑。

尤明许淡淡道：“顺路去的。之前在跟踪嫌疑人，所以做了伪装。后来去签售会时，就懒得换了。我到的时候太晚了，也就懒得跟你们打招呼了。”

眼角余光，又瞟见他端坐不动。

“哦，原来如此啊……”他说。

尤明许心里莫名升起一丝烦躁，隐约感觉空气中有一丝诡异的气氛。可一抬头，就看到殷逢坐那儿，手指玩着自己裤衩上的腰带。她又觉得是自己过于敏感了。

“行了，我要休息了，你没事就出去吧。”她说。

他静了几秒钟，转头看着她。

与白天那个明星人物完全不同，此刻他穿着T恤裤衩，蓬松的短发耷拉在额头上，脚下是一双大拖鞋，腿毛露在外头。

一声不吭，目光却深沉透亮。这一刹那，他看起来哪里幼稚了？那分明是一个男人看女人的眼神。现在的他，不经意间就流露出来了。

尤明许无端觉得很烦躁，定了定神，不看他，直接切断一切可能性：“殷逢，你如果总是要奖励，没干什么事就这样，那我以后只能取消奖励，今天就取消。听明白了吗？又不是我欠你的。”

殷逢盯着她，还是不说话。

尤明许心头火起，从床上起来，冷着脸往门外走，结果他一把抓住她的手臂：“好，我知道了！阿许，你别生气！我以后再也不乱要奖励了，不会每天要了，除非你愿意给我。求求你别把以后的奖励都取消，行吗？万一我以后表现很好很好呢？”

尤明许心想：这到底叫什么事？

低头看去，他的五指牢牢扣在她的手臂上，修长有力。

原本更加冰冷无情的话，怎么也说不出口了。他都卑微成了这个样子，似懂，还是非懂？却把她所有的话，都堵在了胸膛里。

他的手握得更紧，一时间又让尤明许想起自己从西藏把他捡回来时的情形。

“……以后看你的表现。”她听到自己说。

身边的人如释重负般应了声“好”。

尤明许的心里忽然闷极了，她想去抽烟了，抽回手，拿起旁边的烟盒，走向了阳台。

她懒得去管他，直到抽完了半支烟，才意识到自己只穿了件睡衣就出来了，有点冷。

刚想几口把剩下的烟抽完就回去，听到背后传来脚步声。她站着不动。

一股熟悉的气息靠近，然后是一件外套落在她的肩头。他的双手在她肩膀上轻轻一按，一触就走。因为离得近，即便只是很短的一瞬间，她也感觉到他的胸口贴近，几乎将她整个人圈进怀里。

“阿许不要着凉了。”他说。任谁都听得出话语中的小心翼翼和情绪低落。

“嗯。”

然后就听到他又慢吞吞地走回了屋子里。

奇怪的是，他这么跑来一下，尤明许原本烦闷、僵硬的心情，居然轻松了几分。她想：也许在同一屋檐下，和他相安无事下去，并不是一件多困难的事。她只要强硬一点，他不就服服帖帖了吗？

再过些天，他的注意力和喜好被别的东西吸引，他们俩的那点事，他大概根本就不会记得。

又或者，等他恢复了记忆和神志，这点事，于他而言，又能算什么？

秋高气爽。

这是个周末，阳光安静地从阳台洒进来。尤明许起床后吃了早饭，就窝在沙发里看电视。她照例刷着一部爽剧，看完一集，她看了眼那扇紧闭的房门。那家伙又睡懒觉，没点成年男人的样子！

等她又看了半集，门终于开了。她看了他一眼。殷逢头发如鸡窝，T恤也睡得皱皱巴巴的，没穿鞋，睡眼惺忪地走了出来。

然后他直接走到她身边，继续窝进沙发里，还抱着双腿，一动不动。

尤明许说：“先去刷牙洗脸，把鞋穿上。厨房有他们送来的早饭，吃完再过来。”

“我想休息一下……”他低声说。

尤明许怒道：“刚睡醒你要休息什么？去！”

他这才站起，耷拉着头，走向了厕所。

听着厕所里传来的水声，整个屋子都不再宁静。尤明许的心情忽然就变得很不错，舒展身体瘫在沙发里，电视也看得有滋有味起来。

自从上次两人约法三章后，殷逢大概是真的怕了，再也没提过要“奖励”的事，也没有再似懂非懂地揩油，两人似乎又恢复到了最开始的“主人与小狗”的关系。

尤明许觉得这样最好。他到底没开窍，被她把男女情欲扼杀在萌芽状态，还懵懂不知着。不然照之前那么干柴烈火搞下去，两人哪天真的睡了，她是真的没脸见局长、厅长，还有满警局的小弟了。

殷逢仔仔细细刷完牙，把脸也洗得干净透亮，听到客厅里没动静，他抬起头，看到的就是一幅生动的美人图。

尤明许的双腿架在茶几上，光着又瘦又白的脚丫，人歪在沙发里，要多懒散有多懒散，还显出几分平时没有的孩子气。她大概是看到了什么好笑的场景，盯着电视，嘴角弯着。

想上，真的好想上。殷逢有点垂头丧气地想。

这些天，也不知中了什么魔，想了很多次了。自从那天晚上，她跟他说了“上”这个字后，他就去网上查了资料……

可别说上了，哪怕是心里对她的喜欢，他都不敢让她知道。否则她一言不合就会翻脸，说不定还会把他赶出去。

他只能继续当她的乖宝宝，等着她的石头心开花的那一天。

那天晚上，雨很大，就跟用盆子往下倒似的。“啪啪啪——”的声音撞在窗户玻璃上，令这偌大的房间，跟外头雨蒙蒙的一切，看起来像是两个世界。

她站在镜头下，光着身体，感到非常羞耻。旁边站着几个男人，还有女人。他们的表情看似很平静，可眼珠子都盯在她身上。

拍完以后，有人把衣服丢给她，也有人柔声细语安慰她。她的脑子里糊涂一片，完全没有办法判断他们说的是真的还是假的。也许，是真的吧，否则，她要怎么办呢。

后来有人拉着她喝酒，大家一起喝，亲热得好像之前胁迫她的人不是他们一样。事情是从什么时候开始失控的，她也记不清了。她看到有人目光闪烁，然后她也不记得自己喝下了什么。起初，她好像进入了一个光怪陆离的快乐世界，很多只手在她身上摸。她虽然已不是处女，但还是感觉到了疼痛。她不断被摆弄成不同的姿势，那些人换着法子地让她疯狂让她痛……

她的意识好像进入了一条长长的昏暗河流里。她嘴里分明说着“别这样”“求求你们放过我”……可是没人听。

隐藏的獠牙终于暴露，他们开始变回一群吃人的兽。

再后来，有人撒钱，把很多很多钱撒在她身上。那些纷纷点点的红色，就像血一样映在她眼睛里。钱啊，那是钱啊，她想，自己不是一直想要钱吗？她突然傻傻地笑了出来，有钱她就什么也不用怕了，不用退缩，可以过任何她想要的生活。

再后来，她连意识都渐渐不清了，只感觉自己躺在冰凉的地面上。他们似乎也玩累了，一具具肉体如同蛇般，盘踞在周围的沙发上。而她不知道，自己雪白而年轻的身体，躺在那堆钞票里，就像是沼泽里盛开出的百合，令所有人眼眶微痛。

某个瞬间，她感觉到有人走过来，摸了摸她的脸，轻声说："他们玩够了，起来回家吧，别再来了。"

她却没有动，慢慢闭上眼，想：我回不了家了，我已经被重重的绳索缠在了这里，这辈子都完了。

一入深秋，湖南的雨水更多了。出了长沙，往湘西方向去，山峦绵延，整日都是雨雾蒙蒙。时有江水在一片雾泽中缓缓流动，江边是公路或者水田，偶尔有几只水牛静静立在田里。

这正是沈从文先生笔下清秀曼丽的湘西小景。

下了高速公路，驶入国道，再换省道、县道，路就不那么好走了。再加上刚下过雨，路况更糟，这辆被调用的中巴车，时而上下颠簸，时而以极慢极慢的速度和对向车并道，以至于车上每个人都昏昏欲睡。

尤明许原本还想在车上看一眼案件资料，这种情况下只好作罢，静静地看着窗外一片湿淋淋的郁葱景色。

殷逢摸出保温杯，给自己倒了一小杯喝掉，看了她一眼，又倒了一杯递过去："阿许，喝热水。"

尤明许接过喝了，他把保温杯收回背包里，又摸出两个苹果："阿许，你今天还没吃过水果。"

坐在他们前排的樊佳"扑哧"笑了，好在许梦山还在仰头酣睡，别的同事也都在打盹儿。尤明许没理樊佳，轻声说："我不饿。"

殷逢点点头，把水果收回去，不知道从哪里又摸出一把牛肉干。这下尤明许被逗乐了，拿了一颗吃，说："你是小叮当吗？"

这高大的家伙，一身运动衣裤，脚下一双小白鞋，胸前挂着一张专家证，手上抱着一个好大的运动背包，他当自己是来秋游的吗？

自从殷逢帮他们破了上个案子，加之本来就有专家证，陈枫不知何时还替他走了内部流程，于是他现在也算在系统里挂职，可以名正言顺协助警方破案了。

殷逢却只微微一笑："你累了可以靠着我睡。"然后把背包放在地上，闭上眼，做出一副很认真睡觉的样子。只不过朝着她那边的肩膀有点倾斜，明显在等着人靠。

尤明许笑笑，闭眼往窗户上一靠。由于他们天没亮就出发了，所以她很快就昏昏欲睡。

迷迷糊糊间，感觉车过了个坑，腾地颠了一下。她没睁眼，皱了皱眉，刚要继续睡，就感觉到什么东西重重地压过来，还有点热热的。

她睁开眼，就看到一颗乌黑的脑袋，压在自己肩窝里。某人完全睡成了平常的姿势，长手长脚全部摊开，一只胳膊还搭在了她大腿上。半个身体的重量都压过来，睡得呼哧呼哧的。

还说要让她靠，结果自己都成了没骨头的。

他的头发很柔软，脑袋是温热的，尤明许发现这么靠着还挺舒服的。

过了一会儿，她闭上眼睛。

殷逢其实感觉到她动了一下，知道她醒了。但他把眼睛闭得紧紧的，故意搭在她大腿上的那只手，微微出了汗。

她没有推开他。

又过了一阵，殷逢缓缓睁眼，感觉到她的头靠在了自己头上，呼吸绵长，应当是睡着了。这样依偎的感觉，实在太好了。

殷逢忍不住就笑了，结果嘴巴刚咧开，就看到前座的许梦山竟不知何时醒了，扭头看着他。那目光极为玩味，估计刚才殷逢的举动，他都看到了。

然而殷逢的反应是……闭上眼，还发出了两声梦里咂巴嘴的声音，转了转脑袋，把脸往尤明许怀里埋了埋，继续睡。

饶是从来笑看山河的许梦山，看到这小子的骚操作，也忍不住瞪大眼。再看看“怀抱”着他的尤明许，分明睡得毫无戒备。许梦山突然觉得，尤女王这回可真是养了头披着羊皮的小狼啊。

载满省里精英刑警的中巴车，在县道旁停下。这里已是湘西腹地，属于怀城范围。

县道旁是片土坡，土坡下有片河滩，长满枯黄的杂草，伴着碧色江水，远远望去，如同江上荒原。

他们下了车，拨开草丛，越过那片河滩，面前出现一个小湾，水面有三十余米宽，对面是个小岛。

这次的案件，是怀城报到省里的，他们立马成立了专案组支援。专案组领头的，是位姓谭的老刑警，尤明许是带队干活的副手。可巧不巧，殷逢两年前，曾采访过老谭破过的一起重案。约莫是因为殷逢现在也看不出太明显的脑残，所以尤明许带他来，老谭没意见。

怀城警方调了艘小船过来，众人借此渡到小岛上去。只见河岸边，还停了艘破旧的小船，满是剥落的船皮，尽管船身完好，但俨然已弃用很久。几名警察正在小船上勘验，期望找到一些属于死者或者凶手的痕迹。

据说这小岛一涨水，就被淹去大半，加上位置又偏，人迹罕至。若不是今日清晨有渔家回乡下，从这里抄近路，看到了岛上那个东西，尸体不知何时才能被发现。

说是小岛，其实不过是几百平方米的小土丘，杂草丛生，碎石嶙峋。行至岛心处，有片低洼地，里头放着一个黑色箱子。

箱子是20寸的，又旧又脏，此时箱盖是打开的，里头折了个人。

说“折”，真的就是字面意思的“折”。因为20寸的小箱子，根本就放不下一个成年人，哪怕是苗条的女人。死者全裸，肤色白皙。肢体表面看起来完好，仔细一看，就有点古怪了。

“樊大头，你不是个瑜伽达人吗？”许梦山对樊佳说，“能把自己身体折成这样塞进这个箱子不？”

樊佳白他一眼。

尤明许拿起死者的小腿，果然，里头是断的。只怕是全身几个主要关节都被打断，否则怎么能把身体折得这么平整方正？

殷逢在她身旁蹲下，盯着尸体，蹙眉沉思。

尤明许问：“死者身份确认了吗？”

樊佳说：“不久前确认了。死者名叫刘伊莎，二十三岁，怀城理工大学学生，今年刚毕业，辰溪县人，目前一个人生活在怀城，没有工作。父母都在老家，所以到今天，都还没有人发现她失踪。”

“法医怎么说？”

许梦山答：“初步判定死亡时间在两天前，致命伤是头部的一处钝器伤，目前还无法确定凶器。死者身上还有其他多处软组织挫伤，但都不致命。她的身体被清理得非常干净，暂时没有发现任何指纹和DNA。死前曾经遭受性侵，阴道严重撕裂。多处关节因遭受钝器击打而断裂，是在死后造成的。”

大家一时都不出声。

冷不丁一个中气十足的声音说道：“所以，凶手反复强奸她很多次，然后杀害，又把她从里到外洗得干干净净，然后一截截敲碎关节，整齐折进箱子里？”

尤明许心想：小说家就是小说家，同样的情形换到他口里一说，立马让人感到毛骨悚然。

尤明许看了眼周围环境，说："这里车流量虽然不大，但一直有车经过，山上也有几户人家。

"凶手必须用车才能把尸体运到这里，我想他不会选择白天弃尸，因为还要提着沉重的箱子，穿过草地渡到小岛上去，一定会被人看到。

"查一下昨天和前天晚上，主要是后半夜，有没有经过的司机看到可疑车辆，或者可疑的人停留在附近。"

"是！"

等现场勘验得差不多了，尤明许一抬头，看到殷逢坐在尸体旁，双手撑在地面上，摆出个眺望远方的姿势。

尤明许走过去，踢他一脚："走了。"

他不动，抬头望着她："你觉得他是个什么样的人？"

尤明许反应了一秒钟，答："残忍、暴力、变态、细心。"

殷逢点头："从看待受害者的角度，强奸犯分三种。一种把受害者当'人'，会和受害者交谈，企图建立关系，甚至假装谈恋爱。这种罪犯最缺乏自信。第二种，把受害者当作'物品'，他把自己视为专业罪犯，也许会伪装身份，也许会准备很多工具折磨受害者，从而达到目的。

"第三种……把受害者视为'工具'，凶手是暴力罪犯，具备很强的侵略性，会侮辱受害者，并且强迫受害者参与各种性行为。他们的主要目的，是释放自己的愤怒。"

尤明许现在已经非常习惯他不定时闪现的心理学学霸技能了，点头："第三种。"

殷逢说："是啊，他真的非常愤怒，对女人，对自己的人生。"

尤明许静默不语。

殷逢又说："他身上既有市井粗犷的一面，又具备手工匠人的特质。"

尤明许一拧眉："啥意思？"

"我问过法医了，普通人根本没有办法做到那么精准地把骨骼和关节击碎，并且几乎没有造成别的外伤。另外，他把尸体折得干净又整齐，有点强迫症。但他不是医生，因为医生没有那么脏和穷。他用的是最便宜劣质的箱子，尽管箱子上没有留下什么东西，但是有不少陈年污垢和使用痕迹，也就是说，箱子是他常用的。如果是医生，首先不太可能用这种箱子，其次，箱子里头都弄干净了，外头一定也会习惯性弄干净。他和医生，拥有的是两种完全不同的职业和人生。”

尤明许听着就觉得有点扯，于是嘴角也一扯：“你的意思……凶手是个屠夫？”否则怎么能又粗俗，又有摆布尸体的手艺呢？

殷逢却摇摇头，说：“阿许，你的脑子有时候不要那么直线反射，那只是其中一种可能。如果这样就断定凶手是个屠夫，那不是胡闹吗？他也可以是个兽医、木匠、铁匠、管道修理工。我只是认为，他极有可能是个出身市井、文化水平不高、手艺精湛的工匠。你们可以在死者的居住地点附近找一找。”

尤明许听了一会儿，却并不打算把他说的话作为一个侦查方向，因为太过天马行空。她当然要按照传统刑侦的路子，基于物证和事理逻辑顺藤摸瓜，展开全面调查。

尤明许在他脑门上赏了一个爆栗：“我的脑袋要是直线反射，你就是糊状反射！”

第十四章

放出诱饵

这起案件发生后，怀城警方之所以第一时间报告给省里，是因为去年夏天，发生过一起几乎一模一样的案件。

怀城大学应届毕业生赵菲儿，二十三岁，湖南省铜县人。父母都在老家，家境清苦。赵菲儿相貌普通、性格开朗，毕业后一直没找到正式工作，就在一家奶茶店兼职打工。和刘伊莎一样，赵菲儿也租住在学校附近的那片“贫民窟”里，两人住所的直线距离不超过两千米。

赵菲儿失踪的那个夏夜，她从奶茶店下夜班回家。由于上班地点很远，下公交车时已是夜里一点多。她需要步行 1.5 千米左右，才能到家。

第二天，赵菲儿没有去上班。奶茶店联系不上她。

第三天，她依然没来上班。奶茶店同事报警。

又过了三天，她的尸体在乡下偏僻的一处山腰上被村民发现。赵菲儿被装在一个同样的 20 寸黑箱子里，全裸，关节破碎，她被折叠成同样整齐畸形的模样。

致命伤也和刘伊莎一致，都是头部钝器伤造成的颅骨破裂。严重性侵的情况一致。尸体的清理手法一致，非常干净彻底，没有留下任何指纹和 DNA。

但是一年前的凶手，似乎更大意一点。鉴证人员在箱子提手的内侧，提取到一枚有效指纹。

然而在警方掌握的指纹库里，没有找到匹配对象。

警方相信，就是在那段仅仅 1.5 千米的路上，赵菲儿被凶手带走。他们甚至还掌握了一枚珍贵的指纹，可怎么也找不到凶手。而赵菲儿的手机，是根据手机最终定位的地点，在闹市区的一个垃圾桶找到的，所以根本没办法确定她确切的失踪地点和时间。

怀城警方一度非常紧张，因为基本已排除仇杀、情杀等各种可能，他们有理由相信凶手是陌生人，并且手段极其残忍变态。警方担心会出现第二具尸体，然而时间渐渐流逝，凶手销声匿迹，并无新的遇害者出现。

直至一年后的今天。

与许多三四线城市一样，怀城的市中心，有着光鲜且积极的面皮，商品房四处拔起，布满绿植、充斥着广场舞的中心花园也不缺，街上到处可见“发展旅游”“创建文明”的宣传语。

掀开这层面皮，再往里走，逐渐逼近两名受害者租住的区域。房子开始变得矮了、旧了、脏了，一栋栋密密麻麻地挤着，高低层次不齐，建筑风格单调僵化，反映了那一个时代的贫乏和急切。

道路也是凌乱的，有的宽，有的窄，错乱交织，但都很脏。各色商店如小卖部、花店、奶茶店、水果店……还有菜市场、住宅区、街道办事处、小学……没什么章法地混杂在一起。还有一片片棚户区，散落其中。

这里是一个城市人口密度最大、生活最乱的区域，也是最原始、最鲜活的地方。

尤明许和许梦山驱车到了刘伊莎家楼下。半个自己人的殷逢，自然是跟着的。

这是一栋五层小楼，曾经是某个单位的集体宿舍，现在成了出租屋。每一层楼，都密密地排着窗和门，楼道里全是杂物和晾晒的衣物。

尤明许皱了皱眉。

这要是消防过来检查，绝对不合格。但没办法，这是城市的“蚁层”仅有的生存方式。

不安全地活着，远胜于无处可活。

三人从一侧的回旋楼梯上去。尤明许站在楼梯上回望，周围太多拥挤的楼，太多的窗。若说这其中，曾有一双眼睛偷窥过刘伊莎，根本无从寻找。

老楼的楼梯很窄小，台阶上还有不少破损，殷逢东张西望，冷不丁就踩在一处楼梯缺口上，身子一歪。尤明许在他身后，眼明手快地将他的腰一搂。可这家伙太沉了，两人就一起撞在了栏杆上。栏杆也是破破烂烂的，惊出尤明许一身冷汗。殷逢也是条件反射，感觉到身体失去平衡，反而一把将尤明许拉进怀里护住。

等两人撞在栏杆上后，她搂着他的腰，而他把她抱了个满怀。两人都静了一瞬，尤明许闻到他怀里的沐浴液香味，男人高大身躯带来的熟悉感，令她一下子想起数日前，两人疯狂拥吻的画面。

“阿许要不要紧？”他轻声问。

“没事。”尤明许从他怀里挣脱，脸色平淡地继续往上走。

结果就听到他在背后自言自语般说：“英俊也不要紧。”

尤明许面无表情，心里莫名有那么点不太痛快。

他们到了刘伊莎家门口。

这是五楼边户，应该是房租最便宜的一户了。门口贴着封条，一名警察在值班。三人进去一看，就是间包括厕所在内不超过十五平方米的屋子。

白墙，水泥地，一张小床和桌子，一个衣柜和两把椅子。

尽管屋里的一切都简陋廉价，但收拾得干净整洁。衣物被整齐地叠在柜子里，牙刷、牙膏、毛巾都摆好。桌上有几本书，除了两本言情小说外，还有《电商入门》《超级大V教你开网店》《淘宝年入百万的秘诀》。

尤明许拿起书翻了翻，和许梦山对视一眼，放下。

经过初步调查，他们对刘伊莎也有了基本了解。与第一名死者赵菲儿相比，刘伊莎的容貌相对出色一些，也更内向和柔弱一些。据老师和同学们反映，刘伊莎成绩和能力皆不出众，也没有什么上进心，但是个老实人。因为家境非常贫寒，所以她的日子一直过得比较艰难清苦。

她曾经交过一个比她高一级的男友，但因为男友毕业后去了外地，这份校园恋情也不了了之。毕业之后，刘伊莎和同学们的联系就更少了，几乎没人清楚她的近况。

当然，她也有一两个闺密。她们说，刘伊莎有提过，想要开网店卖服装，不过启动资金一直是个问题，所以也没见什么动作。

小小的屋子，就像刘伊莎短暂的人生，几眼就能看完。

尤明许跑到楼外栏杆旁抽烟，她在想一个问题：刘伊莎，是怎么失踪的？

据一名闺密说，刘伊莎最后一次和她通电话，是在五天前。而一名邻居最后一次看到刘伊莎，是在四天前的傍晚。她的死亡时间，已经确定为两天前夜里两点至三点。也就是说，她是在四天前——7号的傍晚至9号之间，失踪并遇害的。

她的手机暂时还没找到。

刘伊莎的家很整洁，没有打斗痕迹，况且周围住满了人，从这儿把一个大活人带走，几乎不可能。失踪地点不是家里。

从她家里的状况看，她自己也没有出远门的打算。

所以，7 号或 8 号，她外出了。去了哪里？遇见了谁？

然而可能性实在太多。

第一名受害者赵菲儿是在下夜班回家路上被人带走的。她们住在同一片区域，刘伊莎出门吃个早饭、买个水果，都有可能遇见凶手。

尤明许烦躁地抓了抓头发。她已经有预感，这会是一起非常棘手的连环案。否则怀城警方不会一年了还在抓瞎。她又扭头看了眼双手插在裤兜里、站得笔直的那家伙。

这是他擅长的领域吧。

又想起殷逢所说的“市井匠人”的推断，她抬头看了看下方，密密麻麻的街道、店铺和人流。扯了扯嘴角，这片区域里，市井匠人没有一千也有五百吧。说了等于没说。

“英俊。”她还是把他叫过来。

殷逢这回出差，被她要求不准穿黄色的、绿色的卡通衣物，让他穿了毛衣夹克和皮鞋，都是陈枫送来的大牌货。此时他走出来，衣冠楚楚，眉清目秀，高挑挺拔，只要不说话，非常冷酷有型，人模狗样。

不过他人往她身旁的栏杆上一趴，双脚立马踩上下面的横杠，双臂拉直，把身体往后一甩，一贴，又一甩，原形毕露。

尤明许真的从未见过有男人如此反复作践自己的姿色，刚才上楼时抱着她的，那个肉体性感、惹人怜惜的男人，完全是她的错觉。

尤明许：“下来！”

他这才慢吞吞地爬下来。

尤明许问：“你有什么发现？”

他说：“从受害人的选择来看，有不少共同点：都是刚毕业的大学女生，失业，交际圈窄；住在同一片区域；独居；都有比较迫切的经济需求。她们的日常生活圈，基本就在周围的一两千米范围内。当然也有不同点：一个相貌普通，一个算得上好看；一个应当是处女，一个不是。可见凶手并不在乎这两点。”

尤明许沉思片刻，说：“还有，她们死亡前，应该都和凶手待了两到三天时间。”

“那两天一定非常难熬。”

尤明许心中叹了口气，又问：“以你的经验……凶手是怎么选中她们的？”

殷逢摇摇头："我不知道，现在的可能性还太多。说不定他就跟她们住在同一栋楼里，也说不定他就在一两千米外，拿望远镜在寻找下一个目标呢。"

傍晚时分，所有警力回到市局开碰头会。由省里的老谭和怀城主管刑侦的副局长主持会议。

偌大的会议室，黑压压坐满了人。香烟味儿、咖啡味儿、汗臭味儿、盒饭味儿，甚至保温杯里的枸杞味儿，都混杂在一起。

尤明许坐在老谭身旁，殷逢坐在她身后。坐下时，她回头看了他一眼，这小子每当说正事的时候，倒是都很安静听话，不用她操心。

老谭经验老到，先问了一个问题："去年的赵菲儿案，案情有没有对外公布过？"

怀城负责本案的刑警队长叫韩烽，答道："我们只出过简单的案情通报，具体内容没有对公众透露。但是……赵菲儿的尸体是村民发现的，我们赶到时，现场已经有不少人，还有人拍照发到网上。我们立刻进行了处理，删掉了那些帖子，避免影响案情侦查。但要百分之百保密，已经不可能了。"

老谭抽了口烟，没吭气。

尤明许在心里想，这也就是说，不能百分之百排除有人模仿去年的案件作案的嫌疑，毕竟凶手都沉寂一年了。不过，尤明许也看了第一起案子的照片，她倾向于是同一人作案。因为尸体的折叠手法带给人的那种冲击感，实在太相似。

"肯定是同一人作案。"韩烽说。

有不少警察点头。

尤明许这时说："车查得怎么样？"

许梦山说："有结果了。我们找到两名司机，昨天半夜两点到两点半间，他们开车经过刘伊莎被弃尸的地点，都看到一辆金杯车停在县道旁。但是都没注意车牌，也没看到车上有人。"

现场的刑警们一阵低声议论。

前方的投影屏幕上，出现了一张照片，像素很模糊，分辨得出是辆旧金杯，车尾没有挂车牌，依稀能看见驾驶座上有个人。

许梦山："在距离弃尸点三千米的县道上，摄像头拍到了这辆车。按照死亡时间和司机们描述的时间，他们看到的应该就是这辆车。"

有人说："太好了，去年弃尸地点附近的监控条件不好，我们没有找到嫌疑车辆。

现在终于有了头绪。”

也有人说：“可是这款车，在本地区范围内都很畅销，还有很多二手车都被卖进来，没有上千，也有几百。”

老谭和副局长商量了一下，定下了接下来的侦查方案：

韩烽带队，针对本案重要物证——这辆金杯车，还有第一起案件留下的指纹，做更深入、大规模的排查。

尤明许带队，从两名受害者身上入手，深入调查她们的人际关系、失踪前的行踪，看是否能找到凶手的线索。

按理说该散会了，大家分头干活儿去。

老谭轻咳一声，看向尤明许身后：“殷老师，你有什么意见？”

大伙儿顿时都看向殷逢。

一开始大家都注意到这个气质不凡、相貌英俊的男人，后来见他一声不吭，一直低头在玩手指，就以为是个小跟班。

殷逢抬起头，眼神清澈得像是从警校刚毕业的小伙子，他甚至还像学生一样举了一下手，说：“我想问一下，校园贷是什么？”

韩烽立刻明白他是要问什么，但这位三十多岁的刑警队长想：殷逢看起来也是省里的一号人物，怎么可能不知道校园贷是啥？还问，那就是故意的了。是对他们过去的侦查工作有意见了？韩烽的脸皮立刻有点燥，去年的案子没破，一直像块石头压在他心头，他嘴唇动了动，刚想说话，老谭又加了句：“哦，这是省里的犯罪心理顾问、北大心理系的殷逢老师。”老谭没提大作家的身份，太招摇，也不合适。

韩烽憋了口气，刚想解释，尤明许又平平淡淡开口：“校园贷就是一些不法商人哄骗大学生贷款，其实就是向他们放高利贷。之后再利用各种不法手段催账，譬如威胁、骚扰，甚至人身囚禁等。两年前国家已经出台多项政策取缔校园贷，但还是有些漏网之鱼在继续干这个。其他的，自己上网查。”

殷逢立刻点了点头：“明白了。”

韩烽突然又觉得，人家刚才不像是在冷嘲热讽，难道是真不知道？而且，这个顾问……感觉怎么跟尤明许的小弟似的，一点顾问、专家的高级感都没有？

韩烽还是解释道：“去年赵菲儿案案发后，校园贷这个方面我们重点查过：因为赵菲儿生前三个多月的时间，陆续从三家贷款公司借了十余万元，但是我们最后还是排除了跟贷款公司和人员相关的可能性。一是其中两家公司，赵菲儿都是通过网络平台贷款，和两家公司的人都没见过，贷款数额也不大。我们挨个查实了相关人员的不在场证明，都排除了作案嫌疑。还有一家公司叫‘分金宝’，赵菲儿从这家贷款的数额最多，有将近 9 万。在她死前两天，还刚借了一笔 2 万的款。但这家公司也可以排除嫌疑，因为赵菲儿失踪到死亡那几天，该公司恰好去泰国开年会了。况且从动机上说也不合适，赵菲儿死了，这笔账就还不上了，那么每个经手人就要吃亏。”

大家都点了点头。尤明许也认为合理，因为校园贷公司只是求财，几乎没有愿意沾染人命的。

然后韩烽就看到省里的那位顾问眨了眨水汪汪的眼睛，说：“哦，那刘伊莎有没有从这些校园贷公司借钱？她正打算开网店，需要一笔启动资金。她应该没有别的资金来源了吧？”

所有人都是一愣。

老谭看了眼众人，问：“刘伊莎的手机还没找到？”

“没有。”

老谭：“手机通信内容复原和银行流水呢？”

樊佳是负责技术的，答道：“再过一会儿就能全部拿到。”

老谭点头：“拿到后立刻核实这个情况。”

省专案组就下榻在怀城警局旁边的招待所里。

夜里，尤明许回到招待所，才知道本来她和樊佳是住一个双人间，但陈枫早给她订了单人间，就在殷逢隔壁。樊佳捂嘴笑，自己占一个房间，她当然愿意了。尤明许也不在意，直接去了新房间。

房间应该是整个招待所最大的了，还放了张老气横秋的茶几和沙发。尤明许坐下后，感觉身上洋溢着中年老干部的气质。她住的是一楼，窗外是满满的夜色和一条幽静的街道，时而有行人走过。

这时丁雄伟来了电话：“小尤，告诉你个好消息。你们传回来案件资料的时候，我正好在和我的警校同学范淑华教授通话，就拿给她看了。范淑华是国内著名的犯罪心理学专家、公安部顾问。她对这起案件很感兴趣，说晚一点把初步犯罪心理画像给我们。我让她直接联系你。”

尤明许一听就很高兴，同时心想：犯罪心理专家我这里也有一个，不过范教授的资历和经验，哪是那小子可比的。

她笑道："行啊老丁，你居然能和公安部专家搭上线。"

平时严肃内敛的丁雄伟，居然少见地轻轻一笑，说："老同学，自然要卖我个面子。"

尤明许突然想起丁雄伟丧偶十余年，平时所有精力都放在工作上，人称"灭绝师公"，猛然间她福至心灵，问："范教授是单身啊？"

丁雄伟顿了顿，淡道："鬼机灵。她正在美国出差，你等电话。"

尤明许挂了电话还在笑，心想：明明冬天就要到了，可连丁雄伟都开始犯桃花了。

想到这里，她的脑子里自动就冒出殷逢今天的模样，夹克西裤，高大英挺。不傻笑的时候，样貌俊朗逼人，气质出众。

她闭了闭眼又睁开，心想：食色性也，一定要透过他完美的皮相，看清底下的脑残本质。

就在这时，她猛地抬头，看到窗外大树下一双眼一闪而过。那是双冰冷而陌生的眼睛，令她骤然间想到了吐芯子的蛇。

紧接着一道黑影一闪而逝。尤明许从沙发上弹起，直奔窗户，一脚跨上，跳了出去。

然而长街寂静，路灯沉默，几个行色匆匆的路人，惊讶地望着这个突然跳出来的女人。尤明许一拧眉，往黑影消失的方向追去。可一口气追了百余米，连鬼影子都没见一个。又或者那人早就佯装成路人，与她擦身而过了。

尤明许从警数年，还是头一回遇到这样的事。她沉着脸往回走，所以有人在偷窥她？

偶遇的偷窥狂？

因以前办的案而怀恨在心的报复者？

她的心忽然滑过一丝更加冰凉的感觉，因为还想到两种可能——

与她正在办的这起连环杀人案有关？

抑或说，和殷逢有关？

尤明许忽然想起殷逢某次说过的话：总觉得那里有个人，一直看着我，盯着我，威胁我……

就跟团乌云似的，一直追着我……

她走回招待所门口，在垃圾桶盖上戳熄烟头，脸上只有冷笑。

怎么，现在冲她来了？

就怕不来，不来她怎么把殷逢身边的妖魔鬼怪给揪出来？

她打定主意，等手头的案子了结，好好把殷逢过去的事翻出来查一查。

真有肮脏，她替他扫得干干净净。

尤明许走到殷逢房间门口，刚敲了两下，门就开了。

尤明许眉头微微一挑。

房间里开着空调，殷逢只穿了件黑色打底T恤和一条黑色长裤。忽略脸，脖子往下，一寸线条是一寸线条。肩很宽，胸肌结实而不失匀称，窄瘦的腰，收拢向她已看惯的结实翘臀。连拖鞋里光着的脚掌，都透着成熟男人味。

尤明许的目光又转回他脸上，果不其然满脸灿烂的笑，小白兔一般。尤明许瞬间倒了胃口，目不斜视走进去。

陈枫和他们家的大厨也在，不知道他们从哪儿拖来一张长条桌，摆满了一桌菜。那厨子是个中年俊朗的男人，还像模像样地戴着白色高帽、穿着白色制服，仿佛哪家米其林的行政总厨莅临破破烂烂的招待所。

浮夸，太浮夸。

尤明许想：找机会得把陈枫和过去的殷逢遗留下来的作风给扭一扭，不能带坏了现在的殷逢。

见她进来，陈枫立刻带着厨子撤退。殷逢拉着尤明许的手，往床边走："给你看个东西。"

尤明许却抬头看了眼窗外，空荡荡的，问："刚才有没有什么可疑的迹象？"

殷逢一愣，也学她的样子，望着窗外。

两人这么安静地望了好一会儿，尤明许奇道："你又在看什么？"

他答："不知道。"

尤明许额头的筋又跳了跳，不知为何，她发现自己最近对着殷逢的时候，情绪总是容易有些小波动，容易暴躁。

她平静了一下，换了个话题："刚才要给我看什么？"

他指了指。

床边放了个新的20寸黑色行李箱，里头塞了只他的木人偶。人偶的关节是可以灵活转动的，他放进去的这只，身材与死者类似。但到底是木头做的，僵硬一些，勉强塞进去，却有一小半体积在外头。

尤明许问："你弄这个干什么？"

殷逢蹲下，屁股微撅，望着箱子，颇为深沉地说："模仿他的行为，揣摩他的心理。"

尤明许心头被他惹得又躁起来，刚要站起，手被他拉住。

他说："阿许，帮个忙。"

"干什么？"

"你躺进去试试。"

尤明许静默片刻，抬了抬下巴示意，殷逢当她马仔这么多天了，也机灵多了，立刻会意地把木偶搬出来。尤明许爬到箱子里去，只觉得局促极了，回忆死者照片，模仿那姿势躺下。她柔韧性好，但个子不低，缩了半天，一双小腿还是在外头。

"我只能做到这样。"她说。

女人以束手就擒的姿态，蜷缩在小小的箱子里，抬头仰望着他，眸光清亮，嗓音柔和。

殷逢原本手托下巴，端详她的肢体形态，看久了，不知不觉就分了心，目光停在她线条姣好的下巴上，还有胸、腰、腿上。莫名地，喉咙就有点涩了。

他也不清楚自己想干什么，只是身体已动了，双手按在了箱子边缘，低头看着她。

尤明许也看着他。

殷逢背着光，那极富线条张力的男人躯体，就这么覆盖过来，轻而易举就将她困在臂弯之内。他没有笑，此时看起来一点也不傻，那双眼，清澈专注得就像在看什么极其紧要的事物。

"阿许……"他低声说，"你这样看起来好小。"

尤明许喉咙也有点发干，有那么一瞬间，心头竟涌起某种似曾相识的冲动。是的，如他所说，她从没在他面前这么低，这么小，如此受困在他的双臂之间……

脑子里到底在想什么？

几乎是同一瞬间，她的眼角余光瞟到，殷逢抓在箱子边缘的五指，更紧了一些。

尤明许抬腿，一脚就踢在他那张俊脸上。他明明眼睛、鼻子都被踢了，嘴巴却笑了出来，也不知在笑什么。

尤明许那心浮气躁的感觉又涌上心头，干脆又是一脚，将他踹到了旁边，从箱子里爬出来。

却听他在身后问："我做错了什么，你要踢我？"嗓音不急不缓的。

尤明许冷道："想踢就踢，还需要理由吗？"

他默了一会儿："哦。"

她转头一看，就见他在揉鼻子和肩膀，两只手还忙不过来，低着头，有点委屈的模样。尤明许心里却舒服了，心想：对，这才是他该有的样子。刚刚居然让她感觉到几分男人的侵略性，反了天了，必须打回原形。

这时尤明许的手机铃声响起，是个陌生号码打来的视频电话。尤明许一看是美国的，连忙整理了头发和衣着，接起。

一位五十余岁、头发花白的女性，出现在屏幕里。这应该就是丁雄伟的"老同学"，著名犯罪心理学家范淑华。范教授长得慈眉善目，但眼神、气质又不乏英朗，一看就叫尤明许心生好感。

"你好，小尤。我是你们丁队的同学，范淑华。"

"你好范教授！"

范教授隔着屏幕，端详了她一会儿，然后露出赞许的笑，说："一看就是个能干的孩子。你们现在在查的案子，也是我多管闲事了。因为雄伟给我看了资料，我还挺感兴趣的。所以提出些想法，仅供你们参考。"

尤明许说："范教授，您太谦虚，能得到您的指点，是我运气好。"

范教授笑意更深，点点头，说道："从目前掌握的资料看，可以做出凶手的初步犯罪心理画像：他的年龄在 25 ~ 40 周岁，本地人，就居住在两名受害者住所的五千米范围内。他出身市井，文化层次不高，经济条件并不优越，并且从事的是一份需要手工技艺的匠人工作。譬如兽医、屠户、木匠、铁匠、医院护工之类。

"他拥有一辆不起眼的车，很容易混迹进市井中。那里是他天然的藏身所。

"他对女人是怀有仇恨心理的，这源于在儿童和青少年时期，他并未得到家中年长女性的关爱，得到的很可能是虐待和侮辱。这才造成他成年之后，没办法与异性建立正常关系。

"这中间有一年时间，他没有作案，那意味着他入狱、患病，或者有了一段男女关系，令他停止犯罪。但终究他还是无法满足，再次作案。

"不排除他有同伙，但同伙一定比他弱小，处于从属地位。

"他就是市井中我们最常见的一类人，即使深夜走在街头，大家也不会觉得有异样，所以他的犯罪技巧不见得有多高超。

"他有强迫症，如果你到他的店铺或者上班场所，会发现一切整理得井井有条，就像机器码出来的似的。他不善言辞，情绪非常容易激动，有强烈的暴力倾向。

“我目前能推测出的，就是这么多。希望能对你们的查案有所帮助。”

尤明许听完后，目光下意识往旁边的人身上瞟了瞟，见他挺老实地坐着，调回目光，刚想和范教授再讨论几句案情，哪晓得那颗脑袋就直接伸了过来，一张放大的、英俊的傻脸，一下子占据半个屏幕。

殷逢说：“噫？阿姨，你和我推理的一样。”

尤明许一脸尴尬，刚想把他推走，镜头里的范淑华却瞪大眼：“殷逢？！”

殷逢干脆把手机从尤明许手中拿起，奇怪道：“你认识我？”

范淑华的目光变得复杂，盯了他好一会儿，又看看尤明许，叹了口气说：“才一年不见，连老师都不认得了。你的犯罪心理学还是我教的，没有半点印象了吗？”

尤明许吃了一惊，他们竟然是师徒。殷逢想了想，又把手机凑眼前仔细端详，微微一笑点头：“你是有点眼熟。”

范淑华的表情变得更难以形容，沉默了好几秒钟，说：“我今年一直在国外，前一段时间才听说他出了事。一直是这样吗？”

这话是问尤明许的，她答：“是的。不过，我觉得他现在比刚出事那会儿好多了。”

殷逢立刻看了她一眼，而后咬了一下唇，偷偷地笑。尤明许顺手摸摸他的头，意思是“夸了你就老实点”。

范淑华将他们俩的小动作都看在眼里，身为知名权威专家，却有了再次瞪圆眼的冲动。

天知道她这个得意门生，出事前，是个多么成熟、老练、有魄力的男人。他的私生活作风也让范淑华不太满意，倒不是说人品有问题，而是交往的几任女友，似乎都没有长久的，总是匆匆在一起又骤然结束。在范淑华看来，她觉得这位高徒并不好女色，反而是对女人缺乏信任感，没有办法拿出真心。

可现在，殷逢完全像个情窦初开的少年，那清纯荡漾的眼波，看得范淑华都起了一身鸡皮疙瘩。

不过，弟子的私生活，说到底她是管不着的，也不是什么关键。范淑华沉吟道：“殷逢，老师有些话，想问问你。”

尤明许明白了，说：“范教授，那你们聊，我回房间喝口水。”

殷逢不干了：“我房间有水，阿许我去给你倒。”

说完就要丢了手机，尤明许将他的手一摁，低声说：“听不懂话啊，待着别动。”

转身走了。

殷逢也不是真傻，很快明白过来，举起手机，直勾勾地望着范淑华。

范淑华望着他酷似大眼青蛙的模样，也不知是该笑还是该心疼。末了，她还是温和地笑了，试探地问：“殷逢，以前的事，你全不记得了？”

殷逢脑子里又闪过那些模糊凌乱的画面，他没好气地答：“是啊，都不记得了。”

范淑华静默片刻，问：“那个人呢？你以前和我说过的，总觉得有个人在暗中窥探你、跟踪你，他非常了解你，并且犯罪手段极为高明。”

殷逢和范淑华对视了几秒钟，问：“他是谁？”

范淑华摇摇头，一双睿智的眼也藏着些许忧虑和困惑：“我所知道的，也是你告诉我的部分情况——起初，对于他的存在，你追踪了一个多月，却一无所获。因为这件事，你当时非常焦虑，认为他不仅仅是狂热粉丝或者报复者这么简单，你认为有一场庞大的阴谋，在针对自己展开。你也希望借助我的力量，去帮你分析。但连我，也什么都没分析出来。

“后来我出国了，你还给我来过电话，说有了些眉目，要找个机会和我面谈。结果没等我们见面，你就……”

殷逢说：“老师，那个人没有再出现过。我不想再找，也不想再查了。我现在过得很好，比以前好多了。”

尤明许坐在自个儿床上，也不知道殷逢会和他的恩师聊些什么，傻小子可别把老师给惹生气了。想到这里，她就笑了，然后立马又沉下脸。她为什么要替他傻乐，这也会传染?

就在这时，手机响了，是许梦山打来的。

“尤姐，查出来了，刘伊莎真的从分金宝公司借过校园贷！前前后后本金加起来就有十来万，利息有三十多万！这笔钱她无论如何都是还不上的！”

结合技术复原后刘伊莎手机的通信记录、短信、微信等，以及银行账户来看，她与分金宝公司的借贷关系，也基本清晰了。

自今年二月起，刘伊莎就开始从该公司借钱，起初是 3000、5000 的借，后来还借过 3 万这样大额的。警方查清了资金流向，早期这几万块，刘伊莎除了留下日常生活所需，都寄回了家里——她在农村的父亲，今年在修葺屋顶时摔了下来，腿摔断了，急需医药费。

负债的刘伊莎，临近毕业，工作没有着落，经济情况更加捉襟见肘。她打了些零工，但都收入很低，于是总是 2000、3000 的借着。到毕业时，租房子需要一笔钱，家里父亲治病还在不断花钱，她又再度举债……

在她失踪前三天，她和分金宝的联系人苹果哥的聊天记录中，她提出想要借 1 万。苹果哥表示很为难，说见面谈。就没有下文了。

樊佳嘀咕了一句："她什么也没有，没什么可以抵押。这家公司倒是心大，一直肯借给她钱。"

韩烽对这些三四线城市的校园贷公司更了解一些，说道："多半有裸贷视频在对方手上。有这个在手，他们根本不怕她赖账，恨不得让她多借点，等收网的时候，这网能吸她半辈子的血。30 万利息？滚到 100 万你信不信？只要她有一点不听话，裸贷视频立刻发给同学、朋友，最过分的是发到父母那里。就这一招，就能把人逼死。"

许梦山说："毒蛇一样。"

这时殷逢问了句："裸贷视频是什么？"

这玩意儿一线刑警多少都知道，是校园贷公司让女生裸体手持身份证、录制声明借款的视频。这份视频发给校园贷公司作为证据后，他们才会放款。

韩烽简单解释了一下，然后说："我们以前查处的非法校园贷公司的电脑里，这种东西大把大把的。"

殷逢蹙眉想了想："我能看看吗？"

韩烽刚要答"好"，尤明许拍了下桌子，说："我们时间很充裕吗？别扯了，赶紧商量接下来怎么办。"

大家点头称是，只有许梦山笑笑。

樊佳说："你们说，刘伊莎失踪那天，出门会不会是和分金宝公司的人碰头，去拿她申请的那笔 1 万元的贷款？那个苹果哥还说了见面谈。"

这其实也是大家心里怀疑的。

尤明许用手指敲了敲桌面："这是现在唯一的线索了。而且一年前的赵菲儿，也从这家公司借过很多钱。"

韩烽看着她："怎么查？是来明的，还是来暗的？"

此时在场的几位刑警骨干的内心都有些激动，哪怕分金宝公司众人都拥有一年前赵菲儿案确切的不在场证据。他们依然能感觉到，在这家看似唯利是图的公司背后，有更深、更神秘的内情，在等着他们。

尤明许答："暗着来，我的意见是先找个人试探下苹果哥和这家公司，避免打草惊蛇。毕竟现在咱们根本不知道，凶手和这家公司有没有关系，如果有，又是什么关系。他可能是这家公司里的任何一个人，也可能只是相关的人，目前我们还没有半点头绪。”

韩烽点头：“那就得找个女警了。”

话音一落，大家都看向尤明许，她抄手往椅子里一靠，笑笑：“我去，没问题啊。”这种事她早已驾轻就熟。

韩烽却没吭气，许梦山和其他几个也打量着她。虽说尤明许在全省女警中武力值拔尖，长得也足够吸引任何罪犯……

“阿许，你太漂亮了，气质也不像学生，他们会起疑。”角落里的殷逢诚恳地说。

尤明许淡淡地看他一眼，嘴角飞快地扬了扬，说：“要不……我做点伪装？”

许梦山摇摇头：“不行，你那一身的王之霸气，挡都挡不住，尤姐你能在苹果哥面前瑟瑟发抖、我见犹怜吗？多违和啊！你一说话就把犯罪分子吓哭怎么办？”

尤明许：“你、想、死！”

众刑警哄堂大笑，殷逢也笑，结果就看到尤明许的目光一下子瞪了过来，那么多人笑，她就瞪他一个人。没来由地，殷逢感觉心口甜了一下，还有点痒，干脆低下头再笑。

尤明许：“……”

反了！

这时樊佳站起来：“我去吧。”

大伙儿都看过去，眼睛一亮。虽说樊佳此时还穿着警服，勾勒不出身形，但她身量比尤明许娇小些，脸有点圆，相貌甜美，一笑还有两个浅浅的酒窝。别说还真有几分清秀可人的味道。

许梦山忽然开口：“你不行，身手太差。坐下。”

樊佳：“许狐狸你闭嘴。我是去当诱饵，又不是去火并。虽然我身手是比你和尤姐差点，放倒几个犯罪分子可是没问题的。尤姐，韩队，就让我去吧。”

第十五章

家政 team

这是个再寻常不过的早晨，天光大亮，街上车流如梭。因为时间还早，并未临街的这排店铺，大多还没开张。偶尔有路人经过。

樊佳长发披肩，穿了件米色小外套，下面是条秋裙，还裹了条围巾。此时她站在街角，有些茫然地张望，时不时搓搓手。

怎么看，都是涉世未深的女大学生模样。

在这个路口，至少有三个点埋伏着警察，从望远镜和通信器里关注着樊佳这里的进展。

尤明许和殷逢待在一间未装修的二楼商铺里，隔着玻璃眺望着。偶尔会看到樊佳抬起头，冲他们似有似无地一笑。这才依稀有平日那活泼干练的女警的影子。

等了约莫有半个小时，有个男人从街的一头出现，朝樊佳走来。樊佳适当做出略略紧张和期待的样子，手紧握帆布挎包，双脚微微踮起。

即便那男人与她擦肩而过，看着似乎不是她在等的人，她依然显得焦虑且失望，继续顾盼。

许梦山在大家都能听到的通信器里嘀咕："演技满分。"

樊佳的嘴角飞快往上一勾，随即又耷拉下来，似乎等得累了，低头踢着路边的垃圾，情绪看起来低落至极。

"你就是樊玲玲？"那男人果然又走了回来，脸上带着笑。

樊佳连忙抬起头："是，我是！你是……苹果哥？"

男人笑着点头，在近距离看清樊佳容貌的一刹那，眼中明显闪过亮色。

樊佳也打量着他。

江湖人称"苹果哥"，是因为很多大学生找他借贷，都是为了买苹果手机。樊佳也想象过，这一类人必然尖嘴猴腮、面相阴险。却没想到，竟是个看起来清秀腼腆的男人。苹果哥接近一米八的个头，但是比较瘦，白净的一张脸，眼睛弯弯的带着笑意，还戴了副眼镜。身上是样式普通的羽绒服和牛仔裤，活脱脱一副涉世未深的大学学长的模样。

而按照警方掌握的资料，这位"苹果哥"，从怀城大学毕业确实不过三年而已。

"你也是怀城大学学生？"苹果哥好奇地问，"以前怎么没看到过你？"

樊佳露出局促的模样："我是中文系的，平时比较宅……"

苹果哥露出理解的笑。

像是怕对方不相信自己，樊佳掏出学生证递给他。苹果哥看了一眼，点头，还给她，说："不是不相信你。因为小伟介绍，我才愿意借钱给你。都是熟人嘛，小伟又是我老弟。现在外面借钱很难的，大家资金都紧张。所以看看学生证，我才放心。"

樊佳在心里骂人，脸上却是一副感激的表情，连忙点头："谢谢苹果哥，谢谢！"

"我的车停在那边，坐我的车过去吧。"他说。

樊佳犹豫了一下，点点头。

路旁停着辆白色别克，很不起眼。两人上车后，樊佳坐得笔直，身体也很僵硬。苹果哥似乎看出她的紧张，说："你别怕，我这里都是正规借贷，而且利息很低。我也不靠这个挣多少钱，纯粹是帮帮想要创业的学弟学妹们。来，喝口水。"

他把一瓶矿泉水递给她，樊佳一看心花怒放，心里默念：里头有东西有东西！拧开连喝几大口。结果车都开出十多分钟了，她还屁事儿没有，显然这只是一瓶普通矿泉水。

"你借钱是为了什么？"苹果哥问。

樊佳小声地、非常底气不足地答："创业。"

苹果哥笑笑，说："学妹加油。"

要不是熟知这些校园贷毒蝎子的老底，樊佳真有一种眼前人相当温柔善良的感觉。再想想那些真的大学生，被他这么一路亲切相待，口口声声创业、人情、正规借贷，只怕早喝下了这碗迷魂汤，轻易相信了这番鬼话。

尤其是那些经济窘迫、压力很大的女大学生。这位“学长”，很容易让她们心有好感放下戒备吧。

啧啧，只听说过美女毒蛇。他日这位温柔学长卸下面具，吐出蛇芯子，想必也非常精彩。

约莫过了二十分钟，车驶到一个装修家居城附近。樊佳露出有些疑惑，但又不敢问的神色。苹果哥把车停好，又非常绅士地给她拉开车门，说：“借钱给我们的那位大哥，有很多产业，这家居城有一半的门面都是他的，生意做得很大。所以他日常办公也在这边，方便照看。”

樊佳：“哦……”

他们去的却不是家居城里，而是旁边的一条门面街。樊佳看了眼，因为位置偏，大半店铺都没开门，生意极冷清的样子。但她假装什么也不懂，跟着他走到一个门面前。

白色卷闸门关闭着，连门牌号都没有，也没有招牌。

苹果哥小声说：“这是李大哥的一处放货库房，他生意很忙，时间也紧张，就在这里顺道见见我们，借钱给你。你机灵点，展现一下自己的口才和社交能力，要是李大哥对你印象好，说不定将来还能把你招到他的公司去。”

樊佳如梦方醒，傻乎乎地点了几下头。

苹果哥还是那副温柔练达的模样，掏出钥匙，打开卷闸门。迎面的位置堆满了纸箱子，也不知道里头装着什么。苹果哥带着她，上了条狭窄阴暗的楼梯，四面白墙，地面是水泥地。

樊佳一边跟着他，一边想：对我起歹意、起歹意！

她知道警局的兄弟们都跟来了，或近或远地在暗处盯着呢。包括这位“皮条客”说的每一句屁话，都只会惹得刑警们耻笑。

二楼居然还像模像样地摆了几张办公桌。一个头发稀少接近光头的中年男人，坐在一张桌子前，听到动静，比较金贵地抬了一下头后，继续低头翻资料。手边，放着一个烟灰缸和半支没抽完的雪茄。

苹果哥领着樊佳走过去，说：“李哥，这是我一个小师妹，最近手头周转不灵，想要创业，想和公司借笔钱。她的创业项目挺不错……”苹果哥看了樊佳一眼，眼中是亲近和理解的情绪，“李哥我知道她的项目额度很少，你现在也很少审批。能不能看在我的面子上，通融一下？”

樊佳也立刻乖觉地赔笑："李哥好，麻烦你了！"

李哥看了她一眼，慢条斯理地放下手里的文件，夹起雪茄："坐吧。"

桌子对面也就两张办公椅，苹果哥和樊佳坐下，李哥抽了口烟，笑着对苹果哥说："你这小子，就是心软，尤其对女孩子。知道我现在瞧不上这种小项目，还往我这儿带，是不是看人家长得漂亮啊？"

苹果哥脸都红了，连忙摆手："哪能啊，李哥，你别拿我开玩笑，这是小师妹，我纯粹是因为挺欣赏她的。帮帮忙，行吗？"

又转向樊佳："你是想借多少？"

樊佳怯怯地说："一万。"

李哥说："你这借得不少啊，他可能和你说过，我这个人，愿意帮助有志向的大学生。但你也得有什么可以抵押的，不然我的钱打了水漂怎么办？"

樊佳急了，看看苹果哥，他露出鼓励的表情，樊佳鼓足勇气，声音略有些发颤地说："李哥，我……我会很努力的，就是家里条件太差，现在生活比较困难。我想和同学合伙，开个网店，就是需要钱进货。网店怎么做，我都想好了，一定可以赚钱的，也一定能还得上你的钱。我的毕业证和身份证都带来了。"

苹果哥接过，递到李哥面前。

这时李哥也说了句："中文系还有这么漂亮的系花刚毕业啊，我之前都不知道。谢子漪你认识不？也是我的客户。"

樊佳赔笑道："认得，她是1班的，我是2班的。"

李哥点了点头，把两个证件放在自己面前，大约是感觉火候差不多了，从抽屉里拿出一沓合同，放到樊佳面前："你看看，没问题的话，就在这里签字。"

樊佳低头垂首，接过合同开始看。李哥和苹果哥对视一眼，苹果哥微笑说："都是些制式合同，很简单的，因为是熟人，肯定给你最低的利率，放心。"

樊佳感激地点点头，只瞟了眼利率和滞纳金计算公式，问："那我到时候要还多少利息？"

李哥对苹果哥说："这是不信任我？我待会儿还要去公司开会，忙得很，能签就签，不能签没关系，你把人带走，别耽误我正事。"

苹果哥忙说："哪里哪里，李哥对咱们帮助多大啊，怎么能不信任？"

又对樊佳说："没问题就赶紧签吧，这样磨叽不好。你每周只需要付很低的利息，一百来块钱，轻轻松松就能还得上。"

樊佳面色一松，一咬牙，拿起笔，刚要翻到最后一页签名，又愣住，犹豫道：“这个手续费……”

合同上写着，借款还需要 20% 的手续费。

苹果哥抬起头问：“李哥，这里能不能……优惠一点？这个条款是对普通人的，但樊玲玲她才刚毕业，创业也需要时间。”

李哥笑笑，说：“我知道你要说什么，看来你是真照顾这个学妹。”

转头对着樊佳说：“小樊，不瞒你说，这 20% 的手续费，一是我这边公司运营，也要费用，对不？总不能李哥我帮你，结果把自己公司给拖垮了吧？二是有一部分是要给苹果的，他这么帮你，跑这一趟，油费和上下关系打点，也得花钱。他这意思，是自己这部分不想要了，往里给你贴钱呢。我就问你，你能不能干出这事儿？你才刚踏上社会，对于帮助自己的人，咱能这么干吗？

“其次，苹果，就算你不要，我也不能同意。因为这是行规，苹果啊，你也太年轻了。破坏了行规，你自己愿意吃亏，可是以前靠你借钱的那些学弟学妹，知道了会怎么想？会不会觉得你这个学长一碗水不端平，到时候找你麻烦怎么办？去年那个借钱还不上，净去打游戏、吃喝玩乐的学弟，最后你还给他垫钱，劝他上进，结果人家还把你狠狠打了一顿，这么快就忘了？”

樊佳面色绯红，十分动容且冲动地望了苹果哥一眼，说：“李哥，你别说了，我现在就签。”提笔写下樊玲玲的大名。

这是一间空旷、整洁的仓库，距离殷逢住的招待所也不远。殷逢也不知道，陈枫是从哪儿找到这种地方的。事实上，和陈枫相处越多，殷逢越感觉自己这名助手太神通了。不仅把他伺候得细致贴心、舒舒服服，警局、出版社、影视公司各种高层关系，他都能替自己应付；而且陈枫似乎会用一些讳莫如深的手段，给他想要的结果，却不太提及其中缘由。

陈枫还忠心耿耿，殷逢偶尔暗中翻了翻自己公司的账，发现没有任何问题。陈枫清清白白，一心为他。

而现在，陈枫和他就坐在仓库里的货箱上，面前站着五名陈枫给他找来的人手。

殷逢看看这个，又看看那个，嫌弃的语气不要太明显：“就他们啊？”

陈枫永远是一副精英模样，比主子还要清贵知性，扶了扶眼镜，说：“殷老师，他们都是跟了你很多年的，很可靠。”

殷逢静默不语。

都是些熟人，而且是在他“重生”后，就在他眼皮子底下的人：

司机，一副永远沉默但不失剽悍的模样，体格高大健壮，仅从面相看，殷逢就能感觉出，他的自我控制能力并不强，却偏偏能安分守己，当他的一个司机；

园丁，殷逢只见过他两三次，但是当他第一次看到园中那幅以花草组成的凡·高的画作，再看到园丁瘦削阴郁的容颜，就知道他心里藏着很多故事；

还有家里的老仆，他的肢体语言和细枝末节，都透着抹不掉的牢狱痕迹。但在外人看来，他就是个成日笑嘻嘻、一心伺候花草的朴实老人；

甚至还有画手，和他最喜欢的厨子。他俩都是容颜好看的温和青年，只是现在，和其他人站在一块，立刻就沾染上了某种群体气质。

殷逢转头对陈枫说：“难道我以前就专门收留心理有疾病的家伙，塞得到处都是？”

大约没想到他会这么说，那五个人都看向陈枫。

陈枫却只是笑笑，说：“不是的，他们都是受过你救命恩惠的人，所以才对你死心塌地。我不也是吗？我还尝试过十多种死法呢，现在可有玩忽职守的情况？以前，你有很多事，想做而不方便做，就是让他们去做的。以后也可以吩咐他们。”

那五人都只是微笑。

空气很安静，殷逢的心头突然有些发胀。他感到有些烦躁，似乎有什么在诱惑着他，这是一种似曾相识的放纵自我的感觉，而他并不讨厌。

他想了想，说：“这样吧，我要找一个人，我有他的犯罪心理画像。如果你们能把他找到，我就相信你们是可靠并且有用的。”

尤明许他们一头扎进案子里，按照传统思路在查。殷逢和范淑华给出的犯罪心理画像，只被当成参考。所谓参考，也就是煞有其事地参考一下，然后丢到一旁。

刑警们又分不出别的人手查这一头，所以殷逢就想自己查。现在“队伍”总算是拉起来了。

殷逢走出仓库时，手机响了。他一下子站定，身后的六个手下也跟着停步。殷逢马上回头做了个噤声的手势，这才接起：“喂，阿许。”

“吃饭没？”尤明许似乎在嘈杂的环境里，殷逢几乎能感受到她身边的烟火气。

他立刻说：“还没有。”

她嗓音里带上了笑："过来，我把地址发给你，刚发现了个好吃的地方。"

殷逢挂了电话，大踏步走到车前，钻了进去，司机也赶紧上车。陈枫领着其他几人站在原地，目送他远去。

园丁抬了抬眼皮，说："还热乎着呢？"

画手微笑道："是啊，居然是个女警察。"

老仆说："他到底什么时候能恢复正常？居然疯成这个样子了。"

陈枫淡淡地说："好好办殷老师交代的事。还有，上次送女人到他床上的事，再也不要搞了。至少现在，他和尤明许是来真的。你们再瞎搞，殷老师什么时候才能如愿以偿？"

怀城呈现出非常典型的小城风貌，你只要在这个城市稍微深入一点，看到的满满都是烟火气。殷逢的宾利车拐进一条小街，到处都是店铺，还有熙熙攘攘的人。到了尤明许说的那家店门口，殷逢抬眼一看——周记腊猪脚火锅。他也不清楚这是个什么吃食，反正尤明许选的，一定是好的，虽然店铺门口看起来有点脏破。

司机说："殷老师，这里不好停车，我去找个……"

殷逢摆手："不用了，你走吧，快去找我要找的人。吃完饭我要和阿许散步回去。"

不苟言笑的司机，闻言也笑了一下，听命离去。

走进这个小破饭馆，里面居然有三层。殷逢爬上几层简陋的、看起来不太卫生的楼梯，上头都是包厢。他找到尤明许告知的那间，推门进去，就见她坐在窗前抽着烟，白墙瓷砖包房里，一张老木桌上罩着一次性塑料桌布，上头摆着个热腾腾的火锅，散发出一股特别的香味。

尤明许只瞟了他一眼，凤眸微眯，继续吞云吐雾。

这是个能坐四人的小圆桌，殷逢走到她身边坐下，跟只敏捷的小狗似的，一下子把烟夺了，丢进烟灰缸里。

尤明许横他一眼。

他说："案子没破，你也不能抽个没完。小心变成大黄牙。"

尤明许恶寒了一下，到底抽不下去了，问："上午去哪儿野了？一大早上房间就没人。"

殷逢答得理直气壮："我去查案了啊。"

尤明许看着曾经十指不沾阳春水的殷老师，跟她混了数次小饭馆后，已经能非常熟练地提起茶壶给两人冲洗一次性餐具，又把一次性筷子拿出来，磨了磨毛边，再烫了下，放在她面前。

她任由他伺候着。

很快菜就全上来了，她说："韩烽推荐的馆子，早就想来吃了。咱们试试怎么样？不过他一向靠谱。"

殷逢低头，夹了一筷子，没说话。

尤明许问："你那条线查得如何？"

殷逢答："那片区域人口密度太大，流动人口又多，暂时还没有收获。"

尤明许点头，理应如此。所以她总觉得，犯罪心理这玩意儿，说起来容易，执行落地却很难。

一尝味道，果然浓香扑鼻，酥软适中。在这样渐寒的天气里，吃着热腾腾的腊味，觉得心窝子都热乎了。

冷不丁听到殷逢问："阿许，你和韩烽很熟啊？"

尤明许答道："嗯，以前一块儿学习过，还一起办过案，老熟人。"

殷逢用筷子剁了剁碗里的猪脚："那你觉得……觉得……他怎么样？"

尤明许抬眸看了他一眼，又夹了块热乎乎的莴笋片吃了，说："挺好的。"

殷逢不吭声了，整个人像把漂亮的弓，微微绷紧。

尤明许听着锅里汩汩的声音，还有彼此筷子碰到盘中的轻响，说："他家孩子才三岁，他却总在外面跑案子，嫂子也挺不容易的。"

一只又大又软的猪脚，被夹到她盘子里。尤明许抬眸，就看到他闪闪发光的笑脸："阿许查案也不容易，多吃点，长胖点。"

尤明许不由得笑了，可笑完又心生懊恼，心想：我刚才到底在解释什么？

正要恶声恶语两句，找回心理平衡，结果就看到殷逢用筷子把几根骨头摆成了个……什么形状？

见她注视，他献宝似的推到她跟前："阿许，你看，这像不像一个猪头？"

尤明许："……"

像，真像。

"樊佳那里进展得挺顺利的。"尤明许边吃边说，"过去五天了，她以家中急用钱为名，通过苹果哥又借了2万。这么算下来，她所欠的利息和滞纳金，正在翻倍增长。她假装不知道，苹果哥也没发动。两人相处得挺好的，苹果哥对她表现得挺暧昧关心的，樊佳顺水推舟，让对方以为她盲目地越陷越深。”

殷逢思索了一下，问：“苹果哥对樊佳？”

尤明许微微一笑：“无论有几分真、几分假，我认为苹果哥对樊佳，还是有兴趣的。”

殷逢眼中也闪过笑意：“哦，很好。”

两人不约而同地想：如果能抓到性犯罪的蛛丝马迹，与刘伊莎之死的真相就更近一步。

他们对视了一瞬，火锅的白色烟气袅袅在彼此眼前升腾，看懂了对方的心思。

殷逢的嘴巴弯起，他最喜欢和阿许心有灵犀一点通了！

尤明许一愣，为什么又和他心有灵犀了？！

殷逢还想再说点什么，进一步讨她欢心，猛然间他感觉到脑袋里有什么“轰”地一震，就跟雷击似的，他眼前一黑，人从椅子上滑落下来，摔在地上。

只听到尤明许大声喊道：“殷逢，你怎么了？殷逢！”

可他眼前什么也看不清，脑子里很多破碎的画面在互相撞击：许许多多的鲜血，断裂的肢体……一辆车急速飞驰，撞了过来……还有人在笑，非常冷静无声地笑。

殷逢抱着头，开始呻吟，身体也蜷缩在地上。尤明许已扑过来，将他抱在怀里，急切地问：“你怎么了？哪里不舒服？头不舒服？”同时摸出手机叫救护车。

“轰——”又是一震，仿佛尘封已久的冰面，开始有了裂痕。殷逢全身都在颤抖，筛糠似的，他又看到了一些画面：一只手握着笔，在一张张罪犯记录表上打叉，有个十分熟悉的声音在说：“他们都不该活在这个世上，包括你，殷逢，因为你们都是……你们都是……”

他号叫一声，眼泪掉下来，恍惚间却看到一双很熟悉的眼睛，却想不起来是谁的眼。那双眼很悲凉，也很平静，充满怜惜。那是一双男人的眼睛，只是这样深深地望着他。而殷逢的心中，突然涌起巨大的悲伤、不甘和桀骜不驯。

“哥哥、哥哥……”他呢喃出这个词。

尤明许眼眸瞪大。

哥哥？

殷逢的资料她知道了个七七八八，亲生哥哥殷尘，比他大十二岁，但是十多年前就死了。

可看着他恍恍惚惚、泪流满面、额头青筋鼓起的狰狞模样，尤明许只觉得心肝俱裂。她抱紧他，看着怀中那张痛苦的脸，却不知如何是好，只能把脸贴近，和他的贴在一起。

“殷逢、殷逢……尤英俊、尤英俊，冷静，冷静一点，我在这里，我在这里！”

救护车的呼叫声在楼下逐渐逼近，怀中人却渐渐不挣扎了。尤明许低头一看，却见他双目紧闭，眉头紧皱，呼吸短促，俨然已经晕了过去。

做戏做全套，所以樊佳就租住在距离两名死者不远的楼房里。这天夜里，她窝在小床上打游戏，许梦山就坐在旁边的沙发上。这两天他贴身保护她，以防万一。

樊佳打了一会儿，头也不抬地说：“你怎么主动要求保护我？不是总嫌这样的工作单调吗？”

许梦山还在翻卷宗，答：“尤姐要纵览全局，除了她，谁是武力值第二？”

樊佳说：“韩队手下不也有几个人挺牛的？”

许梦山淡道：“他有那个闲工夫管你？再说你和他们熟啊？”

樊佳不出声了，过了一会儿自个儿笑了，抬头看看一本正经的那人，心想：长得秀气，但是嘴太贱。不过关键时刻倒是挺可靠的。有他在，自己就不紧张了。

正巧许梦山抬头，也看向了她。

两人对视几秒钟，他开口：“你再把大腿抬高点，我就看到你内裤了。想清楚，我是不会负责的。另外，腿略粗。”

樊佳：“……滚！”

两人正斗着嘴，她手机响了，进来一条短信。

樊佳拿起一看，往床头一靠，笑着念道：“樊玲玲（身份证号：×××××）您好，您在分金宝公司借款 3 万元，本期应还利息及滞纳金 1922 元，请于本周三前还款！逾期应负法律责任！啧，3 万块，两星期不到就 2000 块的利息了，后面还会翻倍滚，真不要脸。”

她把这条短信复制到专案小组群里，一切都按照计划在推进。

许梦山说：“还不找你的苹果哥，一哭二闹三上吊？”

樊佳说：“自然是要找的，现在除了他，还有谁能救我于水火？等我酝酿一下情绪。你说，他会不会对我来真的，为我改邪归正？那案子就没法往下查了，都怪我魅力太大。”

许梦山冷笑：“做梦。”

樊佳也不知怎的，在他阴恻恻的笑容里，感觉扳回一局，酝酿了一下情绪，给苹果哥打了过去。

现在已经查清，苹果哥大名陈昭辞，一个很像模像样的名字。他也告诉了樊佳真名。三年前，他从怀城大学毕业后，起初干了份普通的工作，但很快就辞了，投身校园贷事业，也不知道他拉了多少大学生下水。据警方初步调查，当年陈昭辞大学就读期间，正是校园贷泛滥的时候，他也有过借贷行为。毕业后，他成了加害者中的佼佼者。

一开始苹果哥没接，樊佳锲而不舍地接着打，响了二三十声后，陈昭辞才终于接起，嗓音压低，语气温和："玲玲，什么事？"

樊佳开的是免提，许梦山同时录音。听到这称呼，许梦山眉毛嘲讽地抖了抖。

此时的樊佳已经全情投入了，慌道："苹果哥，我刚收到一条短信，说我欠的利息和滞纳金，已经有快 2000 了！怎么回事？不是说一个星期才 100 多的利息吗？怎么会这么多？我怎么还得上？！"

那头的陈昭辞静默片刻，说："100 多是 1 万块的利息，你前几天又借了 2 万。"

樊佳带着哭腔："那也应该只有三四百啊！"

陈昭辞叹了口气说："上周的利息，你就没交，所以产生了滞纳金。加起来就有这么多了。"

"……滞纳金？可怎么会有这么多？"

陈昭辞耐心地解释："在我们公司借款，不需要任何抵押，只是拿身份证和学生证做个证明。因为我们公司为了支持大学生创业，所以对学生的信任度很高。我们也冒了很大的风险。你不懂金融，从金融学的角度，我们给予了你们这么大的信任，相应地，法律上规定的滞纳金就很高。我这么解释你听明白了吗？"

樊佳一副似懂非懂的慌张语气："那……那怎么办？一个星期 2000！我根本还不上！"

陈昭辞居然还真的替她出谋划策："你前两天不是刚借了 2 万吗？从那里头拿，先把利息还上。"

这头，樊佳翻了个白眼，哭道："可那是给我家里急用的，我爸还在住院……都转给他们了，我现在真是一分钱都拿不出来了。苹果哥，我该怎么办？我真的不知道怎么办了。要是这个星期利息还不上，会……会怎么样啊？"

陈昭辞语气一沉："那会比较麻烦，利息肯定是越来越多的。而且咱们有协议，你拖着不还，对你的个人信用也会有很大影响，将来你买房贷款，甚至乘坐火车、飞机，都会进黑名单！而且是违法的啊！”

“那我该怎么办？我真的没钱了！苹果哥，你能不能……方不方便，借钱给我？”

陈昭辞叹了口气，答：“我毕业也没几年，还在还房贷。不瞒你说，前两年我也帮过几个学弟，结果……钱打了水漂，那天你也听到李哥说了。所以我手头也比较紧。”

樊佳：“你真的没办法帮我了吗？或者……或者公司能不能再借我一笔钱周转？我已经进货了！只要网店开起来，很快就能把钱还上！再借我一笔吧！”

陈昭辞深深叹了口气，说：“我本来不该同意的。一是再借，我怕你今后压力太大。但利息确实要还，两害相权取其轻，还是还上利息比较重要，因为一个人的信用度如果有了污点，那就是一辈子的事！二是你没有任何东西做抵押，本来是已经借不到钱了。你出去找找，看没有任何抵押，谁愿意把3万块借给你，现在你还想借更多！所以……按照公司规定，这次你要抵押点东西了。”

樊佳：“我能抵押什么东西啊？我什么都没有。”

陈昭辞静了几秒钟，慢慢地说：“其实也很简单，你录个视频，说一下借款的事，发过来就行了。”

樊佳：“真的？那我马上就录。”

“等一下。”陈昭辞说，“光是视频，对我们公司来说，起不到什么保障所用。你放心，这个视频，我看不到，公司其他人也看不到，只有财务部的大姐会看到，也绝对不会传播出去。”

樊佳：“什……什么意思？”

陈昭辞说：“其实你的很多女同学，都这么干过，没什么的。只需要你把衣服都脱了，什么也不穿，拿着身份证，录个视频。只要有这个，第二天就放款给你。”

樊佳下意识就反驳：“不行！”

陈昭辞静了几秒钟，居然笑了：“害怕？”

樊佳：“嗯……不行的，那实在是太……”一时语塞。

陈昭辞说：“那你考虑考虑，再告诉我你的决定。其实没什么，一个凭证而已。”

樊佳轻声说：“你真的要我拍那种东西，发给你们公司？苹果哥，我……”

一旁的许梦山掀了掀单眼皮，心想：真要吐了。

那头的陈昭辞却似乎有点被女人欲语还休的依赖、委屈给打动了，喊道：“玲玲！我不会害你。我跟你保证，别人看不到，我也不会看。”

挂了电话，樊佳浑身一个战栗，叹道："渣男。"

许梦山说："你说，刘伊莎和赵菲儿，有没有拍裸贷视频发给他？"

樊佳答："她俩的借款金额比我高，也没有还债的能力。按他们这个流程，肯定拍了。"

两人对视一眼，许梦山说："我把情况给组里汇报一下。裸贷视频呢，肯定是不用你拍的。真要拍了，只怕别人一看，不肯借钱了。咱们看看接下来，怎么和他们周旋。"

樊佳抓起一个枕头砸过去，许梦山单手轻松地接了，往腰后一塞，靠着，然后打电话跟尤明许汇报。

市立医院 VIP 病房。

殷逢靠在床头坐着，手上还在输液。醒来后，他的脑袋是阵阵剧痛后的疲惫和空洞，因此整个人都提不起精神。

头部不舒服是最麻烦的，陈枫坐在床边，手握医生的各项检查报告，也查不出任何问题。

殷逢说："把我那位哥哥的所有资料，都拿给我看看。"

陈枫一怔，答："没问题。你是想起什么事了吗？"

殷逢看了他一眼："我应该想起什么事呢？"

陈枫露出些许怜惜的表情，说："殷老师，你以前……很崇拜和喜欢你的哥哥殷尘，所以他英年早逝，一直是你的一块心病。你一直给苏子懿留面子，允许她留在身边，我想也有这方面的原因。"

殷逢摸着下巴想了想，说："他什么时候死的？怎么死的？"

陈枫答："十三年前，车祸。"

殷逢又问："遗体呢？"

陈枫："火化了。"

殷逢有点失望："那就没办法判断死的人到底是不是他了。"

见陈枫露出欲言又止的表情，殷逢说："说话。"

陈枫的表情有点奇怪："你几年前就有了这个疑问，后来亲自做了一系列侦查和检测，最后确定了当时的死者就是殷尘。你的哥哥，确确实实已经过世了。"

殷逢静默片刻，自言自语："不是他，又是谁？能和我这么……"

陈枫：“有什么事吗？”

殷逢和他对视一眼，摇了摇头，颇为深沉地说了句：“我想，这不是你能解决的问题。”

接到许梦山的电话时，尤明许刚下出租车抵达医院。手头工作太忙，她中午将殷逢送到医院，没待多久就离开了。现在天黑了，才抽出工夫赶来。听陈枫说，殷逢已经醒了。

尤明许的想法和许梦山一致，先晾着苹果哥，看看他们接下来有什么举动，再伺机深入，寻找线索。

怎么可能真的让樊佳录裸贷视频。

一路说着电话，就到了殷逢的病房前。门是掩着的，尤明许挂了电话，刚要推门进去，自个儿倒是先愣住了。突然就想起殷逢昏迷前痛苦挣扎的表情，还有他满嘴的胡话。

恢复记忆——这四个字出现在脑海里，尤明许竟感觉到一阵暴躁。那感觉就像是一片茫茫的潮水，无声无息地朝她涌来。隐隐透着凉意，让她摸不到边际。

她推开门。

门内两人，都抬起头。

尤明许的目光只停在床上那个男人的身上，他穿着病号服，脸色苍白，头发照例乱糟糟的，清澈的眼睛，一眨不眨地看着她。

尤明许的心就这么“砰”的一声放下，走到床边。陈枫见状立刻退了出去。

“怎么样？”尤明许问。

他慢慢朝她伸出双臂。

平时令她嫌弃得不行的求抱抱，此时却令她笑了，说：“放下，说了不会抱你。”

殷逢说：“可是我的头之前真的很痛，痛得要炸了。”

尤明许的心跳了跳，神色却不露分毫，问：“那你……想起什么没有？”

殷逢立刻答：“没有，我什么都没想起来。”

尤明许感到意外，可莫名又松了口气。这说不清的复杂感觉，令她有点烦躁，但还是不露声色。她拉了把椅子在床边神色肃然地坐下。

殷逢拉拉她的手：“医生说我待会儿就可以出院了。”

“这么快？”

殷逢轻松地答：“反正他们也治不好，我好不了啦！”

尤明许也不知是该高兴还是该无奈，说："治不好，你就一点也不急？"

殷逢却说："你希望我早点治好吗？不过，我如果治好了，就会变得聪明又成熟。我感觉以前的自己，和顾天成、罗羽是一种人——当然要比他们正直优秀一百倍。但是……我感觉阿许你一直喜欢的就是那个类型。"最后一句话的声音低了下来。

尤明许万万没料到他会冒出这么一段话，这下脸上有点挂不住了，冷哼道："你懂什么，胡说八道。我是遇到过几个渣男，但绝不会喜欢上渣男的。"

殷逢："哦……"

尤明许说："你有什么脸说我？以前的你，渣男中的战斗机。听说最喜欢网红嫩模小明星，大胸长腿锥子脸。等哪天恢复记忆了，是不是要去重操旧业了？嗯？"

殷逢脸红了，说："阿许，你说这些干什么？我保证不会再渣，也绝不会理她们。我发誓！"

尤明许淡道："随便，不关我的事。"

第二天，樊佳接到了另一通电话。

是一位语气相当温和的女士打来的，自称是苹果哥的同事，财务部负责人张薇。樊佳再次扮演没见过什么世面、遇事战战兢兢的女学生。

张薇说："听小陈说，你有进一步贷款的需求？"

樊佳："是的，是的。但是……"

张薇特别和蔼可亲地打断她："小陈和我说了，你有顾虑。他是个正直的男孩子，和你解释公司的这项制度，也有点抹不开面子。所以特别拜托我来说明，让你放心。你看，财务部是我负责的，每天经手的金额有几百万，你的借款金额不过是九牛一毛。大家都是女人，我特别理解你的顾虑。但你放心，你拍的视频，真的只是用作借款凭证，有了这个，你在我们公司就有了信用，以后还能再借。这个视频，只有我能看到，连公司老总都没权限。所以你真的不用担心。我们也希望你能够早点渡过难关。"

挂了电话，樊佳说："啧啧，这一波体贴攻势，说得我都快相信了。难怪那些姑娘会发裸贷视频给他们。这样的空头承诺，却恰恰如同救命稻草，给了女孩们一个自欺欺人的理由。这么容易就上了当，今后还不任他们摆布。"

许梦山在旁精辟总结："所以说，最毒妇人心。"

换来樊佳一个例行白眼。

警方按兵不动。

果不其然，两天过后，樊佳的应还利息和滞纳金逾期。这天清早，她的手机开始收到一大堆骚扰短信：

“你在分金宝公司所借 3 万元，本期应还利息和滞纳金已逾期！已逾期！请尽快偿还利息，避免不必要的纠纷发生！”这是客气的。

“樊玲玲，还钱！还钱！还钱！怎么这么不要脸呢？欠钱不还，天打雷劈！”这是谩骂的。

“樊玲玲，你的身份证号、毕业证我们都知道。按时还钱，不然叫你好看！”

“臭婊子，让你还钱知不知道？你住在 ××× 小区 × 号楼 503 室，手机号是 ×××××，不还钱，等着被泼油漆！”

这些是侮辱威胁的。

樊佳立刻“惊慌失措”地给陈昭辞打电话，但这回没人接了，发短信也没人回。只是任由骚扰短信铺天盖地地朝她而来。

这让樊佳还颇有些讪讪，心想：老娘就一点魅力没有，他就这么开始无情收割了？过分！

尤明许和韩烽等人，却觉得势头正好。就得让苹果哥把樊玲玲逼上绝路，只有走上和前两名死者一样的绝路，才知道后头会发生什么。

“樊玲玲”会不会成为继赵菲儿和刘伊莎后的第三个，谁也不知道。分金宝公司和连环凶杀案有没有关系，暂时也无从知晓。

韩烽那边，对全市嫌疑车辆，还有那枚指纹，都进行了新一轮的深入排查，但是一无所获。刑警们最害怕的情况，正在渐渐逼近——就是这种全无头绪，一开始就从凶案现场断了线的案子。

大家都是有预感的，预感这种案子，就像不小心摸到的一颗雷，随时会在你手中无声爆开。从此经年累月，你都被它吊着，仿佛一块冰凉的、沉重的石头压在心头，你却连凶手的影子，都没指望能摸到。

所以分金宝公司，成了专案组目前唯一的线索，还是没有任何直接证据的线索。那么，这线索你抓吗？当然得抓啊，刑警，开弓没有回头箭啊。

又过了一天，对方的手段火速升级，刑警们乐见其成。

这时，樊佳当初在协议里留下的亲友联系方式——母亲（尤明许）、父亲（韩烽）、同学（许梦山等人）……全都接到了来意不善的电话：

“喂，许梦山是吧？樊玲玲在我们公司借了 3 万，利息都没还。让她赶紧还钱！别这么不要脸！”

“你女儿在我们公司借了 3 万，现在利息就滚到了 6000，什么时候还钱？！不然让你们全家好看！”

苹果哥依然不接樊佳的电话，就跟人间蒸发了一样。

…………

大伙儿在警局开碰头会。

尤明许问：“陈昭辞现在人在哪儿？”

一名警察答：“我们的人 24 小时盯着他，10 分钟前报告过位置，他又去了上次和樊佳碰头的地方，应该是又有‘业务’。”

尤明许淡笑着对樊佳说：“你魅力不行啊，这才两个星期，人家也没心软，手起刀落就要逼你上绝路。”

樊佳做了个悲愤的表情。

许梦山说：“就她那样，瞎心软。”

两人眼看要打起来，殷逢的声音却插了进来：“正因为魅力大，对方才心急，半个月就收网。否则再拖上一两个月，欠的利息更多，对方收益更大。这其中，说不定有人对樊佳感兴趣了。”

樊佳一脸喜色，得意扬扬。

许梦山轻哼一声，却也露出点笑意。

大伙儿精神一振，尤明许看了殷逢一眼，有种感觉，这家伙似乎总能特别精妙地抓住罪犯的心理。

“接下来，怎么做？”韩烽说，“怎么引‘那个人’上钩？”

尤明许想了想，说：“樊佳再去当面找陈昭辞一次，一哭二闹三上吊也好，色诱也成，别真吃亏就行。现在就看谁比谁心急了。樊佳，你就死缠着陈昭辞不放，看看他们接下来会怎么走。”

第十六章

避阱入坑

暮色降临。

现在经济不景气，偌大一条街，也没多少人气。陈昭辞夹了根烟，站在街头抽着，等待着又一只肥羊上钩。

没多久，那年轻的大三男生就来了，一副呆头呆脑的庸碌样子，谈到借钱时，眼中却有贪婪的光。这种人，陈昭辞见得实在太多了。

当男生走近时，陈昭辞已换上那副人畜无害的学长面孔，笑得比对方还要腼腆，依然是轻描淡写地介绍了贷款条件，仿佛这不过是熟人间帮了个小忙。他很清楚，这些孩子，只会一届比一届幼稚盲目，很轻易就会咬钩。

没多久工夫，他就带男生到了“李大哥”处，签好了合同，领了钱。看着男生欢天喜地揣着钱走了，他把自己那份也揣进了兜里，而那位李大哥完全跟换了张脸似的，点头哈腰地送他走。陈昭辞拍拍他的肩，下楼。

结果刚下楼，就看到了一个意想不到的人。

陈昭辞没想到，樊玲玲居然还有勇气找到这里。他把手里残余的烟头丢进垃圾桶，就着街头的光，看着这位明显憔悴柔弱了很多的少女。

依然是很漂亮可爱的，乌黑的长发，白嫩的脸，唇畔的两个小酒窝。还有那苗条却不干瘦、富有活力的躯体，能看得任何男人喉咙发紧。

她努力地对他挤出可怜兮兮的笑。

陈昭辞经手的女客户已经太多，几乎都可以在脑子里描画出对方不穿衣服的样子，白花花一团，乳房和私处纤毫毕见。她们拿着身份证，对着镜头念出生硬的借款词……

这些女孩，她们都太贪婪、太堕落。

陈昭辞走向她，神色已变得凝重复杂："玲玲，你怎么来了？"

樊佳一把抓住他的衣袖："昭辞哥，帮帮我，我被逼得没路走了！"

陈昭辞的目光从她纤细的手指上滑到那张梨花带雨的脸上，说道："别急，慢慢说，我一定会帮你的。"

樊佳哭哭啼啼地把这几天的遭遇痛诉而出。

陈昭辞拉着她在路边花坛处坐下，也不吭声，只递纸巾给她。樊佳抬起头，看到他一脸深深的自责："一开始我就不该帮你的，当时你说网店一做起来就能把借的钱还上，没想到你现在连利息都……"

樊佳哭道："我真的没办法了，昭辞哥，我该怎么办？万一他们找到我家去，连累我爸妈怎么办？我爸还在住院……"

陈昭辞说："当务之急，是把利息和滞纳金还上，我看过账，你已经欠 6000 了。你拍个视频，不就什么都解决了？都这时候了，你应该当机立断了，命运和未来是掌握在自己手里，不是在别人的嘴里。优柔寡断是最没有用的！"

樊佳露出非常痛苦的表情，拼命摇头："不行……我真的不行……绝对不行……"

陈昭辞大概也没想到她如此坚决，不咬这个更毒的钩。

只要裸贷视频到了手，今后这女的不是任他们宰割摆弄？他的脸色慢慢沉下来，将她的手拨开，说："路是你自己选的，玲玲，我已经尽力了。我是希望你能渡过这个难关，但你自己犹犹豫豫的，是不是还疑神疑鬼，怀疑我们公司有别的企图？说实在的，我们的客户在全国有几十万，根本没有太多精力去图谋你什么。你想清楚吧。"

樊佳一听他语气渐冷，一把又将他的胳膊抱住，他作势要挣，她泪眼蒙眬地抱得紧紧的。把心一横，脑袋靠在了他的肩上："昭辞哥，我真的不能……我……我……我对你……有没有别的办法，能不能让我做别的事，来还贷款？除了这个，你让我做什么，我就做什么。那我……都是愿意的。"

陈昭辞有些惊讶地看着她，紧抿着唇，俊脸竟也露出尴尬的神色。

樊佳在心中默念：狐狸尾巴露出来，从了我从了我，把我打包装箱多合适！

哪里想到他慌忙站起，一把推开她，说："你这丫头，想什么呢？！就算我对你……视频是公司规定，我绝对不会趁你有难，对你做什么！我走了！你……你想清楚！要是欠再多，视频都不管用了！”

樊佳又想扑上去抓，陈昭辞几乎是连滚带爬地跑远了。樊佳泪眼汪汪地站在风中，望着他的车开远，骂了句脏话，对着通信器说：“报告：色诱献身失败，难道他们真的只是想要钱？对人没兴趣？和刘伊莎的死也没关系？”

目前的专案组，处于一个比较尴尬的境地。

已经两周过去了，可那名开着金杯车还留下了一枚指纹的凶手，就跟水滴入了大海一样，无迹可寻。两名受害者除了身份、年龄、居住地这几处相似点外，只有生前都欠了分金宝公司的巨款这一个不同寻常的共同点。但从动机的角度来说，这家公司是完全不希望两人死去的。除非在这家公司里，还藏着一名性犯罪者和连环杀手。

以身形、相貌颇似两名受害者甚至更胜一筹的樊佳为饵，迄今为止，她已借款3万多元，却依然只接触到苹果哥这条外线。虽说他们的催款速度似乎比惯例提前了很多，像是对樊佳有所图谋，但他们依然表现得像个称职本分的高利贷公司，不停地催债、辱骂、威胁，并且索要裸贷视频。即使樊佳送上门去色诱苹果哥，人家也不为所动。

面对疑难案件，刑警选择侦查方向是有风险的。万一查到最后，两名受害者都欠债只是巧合，这家公司完全和连环杀手没关系，那就意味着警力资源的浪费、时间的耽搁，寻找真凶的难度也会加大。

所以此时，在怀城市局的会议室里，气压有点低。

韩烽是倾向于分金宝公司与杀人案无关的。因为他去年就暗中查过他们，最重要的是，第一名受害者赵菲儿失踪至死亡的时间内，该公司去了国外开年会，有着确凿的不在场证明。

“我们正在一个个排查金杯车主。”韩烽说，“工作量比较大，但只要有希望，我们就不会放弃。我建议，可以把人手都调到这边来了。”

尤明许往旁边看了眼，却见殷逢低头在玩手指头，似乎根本没听。

她说道：“不行。这么明显的可疑线索，不能中途放弃。之前殷逢已经说过，对方提前催债，很可能就是对樊佳抱了别的企图。而且裸贷如果是他们的惯常手段，面对衣服扒光、尊严扫地的女大学生，有人走向性犯罪也不足为奇。如果局面实在僵持不下，我建议可以把陈昭辞暗中带回警局，进行调查。”

老谭和怀城副局长是案件负责人，两人简短商量后拍板："已经两周了，上头给的压力很大，不能再等。以韩烽意见为主，其余警力全部调去排查车辆和指纹。尤明许负责立刻把陈昭辞带回警局调查。如无明显嫌疑，就放人，这条线也就暂时搁置，交由经侦部门处理分金宝公司的违法行为。"

散会后，大家走出会议室。尤明许这组人，多少都有些懊恼。

尤明许走得很快，殷逢跟着她，他们很快和众人拉开距离。到了楼梯拐角，她一下子转过身，说："刚才老谭要停掉分金宝这条线，你为什么不说话？"一扯他胸口的专家证，"你有这玩意儿，讲话说不定比我管用！"

殷逢说："阿许，我作为顾问，不能干涉你们的侦查方向。"

尤明许一怔，心想：我在干什么，怎么跟个任性小姑娘似的冲他撒火。

她摸摸鼻子，也不道歉，掉头就走。

殷逢紧跟着，嗓音里有了笑意："阿许摸鼻子，心虚了。"

尤明许不想理他，结果又听他说："你别急，会抓到凶手的。"

她没好气地说："怎么抓？"

他说："我会找到完全符合犯罪心理画像的那个人，带回来给你。"

尤明许站定，回头，看到的是一双清澈笃定的眼睛。这于她而言，是一种完全陌生的体验。这些年来，她早已习惯不依赖任何人。这是第一次，有人轻描淡写地说要接过所有担子，替她扛起。关键是，这个男人还是被她一手"养大"的殷逢……

别扭的感觉又涌上心头，尤明许不置可否，继续往前走。殷逢默默跟着。

过了一会儿，却听到她开口："分金宝公司这条线，我不会放弃。直觉告诉我，他们有问题。天下没有那么巧的事，与他们的关系，是两名受害者唯一的不同寻常之处。你找画像，他们找车辆和指纹。虽然我这条路现在什么也看不到，但我依然相信，这是条正确的路。"

殷逢刚要"嗯"一下，忽然意识到，她是在对自己倾诉。抬头望去，只见她的脸倔强依旧，可刚刚的语气里，分明也透露出不为人知的彷徨和无助。

她是尤明许，是无所不能、从不示弱的尤明许。此时却轻轻对他说了心事，只对他一个人。

也许连她自己都没意识到这份精神上的亲密。可是殷逢，忽然就明白了。他们的心，或许比她以为的，还要近。

一只手按在墙边，挡住了尤明许的去路。

她转头，看到一双沉静真挚的眼，很难得地，一点傻气都没有。

而他微微笑了，笑得跟春暖花开似的："阿许，我们再打个赌吧。"

尤明许扬了扬下巴。

殷逢笑盈盈的："看谁先抓到凶手。如果你先抓到，我可以满足你的任何一个要求——只要以我的能力和财产可以办到。"

尤明许觉得他真的够无聊的，问："那要是你赢了呢？有什么条件？"

上你——这两个字几乎是自动跳进殷逢的脑袋里，带着某种隐秘滚烫的触感。可他低下头，只让她看到自己白净微红的耳朵："随你，你给什么奖励，我都要。"

尤明许见他又一副良家小媳妇的模样，刚想逗他两句，冷不丁听到"奖励"两字，她的心竟跟被什么给捏了一下似的，一时也不知道殷逢是有意还是无意，他所说的此奖励是否彼奖励。

她扭过头去："再说。"

说干就干。

尤明许和许梦山换了警服，驱车直奔陈昭辞家楼下。此时原本盯梢陈昭辞的警员已撤走，只剩下他们和陈昭辞。

约莫是最后一次交锋了。

陈昭辞家就在怀城大学附近。

他们停好车，正值傍晚，周边行人不少。两人决定直接上楼，刚走几步，却见楼门口走出一个熟悉的人影，不是陈昭辞是谁？

尤明许和许梦山交换了一下眼神，现在没有什么好斟酌的了，以调查凶杀案的名义，直接请他回去协助调查。

这时陈昭辞也没急着上车，而是点了支烟，站在路边抽着，同时抬头看了看周围。他与两名警察的视线，就这么相遇了。

他微微一怔，看了他们两眼，转过头去。

"耗子似的。"许梦山没好气地低声说。

尤明许："你对他很有意见？"

许梦山看向一旁："没有。"

说话间，两人朝陈昭辞走去，越走越近。陈昭辞脸朝着另一侧，抽了几口烟，余光又往这边瞟了一眼，手一顿，面不改色地继续抽。

眼看就要走到跟前了，瞎子都看得出陈昭辞的身体略略僵硬了下。尤明许感觉有些好笑，她向来对这种看似老实的毒蛇厌恶到了极点，刚想吓他一下，手机突然急促地响起。

两人在距离陈昭辞五六米外的地方停步，尤明许一看，是樊佳打来的，便继续往前走，同时接听："什么事？"

樊佳说："你们抓人没有？我刚看到陈昭辞发来的短信，约我明天去公司谈，说看看有没有别的办法。"

尤明许："知道了。"看了许梦山一眼，收起手机，两人直接和陈昭辞擦肩而过。

眼见着两名警察说说笑笑，走进了旁边的小卖部，陈昭辞松了口气，看了一眼周围环境，上车。只不过开出一小段路后，他又回头，看了眼小卖部，再拿起自己的手机，看了眼樊玲玲刚发来的愿意见面的回复。他微微皱眉，面无表情地将车开远了。

夜晚，同一家腊猪脚火锅店，尤明许、樊佳、许梦山、殷逢四人围坐。

樊佳说："让我去吧。现在整个侦查方向已经调整了，即使把这个情况跟上头说明，估计还是让我们把陈昭辞带回来，那能问出什么啊？而且这样的话，我们之前两个星期的努力都白费了。让我去探探，这次能去分金宝公司的老巢，指不定能发现什么呢！"

尤明许问："梦山？"

许梦山放下啤酒杯，说："上报老谭，领导说怎么办就怎么办。"

樊佳拍了他一下："许狐狸，你最近怎么回事，这么窝囊？以前那个敢想敢做的许梦山去哪儿了？上报老谭，肯定要中止行动，那我这两个星期不就白做卧底了？"

许梦山不说话，不动如山。

尤明许和许梦山对视一眼，后者若无其事地低头喝啤酒，她又问："殷逢，你说呢？"

结果一回头，就看到头顶流溢的灯光下，穿着黑毛衣、露出修长脖子的男人，侧脸线条如画。他幽深的眼盯着手里的啤酒杯，伸出舌头飞快地舔了一下唇。

尤明许定定地望着他："只准喝一杯。"

殷逢立刻露出与那诱人皮相完全不符的小白兔神色，双手紧握酒杯，充满惋惜：

“哦。”

樊佳：“啧啧，霸道总裁小娇妻。”

许梦山：“女老大背后的男人。”

尤明许懒得理这对抬头吵架、低头又沆瀣一气的狐朋狗友，又问殷逢：“你怎么看？明天要不要让樊佳去？”

殷逢答：“如果是我，我会去。之前陈昭辞坚持要裸贷视频，大有从此翻脸不认人的趋势，这样也才符合公司的利益和通常路数。现在突然变卦，让樊佳去公司，还表示有得谈，中间一定发生了什么变故。并且我认为变故不是出在陈昭辞身上，而是他上头的人改了主意。狐狸也许就要露出尾巴了，当然要一把抓住。”

其余三人都是一静。

尤明许一口干了杯酒，对樊佳说：“去吧。但是绝对不能轻举妄动，有任何危险，立刻退出。我们也会在外围时刻盯紧保护你。”

陈昭辞和樊佳约定的时间，是在次日傍晚。

这家低调的，却与本市数千大学生有着千丝万缕联系的公司，就地处怀城大学附近，那片老城区的一隅。

暮色笼罩着狭窄的街道，附近都是些库房和门面，位置又偏，到了夜里，冷冷清清，人影都没见着几个。

樊佳跟着陈昭辞下了车，看着眼前不起眼的三层灰色旧楼，说：“公司就在这里啊？”

陈昭辞说：“你想什么呢，公司总部在深圳，市中心的摩天大楼，就占了三层。这里只是公司在怀城的办事处，全国有 100 多个分公司。怀城的写字楼老板去看过，觉得特别不好，索性租了这里，宽敞、安静，离学校还近。这里也不比市中心便宜。”

樊佳心中想：老娘信你就有鬼了。脸上却露出“原来如此”的表情。

一楼进去，居然还有个前台。这时已是下班时间，前台没人。陈昭辞领着樊佳，一路往里走。她打量周围，七八张办公桌处，都没人了，也看不出什么端倪。

到了二楼，有几间办公室亮着灯，陈昭辞和几个人打了招呼。他们就跟没看到樊佳似的，匆匆走过。陈昭辞解释道：“你这样的大学生，说实在的大家都见得多了。”

樊佳：“哦，那我今天主要是来干什么的？”

暮色弥漫，楼道里没开灯，只有旁边的屋子透出灯光来。陈昭辞转头看着她，微笑说：“放心，是好事。你待会儿什么都不用多说，听他们说。”

“他们？”

陈昭辞点了一下头，说：“公司老板和几个高层。他们对你这样充满理想又正直的大学生，是很关爱的。你的难处，他们也都知道了。能不能把握住机会，就看你自己了。”

樊佳懵懵懂懂地点了头。

过了一会儿，她又问：“你们公司业务那么大，客户那么多，他们怎么……知道我的？”言语间还有些欣喜和害羞。

陈昭辞看着前方，笑了笑，说：“当然是我和他们提的，你不是走投无路了吗？而且你上次跑到我的办公地点堵我，老板他正好开车经过，看到你了。”

樊佳：“哦……那我真是太幸运了。”

又到了一间办公室外，陈昭辞敲了敲门，出来一个年轻女孩，他说：“带进去安检一下。”

女孩点头。

樊佳一把抓住陈昭辞的衣袖，面露不解：“为什么……”

陈昭辞微微一笑，低声解释：“公司规定，进来的人都要检查。怕有记者混进来，有些记者专门想写博眼球的东西，歪曲事实，转头再找我们敲竹杠。只是简单检查一下，没事的。另外，手机要先关机留下，完事儿了再还给你。”

樊佳只好跟着那女孩，进了办公室。女孩先是像模像样地摸了她全身，感觉没藏什么东西后，又当着她的面，把她手包里的东西都倒出来，首先拿走了手机。

樊佳垂眸，一直盯着她的手。中途低头瞄了眼后方，掩上的屋门外，那道影子没动。

陈昭辞就等在门外。

从樊佳上了陈昭辞车的那一刻起，两人所有的对话过程，尤明许他们都听得一清二楚。

他们就待在分金宝公司对面的一间库房里，窗帘拉着，只留一条缝隙，好让他们能盯着大门。目前所知，这栋楼只有这一个出入口。

樊佳的包里，摄像头是没有的，就怕遇到这种情况。监听器和追踪器却是有的。

尤明许和许梦山盯着眼前的显示屏，上头显示的是附近的地图，代表樊佳的光点，一直闪烁在对面那栋楼里。

殷逢坐在他俩身后。

只听监听器里传来窸窸窣窣的声响，还有丁零当啷的有什么东西被倒出来的声音。尤明许和许梦山不由得屏住呼吸。

“这是什么？”

一个陌生女孩的声音突然间无比清晰、音量也非常大地响起。

樊佳看着包里的各种小东西在桌面上滚落，又看着女孩拿起那支钢笔，而另一支眉笔滚落到桌面下，落到了女孩的脚边。

樊佳一脸无辜：“钢笔啊。”

女孩看着比大学生樊玲玲大几岁，却半点没有她的稚气，看了她一眼，面无表情地旋开笔盖和墨水胆，仔细查看，没发现异样，这才把笔放下。

而后又仔细检查了樊佳带的粉饼、钱包、口红、充电宝，最后帮她把东西都装了回去，说：“行了，你走吧。”

樊佳拎着包出门，没往地上那支眉笔再看一眼。门口的陈昭辞和女孩交换了一下眼神，然后对樊佳露出温柔的笑，说：“见领导之前，有个人想先见你。”

尤明许等人，听着监听器里的声响渐远，而后是关门的声音，最后归于沉寂。

许梦山说：“这傻丫头，八成把监听器弄丢了。尤姐，怎么办？”

尤明许盯着屏幕，光点还在缓慢移动，说：“樊佳是个有分寸的人，她身上还有另一个报警跟踪器，还在移动，应该没被发现。如果遇到危险，她会叫我们的。再看看。”

陈昭辞把樊佳带到了一间更大的办公室里，里头居然布置得颇为雅致时尚，一个三十余岁的漂亮女人，笑着在办公桌后站起。她穿着职业装，看着十分干练明丽。

陈昭辞介绍道：“这是公司财务总监张薇，你叫她薇姐就好。”

樊佳顿时明白，这就是上次打来电话劝她拍裸贷视频的人，樊佳露出局促的神色：“薇姐好。”

张薇大大咧咧地朝陈昭辞摆摆手，说：“你出去，我和玲玲妹妹聊会儿。”

陈昭辞对樊佳说：“薇姐一直想见你，那你们女孩子聊会儿，我去和老板报告一下，你也准备准备，待会儿要见老板。”

樊佳：“哦……好的。”

陈昭辞走了，张薇拉着樊佳在沙发上坐下，说：“好姑娘，你长得可真好看，有没有男朋友啊？”

樊佳低下头：“没有。”

张薇说：“没有也没关系，将来找个年轻有为的，就找昭辞这种，对不对？喜欢他的女孩子可多了。”

樊佳更不说话了，双手放在大腿上，紧握拳头。她的反应，张薇尽收眼底。拿起茶几上的茶具，一边泡功夫茶，一边说：“我听昭辞说了，你现在还款有困难，但又不愿意拍视频，本来这种情况，公司是绝对不会再放款给你的。但是一方面，陈昭辞说你是他最看重的学妹，另一方面，听说你也很能干，资质很好，所以公司呢，也是研究了很久，替你想了个两全其美的办法。”

樊佳抬起头，眼神企盼：“什么办法？”

张薇放了杯茶在她面前，说：“像昭辞一样，加入我们公司。”

刚泡好的茶，徐徐冒着烟气，张薇说：“试试，上好的正山小种。”

樊佳端起茶杯，抿了一小口。

张薇笑道：“傻孩子，不识货，这茶平常人来我都不给喝呢。”樊佳哪里懂什么茶，只感觉味道微涩略苦，只好又喝了一口。

张薇替她满上，说：“公司对员工的要求很高，普通人想进都进不了。你看昭辞以前也欠了公司十几万，这几年通过做业务，不仅还上了债，车买了，房子也买了，这不走上人生巅峰了？当然了，因为我们是待遇很好的精英公司，所以也有严格要求，进了公司，就必须对上级的命令严格服从，一切行动听指挥。尤其是公司员工之间，要亲如一家人，互相理解支持。这些，你能做到吗？”

樊佳立刻说：“能！我能！”说完之后，又有些不好意思，小心翼翼地问，“我真能进公司？”

此时樊佳的心里，是有喜有忧的。喜的是，他们居然想让她进公司，若是能进一步接触公司的人和业务，说不定就能查出两名女孩的死是否与他们有关；忧的是，这样还是太慢，他们是想放长线钓大鱼，把她紧紧绑在公司里？可查案，不一定等得起。

可是无论如何，樊佳都决定，不能放过这个机会。

张薇笑着说：“当然能，你形象气质这么好，又是怀城大学的毕业生。我和你聊了这么久，感觉你的谈吐思路都不错，是个有潜力的年轻人。目前呢，公司有两个职位可以给你，但是都得通过面试，因为竞争者也很多。一个，是和陈昭辞一样，从业务员做起，这种比较辛苦，收入一开始也不稳定；还有一个，是做我们周老板的助理，这个机会很难得，因为上一任助理正好离职了，恰恰你就来了。不过呢，这个工作也很辛苦，几乎需要24小时待命，照顾周老板的一切需求，既要替他处理工作上的事，一些饭局应酬出差也得跟着他去。但是有稳定收入，一个月5000，而且领导的助理嘛，跟着他干了几年之后，眼界也开了，就能到一个部门去当负责人，那时候收入就更高了。我也做过几年周总的助理，你看我现在，过得哪里不好了？”

樊佳说：“薇姐，我……我想试试周老板助理的职务。”

张薇端起茶杯，艳丽的指甲在灯下微微闪着光，她笑了，说：“行，我和你聊得特别投缘，我这里的面试，你算是通过了。接下来能不能给周老板留个好印象，就看你自己了。只要是周老板看得上的人，他对人可好呢，还给人送衣服、首饰什么的。对我们来说的天价奢侈品，对他而言就是九牛一毛。妹妹，能不能把握住这个机会，就看你了。”

樊佳露出有些困惑的神色，张薇和她一碰杯：“干了。”樊佳推辞不过，又喝了两杯，张薇和她聊了一阵，直至陈昭辞来接人，才放她走。

陈昭辞看了看她，说：“周总在等你。”

樊佳轻拉他的衣袖：“我去面试周总助理好不好？”

陈昭辞露出个非常玩味的笑容，看得樊佳微微一怔。但那神色一闪而逝，他立刻恢复沉静老实的样子，答：“挺好的，加油，希望你能面试上。”

樊佳眼珠一转，又轻声问：“你……不想让我去？”

他看着前方，笑了笑，说：“哪儿的话，你要往高处走，我能拦得住？”

樊佳再接再厉，继续试探，站住不动，面色倔强，发出蚊子般的声音：“你要是不想让我去，我就不去了。我听薇姐暗示……好像助理跟周总的关系，会很亲近……我，我不知道……昭辞哥，我该去吗？”

陈昭辞转头看着她，隔着眼镜片，目光前所未有地幽深。

半晌，他笑笑，揉揉她的头发：“去吧，事在人为，是大好前程还是下贱人生，全看你自己的选择。再说，你还有别的路可以走。”

樊佳跟着陈昭辞，走到三楼尽头的办公室。一进门，是个很大的房间，装饰得古香古色，黑色皮沙发、大书柜、墙上字画，样样都彰显着这是典型的老板办公室。

陈昭辞说：“周总，樊玲玲到了。”

“进来。”

一个男人从书桌后走出来，乍一看，竟十分儒雅体面。他看着有四十来岁，中等身量，穿了身黑色唐装，戴了副黑框眼镜，颇有些知识分子气质。

只不过他连笑容都是寡淡的，看了一眼樊玲玲，也没露出什么特别的神色，走到沙发旁坐下。

陈昭辞恭敬地说："周总，那你们聊，我先出去了。"

周总点了点头，等到陈昭辞带上门出去，这才把目光全部落在樊佳身上，露出一点微笑："多大了？"

樊佳答："刚满二十三。"

周总说："你欠了公司快 4 万，每个月还会翻倍。"

樊佳低垂着头："周总，我不知道利息和滞纳金会这么……"

周总摆了摆手："没事，你要是通过了我这儿的面试，加入公司，我手上的人，欠债自然好说。难道财务部还敢追到我的助理头上来？哈哈。"

樊佳一愣，不由得也露出笑容。

周总说："说说你在大学的成绩，还有社会实践经历吧。"

樊佳心想：这还真面试上了？于是就按照之前警方给安排的履历，一一道来。周总安静地听着，也泡了功夫茶，倒了一杯给她。樊佳只嘴巴皮沾了沾，几乎没喝。

她说完时，周总已点了支烟，靠在沙发里，微眯着眼。那目光多少让人有点不舒服，樊佳怯怯地说："周总，你看我行吗？"

他问："是处女吗？"

樊佳愣了愣："我……"

他身上那让人不舒服的感觉，更加明显了，嘴角微勾，掸了掸烟灰，说："乱来的女孩子，怎么能待在我身边？"

樊佳低下头："是。"

"是不是，我总会知道的。"他淡淡地说。

樊佳的十指紧紧握着，声音低得不能再低："周总，我是来面试您的助理的。"

他的身体慢慢前倾，樊佳下意识往后退，靠在沙发里已无处可退。

他摸了一下她的脸，说："你人都到这里了，还装什么清纯？好好想想，走出这扇门，你欠了债，犯了法，再也没有前途。你的家人朋友也要跟着受罪。我看你资质还可以，跟着公司，跟着我，呵呵，就不用操心以后了。"

樊佳全身僵得跟木头似的，眼泪汪汪，他似乎很满意她怯懦的反应，也不急着下手，坐了回去，淡道："你反正没有男朋友，跟谁不是跟？过个一年半载，债还清了，说不定还能挣笔钱，上哪儿找这么好的事？待会儿就别回去了，跟我去吃晚饭，带你去买衣服。"

樊佳什么话也不说，只是含泪拼命摇头，抽泣着。

周总反而笑了，骂道："不开窍。听着，我就给你这一次机会，免了你的债。你要是今天走出这扇门，回头就算跪在地上舔我的老二，也免不了。"

樊佳捂着脸，嘤嘤地哭。

这时周总的手机响了，他接起："嗯……那好，我过来看一下。"

挂了电话对她说："给你十分钟时间，小姑娘，好好想清楚。我也不想看到你哭，不想看到你的爸爸妈妈亲戚朋友，都跟着一起哭。"

他出门去了，樊佳立刻抬头，看了眼房间周围，并未安装摄像头。她蹿到门边，一推，发现门从外头锁住了。她干脆又打了个反锁，而后跑到书桌旁，先快速翻了遍抽屉，都是一大叠一大叠的借款合同、欠账人资料，没看到什么有价值的东西。她看向电脑，从自己包里翻出那个充电宝，用线连接到电脑。

樊佳本就是以技术见长，这充电宝从外表来看没有异常，刚才那女孩也没检查出什么来，其实里面装了个微型解码器。

开机后，只花了一分多钟，就解开了密码。樊佳想了想，直接搜索"刘伊莎"和"赵菲儿"的名字，果然出现了两个文件夹。

她先拷贝出来，再打开一看，里面有贷款合同、往来流水、各种证件，还有个视频文件。

樊佳一点开，就看到女孩白花花的肉体，她的表情麻木平静，手举身份证，开始口述："我是刘伊莎，身份证号：×××××，今从分金宝公司借款2万元……"

樊佳心里憋了口气，关掉后，继续在电脑里寻找别的。但大多是同类资料，粗略一看，录制了裸贷视频提供给分金宝公司的女生，就超过千人。

时间一分一秒流逝，樊佳估摸着周总也快回来了。她暂时还不想惊动同事暴露身份，因为还没找到有价值的线索。但也得想个办法，从这里脱身。

她手速极快，眼看整台电脑的硬盘都要搜完了，她打开一个不起眼的小文件，一愣——里头都是些加密文档。她不管三七二十一，先全都拷贝走，而后对其中一个开始解码。

这时，外头响起脚步声。樊佳抬头看了一眼，突然间感觉头有点疼，她下意识扶了一下桌子，这时文档解密完成了，她点开一看……

她的眼眸慢慢睁大，脸色却越来越难看，纵然她是经历过不少案件的刑警，看着那些画面，心头那压抑的、喘不过气的感觉，依然涌了上来。她的眼眶都有点热了，她想，原来是这样，竟然是这样。那些人，每一个，都在视频里，他们逃不掉了。

樊佳拔掉“充电宝”，直接塞进裤兜里，同时关电脑、整理桌面。门外已传来钥匙的响动，有人在打开反锁的房门。这里是三楼，跳窗不可能，樊佳瞬间打定了主意：目前已拿到关键证据，但手段并不光明正大。能不惊动，最好不惊动。她先假意动摇屈从，等周总带她出去吃饭买衣服，趁机脱身就是。

于是她跑回沙发坐下，又是一副逢低做小的模样。

门开了，周总走了进来，看她还老实坐在原处，心中有些满意。他径直走到她身边坐下，身体挨着她的身体，大腿擦着她的大腿，一只胳膊也搭在她身后的沙发上，问：“锁门干什么，怕我进来？在我的地盘，还敢锁门？我看你胆子大得很，确实欠收拾。”

樊佳刚要说话，猛然间一阵眩晕感袭来，她人晃了晃，就感觉周总的手已搭在她肩上，问：“怎么了？不舒服？”

樊佳心中警铃大作，坏了，张薇的茶！周总的茶她没碰，却没躲过最开头的。她眼前的人也开始变得模糊不清，想要摸脖子上挂着的吊坠，也就是那枚报警器兼跟踪器，手却在半路被人抓住，有人在问她：“你这是什么样子？要不，先去睡会儿？”

樊佳用力咬了一下唇，勉力笑道：“不用，周总，你不是要带我去吃饭吗？让我再想想，我们先去吃饭……”

人却已落进一个怀抱里，有人在摸她的脸，轻声骂道：“小丫头，想走？没门，就是你了，咱们慢慢来，好玩的还多着呢。”

樊佳用尽全身力气，一把推开他，往门口跑去。可跑了两步，就被他追上，他一巴掌狠狠打在她脸上，然后抱着她的腰就往沙发上拖。樊佳的火气一下子上来了，尽管人跌跌撞撞，一肘还是击打在他胸口上，再抬一拳，正中面门。周总哪里想到这半昏的柔弱女学生，还有这一手，一时鼻血长流，又气又急，捂着脸往后退了一步。

樊佳血性已起，尽管头昏沉得厉害，可解决个中年人渣还是不在话下，她操起茶几上的大玻璃烟灰缸，朝周总的头狠狠砸去。第一下他狼狈躲开，没砸中，刚要叫人：“快来……”樊佳反手又是一下，正中他脑袋，就见他晃了一下，人栽在地上。

樊佳跑出门外，结果一抬头，就见到远处有几道人影在往这边走。好在两侧都有楼梯，她带上房门，一转头，就跑了下去。刚跑到二楼，人差点跪倒在地，她知道自己就快不行了，伸手一摸脖子，整个人都凉了。不在，报警和追踪的吊坠不在，一定是刚才和周总厮打时，被扯掉了。

二楼还没被惊动，楼道安安静静的，无人。可楼上的脚步声已经近了，尽管她掩上了门，但是能遮掩多长时间？万一他们发现血泊中的周总，就会追过来。而樊佳的脑袋阵阵发昏，四肢也在脱力，她艰难地靠着那点仅存的意识，打开身边最近的一扇门，闪身进去。

房间里很阴暗，也很安静，似乎是个储物间。樊佳摸着架子，一步步往窗户的方向挪。看着窗外透进来那点模糊的光影，她想，这里是二楼，依她的身手，跳下去顶多骨折，尤明许他们必然能看到，证据也能带出去。太好了。那两个女孩的沉冤和屈死，终于可以昭雪了。

她到底是“爬”到了窗口，眼前阵阵发黑，几乎就要晕死过去，耳朵里也只能听到自个儿急促的呼吸声。她用力咬了一下唇，血腥味弥漫，而后她伸手抓住了窗台。刚要往外翻，一只冰凉的手从背后伸出来，抱住了她的腰，另一只手捂住了她的嘴。

樊佳的眼睛瞪得很大，眼泪一下子涌上来。然而她已没有任何力气反抗，那人把她慢慢抱回黑暗里。樊佳模模糊糊听着门外的脚步声跑过，不甘心地想要回头看一眼，可她被那人死死按住了，还撞倒了旁边的置物架。可她动弹不得，终于眼前一黑，软在了他怀里。

第十七章

凶多吉少

对于等待的人来说，一分一秒都是寂静而紧张的。许梦山盯着监视器，看着代表樊佳的光标走走停停，手里有一下没一下地玩着打火机。尤明许双臂枕在脑后，也没有丝毫松懈。

殷逢坐在她斜后方的椅子里，手撑着下巴，看了一会儿屏幕，目光就自然而然飘到尤明许身上。

为避免引起对方怀疑，这屋子的窗帘是拉着的，只留一道不起眼的缝隙。屋子里开着一盏暗暗的灯，跟晚上似的。殷逢就看着那柔和的光线，把尤明许的轮廓镀了一圈。

其实仔细看，她这个人的线条，虽然冷硬，但不缺少柔和。因为表情严肃，五官都透着几分凌厉。可唇形是饱满嫣红的，还有下巴，虽然小，也有点肉。修长白皙的脖子下，便是逐渐浑圆鼓起的曲线。曲线往腰上收，那里的线条，又细又韧又嫩。

所有这些地方，殷逢都曾经摸过，虽然只有两次。一想到这，他心中就涌起一股柔软而怅然的情绪。

路漫漫其修远兮，吾将上下而求索——这句名人名言就这么蹦进他脑子里。

可现在，他感觉得出来，尤明许还是有意无意地封锁着他的路。而且她整日沉浸在案子里，几乎不分半点心给他。他到底什么时候，才能越过去呢？

尤明许盯屏幕久了，眼睛有点疼，闭眼揉了揉，就闻到一股咖啡香，睁眼一看，一个圆圆的保温杯盖放在自己面前，里头是咖啡。

她抬起头，就见殷逢站在背后，一只手按在她的椅子扶手上：“阿许累了吗？喝杯咖啡提提神。”

别说，他这咖啡来得真及时。尤明许笑了：“谢了。”

旁边的许梦山见了，也嘴馋，问：“殷老师，给我也来一杯不？”

殷逢答：“我就带了一个杯子，难道你要和我们一起用？”

许梦山“啧啧”两声，继续盯着屏幕。

这些天，他们忙案子忙得晕头转向，几乎是殷逢喂什么，尤明许就吃什么、喝什么。有时候一瓶矿泉水两个人分，她都没在意。可此时殷逢这么一说，她又感觉有点讪讪的，心想：不知不觉，又和他举止太亲密了。于是放下杯子。

殷逢看到了，问：“不好喝吗？”

她答：“好喝，我没那么渴。”

“哦。”

他站着没动，过了一会儿，尤明许就感觉到他的手臂，还有胸口的衣衫，挨着自己。斜眼一看，他还保持着手按着她的座椅扶手的姿势，盯着监控屏幕，炯炯有神。

于是那点属于成年男人身体的热量，透过衣物，似有似无地传来。

尤明许默坐了一会儿，才说：“回你自己的位子，别老杵这儿。”

他又是：“哦。”这才坐了回去。

又等了一阵子。

许梦山开口：“她停留在这个地方的时间有点长了，快半小时了。”

尤明许蹙眉。

身为这个小组的头儿，现在她做任何决定，都意味着一种后果和风险。冲进去，说不定樊佳那头正进行到关键时刻，一进去前功尽弃；不去，万一樊佳遇到危险怎么办？

然而直觉告诉她，不能再等。

她瞬间有了决断，正要下令，就听原本寂静了许久的窃听器里，忽然有了声响，三人顿时屏气凝神，听到似乎是有人开了门，来到这个房间。脚步声凌乱，人声来回，有人在喊：“在这儿吗？”

“不在这儿！”

“仔细找，必须把她抓住，不能让她跑了！”

许梦山一下子撞开椅子站起来，看向尤明许。

尤明许也弹起来："叫支援！不等了，马上行动！"

三人直冲分金宝公司，门卫见了要拦，许梦山掏出警官证："滚！抓逃犯！"门卫一缩，他们便冲了进去。

结果刚跑几步，正面就撞见一伙儿人，正在四处搜寻。两两相遇，都是一愣。不等对方开口，尤明许就冷声道："有女孩报警非法禁锢和伤害，人呢？"

他们全不作声。尤明许见状心头一沉，吼道："滚开！"

这时有机灵的人站出来："你说你们是警察，证件呢？"

"啪""啪""啪"两本警官证、一本专家证递到他们面前，殷逢插嘴说："我是省厅专家，级别比他们高。一本可以顶两本。"

"就算是警察，也不能硬闯进来吧？要有那个什么搜查证、逮捕令……你们有吗？"

尤明许冷笑道："报警的女孩都有生命危险了，事急从权，要什么搜查令？闪开，墙角待着等着问话，要不一个个抓回局里去！"

尤明许横起来，那是真的横，柳眉竖起，寒气逼人，嗓门也是被那些老刑警给锻炼出来的，河东狮吼似的。她手持警棍站在最前，颇有一夫当关万夫莫开的气势。

一群男人都被她吼得抖了两抖，唯独殷逢，看着她霸气四射的模样，既喜欢得不行，又涌现出一些熟悉的心疼感。既希望看着她一直这么威风凛凛、大杀四方，又渴望把这样的一个她藏起来，只有自己能看到。他想，喜欢一个人的心情，真是矛盾啊。

然而对方一个小子说："我们也不是被吓大的，警察就可以私闯民宅了？我们要去投诉，我们要去上访！"

这话一说，所有人都附和。

"出去！"

"滚出去！"

"警察就可以乱闯了？"

许梦山已经快要憋不住了，飞快地对尤明许说："对不住了头儿，所有后果我承担。"

他话音未落，尤明许已一脚把带头起哄的那人给踢了出去："我还真是一路把人吓大的。殷逢殿后。"

打成一团。

没多久的工夫，对方就倒了一地，哎哟哟痛呼不已。尤明许虽然打得痛快，心里却焦虑万分，看样子对方也在找樊佳，可至今她还没有音信。只期望没有消息就是好消息。

这动静太大，又有几个人赶过来，但都是普通办公室员工的模样，不像刚才这一群，像是高利贷公司豢养的打手混混。看到这阵仗，那几个人都没敢上前。

三人直冲楼上。

樊佳的定位一直显示在三楼尽头的办公室。三人刚跑上三楼，就看到那间办公室的门虚掩着，一个声音传来："那个臭女人……抓回来我一定弄死她！下面在干什么？闹哄哄的！"

另一个人说："不清楚，我已经叫人去看了。小涂，电脑弄好了吗？那个女人很可能是警察或者记者。"

那小涂答："马上就弄好了。"

一个女声说："周总，您没事吧，真的不用去医院？您流了好多血。"

最早传来的那个声音答："去什么医院？还嫌事情不够大，你们给我找的什么人？苹果呢？这女的看样子就是个警察，要不下手能这么毒？"

尤明许一把推开门，屋内人全都一愣。

里头有五个人，一个穿着唐装的中年男人坐在沙发上，额头上包着纱布，身上还粘着些血迹。一个三十多岁的漂亮女人，正在给他包扎清理。旁边还站着两个男人，都是三四十岁的样子，一个戴眼镜，很清瘦，一个胖胖的，然而容颜都透着股相似的戾气。

还有个年轻人坐在老板桌后的电脑前，看到她闯进来，一呆，手在键盘上跳动得更快，几乎是慌乱了。

许梦山扫一眼地上躺着的烟灰缸，周围还有些血迹。又一眼瞧见沙发上还丢着个女包，不是樊佳的是谁的？约莫是复仇情绪太过强烈，他一双眼就跟开挂似的，又一眼瞥见茶几正下方一个小东西微微反着光，飞快地弯腰摸出来一看，眼睛更红了：正是原本挂在樊佳脖子上的定位报警器。报警器的链子都被扯断了，难怪定位一直在这个位置。

周总脸色阴霾地看着他们，一旁那清瘦的、戴着眼镜的男的开口："你们是什么人？谁让你们闯进来的？"

尤明许已一个箭步冲到电脑后，一脚就把那年轻人踹倒在地，再看屏幕，密码已经锁上了，什么都看不到。

张薇和那胖子也喊起来："你们干什么？干什么！"

尤明许走过来，一把拽起周总的衣领，旁边几人想要阻拦，许梦山已亮出警官证，抵在他们眼前，恶狠狠地挡着。

尤明许咬牙切齿地盯着周总："人呢？她人呢？"

周总脸色铁青，静默几秒，反而笑了出来："原来是警察同志钓鱼执法啊。那我要投诉了，那位身份不明的女士，说自己有经济困难，我好心借钱给她，结果她非要色诱我，我拒绝，起了争执，她色诱不成，打伤我跑了。现在我也正在找她呢，警察就能干这种事儿？"

许梦山一下子暴起："你要不要脸？"

尤明许连忙用身体挡住搭档，吼道："殷逢！"

殷逢一把把许梦山拖到后头去，尤明许盯着周总，看了几秒钟，丢开他的衣领，说："她要是有一丁点事，我不会放过你们！"

她转头走出这间办公室，迎面跑来几个警察，是支援到了。尤明许吼道："全都带回局里。剩下的人，赶紧和我一起救人！"

然而，随着他们一个个房间找过去，没漏过任何角落，只要有可能藏人的地点，都被经验丰富的警察一一翻找了，却没有半点樊佳的踪迹。

中途还和苹果哥碰上了，他带着几个人，也在找樊佳。他们一并被带回局里。

随着可以搜索的面积越来越小，尤明许和许梦山的眉头也越皱越深。这公司只有一个大门，其间他们并没有看到有人出去过。原本他们以为樊佳和周总撕破脸，被人追赶，所以第一时间冲进来营救。而且从当时周总等人的反应可以看出，他们也还没逮到樊佳。可现在，樊佳竟凭空消失了。

暮色降临，怀城市局内。

"你你你——"老谭的脸涨得通红，实在气不过，手上的一沓资料扔过来，正打中尤明许的脸。他手劲大，文件夹又重，眼看着尤明许的脸瞬间就红起来。

尤明许刚毕业那会儿是跟着丁雄伟和老谭几个混的，尽管她现在屡屡建功，老谭教训她，那还是随手就来的。

尤明许低着头，不吭声，也不认错。

老谭气死了，端起保温杯喝了一大口，吼道："谁让你私自行动的？不是说了暂时放下分金宝公司这条线吗？上级的话你当是耳边风？现在樊佳找不到了，她是你的战友，是一路跟着你的丫头，现在她找不到了！给我抓了几十个人回来，但是屁大点有用的证据都没有，你这是要把我给气死！”

尤明许整个身体里仿佛也憋着气，被老谭这么一说，眼眶有点湿，说：“我会把樊佳找回来，我一定把她找回来。中途没有别的人进出过公司，她失踪必然是分金宝公司的人干的！说不定就是那个连环杀手。老谭，让我去审他们，石头我都要给掰出缝来。”

老谭看她一副倔强得要死的模样，眼眶却分明红了，他重重地放下保温杯，说：“抓紧时间审，目前没有掌握他们实际违法的证据，过会儿就得转经侦，没多久肯定要放人。”他压低声音，“想办法拿到他们的指纹，和嫌疑人指纹做比对。”

尤明许：“是！”

尤明许从老谭办公室出来，先去洗手间洗了把脸，抬头看着镜中的自己，眼睛红红的还有点明显，更明显的是脸上被文件打出的几道红痕，一时半会儿消不了。

她面无表情地走出去，迎面就见一个人守在女厕所门口。但她现在不想和任何人说话，低头就走。

手被他拉住了。

殷逢也没想到，才转了个身，她就成这样子了，手摸上她的脸，语气沉下来：“你脸上怎么了？”

尤明许语气很不好，把手抽回来：“不小心弄的，没事！”

殷逢用身体直接挡住路，说：“刚才进去的时候还没有……难道是你的上级打的？他怎么能够打人！你待着别动，我必须去找他理论！”

尤明许一肚子的火气，一下子就冲了出来，吼道：“你给我站住！关你什么事，我眼瞎撞墙上关你屁事？樊佳现在找不到了，这事儿是我的责任，你还管我脸上的几道口子？理论？你是我什么人，凭什么替我理论？殷逢，你到底什么时候能够成熟一点？滚，滚远点！我现在没空带孩子，听明白了吗？”

殷逢望着她不吭声。

尤明许话一出口，自己心里也憋闷难受得厉害，低下头，猛地一把推开他，可他竟然不依不饶地又抓住了她的手。尤明许甩了他又抓，两人纠缠了一会儿，她火了，手上用了力，一把将他扣在墙上，眼睛都要喷出火来：“你听不听得懂人话？现在别给我犯傻、卖萌、装可怜……”

话音未落，殷逢头一伸，重重亲在她嘴上。尤明许一呆，整个身子都颤了一下，他竟然顺势搂着她的腰，埋头亲得更用力，跟头小狼似的。

那熟悉的气息一下子遍布整个唇舌间，而尤明许却只感觉到内心压抑了很久很久的许多情绪，在这一瞬间，突然就炸开了。委屈、痛苦、甘愿、躁乱、极致的甜蜜和刺激……什么都混在一起。

可理智还残存着，她一把推开他的脸。他撞在墙上，和她同样气喘吁吁，却依然定定地看着她，说："阿许，我不是孩子，虽然我还有点傻，可你在想什么，我全都明白。不要难过，也不要自责，那不是你的错。查案本来就会有很多风险和不确定因素，你是人，不是神，不可能预料到一切。而且，有我陪着你呢！不管你接下来要和谁拼命，多难多苦，尤英俊都会一直陪着你。"

说完还冲她露出个傻傻的灿烂无比的笑。

尤明许心里难受死了，原本那股混乱的找不到出口的情绪，一下子溃败地散开了。既觉得意兴萧索，又感到无地自容。她想：我到底在干什么？因为他傻一些，事事将就我，我就可以冲他发火吗？他又乱亲个什么劲儿，还嫌不够乱吗？

她松开他的衣领，转身走了。

他隔着几步跟着。

等走到审讯室门口时，尤明许已经冷静下来，说："你也一起进去，帮着判断。"

殷逢："嗯。"

她握住门把手，转头看了他一眼，他那黑溜溜的眼睛也正盯着她。不知怎的，尤明许的心，突然就安宁下来。天塌下来，自己似乎也敢扛住了。

"刚才是气话，别放在心上。"她低声说，"对不起。"

然后就看到那黑眼珠里绽放亮光："我当然不会放在心上，也不会生你的气。"

尤明许想对他笑一下，可又笑不出来，扭头推开了门。

周荣峰还是送去医院诊疗了，她第一个要审的就是苹果哥陈昭辞，这个把"樊玲玲"带进坑的人。

许梦山已经在里头了，两个男人对坐着，气氛很不对。尤明许在许梦山身边坐下，殷逢在一侧待着。

尤明许递给许梦山一个眼色，示意他一切行动听指挥。这小子这才收起那浑身恶狼似的气场，低头面无表情地看着笔记本。

尤明许："姓名？"

“陈昭辞。”

“年龄？”

“二十七。”

“籍贯？”

…………

“樊玲玲你认识吧？”

“……认识。”

“今天她到你们公司干什么？”

陈昭辞看起来既没任何侵略性，也没有露出慌乱的神色，完全就是个老实木讷的青年，他一五一十答道：“她想要再借款，我带她到公司谈谈。警察同志，她也是警察，对不对？”

尤明许答：“不该问的事别问。她到公司后，都发生了什么？一件一件，仔细说。”

陈昭辞还是那副波澜不惊的样子，说：“她到公司后，我先带她……做了个安检，毕竟万一遇到不怀好意的人呢？然后我带她去见了薇姐……”

“薇姐？”

“就是财务总监，张薇。她们俩很聊得来，说了一会儿话。”

“什么话？”

“我没听，走了，估计是女孩子间的话。”

“呵……”尤明许笑笑，“然后呢？”

“然后……”陈昭辞答，“我带她去见周总了。”

“她一个普通女孩，借款金额也只有几万，需要你们总经理周荣峰亲自见她？”

“领导的想法，我不清楚。”陈昭辞答，“但他偶尔见一见普通客户，也是有的。”

“他们见面后，都聊了什么？发生了什么？”

陈昭辞说：“我不清楚。把她带到周总办公室后，我就回自己的办公室了。后来就听人说，她不知道为什么打伤了周总，那我当然也想要找到她，问清楚是怎么回事，就一直在公司里挨个房间找她。后来就遇到了你们警察同志，把我带回来了。”

尤明许直视着他：“所以，在和樊玲玲分别后，你先是一个人待在办公室，后来就一直在找她，没有离开过公司？”

“是的。”

“你认为樊玲玲为什么会打伤周荣峰？”

“这我哪儿知道啊。”

许梦山虎着脸一拍桌子：“你想清楚再答，现在一个女孩在你们公司失踪了，还是你带去的，你认为自己能撇清责任？”

陈昭辞苦笑道：“警察同志，我真的不知道。但我们周总，对于客户，还有大学生，一直很尊重和关心，我想这其中一定有什么误会。说不定樊玲玲……她真的是叫樊玲玲吗……说不定她已经回家了呢？我真的也想要找到她，毕竟她是我的客户。”

审讯间隙，许梦山蹲在楼道里，点了一支闷烟。

尤明许推门出来，在他身旁蹲下，借了个火，一块儿陪着抽。

“什么时候开始的？”尤明许忽然问。

许梦山却听懂了，眼睛直勾勾盯着对面的墙，答：“我不知道。反正就觉得她很可爱，比全局的女人都可爱，也比你可爱多了。”

尤明许苦涩地笑笑，答：“是啊，我也这么觉得。那你怎么一直不说？”

许梦山抓了抓头发，答：“我家条件不太好，她是独生女，我又比她大几岁。想着等我警衔再升一级，再和她说。还想着……”他也苦笑，“人反正在我眼皮子底下，谁敢动啊。”

尤明许脸上的笑，不知何时就没了，又抽了几口。

许梦山忽然低声说：“你说她现在是不是很害怕？”

尤明许眼泪流出来，哑着嗓子说：“不知道啊。”

许梦山不说话了。

殷逢正要从审讯室里出来，隔着玻璃，看着尤明许和搭档这副模样，顿住脚步。

她在他面前，从来都是威风无比、叱咤四方的。无论是顾天成案，还是青少年交换杀人案，她最后都是脚踩罪犯，点一支香烟，仿佛对她而言，这世间就没有难的事。

殷逢却是第一次看到她和搭档，两个出类拔萃的刑警，这么寂寞、这么窝囊的一面。

深夜，在无人知晓的角落，她像个男人似的，累得蹲在地上，眉头紧锁，和搭档靠在一起，抽着无法消愁的闷烟。她是那样倔强，那样可怜。

而尤明许不经意间抬头，就看到了殷逢。

两人在这孤寂的深夜，隔着一扇玻璃门，一米多的距离，静静对望着。

然后，尤明许就看到殷逢闭眼、低头，脸靠近玻璃，嘴唇贴在玻璃上，轻轻印上一个吻。

烟灰落在尤明许的手指上，烫得她一抖。而她的心，仿佛也跟着抖了一下。

当时在周荣峰的办公室里，还有两个男人。清瘦的、戴眼镜的叫何奇，胖的叫谢棠茂。两人都是公司副总。

警方分别与两人进行了谈话。

许梦山："你在分金宝公司是副总经理？"

何奇显得很平静，似乎从事这种灰色行业的人，身上都自带着晦涩不明的气质，绝不会轻易叫你看透。

何奇答："是的。"

许梦山："具体负责什么？"

何奇："应收账款。"

许梦山："催债的？"

何奇："也可以这么说。"

许梦山："你们具体是怎么开展工作的？"

何奇脸上依然不起半点波澜："就是一些通常的手段，发短信、打电话，也会找对方的亲戚朋友，尽量让他们早点还款。"

许梦山笑笑，说得还真委婉。眼前的男人摆明是个老油条，对于警方的提问，问什么答什么，绝不多说一个字。

"你认识樊玲玲吗？"

何奇神色坦然："不认识。"

"你不是负责催款的吗？她上周已经开始收到各种骚扰和威胁的短信了，不就是你们做的？你还不认识她？"

何奇微微一笑，说："警察同志，我们公司的客户有几千人，我是做管理的，哪能个个都认识？"

许梦山都不带停顿的，直视何奇的眼睛："可是陈昭辞说，那天公司老板看到樊玲玲了，是上级授意，才把她带到公司。是谁授意？难道不是你？"

何奇嘴唇动了动，说："我不清楚。如果真是陈昭辞说的，你要去问他。"

许梦山冷冷盯了他几眼，才继续发问："今天你在公司干什么？"

何奇："处理工作。"

“什么工作？”

“就是一些应收账款、工作安排，资料都在办公室，你们可以去看。”

“晚上六点半至八点间，你在哪里？”

“一开始在办公室，后来听说出了事，就赶去了周总办公室。”

“有谁可以证明？”

“公司员工吧，我和几个人交代过工作。”

“到周荣峰办公室后，你看到了什么？”

何奇：“看到周总躺在地上，流了不少血。是我打电话叫来了公司里懂医护的人员，给他包扎。”

许梦山：“你进去多久后，他醒了？”

何奇：“十来分钟吧。”

“所以去追樊玲玲的那些人，是你安排的？”

何奇：“……是。”

“你说你不认识樊玲玲，为什么发现周荣峰受伤后，第一时间纠集人手去抓她？”

何奇明显停顿了几秒钟，才说：“我不是抓她，我不知道是谁。但周总那个样子，一看就是被人打的，我是让他们去找凶手。”

“可我问过他们了，你当时跟他们说，去抓一个年轻女孩！还说你不认识樊玲玲？”

何奇面无表情，沉默了一会儿，慢慢地说：“我身为上级，知道陈昭辞今天要带一个女客户来公司谈业务，但这和我不认识樊玲玲，并不矛盾。”

许梦山冷笑：“可你的老板受伤昏迷了，虽然你叫来了公司的医务人员，却自作主张没有叫救护车，也没有报警。既然你说他昏迷了十几分钟才醒，那为什么不叫救护车、不报警，只是私下处理？”

何奇的脸终于有点红了，端起面前的茶杯，喝了一大口，才说：“我们公司的医务人员也不差，平时有什么事大家都直接找他们，他们也能处理比较严重的伤口。我本来打算，如果周总过会儿还不醒，就叫救护车的。”

许梦山一巴掌拍在桌上：“满嘴谎话连篇，说出这些牵强的理由，你自己信吗？啊？樊玲玲的事，你到底知道多少？为什么不敢叫警察和救护车，你们要掩饰什么？有什么见不得人的事？还不给我老实交代！”

…………

尤明许和殷逢站在一层单向玻璃墙后。

尤明许说："你不是擅长行为分析吗？还有那个什么微表情。看出来没有，他说的哪些是谎话，哪些是真的？"

殷逢："呃……"

尤明许看了他一眼。

他说："阿许，你电视剧看多了吧？我又不是神仙。微表情要是万能的，那都不用你们警察查案了。微表情专家看一眼，就能抓住凶手。"

尤明许鼻子里哼了声，看着审讯室里的人，说："许梦山问得很漂亮，但哪怕何奇的口供再牵强，我们现在也没证据。"她一拳重重打在墙上。

旁边伸来另一个拳头，和她紧挨着，并排抵着墙。她一转头，就看到殷逢眼里温软包容的笑。尤明许原本一腔的悲愤，忽然就好像被这笑容给包裹住了。

接下来审的，是分金宝公司另一名副总经理谢棠茂，由尤明许和殷逢上场。

从面相看，谢棠茂是个很容易让人心生好感的人，中等身材，脸蛋白净，未语先笑，而且是那种带着点善意和气的笑。坐下时还点头哈腰，客气十足。

尤明许问："你在分金宝公司负责什么？"

谢棠茂答："警察同志，我主要负责人事、行政，还有业务点拓展，就是开店。总之杂事都是我管，但具体业务我管得少。我手里的工作记录、收支情况，全都是清清楚楚，可以查的。我做事，真的没问题的。"

尤明许笑笑，又问："你认识樊玲玲吗？"

谢棠茂摇了摇头："本来不认识，今天听说这姑娘在我们公司打伤了周总，然后跑不见了，就知道这个人了。唉，不管姑娘做错了什么事，现在找不到了，她的家人、朋友该多心疼啊，我这人最见不得家庭遭受什么苦难了。人是在我们公司失踪的，回头等这里完事了，我一定尽一份力，去帮忙找这个姑娘……"

他侃侃而谈，神色动容，甚至语调颇有些慷慨激昂。尤明许一直盯着他，他似乎也只顾说自己的，不断地表达着自己的公正、善良和热心。

尤明许又问："今天晚上六点半至八点间，你在哪里？干什么？"

谢棠茂微笑："哦，我在办公室加班。最近公司业务量大，相应地我的工作也很多。那我作为后勤一把手，必须把配套服务跟上，对不对？外面发生了什么，我真的不知道，关着门，实在没注意啊。要是早注意到出事了，我一定第一时间冲出来，劝解樊玲玲和周总，那不就不会打伤人了吗？樊玲玲估计也就不会跑了。"

“你是什么时候到周总办公室的？看到了什么？”

谢棠茂答：“可能七点半，不到八点吧，我进去就看到他们都在，周总靠在沙发上，昏迷着，地上有血，太吓人了。好好的，一个姑娘家动手打人干什么？这不是害人害己吗？幸好周总没事，不然这姑娘也得坐牢吧？”

“为什么不报警、不叫救护车？为什么派人追樊玲玲？”

谢棠茂愣了愣，说：“那我不清楚，是何奇说不报警的，我能怎么办？他是公司二把手，我想叫也越不过他去啊。至于追樊玲玲，我不清楚，也要问何奇。”

…………

看着谢棠茂被带离审讯室，尤明许抄手靠在椅子里，仰头闭眼。

“这人看着唯唯诺诺的，胆子很小，急于撇清关系。”她低喃道，“反正是一问三不知。”

“这也许是他惯于表现出的一面。”殷逢说，“你看他说了很多，每句话都是冠冕堂皇、言之无物，绝不涉及任何实质。说不定他很聪明，只是认为这样的一副姿态，能够让他操控所有人。”

尤明许看了他一眼，又扫了眼墙上的时钟。樊佳已经失踪三小时了。

她握紧拳头。

在这次被带回来的分金宝公司管理人员中，财务总监张薇无疑是特别的。本身就极美，且有风情。然而面对警方的提问，她也是态度最强硬的。

无论警方问什么，软硬兼施，她都保持沉默，偶尔喝口水，捋捋头发，漠不关心地望着一旁。

等警方没辙了，她才笑笑，嗓音温婉得很：“请问我们公司的律师到了吗？警方钓鱼执法，无缘无故把我们带回来，还是刑侦大队。即便我们公司有什么不妥，也应该是经侦来管吧？你们这么做是符合规定的吗？公民还有没有人权了？什么时候放人？不然我们只能上网发帖申诉了。”

…………

其余被带回来的一众人等，要么是公司员工，要么是打手混混，有的一问三不知，有的只知道当时让抓个女孩回来，也不清楚内情。

没多久，被尤明许从周荣峰办公室抢下来的那台电脑，技术人员的分析结果也出来了。硬盘被毁，且是彻底利用病毒程序毁掉的，短时间内没有技术可以恢复。

与此同时，警方临时从连环凶杀专案组抽调大批警力，在分金宝公司附近搜寻樊佳的下落。然而那片区域人口极为密集，房屋混乱，暂时没有找到任何有关她的踪迹。

天渐渐亮了。

老谭下令：“催！继续催！让省厅快点把指纹结果给出来！一定要赶在放人之前！你们不催不哭，他们案子那么多，怎么会重视？尤明许，打电话给老丁，他不是你大师傅吗？养兵千日用兵一时，快去哭诉！”

时间一点点推移，分金宝公司的那些人虽然被扣在警局，却再也问不出什么来了。尤明许、许梦山等人，已投入大部队，地毯式搜索寻找樊佳。

日头斜沉。

离必须放人的时间，就要到了。

许梦山早跑得没影了，不知道钻到哪个街角去找人了。尤明许带着殷逢，从一家店铺走出来，一无所获。

心急如焚，焦头烂额，莫过如是。

算起来，两人已一天一夜没吃东西。尤明许饿过劲儿了，现在只觉得胃里泛酸，也不觉得饿了。正要继续往前冲，殷逢一把拉住她的手。

路旁，是一家小吃店，坐了一两桌客人，有阵阵香味传来。

殷逢说：“阿许，我真的很饿。”

尤明许这才注意到，从来神清气爽、干干净净的尤英俊，此时也有了黑眼圈，有点憔悴。

“吃吧。”她跟着他坐下。

两人随意点了些吃的，东西一端上来，尤明许才感觉饥肠辘辘，埋头就扒。

没多久，一瓶水放在她跟前，是殷逢买来的。

她说：“谢谢。”这也才觉得渴极了，拧开喝了一大口。

殷逢看着她一脸冷倔、疲惫中还带着几分麻木的样子，心中就跟被人打了一记闷棍似的难受。

很快尤明许就吃完了，殷逢到底是个男人，跟着她练了这么久，速度也出来了，快速扒完，又一口气灌了半瓶水。尤明许看着他的模样，倒是笑了。

殷逢瞧见了，问：“你笑什么？”

尤明许说：“笑你现在和我们刑警一样粗糙皮实了。”

他低头笑笑，到底恢复了几分小白花的单纯模样，又问她：“那不是更好吗？”

她静了一瞬，“嗯”。

他抬起头，在暮色中望着她的眼睛。尤明许陡然想起之前的那个吻，失控时候的他就跟头小豹似的，冲上来就强吻。吻疼了她的心，也惊醒了她的理智。她静默片刻，起身说：“走吧。”

他也跟着她站起来，两人走了几步，他忽然伸出手，很轻地放在她肩上，脸也靠近，轻声问：“累吗，阿许？”

尤明许感觉到整个后背都轻颤了一下，尤其是放着他手的那边肩膀，忽然沉了很多。她看着前方，说：“不累。”

他说：“那就好。”男人的气息，就在她脸颊旁。

两人这么走了一会儿，他的手无声无息地放了下去。

天终于黑了。

这也意味着，警局已经放人了。

尤明许和殷逢依然一无所获。其他小组也没有好消息传来。

站在寂静漆黑的巷子里，不远处还有行人、车辆经过，尤明许的心却彻底陷入了更深的暗夜里。她同时也发现，自己想要和身边这人交流案情想法，寻求他意见的冲动，越来越多。

于是她说：“你觉得会是谁？人是在他们公司里不见的，前后不过半个多小时。肯定和他们这伙人脱不了关系。”

她一有召唤，殷逢自然使出浑身解数，答道：“周荣峰还在医院，但他在办公室里就一口咬定是樊佳打伤了自己，然后跑掉。一个心狠果断，一个缜密狡猾，一个故意示弱，还有两个，滴水不漏。理论上谁都有可能，在樊佳落单后，把她藏起来，或者带走。甚至包括受伤的周荣峰。”

“那你觉得，当时周荣峰想对樊佳做的事，其他人知不知情？”尤明许又问。

殷逢眸光清亮：“我觉得……他们都知道。”

“可是樊佳的失踪，却不是合谋。因为我们突然闯进去时，那些人还在大张旗鼓地找她。也就是说，有一个人，瞒着其他人……”

殷逢接口道：“……独占了樊佳。”

尤明许心头阵阵凉意蹿起，虽然不愿相信，还是咨询了眼前这位犯罪心理学专家：“你觉得……樊佳会有事吗？”

殷逢看着她的眼睛，那句到了嘴边的“凶多吉少”，突然就说不出口了。

几乎是下意识地，他伸手按住了她的后脑勺。这样她半个人其实都在他的臂弯里。这也是他第一次对她做出这样的举动，尤明许没动，他认真地说："群狼中藏着一条剧毒的蛇。可是在天空飞翔的两只鹰，一定会把他抓出来，不死不休。"

尤明许沉默片刻，失笑。见她笑，他也笑。只是他的五指，无师自通地在她的长发里，轻轻揉捏着。

尤明许感觉到他的手指带着隐约的力道，揉得她微痒，揉得她从脑袋到脖子都微微发颤。心想：他竟然真的可以……一个少年般的男人，真的可以像一个真正的男人那样对待她。

这一刻的寂静，两人竟都觉得没有办法终止或者打破。直至尤明许的手机响起，她偏头离开他的手，接起。

韩烽在那头沉声说："小尤，第一批指纹比对结果出来了。"

第十八章

重回现场

“周荣峰、陈昭辞、何奇、谢棠茂、张薇……”韩烽说，“他们的指纹全都不符合。我们已经放人了。”

挂了电话，尤明许的手都要捏出汗来。她反而笑了，自言自语道：“天网恢恢，天网恢恢。”

殷逢看着她这样就难受，想了想，认真地说：“阿许，其实这在我的意料之中，他们并不符合凶手画像。案情比我们想象的更复杂。你等等，我的人就快把那片区域里符合画像的嫌疑人名单给找出来了。”

尤明许却说：“这样找下去不是办法。我想再去分金宝公司看看，既然前方已经没有了路，那就回到犯罪现场。”

天已全黑，这里位置偏僻，此时没有行人，也没有车辆。因为白天出了事，现在分金宝公司门口拉了警戒线，所有员工也都被带去警局扣着了。尤明许掏出白天扣留的门卡，刷开门，悄无声息地带着殷逢潜了进去。

这是那种老式的办公楼，一条走廊，两侧是办公室。

他们首先找到二楼的那个房间，樊佳就是在这里接受搜身的，同时弄丢了监听器，手机被收走。事后，他们在这个房间找到了监听器。

这是个挺小的房间，只有一张桌子、两把椅子，没什么其他的东西。尤明许看了一圈，说：“按照他们的说法，搜身和缴去手机，是为了防记者。可一个普通女大学生，这样等于和外界失联了。”

殷逢点头："可以假设当赵菲儿、刘伊莎她们完全无力偿还贷款时，只能以贷养贷，来到分金宝公司，她们都会经历这一步。"

尤明许眸光一闪："你记得吗？赵菲儿之所以不能确定失踪时间和地点，因为她的手机是在闹市的垃圾桶找到的。有人刻意切断了线索，这人具有一定的反侦查能力。"

两人走出这间房间，尤明许看了眼手机上的追踪记录："然后樊佳被带往了……这个房间。"

房间门口挂着"财务总监张薇"的牌子。

两人推门进去，环顾一圈。

"带樊佳来见张薇干什么？"尤明许说，"她在这里逗留了二十分钟。"

殷逢说："这个张薇，平时根本不管具体业务，自恃美貌，主要工作就是维持公司对外的各种人脉，只是挂了个财务总监的名。特意把樊佳一个大学生带来见她，的确很奇怪。"

尤明许转头瞅着他。

殷逢也炯炯有神地和她对望。

尤明许只得放弃了眼色示意，说："张薇的情况，你怎么知道？"虽然警方审问过这个人，但紧接着就忙着找樊佳，张薇的日常工作和社会关系，根本没时间详查。

殷逢一指办公桌，说："除了电脑，别的什么办公用品都没有，连笔都没有一支。这间办公室里，也几乎没有什么文件资料。没有一个财务总监的办公室会是这样的。所以她不管具体业务。"

他又指了指桌面一角，上面有个不小的名片盒，里面都塞满了名片，都快盖不上了。

殷逢说："那她管什么呢？一个校园贷公司，面临的主要客户是大学生，大学生是没名片的。而作为一个财务总监，她收到的名片显然太多了。名片容易丢，她却不放在抽屉里，而是放在最醒目的位置，任谁走近，第一眼都会看到。她以自己的人脉为荣，并且乐于炫耀。"

殷逢又拿起办公桌上，还有旁边书架上的几个相框。

尤明许嗤笑一声。

殷逢微笑道："作为一个管理人员，她不放团队照片，不放家人照片，全都放着自己搔首弄姿的照片。这说明她很自恋。一个自恃美貌、不安于日常工作、热爱交际并且以此为资本的女人，安排她见一面樊佳，是为了什么？”

尤明许眸色幽沉：“她曾经给樊佳打过电话，劝她拍摄裸贷视频。大概女人劝说女人，总是更容易些。可陈昭辞透露了，事情有了转机，不用拍摄裸贷视频。那么，她还特意见樊佳一面，聊了那么久，是为了什么？”

“张薇能言善辩，从外表看又是个远胜于普通大学生的成功女性。”殷逢说，“当赵菲儿、刘伊莎她们走到这里，因为欠债、引诱和胁迫，心理已十分脆弱无助。她会对她们再施加什么影响，而后送去见周荣峰这样的公司高层？”

尤明许看了他一眼，说：“大作家，我们查案不能做这种假设，完全是诱导性的，没有任何证据。只能心里想想。”

殷逢却摇摇头，说：“谁说我没有证据，行为就是证据。校园贷公司的套路非常成熟，每一步都抱着明确的目的，从心理或经济上控制受害者。他们会不抱任何目的地和你闲聊家常吗？不会。所以我可以认定，张薇的登场，也是目的明确的套路之一。而张薇给予受害者在‘女性角色’‘人生发展’和‘体谅’方面的典范引导，几乎是显而易见的。由她来抛给受害者目前困境的‘解决办法’，最合适不过。

“只不过别的校园贷公司，大概只是在经济上把受害者套路得更深。而鉴于之后在周荣峰办公室发生的冲突，我相信张薇的这一轮劝说，还带着性犯罪的色彩。当然，她一定会用一些冠冕堂皇的理由给受害者洗脑，譬如人生选择、老板对少女的欣赏和好感，甚至等价交换、职业发展之类的。”

尤明许思索了一会儿，点头：“行，心服口服。”

殷逢闻言也笑，毕竟听到尤明许说一次服气不容易，他说：“我够聪明了吗？”

尤明许心想：什么够不够的？淡道：“嗯，是聪明了，连‘性’都知道了。”

逗了他这么一下，她转头继续观察。过了几秒钟，听到殷逢慢吞吞地说：“刚才那些话是自动从我脑子里冒出来的，‘性’什么的，本英俊不懂。”

尤明许轻声骂道：“胡扯。”

然后就听到他轻轻笑了，说：“真不懂，一点都不懂的。”

尤明许不理他了。

她盯着沙发和茶几，眉头微皱：“觉不觉得这里怪怪的？茶几上有什么东西被拿走了？”

殷逢也盯着茶几，上面放着几本时尚和金融杂志，还有一盘零食、饮料、开水壶、纸巾等零碎物件，但只占了一小半面积，还有大半空着。仔细一看，的确有点突兀。

两人目光环顾一周，最后同时落在书架远端的一角，那里放着一套茶具。

尤明许走过去，戴着手套拿起茶壶，发现都洗干净了，但里头还有水渍。她说：“洗了没多久。茶几上明明有空地，却放到了书架上。”

“而且是放在距离茶几比较远的内侧，不是放在方便拿取的位置。”殷逢紧接道。

两人对视一眼，尤明许立刻掏出电话打给同事，让派鉴证人员过来。反正现在任何疑点、蛛丝马迹，都不能放过。

“所以……”尤明许心中豁然开朗，“以樊佳的身手，放倒三个男人不在话下。却和周荣峰打得这么狼狈，还用了烟灰缸见了血。这样才说得通，茶里一定下了东西！”

殷逢说：“匆忙之下，洗不了太干净。有很大可能，杯壁上能鉴证出药物残留。”

尤明许精神一振，这也许是警方目前能找到的最直接的证据了。这几天来，她头一次眉开眼笑。殷逢看着，也只觉得心里跟着亮堂起来。心想：原来只要能令她露出笑颜，自己使出浑身解数赴汤蹈火，都没有关系。

尤明许沉思了一会儿，说：“以樊佳的性子，走到这一步，对方刚刚露出马脚，哪怕猜到茶里会有东西，只怕她也会铤而走险喝下去。而且那时候，她没办法预料到会丢失报警追踪器。”

尤明许感觉到眼眶有点发热，低头看了会儿地面，再抬眸时，已恢复清明。她的所有这些小情绪，殷逢都看得很清楚，他忍不住伸手，轻轻摸了一下她的头，就像她平时摸他那样。

尤明许说：“反了你。”

殷逢嘀咕：“我是很想反了你啊。”

这奇奇怪怪、意味不明的话，尤明许当没听到，挥开他的手：“别闹。接下来去周荣峰的房间，樊佳就是从那里开始失踪的。”

周荣峰的办公室，一切陈设如白天，地上的血迹都还在。这么寂静，令人无从回想白天的惊心动魄。

尤明许看了眼周荣峰的办公桌、柜子、沙发，都没什么异样。茶几上还摆着茶具和喝了一半的两杯茶。

只少了电脑，因为电脑第一时间就被警方带走，然而查无所获。

尤明许蹙眉说：“有个疑问。张薇仓促清理掩饰茶具，而我进来时，他们又正在毁掉电脑上的证据。这意味着，他们当时已经猜到樊佳的警察身份。他们是怎么知道的？”

“樊佳的身手？”殷逢想了想说，“当时她被下药，也许神志不清、行动迟缓，却依然打伤了周荣峰逃脱。普通女孩没有这个能耐。”

尤明许点头，说：“确实。我如果是周荣峰，一定会因此生疑。但仅仅因为这个，就把电脑给毁了，是不是太过谨慎了？”

“樊佳一定还干了什么。”殷逢说。

尤明许的目光落到办公桌上空空的那处，说：“电脑！樊佳带了解码器，她一定会想办法收集证据。那台电脑里被毁掉的东西，说不定就是被她动过的！”

殷逢点头：“有可能。”

“难道就是因为动了电脑，被周荣峰发现，两人才厮打在一起？”尤明许说。

殷逢摇摇头，说：“不会。屋内有打斗痕迹，如果周荣峰当时就发现了，怎么会没有第一时间叫人手？他想要一个人制服樊佳，就是因为对她图谋不轨。直至被打伤昏迷了几分钟，醒来后，他才意识到樊佳身手异常，也许他很谨慎，第一时间查看电脑，发现电脑被人动过，这才如临大敌，毁灭证据，大肆追捕。”

尤明许和他对视了几秒钟，缓缓开口：“也就是说，在他们意识到之前，樊佳很可能已经把关键证据带出这个房间了。”

殷逢点头。

尤明许一把推开办公室的门，面前是一条阴暗僻静的走廊，两侧有的门紧闭着，有的虚掩着，仿佛里头都藏着什么未知的东西。

“接下来，那傻丫头会去哪里？”尤明许轻声说。

殷逢眸色清湛：“樊佳刚逃出这个房间时，还没有惊动别人。也许有人听到动静，会多看一眼，但还没有大范围追捕。樊佳的心理状态，会决定她的行为选择。”

尤明许苦涩一笑，说：“她不会怕的，好不容易得到的证据，她当时唯一想的，一定是把证据带出来，和我们会合。可她丢了报警器，又被下了药，一定非常艰难。”

殷逢扯过她，轻轻带进怀里，又揉了一下她的头发。最近他越来越喜欢这样干了，心动时想这么干，心疼时想这么干，别的他也不太敢干。

男人的手掌很大，很瘦削，带着和女人不同的热度与力量。尤明许静了几秒钟，偏头避开。

殷逢放下手，并不失落，反觉几秒钟已经很满足。他指了指身旁的楼梯，说：“樊佳当时只要还存着理智，就会抄近路下楼，因为离周荣峰越远，她就能越早脱离危险。不过，也不好说，说不定她走三步就倒在楼梯上了。然后连人带证据，都被那个人得到了。”

“乌鸦嘴。”尤明许淡道，“我只能假设她没有在这里倒下，因为你说的情况，对我们而言没有任何意义。那样我们今晚所有的推理，都白费了。”

她走下楼梯，到了二楼，说：“下面就是一楼大门，当时我们一直盯着，没有任何发现。进一步假设：樊佳在二楼，被那人拦截了。她是在哪里被拦截的？”

殷逢跟在她后头，左顾右盼。

两人异口同声说：

“不是在楼道里。”

“不在楼道。”

尤明许看了他一眼，他咧嘴一笑。

她说：“你说。”

殷逢答：“因为太惹眼了，很容易被人看到。可他不仅制服了樊佳，还躲过了所有人的眼睛。要么，他还把樊佳藏在这栋楼的某处；要么，通过某条秘密通道，运了出去。我如果是他，一定会选择一个隐蔽的地方动手，甚至是给予樊佳某种伪装，这样方便行事。”

尤明许被他说得有点心惊肉跳，但她也赞同他的话。她抬起头，看着楼梯口附近的几个房间。

因为事发突然，警方也没有明确证据，所以今天只能把分金宝公司的人都带去问话，同时在公司里紧急搜索一番，剩下的警力都去附近区域扩大搜索了，并没有对所有房间、物证都进行仔细的勘探鉴定。

尤明许定了定神，脑海中浮现一个画面：樊佳跌跌撞撞地从楼上跑下来，面色难看，体力不支，那个存着证据的“充电宝”，就在她的口袋里。

“樊佳知道，只要跑到一楼，哪怕冲不出去，我们也会发现但她没有跑下去。”尤明许说，“为什么？”

殷逢答：“要么，她的体力已不足以支撑；要么，遇到了什么危险。”

尤明许抬起头，看着楼梯正对面的房间：“没错，她主动或者被迫，进入了其中某个房间。而后，就消失了。”

第一间，是办公室，里头放着三张桌子，上面还有些摊开的报表文件，有一台电脑都没来得及关。尤明许只看了几眼，就退了出来。

第二间，依然是办公室，更大，放了五六张桌子，里头还有几个大柜子，但白天警察都搜过了，没有发现。尤明许看了一会儿，也离开了。

楼梯旁边，是男士卫生间。尤明许推门进去，第一眼就看到墙上的窗户，又高又小，目测成年人是无法通过的。尤明许打开厕所的每一个格间都看了眼，最后抬头，看着天花板。

殷逢和她一起抬头看着。

她说："你爬上去看看。"

殷逢刚要说好，瞥见厕所墙上的污渍，脚步一顿。

尤明许："去啊。"

"阿许，我们叫许梦山来吧。"殷逢飞快地说，"太脏太臭了。"

尤明许似笑非笑："你是老大，安排得很好。"抬腿就在他屁股上踢了一脚，"快去！今天白表扬你了！一个大男人居然还嫌脏！要不是我个儿没你高，早就自己上了。"

殷逢的臀一紧。

女人的脚踢得不轻不重，但一点都不疼，男人的臀其实都有点敏感，她这一脚踢得他心里"咯噔"一下，麻麻的，还怪舒服的。突然就觉得前面再脏再臭也能忍了，他憋着气，三两下翻上隔间的墙，骑了上去，很快就把天花板上的通风口弄开了。

尤明许看着他行动。

殷逢在上头用手电筒照了半天，没什么发现，跳了下来。

不过他到底还是闻了闻自己的袖子，总感觉沾上味儿了，眉头一皱。尤明许见状觉得好笑，其实就这么一下，能有什么味儿？她故意也凑过去闻了闻，一脸嫌弃："臭死了。"

话音未落，就被殷逢双手抱了个满怀，头也重重地压在她肩窝上，轻声说："要臭一起臭。"

尤明许想笑，刚要推开，就感觉到他的一只手下滑，落在她的腰上，另一只手也环住了她的背，然后收紧。

尤明许静了两秒钟，说："行了，松开。"

他闷声道："不松。"

尤明许嗓音平静得令她自己都诧异："够了，殷逢，查案呢，咱们别过线了。"

他松开了她，没等她看到他的脸，他就直接走出了洗手间。尤明许看着他的背影，说不出心里是什么滋味。但她知道，现在的他已经能听懂了。

等她走出来时，他已神色如常，嘴轻轻嘟着，左右观察。

尤明许的心放了下去，可又觉得哪里很不舒服。她说："继续找。"

他"嗯"了一声。

尤明许转身推开旁边的一扇门。

一摁墙上的灯，发现没亮，应该是坏了。这似乎是个储物间，不过三四个平方米，里头昏黑一片，放着几个储物架，墙角都堆满了东西。对面墙上，开了一扇窗，外头也是黑漆漆的，只映着些许星光。

两人打着手电，仔细查看。

尤明许先走到窗边，一眼看到下头的街道还有对面的建筑，白天他们就藏在那儿。又看了眼窗，上头积了些灰，没有被人打开过的痕迹。她的心情莫名有些发紧，说："待会儿叫人来，查一下这上头的指纹。"

殷逢举着手电，睁大眼睛四处看，同时翻找屋内的那些杂物。

尤明许问："你在找什么？"

他答："天知道我会找到什么，试试看。"

尤明许便没理会他，蹲在地上，仔细寻找足迹。只是这储物间是水泥地面，没有印下什么足迹。她干脆趴下，脸贴地面，循着手电筒的光柱，一寸寸搜寻。猛然间，她定住了，靠近窗台的地面上，有一处非常细小的深褐色痕迹，是一段不到两厘米长的鞋印花纹。

"殷逢！"她喊道。

殷逢一转头，就看到心中的女神趴在地上，浑圆的臀部正对自己撅着，双腿笔直细长。

刚刚她的暗示，她的拒绝，她的无情无义，带给他的强烈沮丧，突然就烟消云散了。

他摸了一下自己的脸，走近那翘臀，在她旁边趴下，两人头靠着头，一起看着地面。

"是血吗？"她问。

他探头过去，挺拔的鼻梁几乎就要挨着那一小片痕迹了，用力闻了闻："是血。"

两人龟缩在一起，尤明许几乎和他的脸挨在一起，他的侧脸线条在灰暗光线里更显棱角分明，行为却像一头忠心耿耿的警犬。

尤明许不由得笑了，拉着他站起来说："血迹挺新的，会是谁的血？"

"假设这是与本案有关的血迹，因为如果假设与本案无关，那就没有任何意义。"殷逢居然把她说过的话，原样还回来，又说，"如果是樊佳的血，那也太少了点，她是手指被针扎了一下吗？也许是周荣峰的血，粘在了她的鞋底。她真的来过这里。"

尤明许打电话给鉴证科，让他们马上过来。

等她挂了电话，发现殷逢趴在储物架旁，脸也贴在地上。他今天穿的是条牛仔裤、夹克外套。外套是敞着的，此时露出腰来，很是窄瘦。平时人看着瘦，臀胯线条却毫不干瘪，十分紧实上翘。两条长腿，笔直修长。

尤明许却觉得他这个姿势又傻又不雅，本来是个大帅哥，看着蠢死了。她想都没想，抬脚又轻踢了一下他的屁股，问："你在干什么？"

殷逢的心和臀同时颤了一下，心想：你现在不肯要我，对我若即若离，可又总是心血来潮弄我，弄我！但到底查案为重，他紧抿着唇，不冷不热地说："阿许，你来。"

尤明许在他身旁蹲下，他把她的手一拉，让她也趴下，手电筒的光扫向储物架的一只支脚。

尤明许微微一怔。

"你看，地上是不是有一道划痕？被金属支脚划出来的。"

深灰色水泥地上，光照亮的那一小片地方，确实有道白色划痕。

"划痕和血迹一样新鲜。"殷逢说。

尤明许紧盯着，说："划痕不均匀，从痕迹形状看，不是人为匀速拖动的，而是被重重撞了一下。"

"是啊。"

尤明许："也许当时，樊佳和那个人有过短暂的肢体冲突。"

殷逢蹲起来，手托着下巴说："阿许，如果你是樊佳，当时面临强敌，体力又不支，眼看无法逃出去，你会怎么做？"

尤明许静了一会儿，心口猛地一震，说："我会……"她一骨碌从地上爬起，说，"我会竭尽全力保住证据，不让证据也落入那个人手里！"

她的心脏开始猛跳，是兴奋，也是难受。她的目光飞快地在屋内每个角落搜寻，那些原本黑漆漆杂乱的物品，突然都像在隐隐发光。

殷逢爬起来，说："也许就在我们眼皮子底下呢。樊佳当时处于劣势，要怎么藏起证据，又不被那人发现呢？她也许只有一个差强人意的机会。"

他俩的目光，同时落在身侧那个曾被撞歪了十来厘米的储物架上。

这是他们仅有的机会。

如果樊佳确实坚持到了这里，躲进这个房间，留下了血迹。如果她与那人搏斗过，当储物架被撞歪，物品散落的那一刹那，就是她留下并藏匿证据的唯一机会。

不用多说一句话，两人开始在储物架及其周围仔细翻找。

没多久，尤明许眼前一亮，在储物架底层一叠堆得挺乱的文件盒下，那黑色物品的一角，赫然露了出来。尤明许移开上头压着的文件盒，眼眶都有点发烫了，那不是任务前樊佳带走的解码存储器，是什么？

尤明许一把拿出那存储器，“哈哈”干笑了两声。

殷逢也高兴坏了，喊道：“阿许，我们成功了！我们真的找到了樊佳藏起来的证据！”

尤明许满脸笑容地抬头，两人目光对上，居然都是一怔。

因为这要是平常，尤明许和许梦山搭档，或者是任何兄弟，现在都得意忘形地抱在一块儿，孩子似的乱跳，才能宣泄心中的激动之情。可现在，看着殷逢满眼兴奋、跃跃欲试地望着自己……

尤明许陡然笑了，伸手钩住他的脖子，殷逢的身体靠过来，被她按着靠在了自己的肩膀上。那么高大、有一米八多的一个人，被一米六几的她单手搂着，殷逢的眼睛睁得大大的，默不作声。她还是高兴地笑着，发自内心地高兴，轻拍了几下他的背，说：“辛苦英俊了，多谢。”

其实殷逢一只手就能把她整个人抱起来，反扣进自己怀里。但他只是用这么不太舒服的姿势，靠在她怀里。他闭上眼，深吸一口她身上的气息，也笑了，说：“不谢，这是尤英俊心甘情愿为尤明许做的。”

这样傻气的话，却令尤明许的心轻颤了一下。她闭上眼，不想深究什么，只是汲取着他身上的气息和温度。抱了好一会儿，才面色如常大大方方地松开。

怀城分局，会议室。

当视频开始播放的那一刹那，所有人都彻底静默下来。

画面有些晃，应该是用手机拍的，可并不妨碍大家看清。周荣峰、何奇、谢棠茂还有张薇四人，都出现在镜头里。

环境很熟悉，正是白天刑警们去过的周荣峰的办公室。不过画面里，是晚上，并且只开了很暗的灯光，还有节奏劲爆的音乐声。四人都坐在沙发旁，桌上放着几瓶红酒、白酒、洋酒……

周荣峰穿着一件T恤，下头还是西裤，看着却与白天那斯文的生意人判若两人。他端着酒杯，一边表情很傲慢地喝着酒，一边和其他人聊天，时而哈哈大笑，给人的感觉非常狂。

何奇白天看着是一副谨慎厉害的样子，现在穿着白衬衣，下身居然只穿了条内裤，露出白花花的两条腿，大概是因为饮多了酒，脸很红。

谢棠茂约莫是和白天反差最大的一个人了。他上身穿着西装，下身什么都没穿。他也在哈哈大笑，不停喝着白酒，表情看着猖狂又阴郁，眼眸中仿佛藏着无尽的欲望。

过了一会儿，谢棠茂一把从身旁扯起一个女孩，原来他的旁边还坐着一个人。

她是全裸的。

所有刑警的眼睛里都快喷出羞愤的火来。

女孩相貌姣好、身材苗条，脚步踉跄，脸上泛着不正常的红晕，看着恍恍惚惚的，不是第二名受害者刘伊莎，是谁？

接下来，是一场不堪入目的狂欢。

女孩的头颅被拎起，被灌了很多酒。身体还在机械地律动，她似乎已失去意识，眼眸微合。

然后，就有人撒钱。大把大把的红钞，漫天散落，也落在女孩的躯体上。

旁边的人都在笑："哈哈！她还在抓钱，都折腾成这样了，还晓得抓钱！"

"真贱！"

…………

张薇也在旁边端着酒杯笑，她捏起一沓钞票，往已经意识涣散的女孩的脸上打。而画面外，众人竟然看到女孩手握着皱皱巴巴的纸币，紧抿的嘴角微微上翘，似乎真的笑了。

…………

意外，是在大家都没注意时发生的。

谢棠茂提起女孩的身体，又想要折磨。也不知道刘伊莎突然怎么了，开始挣扎，谢棠茂生气了，一巴掌拍过去，刘伊莎爬起来要跑，旁边的周荣峰冷着脸一推，力气很大，女孩脚下又踩着什么，一个打滑，头重重地撞到了旁边的茶几上，发出一声破裂的闷响。

…………

何奇拎起女孩的长发，看到一双毫无生气睁着的眼，还有头部不断涌出的鲜血。他摸了摸她的鼻息，一下子丢开刘伊莎，坐倒在地，颤声道："死了……她怎么死了……怎么撞一下就死了？"

画面就在这时，猛地晃了一下，然后中断了。

怀城分局局长厉声道："马上把视频里这几个人，全都抓回来！"

一道声音插进来："还有陈昭辞。"

所有人都看向殷逢，他说："拍视频的人，必须是他们极为信任的，并且应当也参与过诱导女孩的犯罪过程。我想就是他。"

本来尤明许这组人的"钓鱼执法"并没有过明路，但如今铁证如山，哪里还有什么顾忌。很快，视频中的四个人，包括还在医院养伤已无大碍的周荣峰，都被带回警局。可警察们跑到陈昭辞的住所，却发现他不在了，只能继续寻找。

警察们一拿出视频，那几个人通通都变了脸色。原本还只是金贵体面的嫌疑人，如今个个如同被霜打蔫的茄子，再也无法招架。

周荣峰神色激动，连声说："意外！是意外！真的，我们只想和她玩玩，她自己也同意的，她想要免除债务，主动要求陪我们睡觉。是她提出要玩激烈点的，对，是她提出的！我们几个大老爷们儿，面对一个女大学生，一时鬼迷心窍！"

负责审讯他的许梦山冷笑道："放屁！编，继续编，轮奸加故意杀人，还有侮辱毁坏尸体，你跑得掉？"

周荣峰的反应居然也很快："不不不，不是故意杀人，是过失！真的是过失！我们哪里知道她喝点酒，撞一下就死了！病……她一定本来身体就有问题！心脏病什么的，或者早就受过什么伤……一定是这样！我们也没有轮奸，她自愿的啊……"

许梦山说："你还是不是人？"

原本最为冷静的何奇，也不冷静了，额头出了一层汗，嘴唇直哆嗦。他和周荣峰一样，一口咬定女孩是因为意外死的，和他们没关系。

但是当问到第一名受害者赵菲儿时，何奇却露出困惑惊讶的表情，不仅记不得这个女孩了，更是对她的死矢口否认。

"就这一次！"何奇白着脸说，"我们真的就只有这一次，刘伊莎不知道怎么就死了！以前玩过的，都是你情我愿，没有出过事。这个……赵菲儿长得什么样，我真的一点印象都没有，肯定没有玩过。”

“尸体呢？”尤明许问，“刘伊莎的尸体，你们怎么处理的？”

何奇说：“是陈昭辞！那是陈昭辞干的！他说交给他处理，我们都没有插手！我不知情！真的不知情！”

尤明许一怔。

陈昭辞，居然是陈昭辞。

目前唯一在逃的团伙成员。

谢棠茂的反应最夸张，在审讯室里，直接给警察跪下了，又来他那一套，声泪俱下地开始说自己的悔恨和盲从，以及对一切的不知情：“他们说是那个女孩自愿的啊，我也是被他们说动了，一时鬼迷心窍，陪他们玩一玩……”

尤明许想到他在视频里的那副嘴脸，就感到极其恶心，吼道：“你给我起来！老实交代！如今铁证如山，你以为自己还能糊弄谁？”

谢棠茂还是哭哭啼啼，一脸悔恨，表情滴水不漏。

尤明许说：“你现在唯一的机会，就是老实交代樊玲玲到底在哪里。她要是出了事，你们罪加一等，等着把牢底坐穿吧！”

谢棠茂愣了一下，斩钉截铁地说：“这个我真不知道！我要知道，立刻报告你们！公司就那么大个地方，我也犯嘀咕啊，人怎么会不见了呢？”

无论尤明许怎么旁敲侧击，有关樊佳的下落，谢棠茂都是一脸茫然，欲哭无泪。

在看到视频的一刹那，张薇的脸色也有些发白。而她之前冷静强硬的外表，也如同裂了缝的冰面，很快坍塌掉。

“能给我一支烟吗？”她问。

尤明许点了一下头，许梦山递给她。

张薇抽着烟，指尖还在无意识地哆嗦。抽了几口后，她问：“我是从犯，没有直接对她干什么，会判多久？”

尤明许答：“那要看你交代到什么程度，以及你的态度了。”

张薇的脸色越发白，说：“其实，我也是受害者。”

张薇今年其实才三十二岁，却经历了两段完全不同的人生。二十六岁前，她就是个普通人，念书、成长、上班。被男人骗过、玩弄过，也玩弄过男人，钓过凯子。工作了几年，不仅没有任何积蓄，每个月信用卡上的账还越来越多。她有太多东西需要买：衣服、首饰、包包、化妆品……但她从小就不是个老实谨慎的孩子，不觉得这样的生活状态有什么问题。和许多漂亮而平庸的女孩一样，她期待着哪天遇上个合适的金龟婿，就把自己给嫁掉，从此衣食无忧，拥有很多很多钱可以花。

哪里晓得，身边遇到的一个个男人，比她还穷，还要小气呢?

这年头，经济不景气，钓金龟婿的难度都加大了。

起因只是一笔八千块的信用卡债。

张薇之前已经逾期还款过几次，不能再还不上了。可当时无论是父母，还是身边的朋友，再也抠不出什么钱了，也没有人愿意为她不本分的高消费埋单，怎么办呢?

就在她一筹莫展时，公司的一个同事给她指了条路：去金融公司借钱!

张薇并不会轻易相信别人，再三确认对方不是骗子后，又把合同看了好几遍。她预计两个月就能还上本息，尽管利息高了点，但这时候，她确实没有别的路子筹钱了。

这个同事因为赌博输钱，欠了很多钱。张薇借钱后，他能从中得到一笔介绍费，但是这一点张薇当时无从得知。

张薇比现在很多大学生强，她看清了合同，也算对了利息，却没算准自己的欲望。而这，也正是高利贷公司恰恰算中的一点。正因为这么容易就得到了借款，而且每周要还的钱，算下来其实就一百来块，并不多，张薇感觉不到一点借款的压力。虽然这个月她刷卡买包、买衣服的那一瞬间，心中有过犹豫，可一咬咬牙，也就刷下去了。她想，大不了我下个月吃整月的方便面，总能把钱还上。

到了月底，她一分钱都还不出来，也不知道，加上滞纳金，所欠的利息已经翻了两倍。这时借贷公司适时“体谅”她，给出解决方案，让她再借一笔钱，以贷养贷。

张薇面前好像突然打开了一条新的路，那条路明亮而狭窄，危险却充满诱惑。原来，还可以这样吗？原来网上有这么多的借款平台，5000、6000很容易就借到了，这样一来，什么麻烦都可以应付过去。反正都不是她的钱，她得到的是更多的包包、化妆品……至于还钱，她可以以贷养贷，慢慢还呗。大不了，她下个月再也不买了。

其实前后不过半年时间，张薇的生活，就在这里转弯了。她所借的钱，也就十来万，欠债却已高达八十余万。追债的人追到了父母家，跟拍港剧似的，泼油漆、叫骂、打砸。父母被气得一病不起，本就只是小康之家，父母哪里肯卖掉守了一辈子的房子给她填债，躲到乡下去了。

张薇难受之余，也感到失望。父母到底是不肯管她，他们要是把房子卖掉，她身上的债就能减轻一半。虽然父母仅有的 8 万存款，也被她给掰出来了，可是根本不够啊！

朋友也远离她，她如同一只过街老鼠。这感觉，张薇是渐渐才体会到的。

后来，追债的人闹到公司。她的工作也丢了。

她在家里窝了三天。任谁敲门也不开，讨厌的房东、追债的人……她吃着过期坏掉的食物，吃了就睡，睡醒就吃。三天不换衣服，不洗澡，又臭又虚弱。

到了第四天早晨，她真的感觉这样下去，自己就要死掉了。忽然间，她什么都不怕了。她用冷水洗了个澡——热水已经被停掉，因为没钱交电费。再换上最漂亮的衣服，抹上最贵的化妆品，背着仅剩的那个奢侈品包包。

她出了门，去了自己欠债最多的那家分金宝公司。她欠了他们五十多万，她要问问他们，这事儿要怎么解决，反正她只有烂命一条。

可当她气冲冲地到了分金宝公司后，受到的礼遇，却是出乎意料的。有人端茶倒水，每个人客客气气，和她说问题一定能解决。恍惚间，她都心生希望了。

后来就见了周荣峰。

那时候周荣峰还不到四十，看起来一表人才、事业有成。张薇看到他的第一眼，就知道这个男人想要她。她忽然就看到了自己的生机，甚至看到了更大的希望。

至于身体、廉耻，还有爱情，她现在还会考虑那些东西？她要活，她要生活！

那天天还没黑，她已经躺在了周荣峰在公司附近的公寓的床上。

尽管周荣峰有过很多女人，但还是着实为她着了迷。这个女人身上，有着某种疯狂、绝望又野心勃勃的独特气质。周荣峰这样的男人，无法不被她吸引。

张薇跟了周荣峰三年，作为他的助理，尽管他没有直接免除她的债务，到底还是打了个折扣，并且不再生息。这几年她就像只蚂蟥一样，吸收着公司的业务知识和操作套路。她拉来的每一笔借款，都会有提成。过了一年，她就还清了债。又过了两年，她已是外人眼中的白领、女强人，买车买房。初建人脉，便如鱼得水。

那时候张薇就想，人生原来不过如此。努力工作的普通人的半辈子，也抵不过作恶者的一次陷阱捕获。

尽管后来周荣峰对她玩腻了，可三年的朝夕相处，信任和感情是不用说的，所以她担任了公司的财务总监。也是从那时起，张薇渐渐知道，周荣峰还会玩欠债的女大学生。

三年前，正是校园贷发展最快、最疯狂的时期，公司业务规模突飞猛进。当时他们几乎是坐在钱堆上数钱。但因为有几个蠢公司闹出了人命，国家出了严厉的打击和管束政策，许多校园贷公司就此歇菜。但分金宝的这帮人机灵、小心，坚决不沾人命，也不会搞出明面的犯罪，硬是在风口浪尖下躲了过去。此后业务虽然有所收缩，实际上依然控制着华中地区的校园贷市场。

裸贷视频的手段，也是在那时候发展出来的。借款的女大学生中，不乏姿容姣好者。有时候人被带到公司来，进了周荣峰的办公室，半推半就间，也就成事了。那些女大学生离开时，表情也没见有多么绝望。不过张薇知道，即使用身体交换免除部分债务，她们所欠的债，还是个无底洞，只会越滚越多，她们受公司的控制也会越强。

起初，有些坚决不从的，周荣峰也不勉强，怕惹出事。可后来，张薇觉得周荣峰这个男人的欲望，渐渐变得畸形了。他仿佛有了收集癖，越来越不满足，想要得到更多的女大学生。

后来，何奇和谢棠茂也加入了。干这行的，原本就不是什么好人。没有任何约束的金钱帝国，食髓知味的欲望，让他们越来越疯狂。每一个被选中的女孩，成就一场放纵的狂欢。

陈昭辞是公司的老员工，也很能干。周荣峰让他带那些女孩回来，他也从来不问为什么。对此，周荣峰很欣赏。偶尔也想赏他玩玩，但陈昭辞推说对这个没兴趣，也就作罢。

再后来，凡是被周荣峰挑中的人，他就不允许对方拒绝了。同意固然是好，一场鱼水尽欢，各取所需。如果不同意，就示意张薇上场，利用女人之间放松的戒心，轻而易举就能下药得手。等人都玩完了，那些大学生又被免了债，全都不会声张。有的干脆破罐子破摔，愿意来第二次、第三次……

当张薇每次在其中扮演角色时，她都觉得自己没有什么负罪感。甚至在看着这些女孩被玩弄时，她心中有种快意又空旷的感觉。她想：其实都是她们自找的，和当年的她一样。但她现在，已经抓住机会，咸鱼翻身了。

她和陈昭辞，就像是毒蛇吐出的芯子，无声、旁观、准确也无情。

有一次，他们几个一起吃饭，周荣峰他们还笑算自己玩过的女大学生人数，何奇算出了五十多个，谢棠茂更热衷积极，有八十多个，周荣峰则已过百，实际数目都记不清了。

…………

刘伊莎的事，真的是意外。他们哪里想得到已完全臣服的女孩，会突然发飙想要逃走。当时大家都喝了酒，有的还吃了点助兴的药，周荣峰一时手重，又或者女孩本就身体羸弱，竟一下子被弄死了。

当时大家面面相觑，酒都被吓醒了一半。无论怎么探，女孩都没了脉搏和呼吸。

周荣峰发了一会儿呆，看向一旁也吓傻了的陈昭辞："是你带回来的人，她本身就有病吧？正常人这么碰一下，怎么会死？你来想办法。"

陈昭辞脸色煞白，哆嗦了一会儿，低下头："我会处理好。"

几个领导飞也似的跑了，生怕沾上半点人命。

张薇到底和陈昭辞有些兔死狐悲的情分，问："你要怎么处理？"

陈昭辞看着木讷，其实内秀，脑子转得快，办法也多。他对着尸体默立了好一阵子，说："我在网上看到过一个帖子，去年有人杀了个女大学生，到现在凶手还没找到。致命伤好像也是在头顶，这大概是天意。我们只要做得谨慎点儿，像一点儿，警察就会以为还是那个人作案，怀疑不到我们头上。"

…………

当许梦山拿出赵菲儿的照片时，张薇露出疑惑的表情："赵菲儿？这个人我不记得了。但是他们玩过的女孩，我多多少少都有些印象。这个肯定没玩过。她长得也比较普通，不会是他们的目标。"

张薇自嘲地笑了笑："已经到这个地步了，我没有必要瞒你们。他们失手杀掉的女孩，真的只有刘伊莎一个。这些女孩死了，对我们一点好处都没有，还很容易惹祸上身。我们……巴不得她们活得好好的，最好活得长长久久。这样，我们才能把她们的人生榨干。

"至于樊玲玲，我们之前确实没想到她会是警察。周荣峰被打伤后，意识到她的可疑，一查电脑，发现被人动过了。没想到这段视频，还是落到了你们手里。周荣峰这个变态，拍了很多这样的视频。可你们都找到视频了，还没找到人吗？她被带到周荣峰办公室后，我是真的没再见过她。"

警方继续在陈昭辞可能出现的地方密集搜捕，但目前还没有收获。

突袭审讯了整个通宵，尤明许拿着口供本，坐在办公室里，眼盯着天花板，面无表情。

殷逢也很困了，趴在旁边的桌面上，半眯着深邃清澈的眼睛，看着她。

“如果他们说的都是真的，刘伊莎案确实是一起意外，和这个团伙一连串的经济犯罪和性犯罪有关，却和去年的赵菲儿案无关，那……”尤明许说。

殷逢的嗓音懒懒的：“所有人的口供细节都对得上，也符合他们的动机。他们说的是真的，别忘了去年案发时，他们全都在国外，而且每个人的指纹，都和箱子上的对不上，包括陈昭辞。”

尤明许盯着他：“也就是说，虐杀赵菲儿的，另有其人。这是个案中案。”

殷逢眨了眨眼：“是啊，我早就做出犯罪心理画像了嘛。只是没想到，第二起案子居然是模仿。”他的目光变得幽深，也不知道想到了什么。

尤明许抬手给了他一个爆栗，说：“就你聪明。说了我不能天马行空查案，不过现在不也查出了分金宝公司这个大毒瘤？还有，你不是说，你的人按照画像在查吗？现在查得怎么样？”

殷逢说：“我估计时间也差不多了。”

尤明许说：“你哪儿来的人手？”

殷逢说：“我有好多手下的，陈枫、厨子、司机、园丁、用人……不过他们到底能不能干，我要审查一下。”

尤明许这才知道“他的人”是一群家政人员……

他是在玩小孩子过家家吗？她懒得再问，低头继续翻口供。

殷逢想了一会儿案子。

如果说这一系列案子，就像被猫乱缠在一起的毛线。那么现在抓住了分金宝公司，算是解开了一个大大的线头。可剩下的，还是一团乱麻呢。

不过，他并不担忧。如果说尤明许他们的做法，就是在一圈圈解开线团。那么犯罪心理就是直接拿把剪刀，把乱线全部一刀剪断，让里头的真相露出来。

这么想着，他又有些得意，依然趴在桌上，也不干别的，就这么看着尤明许。

尤明许原本干得很投入，过了一会儿，感觉到不自在，一抬头，就看到他小狗似的湿淋淋的眼睛，就这么望着自己。她捋一下头发，他也看着；她低头翻了一下资料，他还看着。

他是高中生吗？

尤明许没好气地说：“你看什么？”

他不吭声，换了个方向趴着，终于不看她了。

尤明许心中却不是滋味，这狗子，搞得好像她欺负了他似的。于是她拎着他的衣领，令他转过头来。殷逢笑了，尤明许却绷着脸不笑，因为这小子最近真的越来越难搞了。稍不留神，他就越到线这头来了。

尽管分金宝公司的罪行，还有刘伊莎的死，已经水落石出，他们也算是牵出了一宗大案，可尤明许的心情，却半点轻松不起来，甚至笼上了更混浊的阴云。

因为樊佳还没找到。

赵菲儿的案子，也回到了原点。

尤明许说："殷老师，没事干别东看西看，继续看案子。你说，如果周荣峰他们和赵菲儿案没有关系，樊佳为什么还是失踪了？"

第十九章

步步深入

樊佳在一片黑暗中醒来。首先感到的是阴冷潮湿，还闻到了一股滞闷发霉的气味。那感觉，就像被埋在了地底下。

周围真的一点光也没有，她想爬起来，却感觉手臂和双腿牵动了什么长而结实的东西。她后知后觉地发现手腕、脚踝麻木疼痛，自己的四肢被绑住了。她顺着那长长的东西摸了摸，应该是粗绳。

还是什么也看不见，只能听到自己粗重的呼吸声。黑暗中突然传来剧烈的响动，是樊佳疯了般在撕扯绳索。可是那人绑得太紧，还有一根套在她的脖子上，动作稍微大点，就被箍得快要窒息了。

这样徒劳地挣扎了十来分钟，樊佳整个人颓下来，躺在冰冷的地面上。泥土的气息更加清晰地飘过来，她的眼泪掉下来，黑暗中只有低低的啜泣声。

哭了一阵子，她猛地睁开眼，开始对着黑暗大吼："放我出去！你是谁？！放我出去！放我出去！不然我不会饶过你——"

等嘶吼得没力气了，她也不哭了，躺着不动，只是身体无法控制地还在微微颤抖。没错，她是个刑警，但参加工作才两年。她跟着他们出过现场，见过几次尸体，也看到过穷凶极恶的罪犯那冷漠的面容。她怀着一腔热情，还有一往无前的英雄主义，请缨来做这次的"鱼饵"。可现在所遭受的一切，是她无从预知和想象的。她拼命告诉自己要勇敢要勇敢，要像尤姐一样。尤姐上次在西藏遇到更加丧心病狂的连环杀手，不仅安全脱身，还把对方给抓捕归案。她也可以，她也一定可以。

她慢慢镇定下来，如自己所期望的那般，恢复沉着勇敢。又这样在黑暗中待了大概半个小时，头顶传来隐约的窸窣响动。她睁大眼，感觉心都要跳出来了。然后又有什么沉甸甸的东西被拖动的声音传来，那东西听着像石头。光线一下子照进来，其实并不耀眼，却令樊佳用手挡住眼睛，慢慢才适应。

头顶上方，大约两米高处，有一排锈迹斑斑的铁栏杆。洞口不过一尺半见方，灯光是橘黄色的，照亮洞口下方一小片地面。樊佳得以看清，地面是水泥的，但并不平整，似乎已有些年头。周围模模糊糊，似刷了白色油漆，四四方方的，不超过十平方米。

樊佳站起身，直到身上的绳索绷到最紧，都快呼吸不过来，离那洞口还有一米多的距离。她往后退了一步，大口大口喘着气，抬头看着洞口的铁栏杆。

有人坐在那里，露出小半个身子。她只能看到那人的黑色外套和牛仔裤，看不到脸。除了铁栏杆之外，她还看到了一小片天花板和灯泡，以及窗户的一角，窗户的玻璃外有日光透进来。它们都很旧、很破，也就是说，她被关在一间屋子的地下。凭经验就能判断，这里有多隐蔽。

樊佳的心更沉了，定了定神，喊道："你想怎么样？"

那人放下一只手，按在了铁栏杆上。那是只瘦长白净的手，从黑色袖口里露出来。樊佳一直盯着。

"我想把你关起来。"那人说，"这样，你就不会走丢了。"

那嗓音实在太熟悉，令樊佳整个人如遭电击，心口一阵冷一阵热。可他讲话的语气，和从前完全不一样。带着几分亲昵，却又是缓慢而无情的。

殷逢不知道是什么时候睡着的，大概是这些天实在太累，和尤明许说着说着，就开始打盹，后来她大手一挥，让他趴下，他就趴下了。

这一睡，也不知道过了多久，睁眼一看，外头都黑了。这间小办公室里，也没有别人。尤明许趴在桌子对面，一动不动。

殷逢走到外头，从水龙头里接水洗了把脸，回到办公室，尤明许还趴在原处没动。他看了眼外头，轻轻带上门，反锁。

尤明许是侧头枕在双臂上的，那张平时瘦瘦的脸，此时也压出了一点肉肉。殷逢盯着她看了一会儿，就笑了。屋里是没空调的，他身上只穿了件衬衣，感觉有点冷，便拿起自己原本搭在椅背上的西装外套，在尤明许身旁坐下，轻手轻脚地替她搭上。

看着自己宽宽大大的西装将她包裹住，心中竟有几分满足。其实西装衬衣，他本来是不喜欢的，但是按照尤明许的要求，这些天一直这么穿着，竟也习惯了，看久了也挺顺眼。关键是……她大概喜欢吧。

想着想着，他用手撑着下巴，盯着她看。梦里的尤明许大概睡得不太舒服，过了一会儿，皱眉，动了动脖子，像是想要换个更舒服的姿势，可就是不安稳。

殷逢感觉到了一丝心疼，他想了想，动作很轻地靠近她，然后慢慢将她的脖子抬起，把自己的手臂伸进去，再把她的头轻轻放下。

这个动作刚做完，尤明许就睁开了眼睛，入目就是白色的衬衣袖子，殷逢坐在很近的地方，和她四目相对。

脸颊下方，透过薄薄的布料，是他柔软温热的手臂。身上，盖着他的西装。

他说："你继续睡。就当是枕头。"

她没动，就这么静静地枕在他的手臂上，说："你怎么总是这么傻？"

他低头笑了一下说："做自己想做的事，怎么能算傻呢？"

尤明许也不知怎的，就像跟谁赌气似的，说："随你。"说完，把脸换了个方向，继续枕在他的手臂上，也不知该说什么，只是不看他。

过了好一会儿，她就感觉到他的身体慢慢靠近，从背后贴了上来。他的呼吸，似有似无地缠绕在她的脖子上。而他另一只手，从背后环上来，轻轻抱住了她的腰。

这样，他整个人就从背后抱住了她，和她无声地依偎在一起。

尤明许一动不动，也不出声。

他轻声说："阿许，我不靠得太近，我不过线。你说线在哪里，英俊就守在哪里。好不好？"

尤明许心中忽然涌起一股酸涩中夹杂着甘甜的气息，她也不知道要如何回答。让她推开他起身，她无论如何都做不到，她做不到的。

见她不声不响，他知她这是默认，心中也涌起一阵带着微微酸涩的喜意，但也不敢过分造次，只是手臂不由自主地收紧，将她更紧地抱在怀里。

直至尤明许的手机响起，她一下子离开他的臂膀，背对着他，接起电话，是韩烽打来的。

"我们可能找到凶手把樊佳偷运出去的密道了！"

几辆警车直奔分金宝公司。

之前没有证据，警方拿分金宝公司其实没什么办法。现在罪证确凿，几乎是把分金宝公司翻了个底朝天。但发现密道，既在所有人意料之外，又在情理之中。

尤明许和殷逢一到，就被带往一楼最偏僻的一间杂物间。韩烽等在那里。

尤明许第一句话就问："有人的线索吗？"这个人，指的自然是樊佳。

韩烽答："你们下去看了再说。"

尤明许的心一沉，只见这房间约莫十平方米，已经被清空，靠近窗户的地面上，有个黑黢黢的、一尺半见方的洞口，隐隐还可以看到残缺的台阶。

台阶都是石板的，旁边也都是石壁，看起来很有些年头了。但是台阶上很干净，明显有被清理过的痕迹。他们沿着这条窄窄的台阶路，下了大概有两米深，眼前是条同样的小路，通往前方。洞内不高，人要弯着腰才能通过。

韩烽说："刚发现这个密道，我就叫你们来了。鉴证人员马上也会到。之前上头是个杂物间，洞口放着柜子，还用了一块厚木板压着，不仔细看完全发现不了。这一看就是个很老的洞，我看着像小时候玩过的防空洞。这栋楼是老厂房翻修而成的，老厂房是中华人民共和国成立前后修建的。这个洞说不定就是那时候保留下来的。"

尤明许点头，这样就合理了，正要说话，就见殷逢忽然转身，神色严肃，抓住了她的手，说："阿许，前方是密道，一步也不要离开我。我会保护你的。"

尤明许："……"

又犯病了！

韩烽也是默然。

前头就有刑警，韩烽的人早把整条密道探完了。

尤明许看了眼韩烽，韩烽转头看向一边，她这才低声对殷逢说："自己玩！我没空。"

手电白蒙蒙的余光里，他眼里调皮的笑一闪而逝，到底还是听话，一个人兴致勃勃去探险了。

韩烽叹了口气："你也挺不容易的啊。"

尤明许盯着殷逢的背影，心中也百般不是滋味。心动的是他，傻的也是他。她难道不清楚自己现在就站在一个十字路口？要他，就得把他如今的一切都照单收下。对了，还得预备着将来某一天他忽然恢复记忆和本性，冷笑而去，从此左手嫩模右手炮友，在全省警察面前，给她戴顶绿油油的大帽子。

尤明许想得心烦意乱，干脆不想了。他不是要守在线外吗？让他守好了。船到桥头自然直。

这么想着，又豁然开朗。管他七十二变，局面依然在她的掌控中。

这地道竟挺长的，走了十来分钟，才见尽头。洞壁上钉有钩环，一级一级的，供人攀爬。那铁环上的锈生了厚厚一层，还残缺了几根。

出口早已被刑警打开，阳光投射进来。尤明许他们爬了出去，发现这里是一处小山坡，周围长满野草和树木。

分金宝公司就在山坡下不远处。

这片区域算是在贫民窟的边缘，背山而建。也难怪还能藏着中华人民共和国成立前后的防空密道。

几名刑警正在洞口周围勘探，一块同样锈迹斑斑的正方形铁栏，被放置在旁边的地上，上头缠着很多杂草，甚至还有野花。想必平时覆盖在洞口时，很难被人注意到。上头还有一把小锁，尤明许蹲下一看，锁是新的。

尤明许静默片刻，一只手插进长发里，咬着牙关，感觉到心口一缩，憋得厉害。殷逢在她身旁蹲下，轻声说："你怎么啦？"

尤明许缓缓吐了口气，说："樊佳跑出周荣峰房间，到我们闯进去，前后不会超过二十分钟。这条密道单程就要十来分钟，凶手是来不及把她送出去的。这说明当时樊佳人就在我们脚下。后来我们把那群人放了，凶手大概才有机会把她转移走。"

殷逢摸了摸她的脑袋，说："阿许钻牛角尖了，这不是你的责任。"

尤明许不吭声，静静蹲了一会儿才站起，神色已恢复冰封般的沉静，望着山坡下的路说："如果他把车开到这里，很轻松就能把樊佳带去任何地方，所以我们在附近一直找不到樊佳。现在的问题是，谁知道这条密道的存在。"

然而，周荣峰、张薇等人，对于这条密道的存在，反应都很茫然。不是慌乱，不是掩饰，而是一致的一头雾水的茫然。

这其实有点在尤明许意料之中，因为如果早知密道的存在，当时樊佳逃跑失踪，他们就不会在楼里大张旗鼓地寻人而一无所获，必然去密道拦截，夺下证据。现在又怎么会身在牢狱。

但是瞧那条密道的状况，必然是有人刻意掩饰，甚至还打扫维护过。

尤明许想了想，去翻阅资料，发现分金宝公司是两年前搬到这个办公地点的。

"当时是谁负责装修？"尤明许问。

张薇答："是我。"

尤明许略一沉思："还有谁做你的帮手？"

张薇一怔，答："还有陈昭辞。"

就在这时，许梦山带来了别的信息。

这两天尤明许都很少见到他，他一找来，尤明许才发现平时斯文的青年，已胡子拉碴，顶着两个大黑眼圈，眼睛里全是血丝。其实他的性格与尤明许有些相似，不会很听话。一旦认定的事，就会一口咬住不肯放手。似乎从樊佳"卧底"开始，他就不太待见陈昭辞。如今樊佳失踪，陈昭辞逃脱，他更是咬着这人不放，都快把陈昭辞的祖宗八代给翻出来了。

"知道我查出了什么吗？"许梦山冷笑道，"陈昭辞身上的故事，还挺多的。"

一声轻响，在洞顶坐着的那人，丢了个东西下来，东西滚到了樊佳脚边。她拿起一看，是用塑料袋装着的两个包子，还冒着热气。

"饿了吗？"他嗓音柔和，"现在只有这个。我就在路口买的，不敢走远。警察现在到处在找我。"

樊佳不出声，很快把包子吃干净。而后下意识抬头，吓得全身一抖。因为陈昭辞就趴在洞口上，那张脸隔着铁栏杆，清晰可见。

他看起来似乎还是平时那副木讷内敛的模样。

可樊佳知道，他完全不是看起来的这样。他会手持摄像机，录下公司众人玩弄一个少女的视频，他也会在她就要逃出去时，毫不留情地将她拽进黑暗里。他甚至有办法躲过所有人的视线，现在把她关在这不见天日的地下洞穴里。

陈昭辞望着她，目光清澈，有些依恋。就这么安安静静地望了好一阵子，望得她头皮发麻。

可在这时，在樊佳心中，比恐惧更强烈的，是对真相的渴望。也正因为有这份渴望，令她可以战胜恐惧。

她说："我看到周荣峰电脑上的视频了，刘伊莎是意外死的，和你没有关系。后来，是不是他们把尸体装进箱子里，丢到了河边？"

陈昭辞盯着她，答："是他们丢给我处理的。人玩死了，都不想负责，丢给我。"

樊佳说："你可以不做啊。难道他们还能逼你？"

陈昭辞笑笑答："不做？要是尸体被发现，我也脱不了身。而且……说到底，是刘伊莎自找的。陪他们睡一觉，抵一个月利息，这是她自己同意的。她和你不一样。

这么堕落、这么贱的女孩。她活该！”

尽管樊佳经验还少，也隐约感觉出，陈昭辞的态度有些过激了。福至心灵般，她脱口问道：“其他人呢？其他欠钱的女孩，她们是同样堕落了，还是没有屈服？”

陈昭辞轻哼一声说：“大部分都自甘堕落。在她们看来，为钱睡觉，似乎是件很轻松的事。可以不顾廉耻、背叛恋人，有的甚至还一而再，再而三！还有的是不愿意，可是她们很蠢，被下了药，最后还不是就范。只有你，你是唯一一个打伤了周荣峰，还能逃出来的。你是独一无二的。”

他说得很平静，像平常那样沉稳、条理分明。可樊佳看着他的样子，却莫名打了个寒战。

她还没跟心理变态者真正接触过。顾天成被捕后，她也只是参与了审讯。况且顾天成当时整个人都是颓的，看着和别的罪犯没啥两样。

樊佳有些慌乱地在心里想：陈昭辞这样是不太正常吧？以前她在警校时学过一点犯罪心理学，对于变态者，要从他的行为分析，掌握他的心理，才能反败为胜！

他说她是独一无二的。

他骂那些女孩堕落、背叛恋人。

他说逃不出来的还是蠢。

然后他就冒着那么大的风险，把她给带到这里来了。能让尤明许等人现在都没找到她，可见他精于此道，反刑侦能力很强。

樊佳：“我……如果是独一无二的，那赵菲儿算什么？她不是你的独一无二吗？”

如果殷逢此刻也在场，一定会会心而笑，因为樊佳问了个绝佳的、且令人措手不及的问题。

樊佳紧盯着陈昭辞的脸。

然而他的反应让她的如意算盘落了空，他的眼中没有半点情绪反应，只蹙了一下眉：“你说谁？”

“赵菲儿。一年前被杀，同样是你们公司的客户，被装在箱子里的女孩。”

陈昭辞望着樊佳：“我确实模仿过那个案子处理刘伊莎的尸体，可我连赵菲儿都没见过，她生前也不是我的客户。你以为她是我杀的？在你心中，我就是这样的人？我没杀过人！”说完他一掌拍在了铁栏杆上，拍得哐当作响。

不知道为什么，樊佳觉得他的反应是可信的。

如果陈昭辞不是杀死赵菲儿的真凶……

那他把她绑架来干什么？！

樊佳的性子本就泼辣爽利，认清这一点事实后，突然心中就不怵陈昭辞了。她重新从地上爬起来，双手叉腰，抬头问道："说说吧，你到底想把我怎么样？"

陈昭辞也是一愣，惊讶于她突然的生机勃勃，盯了她几秒钟，却又笑了，淡淡地说："一开始是想救你，怕你落到他们手里。哪里晓得你是警察，你说我该拿你怎么办？"

樊佳有点不敢相信自己的耳朵，这已露出变态端倪的家伙，本意是要救她？可似乎是说得过去的。而这人时而偏激，时而清醒理智，有点棘手。

然而樊佳的斗志一旦燃起，就会变得不达目的誓不罢休。这一点，和同组的那两个家伙，甚至跟老丁带的整个刑警队的人，都是相似的。她心念一转，又问道："你以前的爱人，就是这样被校园贷给害了的吗？"

女孩温和清晰的一句话，落在陈昭辞的耳朵里，却如同雷声炸裂。他看着她清澈的、圆圆的眼睛，仿佛看到了多年前的那个女孩躺在血泊里，睁着那双懵懂如孩童的眼睛，一直望着他。从此望进他的每一个梦境，他的灵魂深处去。

妈妈是在陈昭辞很小的时候过世的，她长什么样，他早就记不清了。

只记得当时狭窄的家里，来了很多人。棺材就放在客厅里，上方悬着一张黑白遗照。也因为葬礼，家里买了些平时很稀罕的糖，有一包就放在棺材上方的桌子上。

陈昭辞很想吃，可是很多人在交谈，在抹眼泪，无人管他。最后他终于等到一个父亲落单的时间，扯着大人的袖子说："爸爸，我要吃糖！"

父亲抬起头，看起来就像头野兽，眼眶通红全是血丝，身上还有浓重的酒气。父亲一巴掌打在他脸上，骂道："没良心的小畜生！"

他才一丁点大，被打翻在地，旁边有人在劝父亲，有人在看他。陈昭辞嘴一扁，开始号啕大哭，结果招来父亲更加狠的一顿毒打。

…………

从此陈昭辞讨厌葬礼，也讨厌葬礼上的一切，包括所有的人。

即便母亲过世，父子相依为命，父亲酗酒、暴力的性子，也没有任何改变。其实父亲的工作挺不错的，市政府职工，在建设拆迁口工作。家里有宽敞的三居室住着，父亲出手给陈昭辞钱也爽快。但这个小小的孩子，性子却越来越沉默，时常独来独往，一个人出去买饭吃、买作业本，小小年纪就学会了在地摊上买衣服回来穿。

陈昭辞在家里就像是个隐形人。尤其是父亲喝醉回来时，他会把房间门关得紧紧的，缩在角落里看书。即便这样，有时候父亲还是会闯进来，给他一顿毒打。

陈昭辞从小学习成绩就不好不坏，但绝对是老师眼中的乖小孩。学习认真，做事勤快，老师说什么都听，从小就很懂事了。同学有什么困难，他也会帮忙，心很细。算不上风云人物，但也是大家都不讨厌的。

七岁那年，父亲又找了个女人。起初没领证，两人常在家里鬼混。那女人也是个好酒贪财爱慕虚荣的人，且颇不要脸。父亲又时常醉醺醺的，有时候陈昭辞放学回来，撞见了他们，那两个也毫不羞耻，父亲只骂道："滚进去！"然后继续折腾。而那女人，却只是用被子盖住自己，然后风情万种地一捋头发。在陈昭辞眼中，像是炫耀，又像是淫贱的勾引。

等陈昭辞上了初中，待在家里的时间就很少了。父亲也不在意，他和那个女人领证了，女人怀了孕。对于一个爱自己远胜过爱子女的父亲来说，面对一个前妻留下的木讷的、并不太优秀的儿子，尽管心中偶尔会有歉疚，但终归会觉得他是多余的。父亲心中有时候甚至会想，前妻死得早也好，否则他现在怎么会遇到如此志同道合又风情万种的女人。

却没想过，发妻陪他同甘共苦，一起攒下这单位房子的首付。而后来者爱玩乐甚于爱家庭，看准的就是这日益增值的一套房子，还有他在政府工作的身份。因为这个女人在他身边吹了太多枕边风，于是男人越来越不待见"看起来怪里怪气的窝囊长子"。

这一切，陈昭辞都看得很清楚。在许许多多独自一人的时光里，他读了很多书。读历史，读政治，读社会学，也读心理学，读经济学。他不见得都能读懂，但他很享受这样的时光。或许是因为花了太多时间读课外书，他高考只考了个三本的怀城大学。但他的内心是充盈的，因为他想要和父亲的人生不同，想要大展宏图。

怀城地处湘西要道，在这里打过日本鬼子，中华人民共和国成立后还剿过土匪。战争留下的防空洞、密道一共有十九处。当然，随着城市经济建设不断推进，还有的因为年久失修倒塌了，现在还能找到并且使用的，不过八处。所有这些，陈昭辞都曾经在父亲带回来的文件上看到过。他对那一段段战争传奇也很感兴趣，所以那八处，他每一处都去看过，几乎从小就熟悉得跟自家后院一样。他从小就是个藏着秘密、藏着心事的孩子，那几处地道，就是他在这偌大城市里的秘密花园，只属于他一个人。

进入大学后，陈昭辞给大家的印象，和中学时没有差别。木讷、羞涩、良善，你不会有多喜欢他，但你绝对不会对他设防。此外多年的阅读，令他身上多了股书卷气。他几乎不太会和女生相处，更不懂讨人欢心，遇上对他有意的，他往往只会后退，所以一直单身。

直至大三，他遇到了邻校大一的祝芯雅。

祝芯雅读的是财经专科大学，男女比例是1比9。都说怀城财专的女孩漂亮的多，胆大的也多。学校门口时常停着各色社会车辆。相比之下，怀城大学的女学生们，多少显得灰头土脸。

陈昭辞也不知道自己是怎么招惹到祝芯雅的。他不过因为勤工俭学，去过财专几次，那个姑娘就跟上了他。祝芯雅和他是完全不同的人，她外表看着娇小玲珑，却总是化着与年龄不符的艳丽妆容，成绩差得一塌糊涂，朋友满天下，一笑是很大声的“哈哈哈——”她却偏偏对这清秀书生一见钟情，立志要追到他。

起初陈昭辞一味地躲。她却有韧性得很，早上送早饭，晚上来男生宿舍楼下散步，引来无数男生吹口哨、侧目。而她一捋头发，得意又傲慢，反而对着陈昭辞的宿舍窗口，吹起了口哨。

舍友们都打趣，陈昭辞却只是皱眉：“我不喜欢这样的女孩。”

陈昭辞以为她没多长时间就能消停，哪知道一个月过去，她是消停了。毕竟是个女孩子，不能总在男生宿舍楼下丢脸，可短信、电话却从来不断。

早晨发：“昭辞，今天又有高数课，我真不想去上。听不懂。”

中午发：“我中饭只吃了一两饭，我要减肥。腰胖了半寸。”

晚上发：“昭辞，要想我哦，但是不准想黄色镜头！”附带一张自拍照。

次日一早，陈昭辞黑着脸洗床单。

两个人是从什么时候真正开始的呢？应该是三个月后的那个早晨，祝芯雅重感冒，几天没去上课，连给陈昭辞发骚扰短信的力气都没有了。所以当陈昭辞提着一个热水瓶，出现在她们宿舍时，几乎惊掉了所有人的下巴。

祝芯雅有气无力地指着他：“你……你……”

陈昭辞红着脸，语气却很僵硬：“多喝热水，喝粥，别吃辣的。好好休息。”

…………

再后来，在外人眼里，这两人的关系，像是来了个一百八十度大转弯。

每天早晨，财专女生宿舍楼下，多了一道不起眼的安静身影。他开始给她送早饭，接送她上下课，两人一起去食堂吃饭，几乎形影不离。大多数人看到的，都是祝芯雅如同得逞的小狐狸，翘起高高的尾巴，每天挽着陈昭辞的手，招摇过市。

对此，大多数人认为，两人性格差异太大。尽管祝芯雅这一次恋爱搞得轰轰烈烈的，但她之前换男友如同换衣裳，且对象非富即贵。吃惯了大鱼大肉的人，能天天吃小白菜？

可他们没看到的是，花前月下，寂静深夜，男孩抱着女孩，耳鬓厮磨，喃喃低语，两个人都难以自持。

后来，他真的成了祝芯雅生前好过最长时间的男孩，足足有一年。即使她跳楼死了，他们也都说，他是她的真爱。他对她，也是一往情深，无人可比。

…………

大概好了两个月后，热恋的感觉开始逐渐消退。虽然祝芯雅依然对这个内敛俊秀的男孩喜欢得很，但她确实隐隐有些厌倦清水白菜了。这种厌倦，从物质需求开始。

陈昭辞穷，哪怕他父亲在市政机关上班，但他手里几乎抠不出几个钱。他又要强，两个人在一块儿，每每他都要自己付钱，所以只能经常带她去那些便宜的小馆子，电影都是窝在宿舍看盗版。祝芯雅以前的衣服、化妆品、新手机，都是男友们负责的。可这时她不愿意离开陈昭辞，这日子就越过越烦恼了。

祝芯雅开始跟同学借钱。但都是学生，顶多借个五百八百的。每回家里打来生活费，她勉强也能还上，然后再借。

然而很快就没人借钱给她了。可她刷信用卡刚买了一个包包，还欠一千多。

其实也就是一时鬼迷心窍，她去跟一个前男友借钱。前男友对她还是挺怀念的，语气颇为关怀备至，甚至有些彼此心知肚明的暧昧。祝芯雅敷衍着他，她既不愿意背叛陈昭辞，可又不能干脆翻脸失了财路。

“我最近手头也紧。”前男友说，“不过，我有个朋友在开公司，可以借钱给你。要点利息，但是每个星期只需要还很少。而且特别容易审批，拿学生证就行。”

祝芯雅面前，仿佛打开了一条金光大道。

当时她不知道，一条黑色毒蛇已吐着信子，在她后背慢慢攀爬。

…………

起初陈昭辞是迟钝的，只感觉祝芯雅比前段时间更开怀了，笑声更大，与他并肩走在街上时，显得更得意。渐渐地，他才感觉出，那得意的背后，似乎藏着某种落寞。她原本是个没心没肺的姑娘，热辣得像一团火，现在却时而发呆、走神。她心里像藏着什么，令陈昭辞感到了隔阂。

但那段时间，他忙于毕业找工作，无暇多顾。男孩的心是坚定的，毕业，找好工作，租好房子，为这风风火火总是一头乱撞的姑娘，筑好一个简陋却安全的小窝。

渐渐地，她开始打电话不接，短信也总是不回。哪怕事后他电话打通了，她的声音也总是显得很疲惫，说之前在睡觉或是看剧，没几句就匆匆挂了。

他隐隐觉出不安，但又不愿相信。在某个飘着小雨的周末下午，他跑到她的宿舍，却被她的舍友告知，她不在宿舍。

"不在？"陈昭辞问，"那你知道她去哪儿了吗？"

舍友的脸上闪过复杂的神色：同情、不屑、欲言又止。

舍友答："我也……不太清楚。她昨天晚上就没回来，好像……好像有人开车来接她了。"

陈昭辞走进雨里，伞都忘了打。等全身都淋湿了，他回过头，才发现楼上有好几个人在看着自己。他忽然弯起嘴角，笑了。是在看笑话吗？其实大家都知道。

就如同当年在那个所谓的"家"里，他很努力、很小心地减少存在感，想要好好生活。可是父亲知道，那个女人也知道，全世界都知道，他是多余的。不会有人要他。

如同亲手小心修好的一间草屋，在风雨里突然崩塌。

陈昭辞没有回刚租好的房子，而是径直去了郊区，走到无人的野地，钻进一条地道。他买了包烟，在充满了潮湿发霉味儿又满是灰尘的地道里，坐了很久。

他其实从来都是个心思缜密、思维敏捷的人，如今刻意去打探，没多久，就把前因后果打探得一清二楚。

"她过惯了舒服日子，跟你没多长时间，又忍不住了呗。"

"她借了校园贷，听说欠了很多钱，好像利滚利有几十万了。"

"我和她已经不是朋友了，你最好让她早点还钱。她把我的身份证借去，说是借书，哪里晓得她贷了2万多！现在催债公司天天给我打电话，我爸妈要打死我了！"

"还有我！她是院文艺委员，说是搞活动，把我的身份证也借去了，贷了8000！这事老师已经知道了，学校会处理她的！只要她回来，肯定得退学！学校已经通知她父母了。害人终害己！"

"你怎么和这么个女人好了？呵……她居然看得上你？以前好的都是高富帅好吗？得了，给你指条路吧，这种女人，你看清了就别管了。前天晚上，我兄弟看到她跟人去了夜总会。听说……很浪。”

…………

就是在那家夜总会楼上的酒店里，陈昭辞与祝芯雅，见了最后一面。

明明三个月前，她还依偎在他怀里，黏糊着不肯让他去看书。

陈昭辞做事极有计划，得到确切消息后，拿身份证也去开了间房，和他们开在同一楼层，没有引起任何人注意。为防发生争执和意外，他还拿了根棒球棍。

然后他在房间里抽了一包烟，直至天足够晚了，该发生的都应该在发生。他出了房间，去敲他们的门。

是个男人给开的，对方裸着上身，下身只系了条浴巾。陈昭辞没理他，径直走过去。男人在背后抓他：“喂喂，你什么人？”

陈昭辞有备而来，跑得飞快进到里面。

床上一片凌乱，祝芯雅就在其中，情形不堪入目。哪怕从陈昭辞懂事起，就旁观过父亲和那女人的胡闹，此时也惊住了。

浴室门在这时打开，另一个男人走了出来。祝芯雅转过头，那张脸，是陈昭辞感到陌生的。她的表情极为冷漠，那冷漠就像已刻进了颧骨里，但脸色却不正常地泛着红晕。在和陈昭辞目光对上的一刹那，她的脸急速褪去全部的血色，嘴唇也开始颤抖。她惨叫一声，想要拉过被子，挡住自己耻辱的身体。

那两个男人见状，一时倒没上前。

陈昭辞察觉自己竟然异常平静，而他这时唯一想说的话居然是：“芯雅，这就是你想要的？”

他转身走了出去。远远地，把那个女人和她一塌糊涂的世界，丢在身后。

即便下了楼，夜风吹在脸上，他似乎也没什么感觉。在满世界的霓虹里走了几步，耳边忽然传来一阵地面崩裂般的巨响，余光里有什么黑影在急速坠落。陈昭辞转过头，看到祝芯雅趴在地上，身上只套了件薄薄的白色睡衣。血从她身体下方缓缓流出，她的脸似乎还是完好的，眼睛睁着，竟透着几分他从未见过的懵懂单纯。

周围人惊呼一片，迅速围观。陈昭辞又看了她几眼，转身走了。

…………

收尾不过是新闻上的一篇篇文字：本市财专女学生身陷校园贷，跳楼自杀。

老师、同学一个个接受采访，说死者曾经如何阳光开朗，说她如何利用同学证件借贷，一步步走到众叛亲离的地步；说她曾有个品学兼优的男友，也离她而去。

但是没人能找到她的男友进行采访。

这起事件很快引起市政府的重视，政府开始严厉打击和管制高校附近的借贷公司……

然而三年过去，事故成了传闻，没人会再想起祝芯雅。校园贷公司又一家家低调地开了起来，于暗处不断发展业务，其中以分金宝公司规模最大。而分金宝公司，多了个极为能干的业务主管——陈昭辞。他还是怀城大学的毕业生，是学生们很容易信赖的老乡、师哥。

…………

知道吗？在我年少羽翼未满，还未能完全看清、走进这个社会时，我并不能保护自己。我若得到善意，那善意会助我迎风而长。我若撞见黑暗，那黑暗远比成年人所遇见的更残忍，使我深陷，且无力摆脱。

可我所拥有的世界，也远比成年人的世界更脆弱。在你们都还不当回事的时候，它已渐渐崩塌。年不过二十，人生已穷途末路。老练成年人的种种手段，我如何招架得了。

唯有一死，便不用再对任何人负责。

也不用对我的人生负责了。

数辆警车，在怀城市区呼啸穿行。

许梦山开着其中一辆，一路上，只要有机会就踩油门。他的脸色阴沉得像锅底，此刻正自言自语般低喃着："还有三个防空洞没找……樊佳，你给我撑住……等我！"

尤明许一身夹克运动裤，长发绑成高高的马尾，脸色同样冰冷。她低头再次检查腰间佩枪，殷逢人高马大地坐在她旁边，望着她的一举一动。

市区车流多，建筑林立。若不是许梦山调来市建设局的资料，谁能想到那不起眼的平房下，会藏着七八十年前的防空洞？也难怪之前警方几乎掘地三尺都找不到樊佳的踪迹。

尤明许抬起头，问殷逢："你确定他会把人藏在其中一个防空洞？浪费掉的每一分钟，都是在赌樊佳的命。"

殷逢答："确定。那是他的避难所，他曾经给祝芯雅搭的小屋塌掉了，只剩下这个了。"

尤明许盯着他的眼睛："我信你。"

殷逢不作声，只是握住她的一只手。尤明许不想抗拒，过了一会儿，他飞快地拿起她的手，亲了一口，说："要是错了，我任打任骂任罚。"

尤明许笑了，伸手揉揉他的脑袋。

她又说："陈昭辞的女友被校园贷所害，他自己怎么还成了校园贷的帮凶，接着坑一个又一个像祝芯雅那样的人？"

殷逢答："选择反抗还是沉沦，从来都是个经典问题。很多受害者，无法治愈的结果，就是转身成为新的加害者。"

尤明许听出他话语里的凉薄与洞悉，尽管性格变得幼稚，可只要与心理分析有关，他似乎与曾经那个老男人没什么差别。

尤明许转头望着窗外，不再看他。殷逢不知为何，忽然也感染到一丝从她身上传来的寂寞，于是也沉默着，望着茫茫前方。

这时许梦山说："陈昭辞没什么可理解的，就是没人性！"

尤明许开口："梦山，沉住气！"

许梦山不吱声了。

殷逢开口："许梦山，你不必心慌意乱。樊佳如果落到的是杀死赵菲儿的杀手手里，那就没有任何活路。但是陈昭辞不符合我的犯罪心理画像，并且指纹和不在场证明都印证了他不是，那个杀手还在逍遥法外，迄今为止我们还没有抓到他的尾巴。

"落到陈昭辞手里，我认为樊佳现在的生死概率各半。没有证据表明陈昭辞杀过人，但他的确是藏在那些女孩身边的另一个心理变态。从小的家庭环境，孕育了他消极避世的价值观。他无法忍受的是再次背叛和抛弃。而他的选择，是从此长期躲在暗处，操纵、引诱和偷窥那些女孩的堕落。他恨女人，又爱着她们、渴望她们，所以当初才会选择和继母相似的祝芯雅在一起。

"即便他没杀过人，可他已处理过刘伊莎的尸体。从某种意义上来说，他已经演练过杀人了。此时他对樊佳这个类似于女友的牺牲品，却又勇敢反抗的女孩，必然也是爱恨交织的。既渴望她拯救自己，又会将对女人的恨转移到她身上。陈昭辞现在就如同站在钢丝绳上的人，是一脚踩落掉进深渊，首次杀人，从此释放长期的扭曲情绪；还是慢慢走回来，退回安全区域，保留那点人性和生活的希望……完全取决于他现在所接触的那个人，取决于樊佳能不能看清那根决定两人命运的钢绳，已在脚下。并且，她还要能够小心翼翼、恰如其分地把陈昭辞这个摇摇欲坠的准变态杀手，给拉回来。"